LINKS DIE BERGE – RECHTS DAS MEER

NORBERT HERZNER

LINKS DIE BERGE –
RECHTS DAS MEER

Bibliografische Information der Deutschen Nationalbibliothek
Die Deutsche Nationalbibliothek verzeichnet diese Publikation in der
Deutschen Nationalbibliografie; detaillierte bibliografische Daten sind im
Internet über http://dnb.d-nb.de abrufbar.

Umschlagdesign, Satz, Herstellung und Verlag:
BoD - Books on Demand, Norderstedt
ISBN 978-3-7543-1463-0

Inhalt

Links die Berge – rechts das Meer

Wer reitet so spät durch Nacht und Wind ... Nein, es ist nicht der Vater mit seinem Kind. Es ist der Wolf. Auch nicht der »Böse Wolf«, sondern unser Freund aus der Nachbarschaft. Bei Nacht und Wind reitet er allerdings eher selten und wenn, dann auf seinem Drahtesel. Dafür aber bei Gluthitze mit schweißnassem Gesicht oder bei Saukälte mit rot-glühender Nase. Und nachdem er im Sommer eine größere Radltour unternommen hat, drängt es ihn, uns davon zu berichten.

Mieses Wetter – mal wieder. Der Wind peitscht kalte Regentropfen, auch noch in die falsche Richtung, nämlich unter unseren Schirm. Wir sind froh, nur hundert Meter zurücklegen zu müssen zu Suse und Wolf, unseren liebenswerten Nachbarn. Ein halbes Jahr war Wolf unterwegs. Mit dem Fahrrad durch Frankreich, Spanien, Portugal und zurück. Dass an diesem Abend für mich der Samen für ein folgenreiches Abenteuer gesät wird, war mir da noch nicht klar.

Suse öffnet die Haustür. Hektisch wirkt sie und das beziehen wir auf unseren Besuch. Sie wischt die Hände an der geblümten Schürze ab und umarmt uns herzlich.

»Ich muss in die Küche. Geht schon mal ins Wohnzimmer.«

Im Kamin tanzen gelbrote Flämmchen über glimmenden Holzscheiten. Gemütlich. Das Knistern verbreitet eine heimelige Atmosphäre. Da kann einem das Scheißwetter hinter den Fenstern glatt am Arsch vorbeigehen. Kaum haben wir Wolf umarmt (er fremdelt dabei immer ein bisschen), lotst er uns zum Wohnzimmertisch. Zwischen Servietten, Besteck, Gläsern und einer Flasche Wein liegt ein dickes Fotoalbum.

7

»Setzt euch da hin«, meint Wolf und zeigt auf die beiden Stühle vor dem Album. »Da könnt's besser sehen. Ich setz mich gegenüber.«

Kaum haben unsere Hintern die Sitzfläche berührt, kommt Suse aus der Küche getänzelt, auf den Händen ein Tablett mit leckerer Quiche.

»Wolf, was soll das. Weg mit dem Album. Ich brauch Platz.«

Eher widerwillig legt Wolf das Album auf die Anrichte. Es wird deutlich, ihn interessieren weder Häppchen noch sonst irgendwas, das nicht mit seiner Reise zu tun hat. Wir rumpeln wieder hoch, damit Suse das Tablett abstellen kann.

»Wolf, du hast ja noch nicht mal Wein eingeschenkt.«

Etwas pikiert füllt Wolf die Gläser und wir prosten uns erst mal zu.

»Auf deine Fahrradtour!«

»Auf meine Fahrradtour!«, echot Wolf und wir stoßen an. Kaum sitzen wir, schiebt Wolf das Tablett zur Seite und sein Album in die Mitte vor uns.

»Vielleicht wollen Evelyn und Norbert erst mal was essen!«, meint Suse.

»Ach was. Das können sie doch nebenbei … oder?«

Evelyn und ich nicken bejahend. Wir wollen Wolf nicht unnötig auf die Folter spannen. Es scheint, als habe er vor Aufregung schon rosa Bäckchen bekommen. Bedächtig klappt er den Albumdeckel auf.

Das erste Foto zeigt ihn vor der Abfahrt. Die Arme durchgestreckt, die Hände fest am Lenker, zwischen den Beinen das mit Packtaschen beladene Fahrrad. Gar nicht so hoch aufgetürmt, wie ich erwartet hatte. Sein Gesichtsausdruck sagt deutlich: Mach hin, Suse. Ich will endlich losradeln. Schon das nächste Foto wirkt nicht mehr heimisch, zeigt ihn auf einem Pass, dahinter ein mächtig aufragendes Gebirgspanorama.

»Mein erster Pass«, liest Wolf mit glänzenden Augen die Untertitelung. Auf den nächsten Fotos wird es flacher, Laubbäume wei-

8

chen Palmen; eine Gruppe Personen gesellt sich zu ihm; irgendwann schimmert das Meer im Hintergrund. Liebevoll ist jedes Foto untertitelt. Der Platz neben den Fotos reicht nur fürs Nötigste und so ergänzt Wolf den Text mit erklärenden und aufregenden Geschichten – so begeistert und leidenschaftlich, dass wir sogar die Leckereien vergessen, was uns nur selten passiert. Deutlich ist zu spüren: Wolf durchlebt seine Fahrradtour erneut. Immer wieder fallen ihm neue Anekdoten ein, die er mit seinen Erfahrungen und nützlichen Informationen ergänzt.

Die letzte Seite klappt zu und es dauert auch für uns einen Moment, um wieder ins regnerische Solln zurückzufinden.

»Super, Wolf. Gratuliere. Kannst stolz auf dich sein.« Insgeheim beneide ich ihn um dieses Abenteuer. Wir stoßen noch mal auf seine Reise und die glückliche Wiederkehr an. Spontan dreht sich Evelyn zu mir und meint:

»Kannst du doch auch machen.«

»Was kann ich auch machen?«

»Na ja. Zur Abwechslung mal zu Nino radeln, statt immer nur zu fliegen. Jetzt bist du noch fit genug.«

Der Gedanke überrascht mich so sehr, dass ich mich fast verschlucke.

»Das meinst du doch nicht wirklich, oder?«

»Doooch! Denk an meinen Bruder. Hansi wollte unbedingt nach Kanada. Und was ist draus geworden? Er hat gewartet und gewartet und gewartet. Und jetzt … jetzt kann er nicht mehr, weil er zu krank ist. Also, was ist?«

Alle Blicke haften auf mir. Der Gedanke lähmt mich. Haben die sich abgesprochen? In mir häufen sich Gedankenblasen. Wie steht's heute mit mir? In der lang hinter mir liegenden Jugend hätte ich spontan mit »Klar, mach ich!« geantwortet. Jetzt braucht's mehr als einen Moment, um mir das vorzustellen. Nicht, weil die Spontanität flöten gegangen ist. Aber schon lange neige ich dazu, bei größeren Entscheidungen Risiko und Nutzen abzuwägen. Wobei mir das Risiko kein Kopfzerbrechen bereitet, basie-

9

rend auf Wolfs Reiseschilderungen. Was mich quält, ist: Bewältige ich die Fahrt nach Sizilien noch? Körperlich. Im nächsten Jahr kann ich immerhin meinen Siebzigsten feiern. Während Wolfs Erzählungen schwappte des Öfteren der Gedanke hoch: Wie hat er das geschafft? Nicht nur einmal schielte ich verstohlen zu ihm und dachte: Er ist kaum älter und macht keinen besonders athletischen und durchtrainierten Eindruck. Eigentlich unterscheidet uns körperlich nicht viel. Na gut, er ist ein bisschen kleiner. Bedeutet weniger Luftwiderstand. Aber das kann nicht ausschlaggebend sein. Trotzdem: mich auf so was einzulassen, kam mir dabei nicht in den Sinn. Aber Evelyns Vorschlag ist nicht so abwegig. Nur festnageln lassen will ich mich nicht. Nicht jetzt und nicht hier, während ich mir einen Bissen in den Mund schiebe und vor lauter durcheinanderpurzelnder Gedanken gar nicht schmecke, was ich da kaue. Wenn ich zu einer Sache stand, hab ich sie meist durchgezogen, selbst wenn ich später meine Entscheidung bereute. Aber zweitausend Kilometer mit dem Fahrrad! Inzwischen bin ich doch ein bisschen erwachsener geworden.

Mit einem »Ich muss mir das noch überlegen« befreie ich mich vom Entscheidungsdruck und wechsle zum momentanen Wetter. Immer ein dankbarer Themenwechsel. Und den brauch ich jetzt, um den Gedanken an eine derartige Reise zu verdrängen. Doch Wolf kann's nicht lassen. Immer wieder streut er eine Geschichte zu seiner Reise ein und wir driften wieder ab in sonnige Gefilde.

Zu Hause und ernüchtert, schiebe ich die Idee von der Fahrradtour in die Ecke der hin und wieder aufkeimenden Hirngespinste. Aber der Stachel sitzt tiefer, als mir bewusst ist. Wolfs Erzählungen hatten doch eine nachhallende Wirkung und für meine liebe Gattin ist eh schon klar, dass ich diese Reise machen werde.

In den folgenden Tagen beackert sie mich mit neuen lockenden Fantastereien, in denen ich unter strahlendem Himmel – glücklich und aufgeräumt – gen Süden radle. Schließlich hat sie mich

10

so weichgeklopft, dass ich, etwas bockig, aber auch neugierig, zu Wolf gehe, um Genaueres zu erfahren.

»Da bist ja schon«, empfängt mich Wolf.

»Was soll das heißen?«

»Na ja. Hab eigentlich gedacht, du brauchst no ein paar Tage.«

»Für was?«, frag ich etwas dümmlich, obwohl ich weiß, was er meint.

»Na ja, bis du dich entscheidest.«

»Bis ich mich entscheide?« So läuft der Hase also oder in dem Fall der Wolf. »Für euch ist wohl schon klar, dass ich die Radltour mache, oder?«

»Ja. Eigentlich schon.«

Haben sich Wolf und Evelyn gegen mich verbündet? Oder muss ich sagen: für mich?

»Gut. Dann fang ma mal mit dem Elementarsten an.«

Wolf schenkt zur Lockerung ein Glas Rotwein ein. Soll mich wohl positiv einlullen. Dann legt er los. »Als Erstes brauchst a g'scheids Radl. Ich mein: tourentauglich.«

»Viiiel zu teuer!!!«, entgegne ich schockiert, als er mir die Summe nennt, die er für seines bezahlt hat. Dabei beteuert er, es günstig ergattert zu haben. Gebraucht. Quasi ein Schnäppchen. Nur etwas über 1.500 Euro. *Ein-tausend-fünf-hundert!* Utopisch. Für das Geld flieg ich sechsmal nach Sizilien und wieder zurück. Ja! Sechsmal. Hin und zurück. Dazu kommt: Mit dem Preis fürs Fahrrad sind die Kosten längst nicht gedeckelt. Für die Ausrüstung ist ein weiterer erklecklicher Betrag notwendig, falls wir nicht schon einiges davon haben. Haben wir? Nein. Wir haben praktisch nichts. Keine Packtaschen, kein handliches Zelt, keinen geeigneten Schlafsack, keine passende Luftmatratze und, und, und … Und einen schmalen Geldbeutel, den die laufenden Kosten aussaugen wie die Laus ihren Wirt. Da sind die angekündigten knapp dreißig Euro Rentenerhöhung nicht nur wie der Tropfen auf dem heißen Stein. Der Tropfen verdunstet schon, bevor er aufschlägt.

11

Mit dieser ernüchternden Erkenntnis komme ich nach Hause. »Egal!«, ermuntert mich Evelyn. »Man kann sich ja mal vortasten. Kostet ja nichts.«

Sie klingt so überzeugt, da wird jeder Einwand nichtig wie ein Sandkorn in der Wüste.

»Wo finden wir ein günstiges Fahrrad?«, überlegt sie laut. Wenn es nämlich schon daran scheitert, ist die Reise eh gelaufen. Was in der Tageszeitung angeboten wird, können wir gleich vergessen. Ungeeignet oder utopische Preisvorstellungen. Außerdem ist das Angebot äußerst dünn. Klar, in Zeiten des globalen Netzes. Gut, dann eben übers Internet. Ich klappe mein MacBook auf. Evelyn rückt einen Stuhl heran und kuschelt sich dicht neben mich. Hat mich ja prima zurechtgebogen, meine liebe Gattin. Dafür, geglaubt zu haben, diese Reise sei eine Schnapsidee, gehe ich jetzt ganz schön eifrig zur Sache.

»Wonach sollen wir suchen, mein Schatz?«

»Erst mal einfach nach Fahrrädern ... oder?«

Ein Klick, und uns springt ein unübersichtlich großes Angebot an.

»Okay, dann eben *Trekkingräder.*«

Schon besser. Aber viel zu teuer, was da herunterblättert.

»Vielleicht *niedrigster Preis zuerst?*«

Oh Gott, was kommt denn da alles daher. Fahrradschlösser, Ketten, Seilzüge, Zubehör in rauen Mengen. Wir suchen doch ein Trekkingrad! Ich scrolle weiter nach unten. Und dann tauchen sie doch noch auf, ebenfalls für einen Euro. Ein Euro für ein Trekkingrad? Das wär's! Jedoch enden diese Angebote erst in einigen Wochen und bis dahin wird es nicht bei einem Euro bleiben. Also die Suche mit weiteren Kriterien eingrenzen: *Bald endende Angebote zuerst.*

»Daaa!!!«, jauchzt Evelyn so laut, dass ich erschreckt zusammenzucke.

»Das ist es!«, jubelt sie.

Ihr Favorit ist gefunden. Und das schon nach dem dritten Ange-

12

bot. So ganz überzeugt bin ich noch nicht. Aber ich muss zugeben, es sieht wie ein richtiges, taugliches Tourenrad aus: stabil, mit wuchtigem Gepäckständer, Vorderrad-Federung, einem ergonomischen Hörnchen-Lenker, einundzwanzig Gänge! ›*Ein bisschen Wasser und es ist wieder wie neu*‹, schreibt der Verkäufer. Der aktuelle Preis liegt bei fünfundzwanzig Euro. Was will man mehr. Natürlich wird er noch steigen. Und ganz so rosig ist auch nicht alles daran. Die gravierendsten Abnutzungsspuren betreffen den Sattel und die Lenkerummantelung. Der Verkäufer hat sie mit Fotos dokumentiert und das macht einen ehrlichen und seriösen Eindruck.

»Worauf wartest du noch?«, drängelt Evelyn und rempelt mir ihren Ellbogen zwischen die Rippen.

»Aber es kommen doch noch andere Angebote. Lass uns doch weitersuchen.«

»Du findest nichts Besseres. DAS da ist es. Mach hin.« Dabei attackiert sie mich wieder mit ihrem Ellbogen, um ihre Aufforderung zu bekräftigen.

»Du hast nur noch vier Minuten.«

»Ja, aber … «

»Kein aber. Los, gib das Angebot ab … SCHNELL!!!«

Ich gerate unter Druck. Vier Minuten sind im Nu vorüber und es liegen schon neun Interessenten auf der Lauer. Ich tippe das Angebot ein.

»Was soll das denn? Warum muss ich das Angebot noch mal bestätigen? War doch früher nicht so.«

»Ist doch egal. Gib's halt noch mal ein!«

Ein Klick und die bange Frage: War es zu spät? War der Angebotspreis zu niedrig? Spannende Sekunden verstreichen. Acht Sekunden … vier Sekunden … drei … zwei… Dann die Bestätigung: Sie sind Meistbietender.

Evelyn reißt die Arme hoch, springt auf, würgt mich mit ihren umschlingenden Armen.

»Wir haben's, Schnuffbär!!!«, jubelt sie und küsst mich stürmisch. »Hättest du gedacht, dass es so schnell geht?«

»Is ja gut, mein Schatz! Aber hör bitte auf, mich zu würgen.«

»'tschuldigung. Freu mich halt so für dich.«

Darauf fällt mir momentan keine Antwort ein. Ich schwanke zwischen Freude, Überraschung und bangem Gefühl. Was vorher vage und in weiter Ferne lag, ist plötzlich ganz nah und konkret und mir wird bewusst: Damit ist der Grundstein für die Reise unwiderruflich gelegt. Ab jetzt gibt's nur noch eine Richtung.

»Wenn das kein gutes Omen ist«, schwärmt Evelyn und reißt mich zurück ins ungastliche München. »Siebenundvierzig Euro! Ein Schnäppchen ... oder?«

»Schau dir mal den Preis für den Transport an. Neununddreißig Euro. Das ist fast so viel wie fürs Fahrrad.«

»Na und. Ist trotzdem noch ein Schnäppchen. Komm, Schnuffbär. Jetzt freu dich doch ein bisschen.«

Sie hat ja recht. Vielleicht hänge ich mich an solchen Kleinigkeiten auf, weil ich weiß, es gibt kein Zurück. Der Kauf ist bestätigt und abgeschlossen. Also find dich damit ab, Alter, und freu dich.

In den nächsten Tagen will der Verkäufer das Fahrrad losschicken. Zeit, den Gedanken an die Fahrradtour reifen zu lassen. Obwohl ich noch nicht völlig überzeugt bin, wahrhaftig nach Sizilien zu radeln, schwirrt die Vorstellung seit der Ersteigerung im Kopf herum, gleich einer lästigen Fliege, die, kaum verjagt, sich immer wieder aufdrängt.

Und tatsächlich. Drei Tage später, am fünfundzwanzigsten Februar, klingelt es an der Tür. Ich springe auf, elektrisiert, als gäbe es nichts anderes, was mich beschäftigt. Zuversichtlich drücke ich den Türöffner, reiße die Wohnungstür auf und sofort wird klar: Es ist anders als sonst. Kein Päckchen auf vorgestreckter Hand eilt auf mich zu. Im Gegenteil. Der Bote hat Mühe, die Haustür aufzustemmen. Das kann nur an etwas Sperrigem liegen – nämlich dem Fahrrad. Zwischen Tür und Angel bemüht sich der Bote, das in milchig-weißes Plastik gehüllte Etwas in den Flur zu schieben. Ich springe ihm entgegen, packe es vorne, er schiebt von hinten, und wir lehnen es im Hausflur an die Wand. Hurra! Mein Fahrrad ist da.

14

»Bevor du unterschreibst, musst du kontrollieren, ob alles in Ordnung ist.«

Das hat mir Evelyn immer wieder eingeimpft. Gut gemeinter Rat, aber nicht praxistauglich. Ich versuch's trotzdem. Vorsichtig hebe ich die Hülle an. Will wenigstens einen kurzen Blick darauf werfen. Aber der wird mir sogleich durch das ungeduldig hingestreckte digitale Empfangsteil versperrt. Bevor noch mein Gehirn sich einschaltet und registriert, was da abläuft, ist die Unterschrift auf das Display gekritzelt und der Bote schon wieder durch die Tür verschwunden. War wohl nichts mit vorher kontrollieren, liebe Evelyn.

Da ist es nun. Ehrfurchtsvoll betrachte ich das sperrige Paket. Ich freu mich und bin neugierig. Also nichts wie in die Wohnung damit, um es zu entblättern. Aber wie? Nicht einfach, bei der kompakten Umhüllung. Vorne an einem Höcker und hinten beim Sattel versuche ich, es Richtung Wohnungstür zu bugsieren. Geht aber nicht, weil die steife Hülle das Vorderrad blockiert. Mit etwas Gewalt lässt es sich dann doch bis vor die Wohnungstür wuchten. Mit dem Hintern will ich sie aufdrücken. Nur, sie gibt nicht nach, ist zugefallen und ich bin ausgesperrt. Saublöd aber auch! Und jetzt? Da können die Hände noch so tief in den Hosentaschen wühlen, auf den Wohnungsschlüssel stoßen sie nicht. Scheiße! Ist unsere Terrassentür offen? Hoffentlich. Sonst muss ich unsere liebe Nachbarin bemühen und das will ich jetzt partout nicht. Wir haben zwar für solche Fälle einen Schlüssel bei ihr deponiert, aber ich will mich jetzt ausschließlich ums Fahrrad kümmern, es auspacken und nicht in endlose Erklärungen verwickelt werden wie: Was hast du da Schönes? Ist das für dich? Wofür brauchst du das … Ich kenn mich. Bin zu höflich, um sie kommentarlos abzuwimmeln. Hätte sie auch nicht verdient. Also bleibt nur der Weg durch den Garten. Doch vorher muss ich noch einen intensiveren Blick auf das werfen, was sich unter der Folie verbirgt. Ich zerre daran und versuche, die Schnüre zu lösen. Aussichtslos. (Christo hätte es nicht besser verpacken können.) Bei dem Gezergel bröseln

15

ganze Dreckklumpen auf den blank polierten Steinboden. Bevor die Sauerei weiter anwächst, lasse ich es lieber. Werd es noch früh genug bestaunen können, wenn es erst mal in der Wohnung ist. Um dorthin zu kommen, bleibt nur der Weg ums Haus herum, durch den Wintergarten und die Terrassentür – ohne Fahrrad natürlich.

Mannomann. Ich bin ganz durcheinander. Vor lauter Ungeduld wäre beinahe die Haustür eingeschnappt und hätte den Weg zurück in den Hausflur verbaut, sollte unsere Terrassentür verschlossen sein. Weiß ja nicht, ob unsere liebe Nachbarin zu Hause ist. Wir sind zwar ein Sechsparteien-Haus, aber die beiden Damen ganz oben arbeiten tagsüber, der Oldie links oben verbringt seine Winter in südlichen Gefilden und der über uns öffnet quasi nie, wenn es bei ihm klingelt.

Kaum vor der Haustür, nadelt mir der Wind scharfkantige Eiskristalle ins Gesicht. Geduckt stapfe ich ums Haus herum zur Terrasse, die wir zum provisorischen Wintergarten umfunktioniert haben, damit unsere Pflanzen – vor allem die Palme und Zitrusbäumchen – nicht erfrieren. Der Schnee, knöcheltief, füllt im Nu die Öffnungen der Crocs. Wie eisige Dornen sticht die Kälte durch die Socken bis zu den Zehen, die sich vor Kälte aufrollen. Dazu schneidet der Wind rücksichtslos durch die dünne Jogginghose, klappt den knappen Pulli samt Unterhemd immer wieder hoch, damit die Kälte die Taille bis zur Taubheit schockgefrieren kann. Sollte die Tür zum Wintergarten verschlossen sein, muss der lächerliche kleine Riegel dran glauben, der die mickrige Tür sichert. (So ein Eigenbau hat halt auch seine Vorteile.) Im Wintergarten pendelt die Temperatur gewöhnlich um die zehn Grad, sofern das kleine Heizgebläse angeschaltet ist. Dem qualvollen Erfrierungstod werde ich also nicht erliegen. Aber kuschelig wird es auch nicht, zumal die Sonne nicht scheint und unseren Wintergarten aufheizt.

Ohne Füße erreiche ich ihn. Jedenfalls fühlt es sich so an, weil sie taub sind. Und die Crocs? Praktisch nicht mehr vorhanden.

16

Das Blau ist unter einem weißen Frostklumpen verschwunden. Doch das Glück ist mir hold: Die Tür in den Wintergarten ist nicht verriegelt – wie schön; und, noch viel wichtiger: Auch die Terrassentür ist nur eingeschnappt.

Zurück im Hausflur, versuche ich das Fahrrad in die Wohnung zu schieben. Keine leichte Übung. Es gibt keine Stelle, an der man es richtig packen oder hochheben kann. Schließlich schleife ich es, rückwärts tapsend, mit sanfter Gewalt am umwickelten Lenker ins Wohnzimmer und lehne es an einen Stuhl, der dabei samt Fahrrad umfällt, die Tischplatte streift und ein Glas mitreißt. Super! Der erste Kollateralschaden. Am liebsten würde ich das Fahrrad sofort auspacken. Aber erst müssen die Scherben aufgekehrt werden. Halt! Falsche Reihenfolge. Erst muss der Dreck im Hausflur beseitigt werden.

Im Wohnzimmer, die Glasscherben entfernt, zupfe ich ungeduldig an der Hülle. Was auf den Boden des Hausflurs gebröselt ist, war ein Klacks gegen das, was jetzt aufs Parkett rieselt. Aber das soll nicht überraschen. War ja so angekündigt: ›Mit ein bisschen Wasser ist es fast wieder wie neu.‹

Es ist wie Weihnachten, oder Geburtstag, oder beides zusammen. Häufig weiß man ja schon vorher was sich unter der Verpackung verbirgt. Spannend ist es trotzdem. So auch jetzt. Als die Hülle völlig beseitigt ist und das Fahrrad entzaubert vor mir steht, macht mein Herz einen freudigen Hüpfer. »Hej! Sieht aus wie auf den Fotos.« Klar. Wie sollte es auch anders sein. Trotzdem erhebend, es so direkt vor der Nase zu haben, es anfassen zu können. Vorsichtig, als wäre es zerbrechlich, streichen meine Fingerkuppen über den abgerubbelten Hörnchen-Lenker, den Rahmen, ziehen an den Bremshebeln. Sieht wirklich nicht schlecht aus. Eigentlich richtig gut. Bin ich schon infiziert? Kann nicht sein. Dazu kenne ich mich zu gut.

Ich schiebe es Richtung Terrasse, um das Parkett nicht noch mehr zu besudeln. Boh, geht das zäh. Irgendwas schleift unangenehm. Mit gestreckten Armen neige ich es, um die Ursache zu er-

17

kunden. Wen wundert's. Der Hinterreifen ist platt und der Fahrradmantel schlabbert lose im Felgenbett und schleift am Rahmen. Na ja. Wenn's nur das ist. Mit mächtig Kraft wuchte ich es über die Stufe zur Terrasse und lehne es seitlich an die Wand, um es aus der Entfernung zu betrachten. Nicht schlecht, Herr Specht. Und das für 47 Euro. Gut, die Transportkosten kommen noch dazu. Drauf geschissen. Aus dem bescheidenen Werkzeugkoffer hole ich einen Inbusschlüssel und stelle den Lenker gerade. Dabei knackt es scheußlich und die vordere Lampe purzelt scheppernd auf den Waschbetonboden. So widerstandslos, wie die abgebrochen ist, muss sie schon vorher angeknackst gewesen sein. Vielleicht beim Transport passiert. Kann ja sein. Nicht aber, was das Hinterrad betrifft. Es hängt asymmetrisch schief im Rahmen und klackert hin und her, wenn ich daran wackle. (Evelyn würde an dieser Stelle sagen: Dann wackle halt nicht dran.) Aber damit käme ich nicht weit. Das Kugellager auf der linken Seite existiert praktisch nicht mehr. Da kullert kein einziges armseliges Kügelchen herum. Auf der gegenüberliegenden Seite – sie ist schwer einzusehen, weil der Spalt beim Zahnkranz sehr schmal ist – siehts zwar eine Idee besser aus, aber von gut kann keine Rede sein. Dazu ist auch dieses trocken wie Zwieback. Na, guter Freund und Kupferstecher. Gib's zu. Du hast das Fahrrad seit Jahren nicht benutzt. Vom verkrusteten Dreck will ich gar nicht reden. Ein bisschen Wasser reicht da nicht, um es fast wie neu aussehen zu lassen. Und der Rost? Mehr als nur zarte Patina. Ziemlich dreist, was er da alles verschwiegen hat. Beim Transport ist das mit Sicherheit nicht passiert. Das kann er seiner Großmutter erzählen. Er hat mich einfach beschissen. Mehr als 47 Euro ist es nicht wert, das »Schnäppchen«, wie Evelyn es betitelt hat. Aber das war vorher nicht zu ahnen.

Genug geärgert fürs Erste. Die Kälte ist bis zu den Eingeweiden vorgedrungen und bevor ich als Eisbein ende, flüchte ich ins Wohnzimmer, ziehe was Warmes über und presse den Hintern

18

an den Heizkörper, bis es angenehm zwickt. Dann ruf ich Evelyn an. Sag ihr, wie's mir mit dem Fahrrad geht.

»Willst du's zurückschicken?«, fragt sie.

Nein, will ich natürlich nicht. Trotz allem bin ich glücklich darüber.

»Kannst du doch reparieren«, ist ihr lapidarer Kommentar. »Fang gleich damit an. Bist du wenigstens beschäftigt.« Ganz schön frech, was sie da loslässt, umschmeichelt von der Wärme in ihrem Laden. Als würde ich mich ohne diese Herausforderung langweilen. In einem Punkt allerdings hat sie recht. Es kann nicht so schwer sein, ein neues Kugellager einzubauen. Mein Ehrgeiz ist geweckt. Kugellager? Hab ich so was? Nein, hab ich nicht. Wart ich halt bis morgen und kümmere mich erst um die Reinigung. Also wieder raus in den kalten Wintergarten. Das Wasser spar ich mir. Ein trockener Lappen tut's auch. Zu mehr kann ich mich bei der Kälte nicht entschließen.

Als Evelyn nach Hause kommt, ist sie vom Fahrrad überschwänglich begeistert.

»Und der Rost?«

»Pah, da kommt auf der Reise noch 'ne Menge dazu.«

»Und die Radlager?«

»Schaffst du doch locker. Reparierst doch sonst auch alles.« Ihr Optimismus ist ansteckend und ehrlich gesagt bin ich ihrer Meinung. Sie bringt mir die Freude über den Kauf zurück.

Im Wintergarten brennt Licht und während wir essen, zieht das Fahrrad immer wieder unsere Blicke auf sich. Dabei wiederholt Evelyn immer wieder, wie ein Mantra, wie schön und aufregend meine Reise werden wird. Wird sie so schön und aufregend, wie Evelyn mir einredet? Wird nicht ein Berg von Problemen mich ausbremsen?

Häufig verarbeite ich belastende Probleme im Traum. Diese Nacht blieb traumlos. Besser so, denn in meinen Träumen wachsen die Probleme zu beängstigenden Szenarien und ich schrecke meist geschockt hoch. Leider beschränkt sich diese Phobie nicht nur auf meine Träume. Auch in der Realität neige ich inzwischen dazu, aus einer Mücke einen Elefanten werden zu lassen. Dabei hat sich immer wieder gezeigt – in der Realität –, dass die Elefanten zu Mücken zusammenschnurren. Liegt's am Alter? Wird schon alles gut gehen! Das muss ich mir so lange einreden, bis ich davon überzeugt bin.

Mit dieser Zuversicht schiebe ich am nächsten Morgen meine Befürchtungen beiseite und widme mich beherzt den Reparaturen. Der erste Blick lässt mich die Kälte im Wintergarten sofort vergessen und stimmt mich euphorisch: Gut sieht's aus. Trotz allem. Ich drehe es auf den Sattel und Lenker. Mein Gott, ist das Ding schwer. Kein Vergleich zu meinem filigranen Sportrad, obwohl auch das nicht zu den Leichtgewichten gehört. Das Vorderrad dreht sich, wie es soll, ohne Knirschen. Hinten sieht es allerdings übel aus. Wusste ich ja schon. Trotzdem ärgerlich. Um das Radlager beim Zahnkranz zu inspizieren, muss die Achse ausgebaut werden. Geht aber nicht, weil der Zahnkranz im Weg ist. Zwar schaff ich es ein Stückchen, doch der kleine Spalt, der sich öffnet, genügt nicht, um zu erkennen, ob es damit ebenso wenig rosig, oder besser, genauso rostig aussieht. Da hilft nur, den Zahnkranz abzumontieren. Aber womit? Als Erstes fällt mir dazu Wolf ein.

»Hallo Wolf!«, säusle ich ins Telefon, denn es ist mir wie immer peinlich, um etwas zu bitten. »Ich hab mir ein Fahrrad gekauft. Im Internet.«

»Super! Mach ma gleich a Probefahrt.«

Bei dem Gedanken wird mir ganz gruselig. Wolf schreckt vor keinem Wetter zurück. Der ist da hart im Nehmen.

»Geht leider nicht. Die hinteren Lager sind kaputt und ich kann's nur reparieren, wenn der Zahnkranz abmontiert ist. Mir fehlt aber das richtige Werkzeug. Hast du dafür zufällig was?«

»*Zufällig* hab ich gar nichts.«

Sehr witzig.

20

»Klar hab ich was. Was hast'n bezahlt?«

»47 Euro.«

»47 Euro? Für das Bisschen gibt's schon a Radl. Da bin ich ja gespannt. Bring's rüber.«

Hm. Mir wär's lieber gewesen, nur mit dem ausgebauten Hinterrad zu ihm zu gehen. Aber gut. Verstehe seine Neugier. Umständlich schiebe ich das Fahrrad auf die Straße. Nach ein paar Metern schrammt die blanke Felge unangenehm laut über die festgetretene Eiskruste. Es klingt wie eine Klage. Ich packe es am Gepäckträger und schiebe es mit angehobenem Hinterrad. Ziemlich umständlich. Bei jedem größeren Schritt schlägt mir das Pedal brutal in die Wade. Aber die restlichen fünfzig Meter werd ich schon noch schaffen.

Als Wolf das Fahrrad sieht, ist er doch bass erstaunt – trotz der kaputten Lager und den restlichen Gebrauchsspuren. In seiner Werkstatt, in der es an nichts fehlt – nicht mal an der Heizung –, lösen wir den Zahnkranz. Auch dieses Lager ist rostig und ähnelt dem gegenüberliegenden. Es liegen zwar noch ein paar vertrocknete Kügelchen drin, aber der Rest ist buchstäblich zerbröselt. Der Verkäufer wusste das sicherlich und hat es schlichtweg verschwiegen. Davon bin ich hundertprozentig überzeugt.

»Kannst doch reklamieren«, insistiert Wolf. »Der soll dir das Geld wieder zurückgeben. Oder wenigstens einen Teil davon.«

»Ist mit zu umständlich.«

»Aber der hat dich beschissen. Das ist Betrug. Wehr dich. Ich tät mir das nicht gefallen lassen.«

»Vielleicht mach ich's«, erwidere ich kleinlaut, damit er Ruhe gibt. Weiß aber, ich werde es nicht tun. Man kann eben nicht immer Glück haben. Mit einem passenden Kugellager oder Kugeln kann mir Wolf nicht aushelfen. Um die weiteren Reparaturen will ich mich selbst kümmern, obwohl Wolf gerne noch weiter am Fahrrad gebastelt hätte. Tut mir leid für ihn. Da bin ich einfach zu eigenbrötlerisch, so verlockend die Wärme in seiner Werkstatt andererseits ist.

Mit losem Hinterrad quer über dem Lenker, die schmierige Achse samt Zahnkranz in der Hosentasche, quäle ich mich nach Hause. Das Hinterteil des Fahrrads muss ich dabei wieder mit einer Hand hochheben, was dem Pedal erneut die Möglichkeit gibt, meine eh schon geschundene Wade weiter zu attackieren.

Zu Hause überlege ich, wie es weitergehen soll. Jetzt ein Kugellager kaufen? Ohne Auto? Das kostet mindestens eine halbe Stunde. Ich würde aber gerne die Gangschaltung testen. Und zwar sofort. Das geht aber nur mit eingebautem und drehendem Hinterrad. Also doch losgehen und eins kaufen? Beim Blick nach draußen wird der Wunsch gleich nicht mehr so dringlich. Obwohl! Nein, lieber nicht. Gibt's eine andere Lösung? Ich grüble. Und da fällt mir ein, im Garten steht ein altes Klapprad von Evelyn, das dort munter vor sich hin gammelt und demnächst eh auf dem Schrottplatz landet. Vielleicht passen die Kugellager, obwohl ich das nicht ernsthaft glaube – bei dem Größenunterschied. Aber vielleicht die Kugeln. Es muss ja nicht endgültig sein.

Kacke! Das ist ja völlig zugeschneit. Mit spitzem Finger wische ich den Schnee vom Lenker und Sattel. Wenn ich weiter so zögerlich agiere, bin ich erfroren, noch bevor ich es einen Meter bewegt habe. Also wird es einige Male kräftig gegen die Hausmauer geknallt, damit der meiste Schnee abfällt. Anschließend landet es im Wintergarten.

Die Achsen sind schnell demontiert. Und schon kullern sie in der Hand, die Kügelchen, die mir jetzt wertvoller sind als edle Perlen. Ein paar mehr hätten nicht geschadet, aber sie reichen für den Moment. Noch schnell etwas Fett aus einer flachgepressten Tube, die Achse samt Zahnkranz wieder eingebaut, und schon dreht sich das Hinterrad. Na also! Geht doch. Na ja, nicht so ganz. Ein bisschen wackelt's schon. Aber es reicht, um die Schaltung und Bremsen zu kontrollieren und einzustellen.

Da ein bisschen schrauben, dort ein bisschen drehen und beides funktioniert, wie es soll. Macht mich glücklich. Währenddessen hat es angefangen zu schneien und auf dem durchsichtigen Wintergartendach häuft sich der Schnee zu dunkelgrauer Masse. Dazu ist die Kälte beißend, die Finger steif wie gefrorene Pommes und das Metall kalt wie blankes Eis. Das war's für heut. Ich kuschle mich mit dem Sizilien-Reiseführer auf die Couch im Wohnzimmer. Der Blick wandert immer wieder zum Fahrrad. Das Wesentliche funktioniert. Morgen werde ich passende Kugellager besorgen und mich ums Feintuning kümmern.

Die folgenden Wochen verstreichen mit weiteren Reparaturen und Einkäufen: Kugellager, Sattel, Bremsschuhe, viele andere Kleinigkeiten. Wolf taucht hin und wieder auf, neugierig, wie es vorangeht. Er rät zu Fahrradmänteln, mit denen ich schadlos über das Nagelbrett eines Fakirs radeln kann. Solche Tipps nehme ich gerne an. Sparen auf der Reise Zeit und Ärger. Im Internet finde ich das Passende. Das empfohlene deutsche Fabrikat ist sauteuer. Es zu kaufen, will mir nicht einleuchten. Warum auch, wenn es eine günstigere Alternative gibt, die mit denselben Attributen aufwartet. Auch sie wird als unplattbar oder so ähnlich beworben. Muss ja nicht ein Leben lang halten. Und wenn das Profil nicht ganz so griffig ist – was soll's. Will ja keine Rallye fahren.

Fast täglich bringen Paketboten neue Lieferungen. Es ist wieder wie Weihnachten. Nur gibt es *täglich* was auszupacken. Mir ist der Überblick über Evelyns und meinen Bestellungen längst entglitten. Manches davon ist doch sehr verwunderlich. Evelyn hat so ihre eigenen Vorstellungen, was für die Reise unentbehrlich ist. Zum Beispiel eine Radlaufglocke. Erstaunlich, dass es so was überhaupt noch gibt. Als ich sie auspacke, erwacht schlagartig meine Jugend in mir.

Damit hab ich Passanten zur Seite gescheucht, wenn ich auf dem Fußgängerweg unterwegs war. Erst ein paar Augenblicke, bevor sie vom Lenker aufgespießt wurden, ließ ich die Glocke rasseln. Sie war unglaublich schrill und um das Mehrfache lauter als alles, was es sonst noch in dieser Richtung gab. Zu Tode erschreckt sprangen die

Fußgänger zur Seite. Ich war längst vorbei, bis sie ärgerlich merkten, dass sie einem unverschämtem Bengel Platz gemacht hatten. Dann folgten wüste Beschimpfungen: Du Saukerl, du Rotzlöffel ... Wenn ich dich erwische. Derartige Beschimpfungen haben mich eher beflügelt als abgeschreckt. Sie waren ja im Recht. In dieser Beziehung war ich ein Rotzlöffel. Andererseits war die Radlaufglocke manchmal auch überlebensnotwendig. Sie war irrsinnig laut. Sogar Autofahrer reagierten, wenn sie wollten. Es war quasi die kleine Schwester der Straßenbahnglocke, die genauso funktioniert; halt nur um ein paar Phon lauter. Irgendwann wurde sie verboten. Vielleicht hat sie einen Minister erschreckt zusammenfahren lassen, der dann ein Verbot vorschlug, das es bis in die Straßenverkehrsordnung schaffte.

Was ich allerdings jetzt in den Händen halte, ist ein billiger Abklatsch. Nicht nur ist am Lenker und Vorderrad kein Platz dafür. Sie funktioniert auch nicht richtig. Weder die Glocke noch der Zugmechanismus. Sie wird als glatte Fehlkonstruktion eingestuft und landet in der Kiste bei den anderen Fehlkäufen. Schade fürs bezahlte Geld. Trotzdem: Was ankommt, lässt das Fahrrad täglich reisefertiger aussehen.

Viel Spaß bereitet das Wurfzelt, das Evelyn gekauft hat und das ich bei jeder Gelegenheit vorführe. Faszinierend wie es, in die Luft geworfen, in Sekunden aufspringt und quasi sofort bezugsfertig ist. Nur mit dem Zusammenfalten klappt's anfangs nicht. Hätte es vorher – wie ein Origami – vorsichtig entblättern und mir den Faltvorgang einprägen sollen. Auf den Gedanken kam ich aber nicht. Außerdem: Das Zelt steht, zusammengefaltet, unter immenser Spannung. Es ist gar nicht möglich, es kontrolliert zu entfalten. Es zieht und zerrt wie früher unser Afghane, wenn er vor sich ein Gruppe Rehe rennen sah. Und überhaupt hätte es mich so um das Aha-Erlebnis gebracht. So steht es anfangs erst mal aufgebaut für einige Stunden im Garten. Es gibt zwar eine Packanleitung, sogar bebildert, jedoch zu kryptisch, um sie zu

24

verstehen. Chinesische Schriftzeichen wären nicht unklarer gewesen. Dazu sind die Abbildungen winzig, skizzenhaft wie ein verrutschter Kartoffeldruck und zu untauglich, um daraus vernünftige Schlüsse zu ziehen. (Mit Ikea-Aufbauanleitungen hab ich im Übrigen keinerlei Probleme.) Ich probier's trotzdem, würge und drehe die biegsamen Stangen nach allen Regeln der Kunst bis zu einem Punkt, bei dem ich spüre: Ein Stück weiter und die Stange knackt ab. Und nun? Wie so oft hilft das Internet weiter. In einem YouTube-Video zeigt ein Typ die angeblich nur drei möglichen Packvorgänge für Wurfzelte. Ich probiere sie alle aus. Einer davon scheint vielversprechend. Doch der letzte Faltvorgang macht mir Angst. Der Widerstand wird schmerzhaft groß. Wahrscheinlich hätte ich auch dabei einen Stab abgeknickt, wäre ich dem Herrn auf dem Video gefolgt, der am Ende so überzeugt in die Kamera grinst.

Zum Glück gibt es noch weitere Zeitgenossen und -genossinnen, die ihre Weisheiten verbreiten wollen. Ein junges Mädchen erweist sich als der rettende Engel. Aber bis zum Faltvorgang dauert es. Erst kommt sie mit dem Auto an, steigt aus, sucht einen geeigneten Platz ... Sehr nett. Schließlich lässt sie das Zelt dann doch aufploppen und faltet es wieder zusammen. Und siehe da: So funktioniert auch mein Zelt. Ein paarmal probiert und es klappt wie am Schnürchen. Na also. Gibt's doch noch eine vierte Möglichkeit. Sollte ich dem Schlaumeier mit den drei ultimativen Packmöglichkeiten eigentlich mitteilen. Keine Zeit dafür.

Etwas Sorge macht der Durchmesser. Es ist groß wie ein 28er-Fahrrad-Reifen. Mir ist nicht klar, wo und wie ich es für die Reise befestigen soll. Ich teste einige Möglichkeiten. Seitlich angebracht hat es zwar Platz, aber dann kann ich nicht mehr treten und das werde ich müssen, wenn ich vorwärtskommen will. Wie immer hat Evelyn einen Vorschlag.

»Du kannst es als Hut verwenden.«

Genial! Damit könnte ich sicherlich im englischen Königshaus punkten. Und der Luftwiderstand? Käme noch Gegenwind dazu, den Kopf würde es nach hinten reißen, gefolgt von einer unfreiwilligen Rückwärtsfahrt. Abgesehen davon sähe es reichlich albern aus. Letztlich bleibt nur, es hinten quer über die Satteltaschen zu spannen.

Inzwischen haben wir die 400-Euro-Marke geknackt, trotz der meist preiswertesten Variante, was sich auf der Reise noch rächen sollte. Aber vielleicht ist es die Sache ja wert. So kann ich auch dieses Abenteuer auf der Liste der noch offenen Vorhaben abhaken. Aber wer weiß? Vielleicht werde ich ja süchtig und es wird nicht die letzte große Fahrradtour.

Ende Juli. Es gibt nichts mehr, was sich am Fahrrad noch verbessern ließe und Evelyn mahnt, endlich in die Gänge zu kommen. Mein Timing richtet sich nach ihrem Urlaub. Wir wollen in etwa zur gleichen Zeit in Sizilien ankommen. Also wird es Zeit, endlich abzuzwitschern. Am Abend hab ich eine Runde um den Block gedreht. Zum ersten Mal mit Gepäcktaschen und Zelt. Evelyn fand, wir sahen toll aus, das Fahrrad und ich. Morgen ist eine längere Testfahrt angesagt. Quasi die Feuerprobe.

Als ich das vollbepackte Rad um die Hausecke schiebe, kommt ausgerechnet Lisa durch die Haustür. Ich mag sie. Sie ist eine nette Hausinwohnerin aus dem obersten Stock. Wir nehmen uns immer Zeit für ein paar freundliche Worte, erzählen was uns im Moment beschäftigt. Doch so voll aufgerüstet mit Zelt, Packtaschen und vor allem dem doofen Helm (Evelyn hat ihn mit blauer Farbe aufgehübscht, konnte allerdings meine Abneigung dagegen nicht übertünchen), war es mir peinlich, ihr so zu begegnen. Eigentlich gibt es keinen Grund dafür. Sie sportelt regelmäßig und viel, sommers wie winters. Sie würde mein Vorhaben bestimmt gut finden. Aber, wie's scheint, stehe ich nicht voll dahinter. Warum kann ich ihr nicht einfach zurufen: »Hey Lisa! Ich fahr demnächst mit dem Fahrrad nach Sizilien, und jetzt mach ich einen kleinen Test.« Würde sie sicherlich gut finden und mir viel Glück und Erfolg wünschen. Doch ich bring's ums Verrecken nicht fertig.

26

Irgendwie komm ich mir blöd und lächerlich vor. Eigentlich sollte ich stolz auf das sein, was ich vorhabe. Bin ich aber nicht. Mir fehlt offenbar das Selbstbewusstsein.

Hat sie mich schon entdeckt? Ja, sie hat! Mich wieder hinter die Hausecke zu verdrücken, wäre oberpeinlich. Also bleibe ich, wo ich stehe, und nicke ihr kurz zu. Der Abstand zwischen uns ist zu groß für einen Plausch, und nachdem ich auch noch den Kopf senke, um den Blickkontakt zu unterbrechen, und wichtigtuerisch am Fahrrad herumnestle, verschwindet sie, ohne dass ich eine Erklärung für meinen Aufzug abgeben muss. Diese Marotte sollte ich schleunigst ablegen, denn in diesem Aufzug werde ich einige Wochen unterwegs sein. Und daran sollte ich mich gleich heute gewöhnen, auf dem Weg zu Evelyns Weinladen nach Hohenschäftlarn. Es wird der erste größere Test.

Na ja, von wegen größerer Test. Lächerliche zwölf Kilometer sind es – einfach. Dazu mogle ich bei den Packtaschen, die mit Kissen und Zeitungen ausgebaucht sind. Mir ist nämlich noch nicht klar, was alles mitkommt, und Evelyn hat sicherlich genaue Vorstellungen, in welche Packtasche was hineinmuss. Und da sollte ich mich besser raushalten.

Ich schiebe das Fahrrad um die Straßenecke in die kleine Nebenstraße, in der so gut wie kein Verkehr herrscht. Nicht nur deshalb. Auch um die Abfahrt zu verzögern. Wie gewohnt versuche ich das Bein über den Sattel zu schwingen. Doch es hakt. Wie war das denn beim Test gestern Abend? Ein zweiter Versuch scheitert ebenfalls. Ich kann nicht weit genug ausholen, um nicht am Wurfzelt hängen zu bleiben. Dann eben nicht. Muss ich halt – nicht gerade sportlich – den Fuß über die Querstange des Rahmens heben. Glücklicherweise ist sie abgesenkt und so fällt es leichter und wirkt nicht ganz so verkrampft. Wäre sie nicht abgesenkt, hätte ich ernsthafte Schwierigkeiten. Bin halt doch nicht mehr so elastisch.

27

Als Kind steckte ich ein Bein unter der Querstange durch, wenn das Fahrrad zu hoch war, um an die Pedale zu kommen. Sah zwar auch nicht elegant aus, aber es war eine Möglichkeit, als kleiner Knirps mit einem normalen Herrenfahrrad zu fahren.

Mit schwitzigen Händen klammere ich mich an den Lenker. Zugleich flaut der Magen. Ist es die Fahrt nach Hohenschäftlarn, die mich so nervös macht? Oder das Gefühl, sich dem Ernst der Reise zu nähern? Wenn der Trip zu Evelyn klappt, gibt es keine Ausrede mehr. Dann muss ich nach Sizilien radeln. Basta! Ich verdränge die Gedanken an mein seltsames Aussehen und radle vorsichtig los.

Kaum auf der Hauptstraße befällt mich das Gefühl, alle blicken nur noch auf mich und denken: Wo will *der* denn hin? Und was hat *er* da für ein komisches gelbes Ding auf dem Gepäckständer? Und der Helm … Natürlich weiß ich: alles nur Einbildung. Keiner interessiert sich dafür. Keiner ist erstaunt oder verwundert oder beachtet mich überhaupt. Trotzdem … Ja, trotzdem fühle ich mich wohler, als ich kurze Zeit später die belebte Straße hinter mir lasse und die Stadtgrenze von München passiere.

Solang der Radweg glatt und eben ist, stört nichts. Doch dann wird es holprig. Das Wurfzelt beginnt mich zu ärgern. Es wabert hin und her und muss immer wieder mit der Hand zurückgedrückt werden. Die Gumminetze sind nicht die beste Lösung, um es zu fixieren. Spanngurte waren es noch weniger. Aber so schlimm ist es nun auch wieder nicht. Bin einfach zu nervös, und da stört im Moment die kleinste Ungereimtheit. Ein echtes Ärgernis ist allerdings der Dynamo. Er ist hinten anmontiert. Ausgerechnet wenn es bergauf geht, ich mit aller Kraft in die Pedale treten muss, stößt der Absatz dagegen und er klappt ein. Ein zusätzlicher Widerstand, den ich genau dann nicht brauchen kann, wenn ich eh schon am Limit bin. Dafür wird sich auch noch eine Lösung finden. Darf beim Bergauffahren einfach die Füße nicht verdrehen. Gelingt es nicht und er ärgert mich weiterhin, muss er weg. Ganz einfach.

Und dann bin ich fast da, vor Evelyns Weinladen. Das letzte Stück der steil nach oben führenden Straße war nur schiebend zu bewältigen. Hohenschäftlarn heißt nicht umsonst Hohenschäftlarn. Kaum um die Ecke gebogen, strahlen mich zwei überraschte Augenpaare an. Neben Evelyn steht unsere liebe Freundin Evi. Sofort befreie ich mich vom ungeliebten Helm. Dann lass ich mich von beiden kräftig drücken und genieße die bewundernden Worte. Freu mich natürlich darüber, obwohl es keine sonderliche Leistung war.

»Ging doch ganz gut, oder?«, fragt Evelyn.

»Ja, doch. War auch nicht übermäßig anstrengend.«

»Hey. Siehst ja schon richtig reisefertig aus. Hast du schon alles zusammengepackt?«, will Evi wissen.

»Noch nicht so ganz. Eigentlich gar nicht. Ist bloß ein bisschen Werkzeug drin. Der Rest ist Zeitungspapier und zwei Kissen.«

»Na ja. Man muss ja nicht gleich übertreiben beim ersten Mal.«

»Genau! Wollt nur wissen, wie sich's so fährt, mit allem Drum und Dran.«

»Und jetzt geht's wieder zurück, oder?«

»Ja. Wenn ich Evelyn im Laden nicht helfen kann …«

»Nein, Schnuffbär. Schaff ich schon alleine. Fahr vorsichtig.«

»Mach ich! Ich ruf dich an, wenn ich zu Hause bin. Ciao, ihr Süßen!«

Zurück fährt sich's dann wesentlich leichter, ja richtig beschwingt. Nicht nur wegen des leichten Gefälles. Bin einfach entspannter und fange an, mich mit dem Outfit zu versöhnen. Sogar ein bisschen mit dem Helm. Super! Mit dem Fahrrad komm ich klar. Den ersten Test haben wir zwei bestanden. Weitere Tests erübrigen sich.

Um den Inhalt der Packtaschen kümmert sich Evelyn. Da hab ich nicht viel zu melden, vertraue ihr blind. Sie wird mit Sicherheit nichts Wichtiges vergessen. Das Beladen des Fahrrads ist dann wieder mein Part.

Montag, 14. Juli 2014 – erster Reisetag

Es ist so weit. Um 13.38 Uhr soll der Zug abfahren. Evelyn begleitet mich. Zusammen fahren wir zur S-Bahn-Station, sie auf dem Klapprad, ich mit voller Ausrüstung neben ihr. Sie sperrt ihr Fahrrad ab und wir warten auf dem Bahnsteig. Eigentlich dachte ich, schon hier haften alle Blicke auf mir. Aber die meisten ignorieren mich und beschäftigen sich mit ihren Smartphones. Sollen sie. Kann mir nur recht sein.

Anders dann in der S-Bahn. Sie ist ziemlich voll und durch die sperrige Ausrüstung müssen alle ein bisschen zusammenrücken. Die entstandene Unruhe macht sie auf mich aufmerksam. Dabei starren sie abwechselnd aufs Fahrrad und mich. So aufgerüstet sind häufig auch andere unterwegs. Aber das ausladende Wurfzelt, leuchtend gelb, ist ein echter Hingucker. Ich versuche in die Gedanken der Beobachter zu schlüpfen. Finden sie mich zu alt? Das Fahrrad zu schäbig? Der Helm ist unter dem Gepäcknetz verstaut. Mit ihm auf dem Kopf wäre mir der letzte Funken Selbstvertrauen flöten gegangen. Na, hoffentlich wachsen da keine Neurosen. Sollte gelassener damit umgehen; stolz sein auf das, was ich demnächst meistern werde. Doch meine Gefühle schwimmen in flauer Ungewissheit.

Die Fahrt mit der S-Bahn dauert quälende zwanzig Minuten. Zwanzig Minuten, in denen die Gedanken vom Hier und Jetzt zur bevorstehenden Reise wandern. Wie wird sie werden? Wird alles gut gehen? Als Jugendlicher wären solche Gedanken gar nicht hochgeschwappt. Jetzt, als Grufti, lähmen sie meine Vorfreude.

Um nicht schon vor der Abfahrt unliebsame Überraschungen zu erleben, war ich schon ein paar Tage vorher am Bahnhof. Wollte wissen, ob tatsächlich das gesamte Gepäck – immerhin fünf Gepäcktaschen plus Wurfzelt und eine Lenkertasche – ins Zugabteil muss. Ja, muss es. Hm. Wie schleppe ich das alles? Hab ja nur zwei Hände. Natürlich hab ich's vorher geübt: Die Dreier-Packtaschen vom hinteren Gepäckständer über die Schulter; die zwei von vorne über den einen Unterarm; die Lenkertasche um die Hüfte, an der schon das Wimmerl mit den wichtigsten Papieren und dem Geld hängt; das Wurfzelt in die zweite freie Hand; den Helm …? Oje. Auf dem Kopf. Geht nicht anders.

Wär ja nicht so wild. Nur mich plagt eine Aversion gegen jegliche Art von Kopfbedeckungen. Wann diese Neurose sich meiner bemächtigt hat, weiß ich nicht mehr. Jedenfalls schleichend. Sie war irgendwann einfach da. Dabei gab es Zeiten, da fand ich es ausgesprochen chic, einen Hut zu tragen. Hätte er nicht darunter gelitten, er wäre sogar im Bett mein treuer Begleiter gewesen.

Irgendwann hat sich das umgekehrt. Es ging so weit, dass ich bei einem Besuch mit meiner Ex-Familie im Salzbergwerk als einziger von vierundzwanzig Personen kein Bergmannskäppi trug. Wie es dazu kam? Im Umkleideraum, in dem für jeden »Einfahrenden« eine Bergmannskluft samt Bergmannskäppi bereitlag, beobachtete ich die anderen. Einige haben sich das Käppi auf den Kopf gestülpt und fanden das auch ganz lustig, andere standen ohne herum. Prima. Die waren mir sympathisch. Kann ich auch darauf verzichten. Dann wurden wir aus der Umkleidekabine in den Vorraum vor die Lore gebeten, die uns dann in die Tiefen des Stollens transportiert hat. Bevor wir allerdings ins Bergwerk einfuhren, mussten wir uns für ein Gruppenfoto aufstellen. Die, die vorher ohne ihre Käppis herumstanden – die einstmals Sympathischen –, setzten sie jetzt auf. Die Verräter hatten sie vorher in der Hand oder Hosentasche. Nur ich stand ohne da. Es war mir fürchterlich peinlich. Am liebsten wäre ich zu allen hingegangen und hätte ihnen einen plausiblen Grund dafür genannt, den es aber nicht gab. Mit der

31

Zeit hab ich mich dann wieder beruhigt und mir vorgenommen, so was passiert mir in Zukunft nicht mehr.

Ab jetzt geht es um Substanzielleres und ich werde brav den Helm tragen, schon deshalb, weil ich es Evelyn versprochen habe. Doch ernsthaft muss ich mich mit diesem Problem erst bei der Ankunft am Brenner auseinandersetzen. Wir haben nämlich beschlossen, die extremen Pässe bis zur italienischen Grenze auszulassen. Zum einen könnte das Wetter regnerisch und kalt sein (bin bekennender Warmduscher), zum anderen sollen nicht alle Kräfte schon erschöpft sein, bevor das sonnige »Bella Italia« erreicht ist.

Eine gute Stunde vor Abfahrt sind wir am Hauptbahnhof. War mein Wunsch, so früh dort zu sein. Der Zug ist noch nicht eingefahren und es bleibt noch Zeit sich ein bisschen umzusehen. Wieder das verdammte, flaue Gefühl. Immer wieder hab ich mich gedanklich mit der Reise beschäftigt, im Geiste die Urlaubsfahrt x-mal durchlebt, sogar genossen. Aber jetzt, so neben dem vollbepackten Fahrrad, ist es doch anders.

Das Warten ist quälend. Daran hab ich nicht gedacht, als ich mich für den frühen Aufbruch entschied. Evelyn, mit ihren feinen Sensoren, spürt natürlich, welchem Druck ich ausgesetzt bin, obwohl sie's nicht versteht und meine Qual für unangebracht hält.

»Ich kauf dir was zu essen und zu trinken«, flötet sie.

»Brauch ich nicht!«, erwidere ich knapp. Allerdings nur, weil ich zu nervös bin, um so banale Bedürfnisse wie Hunger und Durst zu empfinden. Wir gehen normalerweise sehr liebenswürdig miteinander um und selten bin ich so patzig wie jetzt. Aber ich will endlich in diesen Scheißzug einsteigen, der leider noch nicht auf seinem Gleis steht. Unbeeinflusst zieht Evelyn los. Sie kennt mich. Spätestens wenn der Zug losgefahren ist, bekomme ich Kohldampf, denn das Frühstück fiel eher spärlich aus, weil es mir die Gurgel zugeschnürt hat vor Aufregung.

Einsam im Menschengewimmel – wie ein ausgesetztes Findelkind – warte ich auf sie. Die Leute hasten wie Schemen vorbei;

32

die Lautsprecherdurchsagen höre ich zwar, aber sie dringen nicht ins Bewusstsein; das Geschnatter der Leute schwillt an, wenn sie vorbeihasten, aber die aufgefangenen Wortfetzen prallen an meinem Schutzwall ab, hinter dem ich mich verschanzt habe. Evelyns Rückkehr bringt mich wieder zurück in die Bahnhofshalle.

»Da, mein Schatz. Stärkung für die ersten hundert Kilometer.« Sie drückt mir einen Hamburger in die eine Hand und in die andere eine Cola. (Wir mampfen höchst selten Junkfood. Nicht das gesündeste, schon klar. Aber mit dieser Sünde läuten wir häufig unseren Urlaub ein.) Ich beiße in den Hamburger und zuzle an der Cola. Köstlich. Evelyn strahlt aufmunternd. Nach ihrer Vorstellung werde ich das aufregendste Abenteuer seit langem durchleben – und genießen. Sie und ihren Optimismus werde ich auf der Reise vermissen.

»Mach doch kein so finsteres Gesicht, Schnuffbär. Freu dich. In ein paar Wochen bist du in Sizilien und hast deinen Wunsch erfüllt.«

»Ja, ja!« Meinen Wunsch? Waren doch eigentlich eher die anderen, die diesen Wunsch hatten. Ganz so stimmt es nicht. Die letzten Wochen hab ich mich wirklich auf die Reise gefreut. Wurde immer neugieriger wie's wohl werden wird. Hab mir ausgemalt, was da alles an Überraschungen auf mich zukommt, und es waren eher positive Bilder, die meine Fantasie gemalt hat. Und daran hat sich eigentlich nichts geändert. Also liegt Evelyn schon richtig. Ich sollte mich darauf freuen. Aber so einfach geht das nicht. Schon gar nicht auf Knopfdruck. Ein Rest Skepsis bleibt einfach. Deshalb verspeisen wir halt weiterhin schweigend unsere Hamburger und nuckeln an den Getränkeflaschen. Evelyn weiß genau: Die Stimmung kippt, sobald ich im Zug sitze.

Dann fährt er ein. Endlich. Bin froh, wieder aktiv werden zu können. Evelyn wartet mit dem Gepäck, bis das Fahrrad verstaut ist. Im separaten Waggon stapeln sich schon Fahrräder. Gehören einige davon vielleicht meinen ersten Begleitern? Oder wird es das Ehepaar, das sich dem Bahnsteig nähert, ebenfalls mit vollbepackten Fahrrädern? Passend auch, weil sie in etwa im gleichen Alter sind. Hab zwar kein Problem mit jüngeren Begleitern. Aber die Oldies hier werden nicht schon auf den ersten hundert Metern davonsprinten und mich alt aussehen lassen. Wie auch immer: Freudige Erwartung steigt auf und das macht auch Evelyn glücklich.

Nachdem das Fahrrad verstaut ist (zur Identifikation musste noch ein Nummernzettel an den Rahmen geklebt werden), gehen wir mit dem Gepäck in den Waggon für Passagiere. Jetzt ist Evelyn die dritte und vierte Hand und das macht es einfacher. Wie es dann ohne sie gehen wird, versuche ich erst mal zu verdrängen. Bravo! Immerhin ein erster Versuch, das Ganze lockerer zu sehen.

Es gibt keine Zugabteile, nur offene Zweier- und Dreiersitzreihen. Gar nicht so einfach, das sperrige Gepäck durch den schmalen Mittelgang zu schleppen, ohne damit an die Ellbogen oder Köpfe der Fahrgäste zu stoßen. Es gibt noch einen freien Fensterplatz neben einem jungen Typen. Die Sitzbank gegenüber ist hochgeklappt, warum auch immer. Praktisch, weil davor reichlich Platz für mein umfangreiches Gepäck bleibt. Sogar fürs Wurfzelt.

Ein paar Minuten verweilen wir noch auf dem Bahnsteig. Zwischen vielen Küssen wünschen wir uns alles Gute für die Zeit der getrennten Wege. Am liebsten würden wir für immer so umschlungen stehen bleiben. Aber Evelyn muss zur Arbeit und es bleibt nur, uns zu verabschieden. Vielleicht auch besser, als mit platter Nase am Fenster zu kleben und mit dem Partner draußen allmählich erlahmende Gesten und Grimassen zu tauschen.

Der junge Typ neben mir glotzt mich dümmlich an. Wahrscheinlich konnte er mit unserem sentimentalen Gehabe nichts anfangen. Vielleicht reagiert er auch nur so, weil ich ihn mit leeren Kuhaugen anstiere, gedanklich noch bei Evelyn. Mir egal.

Wir ruckeln los. Tiefhängende Wolkenschleier lassen die Sonne nur erahnen. Aber es regnet nicht – immerhin. Kaum hat der Zug den Bahnhof hinter sich gelassen, kehrt meine innere Ruhe ein. Jetzt freu ich mich schon fast auf das, was vor mir liegt. Um einer

34

Kontaktaufnahme mit meinem Nachbarn zu entgehen, schaue ich aus dem Fenster. Aber der hat eh keine Lust dazu. Hektisch drückt er auf seinem Handy herum. Aus dem Augenwinkel sehe ich, wie er irgendwelche Gegner plattmacht. Wenn ihm das nicht gelingt, stöhnt er laut auf und fuchtelt mit der freien Hand durch die Luft. Nachdem er so schwere Schlachten zu überstehen hat, kann ich ohne Belästigung die von Evelyn angefertigte Straßenkarte aus der Lenkertasche kramen. Für die Fahrt bis Verona hat mir mein Schatz eine detaillierte Fahrradkarte besorgt. Für die restlichen knappen zweitausend Kilometer muss ich mit Schnipseln aus einer Straßenkarte auskommen, die sie chronologisch in mühevoller Arbeit aneinandergeklebt und gefaltet hat. »*Wenn du das Ende des jeweiligen Ausschnitts erreicht hast, musst du die Seite nur nach hinten klappen und hast gleich die nächste Etappe vor dir.*« Hab's zu Hause getestet. Kam mir ein bisschen unhandlich vor. Aber hundertmal besser als sperrige DIN-A4-Seiten. Doch. Hat sie wirklich gut gemacht. Aber bis die zum Einsatz kommt, vergeht noch viel Zeit. Erst will ich mich auf die Strecke ab dem Brenner konzentrieren. Die Karte dafür ist handlich wie ein Taschenkalender. Jede Kurve, jede Steigung ist eingetragen. Doch was bringt es, mich jetzt da hinein zu vertiefen. Eigentlich macht es mich nur nervös. Ich packe sie wieder weg und betrachte lieber die vorbeiziehenden grauen Fabrikgebäude und die Kleingärten, die direkt am Bahndamm kleben. Der Typ hat angefangen, mit den Füßen den Takt seiner Musik zu begleiten, die quäkend aus den Ohrstöpseln quillt. Dabei entwischen ihm immer wieder dissonante Töne. Muss aufpassen, dass mein Schmunzeln nicht zu auffällig wird. Ach, könnte ich mich doch auch auf diese Weise ablenken. Aber zum einen ist mein Handy eine alte Krücke mit wenig Arbeitsspeicher, zum anderen muss ich mit der Batteriekapazität haushalten. Sonst fallen Telefonate mit Evelyn flach und wer weiß, wann ich es wieder laden kann. Ich versuch's mit einem Buch, so gut es geht neben dem Hampelmann.

In Kufstein die Erlösung. Der Zug ist schon mit quietschenden

Rädern zum Stehen gekommen, da schnellt mein Nachbar hoch. Vor lauter Ballern und Beat hätte er beinahe übersehen, dass er schon am Ziel angelangt ist. Ohne sich zu verabschieden, sprintet er mit seinem Rucksack durch den Waggon zum Ausgang.

»So ein Büffel!«

Noch während ich ihm hinterherschaue, erscheint eine junge, äußerst elegante Dame neben dem frei gewordenen Platz. Fragend blickt sie darauf. Dabei strahlt sie mich so offen an, ich kann nur noch reflexartig nicken. Welch reizende Überraschung! Aus ihrer Aktentasche kramt sie ein Modejournal. Die fettgedruckten Titelzeilen sind deutlich erkennbar italienisch. Aha. Hab's mir doch gleich gedacht. Sie ist Italienerin. Soll ich es wagen, sie anzusprechen? Lieber nicht.

Gegen 16 Uhr ist der Fahrpreis abgegolten. Während ich mich erhebe, verhaken sich unsere Blicke und ich wage ein paar Brocken Italienisch. »Mi scusi. Adesso devo uscire.« Eigentlich völlig überflüssig. Wozu klaube ich sonst die sieben Zwetschgen zusammen. Aber ich musste den Bann einfach brechen. Hätte sie schon viel früher ansprechen sollen. Doch da fehlte mir noch der Mut. Womöglich hätte sie über mein Reisevorhaben Genaueres wissen wollen und Antworten erwartet, die ich nur stammelnd hätte geben können. Dabei bin ich sicher, charmant, wie sie ist, hätte sie mein rudimentäres Italienisch toleriert. Das Gepäck sicher im Griff – schau schau, ging doch ganz locker – werde ich übermütig. (So geht es mir meistens. Wie bei einem kleinen Kind erfordert der erste Schritt die größte Überwindung. Die folgenden werden immer leichter.) Auf dem Weg zum Ausgang, wo quasi kein Raum mehr für Rückfragen bleibt, schiebe ich stolz hinterher: »Vado in Sicilia in bicicletta.« Zugegeben, den Satz formulierte ich schon vorher im Kopf, damit er flüssig über die Lippen kommt. Sie strahlt mich verzückt an und drückt mir ihre Bewunderung aus, während ich, halb rückwärts, dem Ausgang zustrebe. Ich bereue, sie nicht schon früher angesprochen zu haben.

36

Dann stehe ich auf dem Bahnsteig. Jetzt geht's ans Eingemachte. Brenner? Oder Brennero? Zu welchem Land gehört der Bahnhof eigentlich? Das soll mich jetzt nicht plagen. Jedenfalls stehe ich am Anfang meiner Radltour.

Der Boden vor dem vergammelten Bahnhofsgebäude ist mit schwarzer Schmiere bedeckt und ich mag die neuen Packtaschen eigentlich nicht darauf ablegen. Aber es bleibt keine andere Möglichkeit. Dann gehe ich ans Zugende zum Gepäckwagen. Zwei Bahnbedienstete lehnen gelangweilt an der Hausmauer, eine Hand tief in die Hosentasche gestemmt, in der anderen eine glimmende Zigarette.

»Posso avere la mia bicicletta, per favore?«, frage ich mutig, nachdem ich im Zug schon so hoffnungsvoll die Sprachhemmungen überwunden habe. Fast gleichzeitig heben die beiden den Kopf und schauen mich blasiert an. Hab ich mich falsch ausgedrückt? Ich versuch's erneut, lauter, mutiger.

»Vorrei la mia bici, per favore!«

Synchron schnippen sie ihre Zigaretten auf den Boden und stemmen sich träge von der Hauswand.

»Bei uns hoast dös ollerwei no Fahrradl. Mir san schließlich no in Österreich und ned bei de Itaker!«, entgegnet mir mürrisch der Jüngere der beiden mit betont südtirolischem Ch-Rachenlaut, während er seine glühende Kippe mit dem drehenden Absatz in die schwarze Ölschicht zwirbelt. Aha, daher weht der Wind. »Guat. Dann gebt's ma hoit mei Radl, bittschön. Wenn's so guat sei wollts!« Damit waren die beiden wieder versöhnt. Der Jüngere hangelt sich auf den Waggon und schaut mich fragend an. »Des schwarze do. Mit dem Hörndlenker«, sag ich und zeige darauf. Er reicht es seinem Kollegen, der es unsanft auf den Boden plumpsen lässt. Ich will keinen Ärger mit den beiden und schweige. Wofür ist eigentlich die aufgeklebte Nummer? Ich hätte mir scheinbar jedes x-beliebige Fahrrad geben lassen können. Egal. Mir fällt auf, dass schon etliche Fahrräder aus dem Waggon verschwunden sind. Wo sind die denn ausgestiegen? In Rosenheim? Kufstein?

Das Fahrrad an die Mauer des Bahnhofsgebäudes gelehnt, wobei eine Menge loser Putz abblättert, was mir aber wurscht ist, beginne ich das Gepäck aufzuladen. Währenddessen verlässt der Zug ratternd den Bahnhof. Die beiden Bahnangestellten schlendern auf eine geöffnete Tür zu. Ich kann mir einen boshaften Hieb nicht verkneifen.

»Grazie Amici!«, rufe ich ihnen hinterher.

»Hau ob!«

»Zupf di!«, blaffen sie zurück und verschwinden hinter der Tür. Das kleine Teufelchen in mir schmunzelt zufrieden.

Ich spähe in alle Richtung des Bahnsteigs. Es werden doch noch ein paar andere Radler hier ausgestiegen sein, oder? Aber wie sollten sie. Das hätte ich bemerken müssen. Nur ein altes Ehepaar ist zu sehen, zu Fuß und schnell davondackelnd. Ansonsten nur gähnende Leere. Enttäuschend. Hätte mir so sehr eine Begleitung gewünscht. Selbst wenn es bloß für die ersten paar Hundert Meter gewesen wäre. Dann müsste ich nicht allein in die Fremde starten. Dumm gelaufen.

Die Klettverschlüsse zum Befestigen der Packtaschen ärgern mich. War von Anfang an so. Es ist immer ein fürchterliches Gefummel, die Halteriemen am Rahmen und dem Gepäckständer zu befestigen. Sie haften immer da, wo sie nicht sollen. Zum Glück muss ich die Packtaschen nicht mehr so bald abnehmen. Und das Wurfzelt? Mit Geduld ist es dann erst mal wieder an der Stelle, für die es gedacht ist. Es kann losgehen! Ich schiebe das Rad den schäbigen Bahndamm entlang. Viel ist hier nicht los. Eigentlich gar nichts. Sieht alles sehr heruntergekommen aus. Kaum vorstellbar, dass hier einst das Leben pulsierte.

Mit meinen Eltern sind wir Kinder hier ausgestiegen. Mein Vater zog ein kleines, mit Rädern versehenes Alugestell hinter sich her, auf dem das Zelt und das schwere Gepäck aufgetürmt war; mein kleiner Bruder zappelte an der Hand meiner Mutter, und ich hüpfte dazwischen mit großen, leuchtenden Augen. So durchpflügten wir

38

die Menschenmassen. Deutsch, italienisch, französisch, englisch; alles wirbelte durcheinander. Es wurlte nur so. Damals hatte ich die Vision: Wir brechen auf zu einer abenteuerlichen Reise – weit weg. Mit dem Schiff nach Amerika oder Kanada. In unserem Fall wars dann nur der Bus Richtung Gardasee. Aufregend war's trotzdem.

Und jetzt? Ödnis! Gähnende Leere! Was soll's. Will hier ja nicht Wurzeln schlagen. Zuerst muss ich unter den Gleisen durch auf die Straße. Das Vorwärtskommen stoppt eine gesprungene, rissige Steintreppe mit abgeplatzten Kanten, die in die unten liegenden Katakomben führt. Lift? Rolltreppe? Denkste! Keine Spur davon. Das gab es damals nicht und anschließend bestand kein Grund, Derartiges zu bauen, nachdem die Grenze praktisch nicht mehr existierte.

Überhaupt konnten sich damals nur gut florierende Kaufhäuser den Luxus einer Rolltreppe oder eines Lifts leisten. Da bediente noch ein Aufzugführer mittels eines großen, verchromten Hebels mit dickem schwarzen Knauf den Lift: ›Vierter Stock! Kurzwaren, Lederwaren, Handtaschen, Koffer! Vorsicht an der Tür!‹

Amüsant fand ich es, wenn Kunden stockend vor der Rolltreppe standen und angestrengt überlegten, wie sie, ohne zu stürzen, auf das rasende Treppenband aufspringen sollten. Spaßig war es auch, das Laufband für die Hände ein Stück vor- oder zurückzuziehen. Damals ging das noch. Kunden, die ihre Hände darauf abstützten, zogen sie erschreckt zurück.

Ja, damals! Die Erinnerungen helfen jetzt nicht weiter. Es bleibt nur der Weg über die Treppe. Die Bremsen funktionieren perfekt. Es ist keine sonderliche Herausforderung, über die Stufen hinunterzurumpeln. Unten ist es düster. Nur jede zweite Leuchtstoffröhre surrt und zuckt, wenn überhaupt. An den Wänden abgeplatzte Betonfladen, die samt Graffiti zerbröselt am Boden liegen. Es scheint, die Unterführung hat seit Jahren keinen Besen mehr gesehen. Ein paar Fahrgäste müssen den Bahnhof jedoch frequentiert haben, seit es die Grenzkontrollen hier nicht mehr gibt. Woher käme sonst der neuzeitliche Müll, den der Wind in die Ecken verwirbelt hat.

Natürlich gibt es nach oben auch nur den Weg über die Treppe. Lang ist er nicht, aus der Perspektive eines Fußgängers. Mal sehen, wie es sich mit dem Fahrrad anfühlt. Also los! Tief Luft holen und mit Hauruck hoch – denke ich. Aber das Fahrrad ist so schwer, ich kann es nicht halten und es rollt die paar erklommenen Stufen wieder zurück, trotz perfekter Bremsen. Auf fünfzig Kilo hat Wolf das vollbeladene Fahrrad geschätzt. Mir erscheint es tonnenschwer und mit einem nach unten zerrenden Schleppanker verbunden. Wieder alles abladen? Das nackte Fahrrad nach oben schieben? Nein danke! Die Sorge, jemand beklaut mich dabei, ist unbegründet. Seit ich hier unten kämpfe, hat sich niemand blicken lassen. Dann halt ein weiterer Versuch. Das Zelt will ich schließlich nicht schon hier unten aufschlagen. Nach etwa zwanzig Stufen kommt ein kleiner Absatz, bevor die nächsten zwanzig folgen. Wenn ich es bis dahin schaffe, kann ich mir immer noch überlegen, was ich weiter mache. Tief Luft geholt, die Füße fest auf den Boden gestemmt und mit voller Kraft wuchte ich das Fahrrad, Stufe um Stufe, nach oben. Vier Stufen, fünf Stufen, bremsen. Pause. Weiter! Tendenziell geht es aufwärts, auch wenn hin und wieder ein kleiner Rückschlag folgt. Und dann bin ich oben, sogar ganz oben.

Unter den Arkaden unmittelbar neben der Straße ist erst mal eine Pause angesagt. Das Zelt muss neu fixiert und die Seitentaschen noch mal mit den Klettverschlüssen befestigt werden. Dann passt wieder alles. Ging doch ganz flott, so im Nachhinein.

Jetzt gibt es keine Ausrede mehr, *nicht* loszufahren. Aber ich zögere noch. Der Blick schweift über die Straße vor dem Bahnhof. Alles irgendwie vergammelt: Verwaschene Fassaden, blinde Fenster, verrammelte Türen, verblichene Plakate, keine Spaziergänger, kein Verkehr und … es nieselt. Wie wär's mit einem Energie-

Riegel, bevor es losgeht. Blödsinn! Nur künstliche Verzögerung. Hab schlichtweg Schiss, mich aufs Fahrrad zu schwingen. Nur, so komme ich nie nach Sizilien. Ja, nicht mal bis zum nächsten Rastplatz. Der zarte Nieselregen wäre noch ein Grund, die Abfahrt hinauszuzögern. Lächerlich! Eigentlich ist es ja gut so. Sind weniger Gaffer auf der Straße. Also Mut! Tacho aktivieren und los geht's.

Die ersten Meter wackele ich langsam und unsicher vor mich hin. Mächtig schwer, das Gefährt. Aber jedes Kind weiß: Ein langsames Fahrrad eiert hin und her, bis es schließlich umfällt. Also trete ich beherzter in die Pedale. Noch bevor der Weg auf die Hauptstraße abknickt, ist die Brille übersprenkelt von feinen Regentropfen und die Umwelt zeigt sich hinter einem hellperlenden Vorhang. Aber deshalb anhalten? Jetzt, wo ich endlich den Mut zum Losfahren aufgebracht habe. Kommt nicht in die Tüte.

Es geht gleich bergab. War ja immer Evelyns Rede:

»Ab dem Brenner geht's nur noch bergab – bis zum Meer.«

So ganz werde ich darauf nicht bauen können, aber tendenziell ist es richtig. Der Tacho klettert auf dreißig Stundenkilometer und darüber. Dankbar dafür, dass die meisten Autofahrer spendabel genug sind und sich die Gebühren für die Brennerautobahn leisten, werde ich kaum von vorbeifahrenden Fahrzeugen belästigt. Es gibt nämlich keinen Fahrradweg – noch nicht. Zunehmend fühle ich mich vertrauter mit den Eigenheiten des schwer aufgepackten Fahrrads. Auch der Nieselregen lässt nach und hört schließlich ganz auf. Es beginnt Spaß zu machen und eine zarte Euphorie umfängt mich.

Auf dem Tacho reiht sich Kilometer an Kilometer. Die Wolken haben sich verzogen, die Klamotten sind wieder trocken, die Brille wieder klar und kalt ist mir auch nicht mehr. Bald schon zweigt ein geteerter Radweg ab, gesäumt von Wiesen und umschlossen von hochaufragenden Felswänden. So sind sie wohl, die romantischen Wege, von denen Wolf geschwärmt und ich geträumt habe.

Wildromantisch wird es nach Gossensaß. Dort macht der Weg

41

einen Schlenker und verläuft ab jetzt neben der Eisack oder Isarco, wie sie die Italiener nennen. (Hier ist man ja meist noch zweisprachig unterwegs.) Bis Bozen wird die Eisack neben mir gurgeln. Dann wird die Etsch mein Begleiter. Aber bis dahin liegt noch einiges vor mir.

Romantisch. Mal links, mal rechts, schlängelt sich der Weg an der Eisack entlang. Die Täler werden breiter und die beidseitigen Wiesen ausgedehnter, bevor sie in schroffen Fels übergehen. Abgesehen vom Überqueren einiger buckliger Brücken geht es stetig leicht bergab. Kaum einer, der mir begegnet, und bald ist Sterzing erreicht.

Ich fliege dahin, leicht, glücklich, unbeschwert, sorgenfrei. Nichts quält mich. Alles paletti. Links erhebt sich Franzensfeste. Eine imposante auf einem Steinhügel erbaute Festung. Beeindruckend wirkt sie allerdings nur von der erhöhten Autostrada. Von hier aus ist es nicht mehr als ein großes Gebäude, ohne majestätische Ausstrahlung. Aber das lässt sich verkraften. Vorbei an Brixen und Klausen nähere ich mich Waidbruck. Genug für heute.

Stolze fünfundsechzig Kilometer zeigt der Tacho. Nicht schlecht für den ersten Tag. Und dabei war es nicht mal ein voller Tag, ja nicht mal ein halber. Aber ich darf es nicht voll bewerten. Es ging wirklich fast nur bergab.

Abseits vom Fahrradweg suche ich ein Plätzchen zum Übernachten. Die umgebenden Berge haben die Sonne schon ausgeschlossen und es wird dämmrig. Der Pfad führt am Saum eines Tannenwaldes entlang und endet abrupt an einem kubischen weißen Gebäude. Bevor ich noch ahne, was sich darin verbirgt, flammen zwei grelle Scheinwerfer auf. Ich fühle mich ertappt, schrecke fürchterlich zusammen, drücke mit voller Kraft die Bremshebel, erstarre. Mein Herz hämmert bis zum Hals. Wo bin ich hingeraten? Wie ein Schwerverbrecher, den man endlich gestellt hat, stehe ich im gleißenden Scheinwerferlicht. Stand da etwa vorher ein Schild mit dem Hinweis: Betreten strengstens verboten? Hab

42

ich es übersehen, weil ich gedanklich noch auf dem romantischen Eisack-Weg war? Und jetzt? Springen gleich bewaffnete Carabinieri um die Ecken und halten mir ihre Knarren unter die Nase? Schleunigst wende ich auf dem schmalen Weg. Dabei fällt der Blick auf die dicken Stromleitungen und mir wird klar, es handelt sich um ein Umspannwerk. So schnell es geht, verdrücke ich mich. Im Rückspiegel sehe ich mit Erleichterung die Strahler wieder erlöschen. Tief durchatmend bleibe ich erst mal stehen, blicke noch mal zurück, um zu sehen, ob noch irgendwas passiert.

Die Zeiten sind zwar längst vorüber, in denen sich österreichische Separatisten gegen die Landnahme durch Italien mit Attentaten gewehrt haben. Aber in meinem Gedächtnis schlummern noch dramatische Geschichten. Geschichten von gesprengten Hochspannungsmasten und Brücken, die mein Vater erzählt hat, wenn wir in Südtirol unterwegs waren. Solche festgebackenen Bilder lassen sich nicht so leicht tilgen. Als vermeintlicher Saboteur will ich jedenfalls nicht meinen Trip in einem italienischen Gefängnis vorzeitig beenden.

Hundert Meter zurück halte ich Ausschau und erinnere mich an Wolfs Rat: Such Dir immer einen Platz zwischen Büschen. Am idealsten an einem Fluss. Dann richte das Zelt so aus, dass dich die Morgensonne weckt. Leicht gesagt, lieber Wolf. Die erste Bedingung kann ich schon mal nicht erfüllen. Büsche sind hier keine zu finden. Die Stämme der Tannen (oder sind es Fichten?) sind nicht bis zum Boden benadelt, sondern kahl bis auf ein paar verdorrte Zweige. Nur hoch oben in den Kronen sind sie dicht. So dicht, dass das Licht für Büsche darunter nicht reicht. Das heißt: kein Sichtschutz zum Weg hin. Und die zweite Empfehlung, die Ausrichtung nach der Morgensonne? Wie soll ich das bewerkstelligen, umzingelt von hohen Bergen. Immerhin kann ich seinem dritten Rat halbwegs entsprechen. Ein Fluss ist in der Nähe. Aber was soll's. Es ist die erste Nacht und ich hab keine Lust, lange herumzusuchen. Dazu ist es auch schon zu dämmrig. Für diese Nacht wird der Platz taugen.

Ein kleiner Jauchzer entfährt mir, als das Zelt aufploppt. Einfach genial, diese Erfindung. Dazu ist es federleicht und lässt sich mit zwei Händen herumtragen, spielerischer als ein Pappkarton. Bis zum Weg sind es nur dreißig Meter. Aber tiefer in den Wald hinein kann ich nicht. Das Gelände steigt zunehmend an. Würde ich dort oben schlafen, das Blut würde in den Kopf sacken, bis er aussieht wie eine reife Tomate oder andersherum. Die Beine würden aufquellen wie pralle Blutwürste. Ich kann nur versuchen, es weiter unten hinter Baumstämmen zu verbergen.

Einige Male lasse ich es sanft auf wechselnde Plätze sinken. Vom Weg aus kontrolliere ich immer wieder die Position. Verstecken lässt es sich genauso wenig wie eine Christbaumkugel hinter einer Kerze. Also suche ich einen Platz, der mir vom Untergrund am meisten behagt.

Der Boden ist übersät mit trockenen Zweigen, die hochstehen wie Hirschgeweihe. Stöckchen für Stöckchen beseitige ich, bis nur noch Tannennadeln – oder sind es doch Fichtennadeln? – den Boden bedecken. Dann lasse ich das Zelt wie einen Ballon auf die Stelle sinken. Schon bei der ersten Packtasche, die im Zelt landet, bohrt sich ein Ast durch den dünnen Zeltboden. Scheiße! Hab doch so sorgfältig alle Zweige beseitigt. Aber den einen halt nicht. Es ärgert mich gewaltig. Steht das Zelt irgendwann in einer Pfütze, wird das Wasser durch das Loch sprudeln. Aber was soll ich mich grämen. Ab morgen wird die Sonne mein ständiger Begleiter sein.

Aus Misstrauen werden alle Packtaschen im Zelt verstaut, obwohl es damit etwas eng wird. Das Fahrrad lehnt, abgesperrt – man weiß ja nie! – an einen Baum neben dem Zelt. Unten am Weg steht eine rustikale Holzbank, auf der ich den Kocher aufbaue und das Nudelfertiggericht zubereite, das mir Evelyn für den ersten Abend mitgegeben hat. Immer wieder suche ich die Gegend nach Eindringlingen ab. So richtig wohl ist mir nicht bei dem, was

44

ich tue. Dann ist das Abendessen fertig und ich löffle es mit der Campinggabel aus dem Alutopf. Es schmeckt ausnehmend gut.

Keine Menschenseele hat sich blicken lassen; kein Waldschrat ist hinter einem Baum hervorgesprungen. Die Sorge, hier entdeckt zu werden, schwindet, obwohl das Zelt wie ein schreiendes Kunstobjekt in Knallgelb zwischen den Baumstämmen strahlt. Wolf hat ein dezentes Grün gewählt. Quasi als Tarnfarbe zwischen den Büschen. Aber bei einem Preis von neunundzwanzig Euro bleibt kein Spielraum für eine Farbwahl oder einen festen Zeltboden.

Mit dem benutzten Topf und der Gabel geht's zum Abwasch. Eine kleine Brücke führt zu einem Nebenarm der Eisack mit beruhigend klarem Wasser. Aber so einfach geht's da nicht hinunter. Die Uferböschung ist mit großen Felsen befestigt und fällt steil ab. Schließlich findet sich ein vorspringender Felszacken, zu dem ich hinunterklettern kann. Und so steh ich jetzt zwar knapp über dem Wasserspiegel, aber abwaschen kann ich den Topf trotzdem nicht. Mein Hintern ist nämlich zu nah an der Felswand. Würde ich mich nach vorne beugen, stieße ich mich selbst ins Wasser. (Wer das nicht glaubt, soll sich mal mit dem Rücken ganz nah an eine Wand stellen und versuchen, etwas direkt vor sich aufzuheben.) Ein Stück weiter findet sich dann doch noch eine geeignete Stelle. Mit einer seitlichen Verrenkung gelingt es, den Topf wenigstens halbwegs mit Wasser zu füllen, mit den Händen zu reinigen und nachzuspülen. Wo bliebe das Abenteuer, wenn alles so einfach wäre. Komme mir jedenfalls vor wie ein routinierter Ranger – auf sich allein gestellt in rauer Wildnis. Der hätte allerdings Sand zum Reinigen benutzt. Er hat auch keine sorgende Gattin, die an alles denkt, selbst an Spülmittel.

Die Luftmatratze, obwohl schmal und wenig hoch, hat meiner Lunge einiges abverlangt. Eng ist es im Zelt. Ein paarmal muss ich die Packtaschen hin und her schieben, um einigermaßen Platz zu schaffen. Aber nach der kurzen Nacht davor – war zu aufgeregt – drifte ich bald ab, obwohl die verschleiernde Nacht noch nicht völlig hereingebrochen ist.

Schon vorher sind mir die vorbeifahrenden Züge aufgefallen. (So viel zum einsamen Ranger in unberührter Natur.) Geschätzte fünfhundert Meter von meinem Lagerplatz entfernt liegt die Bahntrasse über den Brennerpass. Wenn sich ein Güterzug mit an die fünfzig Waggons vorbeischleppt, kommt es mir vor, als stünde ich in einer Fabrikhalle, in der wie wild auf Eisenblechen herumgedroschen wird. Dummerweise führen nämlich an dieser Stelle die Bahngleise über eine lange Stahlbrücke, die, wie ein mächtiger Klangkörper, das Rollgeräusch potenziert. Es klingt, als würden Bleche ausgestanzt. Bei jeder Eisenbahnschwelle ein neues Blech. Geschlafen hab ich trotzdem und bin irgendwann nicht mehr davon aufgewacht.

Dienstag, 15. Juli – zweiter Reisetag

Im Halbschlaf tastet die Hand nach dem penetrant rasselnden Wecker, bis klar wird, es ist ein Güterzug, der über die Brücke scheppert. Diffus schimmert das Morgenlicht durch die Zeltbahn. Kurz vor fünf, zeigt meine Taucheruhr. Aus alter Gewohnheit will ich mich genüsslich ausstrecken, stoße aber mit sämtlichen Extremitäten irgendwo an. Ja, es ist verdammt eng im Zelt. Eine Hundehütte ist geräumiger. Oder Hunde sind gelenkiger. Wahrscheinlich trifft beides zu. Die Packtaschen zur Seite geschoben, rolle ich mich für eine 180-Grad-Wende ein und robbe zum Eingang, um zu sehen, was vor der Hütte los ist. Dazu muss ich die beiden Planen öffnen. Die innere ist der Moskitovorhang. (Zu solchem Luxus hat es immerhin gereicht.) Aber der Reißverschluss zeigt sich äußerst widerspenstig und wehrt sich hartnäckig. Ist der Stoff eingezwickt? Sieht nicht danach aus. Woran liegt's dann, verdammt noch mal. Vorsichtig nackle ich am Reißverschluss-Zipper. Er mag weder nach oben noch nach unten. Ich werde ungeduldig und wende mehr Kraft an, bis er schließlich aufgibt und sich aufschieben lässt. Dabei bleibt er sogar heil. Trotzdem darf ich nicht zu rabiat damit umgehen. Soll ja noch einige Tage halten. Die äußere Zeltbahn macht keine Probleme.

Verschlafen blinzle ich auf das bisschen Himmel, das über der Bergkuppe dämmert. Sieht vielversprechend aus.

'n Haufen Zeug, das ich da mitschleppe, denke ich, während ich mich im Zelt umblicke. Vielleicht sollten bei der nächsten Übernachtung ein paar Sachen auf dem Fahrrad bleiben. Denn ein bisschen geräumiger dürfte sie schon sein, meine Hundehütte.

Werd mal checken, was sich notfalls entbehren lässt, falls Langfinger sich daran vergreifen. Aber was ist entbehrlich? Noch lässt sich das nicht beurteilen. Dazu müsste ich wahrscheinlich umpacken. Dabei hat Evelyn alles so schön sortiert und die Packtaschen mit weißem Stift beschriftet, quasi als Kompass. Andererseits hab ich trotzdem gut geschlafen, und das in der ersten Nacht. Für eine Entscheidung bleibt noch Zeit.

Rasch wird es heller. Das Wasser in der Flasche reicht noch für den Kaffee, und Kekse hab ich im Überfluss. Ich ärgere mich noch kurz über das Loch im Zeltboden (das schöne neue Zelt!), lade alles auf und trete ein paar Minuten nach sechs wieder in die Pedale.

Erhebend, die Natur so hautnah zu erleben, die aufsteigenden Düfte zu schnuppern, durch die ungewohnte Stille zu gleiten. Irgendwie hab ich einen Anflug von Muskelkater erwartet. Aber nichts dergleichen. Woher sollte der auch kommen? Es ging gestern ja fast nur bergab und daran hat sich auch bis jetzt nichts geändert. Außerdem sind meine Beinmuskeln sehr ausgeprägt. Schon von frühester Jugend an sind sie trainiert und stählern vom täglichen Fußballspielen und Radeln. (Ein Kamerad bei der Bundeswehr meinte mal: Von den Hüften abwärts sehe ich aus wie ein Zuchtbulle.)

Nach einigen Kilometern ist die Bettwärme verbraucht und die Morgenkühle kriecht in die Knochen. Aber jetzt in eine warme Jacke zu schlüpfen, würde bedeuten, die flotte Fahrt zu unterbrechen, und das passt mir im Moment absolut nicht in den Kram.

Noch bevor der Raureif die Fingerknöchel überzieht – ganz so wild ist es nicht –, schafft die Sonne den Sprung über die Berggipfel und wärmt wohltuend die klammen Gebeine. Auch die Schuhe, weich, geschmeidig, oben aus Stoff, trocknen allmählich und sind nicht mehr so eklig kalt wie beim Anziehen. Evelyn hat sie ausgesucht. Leicht und bequem sollen sie sein, und das sind sie zweifellos. Ob die Wahl richtig war, wird sich im Lauf der Reise noch erweisen.

Ich radle, mechanisch wie ein gut geölter Motor. Die Eisack, träge neben mir fließend, wechsel von links nach rechts und zurück. (Natürlich nicht die Eisack, sondern ich.) Der Radweg gehört noch mir alleine und das gefällt mir. Nichts lenkt ab und ich kann meinen Gedanken ungestört nachhängen. (Derart romantischen Passagen werde ich noch häufig nachtrauern im Lauf meiner Reise.) Teilweise mündet der Weg durch dunkle Schluchten mit schroffen Felswänden. Schlagartig wird es dann bitterkalt und ich bin froh, wenn sie wieder hinter mir liegen. Als ich nach einer grob ausgehauenen Unterführung in der morgendlich schimmernden Sonne stehen bleibe und die umzingelnden Berghänge bestaune, schallt mir schon von Weitem ein munteres »Moin!« entgegen.

»Servus!«, ruf ich ihm auf seinen letzten Metern entgegen. Somit sparen wir uns schon mal, wer wo seine Wurzeln hat. Neben mir kommt er zum Stehen.

»Wo geht's hin, Alter?«, fragt er unverfroren. Die Anspielung auf mein Alter hätte er sich ruhig verkneifen können. Trotzdem freut mich seine Frage. Da kann ich mit der Antwort richtig angeben.

»Nach Sizilien!«, schleudere ich ihm entgegen, als Retourkutsche.

»Jou. War ich auch schon«, antwortet er, als wäre es das Normalste der Welt und mir rutscht die Kinnlade nach unten. Da hab ich wohl die nördliche Ausgabe von Wolf vor mir.

»Wie fährst du deen? Auf der Adriaseite zum Teutonengrill?«

»Nein. Nach La Spezia. Und dann immer nach Süden.«

»Über La Spezia?«

»Ja! Und dann am Meer entlang.«

»Fahr da nich lang. Da heerscht unheimlich viel Trubel. Du findest garantiert keinen Platz zum Übernachten. Alles privaat.«

»Aha!?« Dabei denke ich, gerade ab da komme ich in den vollen Genuss der Reise: gemütlich am Strand entlang, zwischendurch ins Meer springen und dann, irgendwo, nachdem die Sonnen- und die Badehungrigen den Strand verlassen haben, im weichen Sand das Zelt aufschlagen, aufs Meer blicken und vom Wellenrauschen einlullen lassen. Grandios.

49

»Ne. Fahr lieber die kleinen Pässe im Hinderland. Die Leude dort sind freundlich und keiner klaut dir was. Außerdem ist es zu heiß. Hättest im Frühjahr fahren sollen.«

Als Nordlicht verstehe ich seine Bedenken. Die baden sogar in der eiskalten Nord- und Ostsee. Mein Entschluss bleibt. Ich will meine eigenen Erfahrungen machen. Der soll mir bloß meine Reise nicht madig machen.

»War schon überall, Kumpel. Portugal, Spanien, Tschechien. Auch in Norwegen und hoch oben in Schweden.«

Na, da ist sie doch: die Sehnsucht nach kühlen Gefilden. Ich bin da eher der Salamander, der die glühende Sonne sucht.

»Jo denn. Muss weiter. Mach's gut, Alter. Und überleg dir's noch mal. Viel Glück.«

Wir verabschieden uns und fahren in unsere jeweils angepeilte Richtung.

Das Panorama ist umwerfend. Links, rechts, vorne, hinten, überall ragen hohe Buckel auf, wie wahllos aufgeschüttete grüne Hügel, und hinten schimmern in blauem Dunst die Alpen. Schön, hier zu sein. Gut, dass Evelyn so hartnäckig war, mich zu dieser Reise zu überreden.

Zunehmend verdrängen ausladende Weinberge die grünen Wiesen, die Berge werden flacher, die Täler breiter. Nach 78,2 Kilometern folgt eine Pause. Warm ist es geworden. Ich tausche die lange Hose und das langärmelige T-Shirt gegen die Radlerklamotten. (Hat Evelyn besorgt. Musste sein, meinte sie.) Schick und praktisch sind sie: Taschen am Rücken des nicht zu bunten Oberteils; hinternschonend eingearbeitetes Polster in der Hose gegen Wundwetzen. Bin ihr dankbar, manchmal gegen meinen Willen gehandelt zu haben. Geiz ist geil bewährt sich eben nicht immer.

Es scheint, als wäre ich der Einzige, der nach Süden radelt. Liegt sicherlich am selben Tempo, das wir südlich Strebende vorlegen. Aber ich will meinen Rhythmus halten und weder langsamer noch schneller fahren. Klar finde ich so keinen Anschluss. Aber

50

ehrlich gesagt, fühle ich mich ganz wohl, so allein dahinstrampelnd.

Es geht gegen zwölf. Die Sonne nähert sich dem Zenit und brennt auf die spärlich behaarte Birne. Das kann sie natürlich nur, weil der Helm im Gepäcknetz verstaut ist. (Evelyn wird mir verzeihen, das Versprechen so schnell gebrochen zu haben. Aber was soll hier schon groß passieren.) Schon von Weitem fällt mir ein mächtiger Baum auf, der alles überragt und mit jedem Näherkommen imposanter wird. Es ist eine mächtige Eiche, die wie ein Monument mitten auf dem Weg thront. Bei diesem Anblick werden meine Beine schlagartig schwammig. Zwei Bänke, ein Tisch, ein Marterl und viiieel Schatten. Das zwingt geradezu zum Rasten. Seltsam nur, der Einzige zu sein, obwohl es wie ein Meeting-Point aussieht, den man einfach nicht ignorieren kann. Das Fahrrad an die Rückseite der Bank gelehnt, gehe ich zum lustig plätschernden Brunnen gleich dahinter. Unter den Wasserstrahl geneigt, frische ich das Gesicht ab und fülle die Wasserflasche. Dann werfe ich mich auf die Holzbank und krame aus der Packtasche, was an Essbarem aus München noch übrig ist.

Mehr als fünfzehn Minuten mampfe ich vor mich hin, irritiert, dass keine anderen Radler aufkreuzen. Ist das hier Privatbesitz? Allzu lange dauert's dann doch nicht, bis sich andere Radler einfinden. Beruhigend. Also doch eine öffentliche Oase. Wer sein Fahrrad abstellt, begutachtet automatisch die daneben Stehenden. (Kenne ich auch von Motorradfahrern.) Auch die anderen sind mit Packtaschen beladen, doch meines findet am meisten Beachtung und das liegt am auffälligen Wurfzelt. Wir rücken zusammen und kommen ins Gespräch. Jeder erzählt seine Geschichten, spricht über Erfahrungen, nennt sein Reiseziel. Dass ich bis nach Sizilien will, entlockt Erstaunen und Respekt. Eine so gewaltige Tour hat hier keiner im Repertoire. (Gut, dass das Nordlicht nicht *hier* meinen Weg gekreuzt hat.) Mich macht's stolz. Aber bis zum Ziel ist noch ein weiter Weg. Die bisherige Strecke ist erst ein Zwanzigstel dessen, was noch vor mir liegt. Dieser Gedanke lässt mich unruhig auf der Bank hin und her rutschen. Nachdem keiner mehr angekommen ist, dem ich imponieren kann, verabschiede ich mich und steige wieder aufs Rad.

Weiter geht's entlang der Eisack, umsäumt von ausladenden Weinbergen. Dabei denke ich an Evelyn. Es ist genau die Tageszeit, in der sie zu ihrem Weinladen unterwegs ist. Und da will ich nicht stören. Sonst hätte ich ihr berichtet, wie glücklich ich bin und wie sehr ich mich auf alles freue, was noch kommt. Es ist genauso, wie sie sich meine Reise vorgestellt hat und wie ich sie mir gewünscht habe.

So fit, wie ich anfangs dachte, bin ich dann doch nicht. Zwei Stunden sind seit der letzten Rast vergangen. Ich beginne zu schwächeln und fühle mich reif für eine weitere Pause. Wie gerufen wartet ein schattiges Bäumchen abseits des Fahrradwegs. Eigentlich will ich mich nur ein bisschen im Gras ausstrecken, nur ein paar Minuten entspannen. Doch ich nicke sofort ein.

Die Sonne ist gewandert und mit ihr der kühlende Schatten. Schwitzend erwache ich, dicke Schweißtropfen auf Stirn und Wangen, und robbe in den Schatten. War wohl doch nicht so erquicklich, die vergangene Nacht. Der Mund ist ausgetrocknet und mächtiger Durst quält mich. Aus den Packtaschen, die ebenfalls in der Sonne lagen, fische ich die Wasserflasche. Mehr als handwarm ist das Wasser und schmeckt ausgesprochen schal. Trotzdem spült es mich wieder unter die Lebenden. Schön wäre jetzt ein erfrischendes Bad in der Eisack. Aber das Ufer fällt zu steil ab. Vielleicht ergibt sich später eine Möglichkeit. Zwei Stunden hab ich mit dem Nickerchen verplempert. Mit schlechtem Gewissen setze ich die Reise fort.

Nach ein paar Kilometern meldet sich unangenehm die Blase. Ich muss dringend pinkeln. Das Fahrrad stelle ich am Wegesrand auf den Mittelständer. (Extra gekauft. Soll die beste Möglichkeit sein, ein schwer bepacktes Fahrrad sicher abzustellen.) Ein Busch bietet ausreichend Deckung und nachdem weit und breit niemand zu sehen ist, klettere ich die Böschung hinab. Kaum haben sich die ersten Spritzer gelöst, rumpelt es hinter mir. Das Fahrrad ist umgefallen, trotz des angeblich besten Fahrradständers aller Fahrradständer. Schöner Mist. Es liegt quer über dem Weg, und die Wasserflasche kullert zum gegenüberliegenden Wegesrand. Soll sie. Kann ich nachher wieder einfangen. Schlimmer ist, dass sich strampelnd ein junges Pärchen nähert. Eilig – zu eilig – ziehe ich die Radlerhose hoch. Ein paar Pinkeltropfen zeichnen sich dabei deutlich als dunkle Flecken auf dem olivfarbenen Stoff ab. (Oliv ist übrigens Evelyns Lieblingsfarbe.) Ich klettere nach oben, um schnell das Fahrrad wieder aufzustellen. Aber es will nicht stehen bleiben auf dem Scheißfahrradständer. Und das Pärchen kommt schnell näher. Ich lasse es wieder auf den Weg sinken. Inzwischen sind die beiden bei mir angelangt, bleiben stehen. Tief gebeugt, wie der Glöckner von Notre-Dame, sammle ich die Flasche ein und watschle gebückt zum Fahrrad zurück. Die vollgepinkelte Hose ist mir so peinlich, dass ich mich nicht aufrichten mag. Vehement, den Kopf unnatürlich verkrampft nach oben gedreht, lehne ich die angebotene Hilfe ab. Aber die beiden fahren nicht weiter. Wichtigtuerisch nestle ich an der Packtasche herum, schiele auf die Beinpaare, die zum Glück noch immer zwischen den dazugehörenden Fahrrädern verweilen. Lasst mich doch bitte, bitte in Frieden!, flehe ich innerlich. Fahrt endlich weiter! Ich komm schon alleine klar. Aber sie erhören die flehentliche Bitte nicht und ich wage nicht, den beiden ins Gesicht zu sehen. Sie müssen mich für total bescheuert halten, wie ich da tief gebeugt hirnlos den Reißverschluss der Packtasche öffne und schließe. Mir fällt keine andere Tätigkeit ein, mit der ich von meiner Hose ablenken kann. Dann, endlich, setzen sie ihre Füße wieder auf die Pedale und fahren ab. Ich rapple mich hoch und sehe ihnen nach. Tut mir leid, dass ich so garstig war. Ich weiß, ihr habt es gut gemeint, aber … Das Bedürfnis zu pinkeln ist mir darüber vergangen.

53

Ähnliches ist mir passiert, als ich mit dem Auto durch eine Waschstraße fuhr. Der Wagen war außen völlig versaut und auch der Innenraum bedurfte einer dringenden Reinigung. Ich wählte die Waschstraße vor allem deshalb, weil im Preis die anschließende Benutzung eines Staubsaugers inbegriffen war. Ich saß also im Auto und beobachtete fasziniert, wie das Wasser aus den Düsen auf die Windschutzscheibe spritzte und dröhnend auf die Karosserie prasselte. Dabei wurde der Wagen langsam weitergezogen, hin zu den schlingernden Reinigungsbändern, die durch die Vorwärtsbewegung langsam an den Seitenscheiben entlang schlabberten. So folgte ein Wasch- und Reinigungsvorgang dem nächsten. Leider begann es dabei allmählich durch das Schiebedach zu tropfen, just an der Ecke über meinem Sitz. Ich fand einen Lappen, um die Tropfen aufzufangen. Aus den Tropfen wurde ein Rinnsal, das der Lappen nicht mehr stoppen konnte. Die Reinigungsflüssigkeit tropfte vom getränkten Lappen, egal wie fest er auf die undichte Stelle gepresst wurde, direkt auf meinen Schoß. Als das Ende der Waschstraße erreicht war, sah es aus, als hätte ich in die Hose gepinkelt. Damit fiel die Reinigung mit dem kostenlos benutzbaren Staubsauger natürlich flach. Gut war, einfach nach Hause fahren zu können, ohne dass das Malheur von anderen gesehen werden konnte.

Zu Hause wusch ich sofort die Hose aus und duschte anschließend. Was weiß denn ich, welche scharfen Reinigungsmittel dort verwendet werden. Was fürs Auto gut ist, muss längst nicht für meine Hose und das, was sich darin verbirgt, gut sein. Womöglich sind es ätzende Flüssigkeiten. Oder sie lassen das Material schrumpfen, weshalb die Dichtung vom Schiebedach plötzlich undicht wurde. Beide Effekte können mir zwischen den Beinen gestohlen bleiben.

Ab jetzt nimmt die Eisack einen anderen Verlauf und die Etsch, oder Adige, wird zu meinem Begleiter. Zunehmend säumen Weinberge den Weg, die sich weich an begrünte Hänge schmiegen. Weinberge tragen nicht umsonst die Bezeichnung »Berge« in

54

sich. Nachdem die Winzer es nicht gerne sehen, wenn sie durchquert werden, müssen sie häufig an ihrer bergan liegenden Grenze umfahren werden. Das zwingt mich immer wieder, kleinere Steigungen zu überwinden. Die ersten erklimme ich ohne übermäßige Anstrengung. Doch irgendwann kann ich nicht mehr auf den Berggang schalten. Die Kette weigert sich knackend, auf den kleinen Zahnkranz vorne und den großen hinten zu wechseln. Wie kann das sein?

Ich suche nach der Ursache und finde sie schnell. Ein verbindendes Metallblättchen hat sich gelöst und ist irgendwann heruntergepurzelt. Das aufgebogene Kettenglied wird nur noch auf einer Seite zusammengehalten. Sieht nicht gut aus und ich bezweifle, damit noch sehr weit zu kommen. Aber welche Alternative bleibt? In den kleinen Nestern, abseits der Route, wird keiner helfen können.

Auf ebener Strecke ist es kein Problem, sofern ich wie eine Ballerina nur zart auf meinen Pedalen tänzle. (Das Paar Schuhe, das mir Evelyn für meinen Trip gekauft hat, ist geradezu prädestiniert dafür und weicht von Ballett-Schühchen gar nicht so sehr ab.) Nur wenn es nach oben geht, steige ich ab und schiebe lieber. Die Belastung könnte der Kette den Garaus machen. Albern, schwächlich und in meinem Stolz gekränkt komme ich mir vor, wenn ich selbst bei minimalen Steigungen schiebe. Mühelos ziehen Radler an mir vorbei; just die, von denen ich geglaubt habe, es gibt sie nicht und die jetzt schneller sind als ich. Am liebsten würde ich ihnen zurufen:»Braucht gar nicht so mitleidig zu grinsen. Es liegt nicht an meinem Alter. Die Scheißtechnik bremst mich aus!« Obwohl ich eingestehen muss, deren Tempo könnte ich nicht mithalten. Kein Wunder. Mein Fahrrad ist wie ein Sattelzug, der es mit einem Ferrari aufnehmen muss. Dazu sind sie alle jünger. Ich bin immerhin knapp vor den Siebzigern, auch wenn ich ein paar Tage jünger aussehe.

Ohne den kühlenden Fahrtwind quillt der Schweiß aus allen Poren. Fühlt sich an, als wäre ich ein grobgewebter, wassergefüllter Leinensack. Es brennt gewaltig in den Augen. Wolf hat für solche Fälle ein Läppchen an die Kleidung geklipst. Fand ich ziemlich albern ... und überflüssig. Jetzt sehe ich es anders und mach's ihm nach, indem ich mir das vollgesabberte Küchentuch anknote. (Später werde ich über die paar Tropfen Schweiß noch schmunzeln, wenn ich die Pässe hochjapse.)

Das Schieben nervt und frustriert. Die nächste minimale Steigung wage ich im kleinstmöglichen Gang, darauf gefasst, die Kette reißt mit einem Ruck. Es knackt bedenklich und die Schaltung macht quasi, was sie will. Aber die Kette hält und das macht mir Mut. Lieber im Kriechgang fahren, als schweißverspritzend wie eine Sprinkleranlage zu schieben.

Inzwischen ist die Sonne hinter den rot glühenden Hängen abgetaucht. Im mäßigen Tempo merke ich, wie viele Radler noch unterwegs sind, flüssig überholend. Manche blicken, als wollten sie fragen:»Na Alter, schaffst du's noch? Hättest doch besser mit dem Auto fahren sollen.« Ich weiß. Zu viele Gedanken über die Gedanken der anderen. Trotzdem nervt's und drückt schwer auf mein Ego. Ich sollte es für heute gut sein lassen und einen Übernachtungsplatz suchen. Wenn ich morgen ganz früh losfahre, bleiben mir die abfälligen Blicke erspart. Nur ist das hier ein äußerst schlechter Streckenabschnitt: Links zacken die Felswände, rechts die zwei Meter abfallende Böschung hinunter zur Etsch. Kein Platz für ein Zelt. Schon gar nicht, um es zu verstecken. Aber was bleibt? So sah der Weg die letzten Kilometer aus, und so wird er vermutlich auch die weitere Strecke aussehen. Will ich unentdeckt bleiben, muss ich warten, bis es dunkel ist. Noch lange hin. Es ist erst sieben. Aber was soll's. Werd die Zeit schon irgendwie totschlagen.

Essen wäre in dem Zusammenhang eine gute Idee. Aber zum einen ist mein Futtervorrat seit der letzten Pause ziemlich geschrumpft, zum anderen könnte ich gar nicht so viel essen, bis die Zeit niedergemampft wäre. Aber dümmlich im Gras sitzen und auf die Nacht warten ist auch keine Option. Da ist es schon

56

schlauer, mich um die Fahrradkette zu kümmern, solange noch nicht alles Licht gewichen ist. Vielleicht lässt sich das fehlende Metallplättchen durch einen Draht ersetzen. Muss ja nicht ewig halten. Nur, hab ich einen Draht? Oder irgendwas, was noch helfen könnte? Aus der Tasche, die von Evelyn mit Pannenhilfe beschriftet ist, krame ich den Beutel, in dem ich am ehesten fündig werden könnte. Kein noch so klitzekleines Stückchen Draht liegt drin. Schade. Während ich im letzten Schimmer das Werkzeug wieder wegpacke, hält ein junger rennradelnder Italiener neben mir.

»Problemi?«, fragt er und deutet dabei auf das, auf den Kopf gestellte Fahrrad.

»Si. Tante Problemi. La mia ... collona è rotto«, antworte ich und zeige auf meine Kette. Er lacht. Vielleicht weil Collona die Bezeichnung für eine Halskette ist. Aber das Wort für Fahrradkette weiß ich nicht. Behutsam lehnt er seine Rennmaschine an einen Busch und schaut sich das aufgebogene Kettenglied an.

»Non va bene«, meint er, und dem folgenden Redeschwall entnehme ich, nicht mehr weit damit zu kommen. So viel hab ich jedenfalls verstanden. Er greift in die hintere Tasche seines Renntrikots und zückt seine bunte Geldbörse. Will er mir ein Almosen zukommen lassen? Schwachsinniger Gedanke, den ich sofort wieder verwerfe. Nein, keine Spende für einen gestrandeten Grufti. Stattdessen streckt er mir eine Visitenkarte entgegen.

»Puoi dormire con me a Rovereto. Sono solo venti chilometri da Rovereto.«

Morgen früh, so verstehe ich ihn, begleitet er mich zu einem Fahrradgeschäft. Ich stimme zu. So bin ich ihn erst mal wieder los. Mit einem »Ciao, ci vediamo!« verschwindet er. Die Visitenkarte weggesteckt, das Fahrrad wieder auf den Reifen und das Gepäck fixiert, schwinge ich mich erleichtert auf den Sattel. Erleichtert nicht etwa, weil ich eine Übernachtungsmöglichkeit habe; erleichtert, weil es bis Rovereto nur zwanzig Kilometer sind. Also wie von unserer Wohnung zum Starnberger See und die Strecke hab ich x-mal abgestrampelt, ohne sonderliche Anstrengung. Und wenn die Kette vorher reißt? Schieben, solang die Füße tragen. Oder halt in die Büsche schlagen und bis zum Morgen ausharren. Für ein Nickerchen auf der Luftmatratze wird sich schon ein Plätzchen finden. Nicht sehr verlockend. Aber wo ich jetzt stehe, bin ich auch nicht besser dran. Also auf nach Rovereto! Steigungen? Es gibt keine mehr. Inzwischen ist es stockfinstere Nacht. Tagsüber kam mir der Weg relativ breit vor. Aber die Nachtschwärze hat ihn bedenklich schrumpfen lassen. Der Mond, nicht mehr als eine schmale Sichel, hängt meist hinter Berghängen. (Viel hätte er auch bei freiem Himmel nicht vermocht.) Der funzelige Lichtstrahl, den der surrende Dynamo nur mit Mühe und viel Getöse leidlich zu Stande bringt, schafft auch nicht gerade die gewünschte Sicherheit. (Hätte ich vorher testen sollen.) Mit dieser jämmerlichen Lichtquelle folge ich dem dunkelgrauen Asphaltband.

Gut fühlt es sich an, so mitten in der Nacht bei lauer Luft dahinzugleiten. Zwischendurch bekomme ich allerdings einen gehörigen Schreck. Vor meinen schlaftrunkenen Augen huschen schwarze undefinierbare Schatten über den Asphalt. Ratten? Mir stockt der Atem. Nein, keine Ratten oder sonstiges Getier. Bin der Uferböschung verdammt nah gekommen. Die Blätter der Büsche vor der Lampe haben die Schatten auf dem Boden wandern lassen. Hellwach, mit geweiteten Augen und voll konzentriert strampele ich die nächsten Kilometer, um nicht doch noch in die gurgelnde Etsch zu stürzen. Ist sie tief? Eher nicht. Aber sie würde mich einige Meter mitreißen, bis ich eine Stelle finde, an der ich mich am Gebüsch festkrallen und wieder hochhangeln kann. Und das alles mitten in der Nacht, schlotternd vor Kälte. Das Fahrrad samt Gepäck wäre erst mal futsch und die Reise beendet, bevor sie richtig begonnen hat.

Früher musste ich häufig auf dem Nachhauseweg spät nachts einen schmalen Weg am Isar-Hochufer entlangfahren.

58

Dicht belaubte Bäume, die jedes Licht von oben aussperren; seitlich ein gut fünfzehn Meter abfallender steiler schwarzer Schlund, der nur darauf lauert, mich zu verschlingen; eine Fahrradbeleuchtung, die mehr dazu taugt, gesehen zu werden, als selbst damit zu sehen. Langsam fahren ging nicht. Der Dynamo musste schnell genug drehen, weil sonst die Nacht den verhungernden Lichtstrahl völlig verschluckt hätte. Doch mit steigender Geschwindigkeit stieg die Angst, vom Weg abzukommen und abzustürzen, mutterseelenallein, mitten in der Nacht. Dabei sah ich mich – wie eine Flipper-Kugel – von Baum zu Baum prallen, und, falls ich mir dabei nicht schon die Beine gebrochen habe, mit aufgespießten Augäpfeln blind nach einem Halt tasten, damit ich nicht noch weiter abstürze und in der reißenden Isar jämmerlich ersaufe, was in dem Fall eher eine Gnade gewesen wäre.

Ganz so schlimm ist es jetzt nicht. Und dass mich die Etsch verschluckt, glaube ich dann doch eher nicht. Im Buschwerk davor würde ich mich wahrscheinlich vorher verheddern.

Und dann wird der Radweg von Laternen beleuchtet. Hurra! Rovereto ist erreicht. 139 Kilometer Tagespensum! Nicht schlecht für den ersten vollen Tag und die halbe Nacht. Trotz Handicap. Insgesamt liegen schon 180 Kilometer hinter mir. Bombig!

Die Euphorie hilft mir aber im Moment nicht weiter. Aus der Ferne weht das Zehn-Uhr-Läuten eines Campanile. Zeit, einen Übernachtungsplatz zu suchen. Da gäbe es zum Beispiel das Angebot auf der Visitenkarte. Ich würde mir das Suchen eines Platzes für mein Zelt sparen. Nicht zu verachten. Mir fehlt nämlich noch der Riecher dafür. Außerdem wollte der Typ mit mir zu einem Fahrradgeschäft. Nur ist hier weit und breit niemand, den ich fragen kann. Um in den Ort zu kommen, bleibt nur der Weg nach oben. Keine Lust, wieder zu schieben. Also radle ich. Sollte die Kette reißen, muss ich halt per pedes weiter.

An einem kleinen Platz mit Brunnen steht eine Gruppe älterer Herrschaften. Schön, die kann ich nach dem Weg fragen. Ich bleibe in der Nähe, suche nach den passenden italienischen Vokabeln und der Visitenkarte. »Zefix, wo hab ich sie denn?« Nicht in der Geldbörse, in keinem Fach des Wimmerls, nicht in der Hose … Eine ältere Dame löst sich aus der Gruppe, kommt näher und spricht mich an.

»Och, Sie sehen so verzweifelt aus. Können wir Ihnen helfen? Sie sind aus Deutschland, hab ich recht?«

Sieht man mir das an? Würde eine dementsprechende Fahne an meinem Gepäck flattern, hätte ich es verstanden. Aber mein Äußeres ähnelt eher einem Südländer: Dunkelbraune Augen, fast schwarze Haare. Na ja, nicht mehr wirklich. Sind schon etwas grau meliert, ganz abgesehen vom stark ergrauten Bart. Sie denkt wahrscheinlich: Ein Italiener würde zu dieser späten Stunde nicht so ratlos herumstehen.

»Ja, ich suche eine Adresse«, antworte ich, während ich weiter in der Lenkertasche krame.

»Ach ja? Und wo soll das sein?«, fragt mich ein älterer Herr der Gruppe, der der Dame gefolgt ist und sich vor mir aufbläht wie ein Kugelfisch.

»Weiß nicht. Find die Visitenkarte nicht.«

»Tja, guter Mann. Wir würden Ihnen ja gerne helfen«, meint er distinguiert. »Aber ohne Adresse ist das trivialerweise nicht möglich.«

Trivialerweise? Geht's noch gespreizter. Dabei mustert er mich von oben bis unten, während er die Ärmel seines umgehängten hellblauen Kaschmir-Pullovers zurechtrückt.

»Gibt hier bestimmt auch was in Ihrer Preisklasse.«

»Wir sind aus Hannover«, mischt sich die ältere Dame wieder ein. »Wir kennen uns hier überhaupt nicht aus. Tut mir leid.«

»Schon gut. Danke! Und schönen Urlaub noch!«

»Vielen Dank!«, erwidert die freundliche Dame und wünscht mir dasselbe.

»Komm, Ulrike. Lass uns gehen«, meint ihr Begleiter und hakt sich bei ihr unter. »Wenn er nicht mal weiß, wo er hinwill …«

60

Beide gehen zurück zur Gruppe am Brunnen.

So ein blöder Lackaffe. Was mandelt der sich so auf, wenn er sich hier nicht auskennt. Hätte wenigstens nach meinem Reiseziel fragen können. Vielleicht hätte ich ihm damit ein bisschen Respekt entlockt. Und überhaupt. Wie hätte er mir denn helfen wollen, der Depp? Ein paar Brosamen an seiner opulenten Tafel? Plaudernd zieht die Gruppe ab und ich bin froh darüber.

Die weitere Suche nach der Visitenkarte spar ich mir. Irgendwo ist sie hingerutscht. Ohne Stadtplan und Hilfe Einheimischer finde ich die Adresse eh nicht. Und wozu schleppe ich einen kompletten Hausstand samt Zelt mit mir herum? Also auf zur Suche nach einem Übernachtungsplatz. Die Fortsetzung der ansteigenden Straße schenk ich mir. Also wieder zurück auf Anfang.

Der Weg durchschneidet Weingärten, begrenzt von niedrigen Trockenmauern. Ein paarmal fahre ich ihn ab und begegne jedes Mal Spaziergängern und eng umschlungenen Liebespaaren. Wie soll ich da unbemerkt zelten? An einer Gabelung, die etwas mehr Raum lässt, bleibe ich stehen. Noch öfter kann ich die Strecke nicht abfahren. Die Spaziergänger meinen sonst, ich hab einen Sprung in der Schüssel, und die Liebespaare halten mich für einen sabbernden Spanner. Seitlich, im spitzen Winkel zum Weg hin, ist der Platz zumindest von einer Seite nicht einsehbar. Sogar das Zelt hätte hier Platz. Aber so entschlussfreudig bin ich nicht. Das Fahrrad an die Trockenmauer gelehnt, kauere ich mich ins Gras und warte erst mal ab. Nach kaum einer Minute flaniert ein Pärchen vorbei, küssend und mit sich selbst beschäftigt. Sie sehen mich nicht, weil sie quasi von hinten, vom spitzen Winkel her kommen und mir die Rücken zuwenden. Aber wenn *ich* sie schon so deutlich sehe, ist mein Zelt erst recht zu sehen, sollte jemand aus der Gegenrichtung kommen. Die Spaziergänger scheren sich wahrscheinlich einen Furz darum, ob da ein Zelt steht oder nicht. Wohl ist mir trotzdem nicht bei dem Gedanken. Ein anderer Platz muss her. Doch erst will ich Evelyn anrufen, bevor sie ins Bett geht. Eigentlich eh schon zu spät für sie.

Sie ist noch wach, sonst wäre sie nicht so schnell am Telefon.

»Hey, Wahnsinn. So viel schon geschafft. Bin stolz auf dich, mein Schatz. Und wie geht's dir? Wo bist du denn?«

Ich nenne ihr meinen Standort, das Problem mit der Kette und das Übernachtungsangebot des Italieners.

»Brauchst du doch nicht. Hast doch ein Zelt.«

»Ja. Ich verzichte ja auch drauf, aber … «

»Aber was?«

»Na, ja. Ich bin hier auf einem Weg zwischen den Weingärten und da kommen laufend Leute vorbei.«

»Na und. Kann *dir* doch egal sein.«

»Das sagst du so leicht. Hab einfach ein Problem damit.«

»Mein Gott, Schnuffbär. Mach dir nicht ins Hemd. Sind doch nur harmlose Spaziergänger.«

»Trotzdem.«

»Dann geh halt einfach in den Weingarten. Zwischen den Weinstöcken ist bestimmt genug Platz. Und da sieht dich keiner.«

»Hm!«

»Und wenn du morgen früh aufwachst, kannst du gleich schauen, wie weit die Trauben sind.«

»Und was, wenn der Winzer vorbeikommt?«

»Wann? Heut Nacht? Quatschkopf! Warum soll der vorbeikommen? Meinst du, der kontrolliert nachts, ob seine Trauben richtig gedeihen? Dafür hat er einen Wachhund.«

»Oh Scheiße. Daran hab ich überhaupt nicht gedacht.«

»Ach, Schnuffbär! Nimm nicht alles so wörtlich. Hast du schon mal einen Wachhund in einem Weingarten gesehen? Sicher nicht.«

»Nein, hab ich nicht. Ich hab aber auch noch nie in einem Weingarten übernachtet.«

»Du verwechselst das mit einem Schäfer.«

»Jaja! Verarschen kann ich mich selbst.«

»Jetzt sei nicht eingeschnappt. Im Ernst. Keiner wird dich da drin belästigen. Sonst such dir halt eine andere Stelle.«

»Aber wo? Weiß doch nicht, wann die Weinberge aufhören. Ich

will auch nicht zu weit wegfahren mit der kaputten Kette. Wenn sie reißt, muss ich morgen den Weg zurücklatschen.«

»Ach mein Schatz, mach nicht lang rum. Übernachte einfach im Weingarten. Dir wird nichts passieren. Glaub's mir. Morgen früh bist du froh und kannst dich um deine Kette kümmern.«

»Okay, überredet. Dann schlaf gut. Ich melde mich morgen wieder. Gut Nacht, mein Schatz!«

»Gute Nacht. Schlaf gut. Und träum von den Trauben, die dir in den Mund wachsen. Was ist es überhaupt für eine Sorte?«

»Was weiß denn ich!«

»Na ja. Sind ja auch noch kleine Kügelchen. Also dann, bis morgen. Ciao. Hab dich lieb!«

»Ich dich auch. Ciao, mein Schatz!«

Soll ich es wirklich wagen? Ich kann mich nicht so recht entscheiden. Immer wieder schlendern Spaziergänger vorbei und beäugen mich und das Fahrrad. Irgendwann muss das doch enden. Es ist immerhin schon eine Stunde vor Mitternacht. Die sollen sich endlich in die Falle verdrücken. Aber das wünsche scheinbar nur ich. Die Luft ist lau und lädt einfach zum Lustwandeln ein. Wenn es jetzt zu regnen anfinge – nur ein paar Tröpfchen – dann verschwänden die Spaziergänger und ich könnte in Ruhe an diesem Platz übernachten. Wäre mir in jedem Fall lieber, als direkt im Weingarten. Womöglich kommt nämlich doch der Winzer in der Nacht. Kenne ich die Eigenheiten trentinischer Weinbauern? Nein, kenne ich nicht! Schließlich befände ich mich auf seinem Grund und Boden. Mein momentaner Platz passt mir ganz und gar nicht. Muss einen idealeren finden. Also wieder zurück in die Stadt.

Von der Piazza mit Brunnen, an dem sich der Oberschlaumeier so siebenklug aufgeblasen hat, führt eine Straße weit nach oben. Dort werden die Lichter weniger und es müsste sich eigentlich ein geeignetes Plätzchen finden.

Hakelnd und knackend, als wollte die Kette jeden Moment zerbersten, geht's bergauf. Hätte ich vorher geahnt, wie stark sie noch zu strapazieren ist, mir wäre viel Zeit erspart geblieben. Bald wird es doch zu steil und es geht nur noch schiebend. Der Schweiß quillt wieder aus allen Poren, rinnt übers Gesicht und zwischen den Schulterblättern bis zu den Pobacken. Mit dem angebundenen Schweißläppchen wische ich ihn aus Gesicht und Augen. Dabei steigt unangenehm der widerliche Geruch des versifften Lappens in die Nase. Scheiße! Ich hab keine Lust mehr auf diese Torturen. Und auch noch mitten in der Nacht. Fing doch alles so romantisch an.

In einer Spitzkehre befindet sich eine Ausbuchtung, die über den asphaltierten Teil der Straße hinausragt. Dunkel ist die Fläche, ausreichend groß und eben. Dort angekommen ist es lang nicht mehr so finster, wie es aus der Entfernung schien. Außerdem verdammt nah an der Straße. Ich fürchte, das Zelt fällt doch zu sehr auf. Bisher ist mir zwar kein Fahrzeug begegnet, aber vielleicht ist sie doch stärker frequentiert. Mit einem Zelt, das denen für den Straßenbau ähnelt, könnte ich es wagen. Keiner würde sich dabei was denken – außer mir wahrscheinlich. Hab ich aber nicht. Also weiter nach oben, auch wenn's schwerfällt.

Auf halbem Weg nach oben führt eine Abzweigung zu einem Krankenhaus. Was heißt Krankenhaus. Es ist ein ganzer Komplex, bestehend aus mehreren Betonburgen mit Notaufnahme, vielen beleuchteten Krankenzimmern und einem riesigen Parkplatz davor. Es klappert nach Essgeschirr und mein leerer Magen knurrt nach Nahrung. Er muss warten. Vordringlicher ist ein Übernachtungsplatz. Ich fahre bis ans schummrige Ende des Parkplatzes, an dem kaum Autos und einige Krankenwagen abgestellt sind. Vielleicht gibt es hier eine Möglichkeit. Inzwischen bin ich so weit, mich mit jedem Platz zu arrangieren. Das Krankenhauspersonal würde am ehesten Verständnis für meine Situation haben und nicht gleich Terror machen. Aber bin ich wirklich so weit, mich auf so was einzulassen? Dazu braucht's keine lange Überlegung. Ich kann unmöglich hier campen, selbst wenn die Ecke noch so dunkel wäre.

64

Voller Neid blicke ich nach oben auf die hellerleuchteten Fenster. Wie schön wäre es doch, jetzt in einem richtigen geräumigen Bett zu schlafen. Ich könnte ja zur Notaufnahme gehen und sagen: Mir geht es fürchterlich schlecht, ich brauche dringend Hilfe. Und dann? Sie würden mich untersuchen und sagen: Der Typ ist pumperl gsund. Schmeißt ihn raus! (In Italienisch vermutlich). Genauso bescheuert, wie wenn ich sagen würde: Ich will meine liebe Oma besuchen. Die liegt hier im Sterben. Bin extra aus München gekommen, um ihr kaltes Händchen zu wärmen. Mit dem Fahrrad? Ja, weil es mir so wichtig ist und ich kein Geld für die Bahnfahrt habe. Und wie heißt Ihre Oma? Och, das weiß ich nicht! Hab sie immer nur mit Oma angesprochen. Da könnte es passieren, dass sie mich bitten ein bisschen zu warten. Und dann kämen sie mit einer schööönen weißen Jacke zurück. Mit gaaanz langen Ärmeln, die man am Ende zubinden kann und die ich dann anziehen darf. Und ab geht's in die Psychiatrie. Dann schon lieber beengt im Zelt. Aber wo zum Teufel?

Wieder zurück auf der Straße kämpfe ich mich weiter nach oben. Es muss dort doch irgendein ruhiges Plätzchen geben. Die Straße verjüngt sich, keine Häuser mehr, spärliche Beleuchtung. Sieht vielversprechend aus. Aber je höher es geht, desto aussichtsloser scheint es. Die Felsen links und der Abhang rechts engen die Straße zunehmend ein und mich befällt die Vermutung, oben vor einem videoüberwachten Gittertor zu enden, auf das laut kläffend Bestien zujagen und mich blutrünstig sabbernd anfletschen. Wenn ich so weitermache, erübrigt sich bald der Schlafplatz. Also zurück zum Weingarten – Spaziergänger hin oder her. Soll mir jetzt egal sein. (Die Fahrradkette hält übrigens immer noch.)

Hinter einer Trockenmauer mit Hecke, leicht erhöht, bietet sich eine Stelle an, die ich vorher übersehen hatte. Hier bleib ich. Basta!

Mit einem kleinen Plopp steht das Zelt. So schlaff kann ich wohl gar nicht sein, dass mich das nicht erheitert. Dann gehe ich das Stückchen hinunter zum Weg und kontrolliere, wie deutlich es zu sehen ist. Unsichtbar ist es nicht, schon wegen der auffallenden

Farbe. Aber nur ein Teil des Daches spitzt über die Hecke und wer sich nicht sonderlich umsieht, dem wird es nicht auffallen. Außerdem ist mir das jetzt egal. Für eine Alternative fehlt mir die Energie. Das Fahrrad schließe ich vorsichtshalber an einem Weinstock an und schleppe mein Gepäck ins Zelt. Nachdem die kleine Luma aufgeblasen und das Gepäck so verstaut ist, dass mir noch einigermaßen Platz bleibt, lege ich mich aufs Ohr, lausche noch ein paar Minuten nach draußen und schlafe ein.

Mittwoch, 16. Juli – dritter Reisetag

Na toll! Der Tag beginnt in der Nacht. Donnergrollen! Was soll's, bin ja geschützt im Zelt. Dass ich früh aufwachen werde, war mir schon klar – bei dem Übernachtungsplatz. Aber so früh! Es ist drei Uhr morgens. Ich lausche dem Donner und den zaghaft aufs Zelt klopfenden Regentropfen. Fand es als Kind schon immer besonders heimelig, wenn die Regentropfen erst zart und dann bis zum Crescendo auf die Zeltbahn trommeln, ohne einem was anhaben zu können. Zwar nicht gerade das ideale Wetter für eine Fahrradtour, aber warum sollte es nicht zur Morgendämmerung wieder sonnig werden.

Wurde es auch. Nur hat mich der Regen mitnichten verschont. Hätte nicht weiter gestört. Spazieren wenigstens keine Störenfriede herum und solange sich das Wasser nicht unter dem Zelt staut, wird es auch nicht durch das kleine Loch im Boden sickern. Doch die Nässe kam nicht von unten. Noch ein fatales Versäumnis. Hab nie getestet, ob das Zelt wasserdicht ist. Zwar stand in der Beschreibung irgendwas von wasserresistent bis zu einer Wassersäule von Bla, Bla, Bla. Aber das betraf wohl nur den Stoff, nicht die Nähte. Durch die tropft es nämlich vereinzelt. Im ersten Moment bin ich ratlos, will es einfach nicht wahrhaben und warte ab. Vielleicht hört der Regen gleich wieder auf und das Crescendo bleibt aus. Vielleicht schließen sich die Poren der Nähte, wenn sie durch die Nässe aufquellen. Enttäuschte Hoffnungen auf allen Ebenen, wie ich im Licht meiner Stirnlampe erkenne. Der Regen nimmt zu und mit ihm das eindringende Wasser. Anfangs kann ich noch in die ein oder andere Ecke ausweichen. Aber dann …

Es wird mehr als ungemütlich in meiner Behausung. Es ist nicht nur eine Stelle, die ich entdecke. An allen Nähten tropft es und das Zelt hat viele Nähte. Bei jeder Bewegung gluckst schon das Wasser unter der Luftmatratze. Wenn's so weitergeht, muss ich Schwimmflügelchen anlegen.

Und dann schütten die Regenwolken erbarmungslos aus, was sie vorher noch zurückgehalten haben. Es prasselt ohrenbetäubend auf die Zeltbahn. Dazu lassen Blitze das Zeltinnere grell aufflammen und der unmittelbar darauf folgende Donner kracht so laut, dass ich mir am liebsten die Ohren zugehalten hätte. Aber dazu ist keine Zeit. Inzwischen trieft alles vor Nässe: der innere Zeltboden, die Luftmatratze, der Schlafsack, die Gepäcktaschen, ich selbst. Ich muss hier raus.

Wo ist der Regenumhang? Es ist zu eng. Zu eng, um sich zu drehen; zu eng zum Knien; zu eng, um die fünf Packtaschen zu durchwühlen. Ich lass es. Scheiß drauf. Scheiß Moskito-Reißverschluss. Er hakt wieder. Muss ihn ölen oder mit Seife einreiben oder was es sonst noch für Hausfrauen-Mittelchen gibt. Für den Moment kommt die Idee allerdings zu spät. Ich muss ihn schonend behandeln. Soll ja noch einige Nächte halten. Dann gibt er sich endlich geschlagen. Bei strömendem Regen zerre ich das Gepäck aus dem Zelt und aufs Fahrrad. Nur Sekunden dauert es, bis ich in meinen Klamotten schwimme. Die Stirnlampe mag den Regen auch nicht. Sie versagt den Dienst. Wer hätte es geahnt! Dafür helfen die grellen Blitze, die für Millisekunden ein Bild der Umgebung erstarren lassen. Nicht alles ist schlecht am Zelt. Ein Vorteil ist der mühelose, flotte Zusammenbau. Da ich es vorher genügend oft vorgeführt habe, klappt es selbst bei Dunkelheit und Regenschauern wie am Schnürchen.

Warum hab ich Depp nur das Fahrrad abgeschlossen? Der Schlüssel ist schnell zur Hand, aber ihn ins Schloss zu fummeln, will nicht gelingen. Jagte vorher ein Blitz den nächsten, muss ich nun, mit dem Schlüssel knapp vor dem Schloss, lauern, bis mir die himmlische Erleuchtung den Weg weist. Dann ist das Schloss

68

endlich offen. Ich werfe die Packtaschen einfach über den Fahrradständer. Werden schon irgendwie halten. Das sperrige Zelt lass ich erst mal liegen, damit ich das Fahrrad leichter zum Weg hinunterschieben kann.

Inzwischen sind mir Regen, Gewitter und Klamotten samt Ausrüstung wurschtegal. Mehr als nass werden können sie nicht, und so lass ich mir Zeit, das Fahrrad sicher abzustellen, das Zelt zu fixieren (das Befestigen war schon vorher nicht meine Stärke), und radle durch den nächtlichen Regen wie der Heroe, den nichts umhauen kann. Sogar die Fahrradbeleuchtung macht Freude, obwohl sie gerne einen Tick heller sein dürfte. Hat also doch sein Gutes, der Dynamo, obwohl er mich ein paarmal geärgert hat.

Im Lichtkegel der Fahrradlampe sieht es aus, als würde ich durch einen Wasserfall radeln. Die Brille blieb im Wimmerl. Wäre des Glitzerns zu viel gewesen. Mehrmals muss ich anhalten, weil die losen Haltegurte der Packtaschen in den Speichen klimpern, als würde ein durchgeknallter Harfenist daran zupfen. Kein Vergnügen, wenn dabei das Wasser zwischen den Schulterblättern den Rücken hinunter durch die Unterhose und weiter an den Beinen bis in die Schuhe gluckst. Es ist nicht die Nässe als solche. An die hab ich mich schon gewöhnt. Es ist die Kühle des Wasserstrahls, die ich so unangenehm empfinde. (So geht's mir auch im wohlig-warmen Neoprenanzug, wenn plötzlich das Wasser durch den Kragen eindringt.)

Schließlich finde ich eine Bahnunterführung. (Es wird nicht die letzte sein, die mich vor den Unbilden des Wetters schützt.) Ich gehe ans Ende des Tunnels, dorthin, wo die Regentropfen nicht mehr quer durch die Luft peitschen. Das Wasser kräuselt sich mit wechselnden Mustern in den Pfützen vor dem Unterstand. Sehr künstlerisch. Wenn's nicht schlimmer wird, bleibt es auf meiner Seite trocken. Na ja, trocken ist übertrieben. Jedenfalls muss ich nicht im Wasser waten.

Blitze zucken vom Himmel und lassen die Landschaft und den peitschenden Regen zu grellblauen Momentaufnahmen erstarren, und der krachende Donner setzt das Ausrufezeichen. Haben schon was Faszinierendes, diese ungehemmten Urgewalten, denen der Mensch, trotz aller Technik, machtlos ausgeliefert ist. So heftig hab ich mir das allerdings nicht gewünscht, um die nächtlichen Spaziergänger zu vergraulen. Doch nichts ist von Dauer, und so beglückt das Gewitter allmählich entferntere Landstriche.

Nachdem der Wind aufgehört hat, wie ein blutrünstiger Köter an meiner Kleidung zu zerren, öffne ich vorsichtig die Packtaschen. Irgendwie hab ich erwartet, alles ist pitschnass und die Packtaschen sind bis zur Hälfte mit Wasser gefüllt. Ich werde angenehm überrascht. Zwar ist es drin nicht staubtrocken, aber richtig nass ist es auch nicht.

Das Wechseln der Klamotten dauert. Der böige Wind ist dabei nicht gerade ein Verbündeter und auf der nassen Haut will das Zeug nicht so flott über den Körper gleiten. Bin eigentlich nicht sonderlich verklemmt und unter Nackten fühle ich mich nach einiger Zeit nicht mehr nackt. Trotzdem hab ich immer wieder gelurt, ob sich jemand nähert, der mich, mit blitzendem Hintern dabei überraschen könnte. Zu guter Letzt stülpe ich den Regenumhang über, weil der Wind noch immer fein zerstäubte Wassertropfen durch den Tunnel jagt.

Die Zeit fließt zäh wie lauwarmer Leim. Dass sie nicht erstarrt ist, merke ich am nachlassenden Wind und einem fahl werdenden Himmel. Vier Uhr morgens. Wenigstens der Taucheruhr kann das Wetter nichts anhaben. Nach und nach stimmen Vögel ihr Morgenkonzert an und lassen die garstige Nacht vergessen. Im graumelierten Licht krame ich meine Essensreste aus der Packtasche und mampfe es, wie's kommt. Aber es schmeckt nicht so recht. Die Breze ist durchweicht, die Salami droht mir aus den nassen Fingern zu glitschen und die Kekse? Waren noch nie der Renner. Ich kann nur dumm rumstehen und warten.

Allmählich verkleckert der nasse Pailletten-Vorhang vor dem Unterschlupf. Die Morgenluft ist mild und unter dem Regenumhang wird es allmählich unangenehm dampfig. Er ist luftundurchlässig und, bis auf zwei Schlitze für die Arme, ringsum geschlossen wie eine Glocke. Keine Feuchtigkeit kann von außen eindringen – aber auch nicht von innen entweichen. Es wird warmfeucht darunter. Komme mir vor wie eine eingeschweißte Salami, die stundenlang der Sonne ausgesetzt war.

Dabei fällt mir meine Mutter ein. Geld für einen Saunabesuch wollte sie nicht ausgeben. (Vielleicht war sie auch zu g'schamig dafür.) Deshalb hat sie sich eine »Heimsauna« oder »Zimmersauna« gekauft. Eine Plastiktonne, in der man auf einem Hocker saß. Oben, in der Plastikabdeckung, war eine Öffnung für den Kopf mit einer Manschette, die um den Hals gewickelt wurde, damit keine heiße Luft entweichen kann. Irgendwo im Innern waren Heizspiralen, um das Ganze auf Temperatur zu bringen.

Einmal hab ich sie, als kleiner Knirps, bei ihrem Heimsaunavergnügen ertappt. Das Gesicht voller Schweißperlen, die schwarzen Haare platt auf Kopf und Stirn gepappt, blickte sie mich gequält an. Der Leidensblick hat mir genügt. Ich hab's nie ausprobiert, aber es muss sich so ähnlich angefühlt haben wie jetzt bei mir.

Ich muss raus aus dem Dampfgarumhang. Sonst platzt mir die Fontanelle. Kaum herausgeschält, wird mir sofort leichter und ich bekomme wieder Luft.

Vom geziegelten Rundbogen des Eingangs im Lee fallen nur noch vereinzelt Tropfen und eine Ahnung von Morgensonne kriecht in den Unterschlupf. Gelegenheit, neben dem Tunneleingang einen Kaffee zu brühen. Allein das Zeremoniell lässt mich wieder aufleben und die vergangene Nacht abhaken.

Allmählich fällt mir nichts mehr ein, um die Langeweile totzuschlagen. Besser ich fahre los, auch wenn das Fahrradgeschäft noch geschlossen ist. Bis ich es finde, wird eh noch einige Zeit vergehen. Aber vielleicht stoße ich ja rein zufällig darauf. Soll's ja geben.

So einfach wird's dann doch nicht. Das niedliche Rovereto

der vergangenen Nacht mit dem Brunnen, ein paar Gassen und dem Krankenhauskomplex ist zur beachtlichen Kleinstadt angeschwollen, die sich allmählich aus dem Dämmerschlaf schält und in der Morgensonne leuchtet. Da werde ich wohl länger nach einem Fahrradgeschäft suchen. Andererseits hat es den Vorteil, dass es vielleicht mehr als nur eines gibt.

Inzwischen hat die Sonne das Wasser von den Straßen geleckt und strahlt unschuldig vom wattebauschigen Himmel. Nicht übel, das erwachte Rovereto. Es zeigt sich in seiner vollen Pracht. Die Sehenswürdigkeiten streife ich nur mit kurzen Blicken. Erst muss meine Kette repariert werden, dann ... vielleicht. Nach einer halben Stunde vergeblichem Suchens sehe ich ein, es ist vernünftiger, einen der zur Arbeit hechelnden Fußgänger zu fragen. Schon der erste Angesprochene kann mir den Weg weisen. Warum hab ich nicht gleich jemanden angesprochen?

Das Fahrradgeschäft öffnet erst um neun, so steht es an der Tür. Noch eine gute halbe Stunde Zeit. Gleich daneben ist eine Bar mit Terrasse, auf der noch zwei unbeschattete Plätze frei sind. (Sonnenverwöhnte Italiener brauchen ihn nicht, den »Platz an der Sonne«.) Bei einem Caffè und einem Cornetto strecke ich die ausgekühlten Beine der wärmenden Sonne entgegen. Ach, geht's mir gut.

Kurz vor neun kommt ein Typ auf einem Rennrad beim Fahrradladen an. Von meinem Tisch aus sehe ich, wie er ein Gatter öffnet und im Hinterhof verschwindet. Ich bezahle und warte vor dem Laden.

Im Schaufenster glänzen edle Rennräder für tausende Euro. So eine Rennmaschine, ein kleiner Rucksack fürs Nötigste, eine prall gefüllte Kreditkarte – das wär's. Aber wo bleibt dann das echte Abenteuer? Das erkämpfte Reiseziel? Es wäre keine Leistung, die ich mir ans Revers heften und auf die ich wirklich stolz sein könnte. Natürlich hat der Laden auch Räder für weniger Betuchte und Zubehör aller Art. Mit der Betrachtung vertreibe ich mir die Zeit.

72

Fünfzehn Minuten nach neun frage ich mich dann doch, wann der Laden öffnen wird. In München hätte ich vielleicht an die Fensterscheibe geklopft, um auf mich aufmerksam zu machen. Nein, eher nicht. Bin kein Drängler und manchmal dümmlich zurückhaltend. Und so fällt es nicht schwer, die Öffnungszeiten nicht so ernst zu nehmen. Schließlich sind wir in Italien, auch wenn es noch Oberitalien ist. Was sind da schon fünfzehn Minuten. Mit den Händen schirme ich die Sonne ab, um im dunklen Inneren etwas erkennen zu können. Keine Beleuchtung, nicht die kleinste Regung.

Um halb zehn weiß ich auswendig, welches Fahrrad neben welchem steht, welches Zubehör praktisch wäre und wie viel es kostet. Bei allem Verständnis fürs »Bella Vita«, aber allmählich fehlt mir doch die Geduld dazu. Als Öffnungszeit steht doch neun Uhr an der Tür. Bin doch nicht bekloppt? Jetzt doch verunsichert, studiere ich sie noch mal. Dumm gelaufen. Hätte ich vorher genauer ansehen sollen, statt Preise auswendig zu lernen. Es ist Mittwoch. Und ausgerechnet am Mittwoch öffnen sie erst um sechzehn Uhr. Knapp sieben Stunden bis dahin. So lange warten? Ich könnte mir die Zeit schon vertreiben und doch Sehenswürdigkeiten ansehen. Oder auf einer Parkbank ein Nickerchen machen. Ich klage Evelyn mein Leid, aber sie kann natürlich auch nicht weiterhelfen.

»Such halt nach einem anderen Laden. Kann doch nicht der Einzige sein in Rovereto.«

Sie soll recht behalten. Just, als ich frustriert aufs Fahrrad steige, kommt der Typ aus dem Nebenausgang. Wo gibt's ein Fahrradgeschäft, das geöffnet hat, frage ich ihn. Er erklärt mir den Weg. Hab wieder mal nicht richtig hingehört. Um die mangelnden Italienischkenntnisse zu kaschieren, neige ich dazu, verstehend zu nicken, obwohl ich nur die Hälfte verstanden habe.

Eine kleine Anekdote fällt mir dabei ein. Vor vielen, vielen Jahren, wir waren mit einem Möbelwagen nach Indien unterwegs, haben wir einen Bauern in Montenegro nach dem Weg gefragt.

73

Während er hilfsbereit und freundlich versucht hat, den Weg zu erklären – wobei er jedes Mal zustimmend nickte, egal in welche Richtung wir zeigten –, hat Schorschi, freundlich grinsend, zu ihm gesagt: »Junge, du stinkst gewaltig aus dem Maul.« Daraufhin hat der Bauer freundlich genickt. Er hielt es für ein Kompliment. Ich muss gestehen, dass ich, wie auch Nils – der Dritte in unserem Bunde –, herzlich gelacht habe. Der arme Kerl ist vermutlich noch nie weiter als bis zum nächsten Dorf gekommen. Und jetzt wird er für seine Hilfsbereitschaft auch noch verarscht. Zum Glück hat er nichts davon bemerkt.

Ganz so extrem kann mir das nicht passieren. Und das wissen die Italiener, wenn sie in ihrer Muttersprache angesprochen werden. Doch ich bekäme bestimmt genauere Informationen, würde ich nachhaken, was ich aber aus falscher Eitelkeit nicht mache. Selber schuld! Jetzt rächt sich diese Marotte. Auf Anhieb finde ich das Fahrradgeschäft nämlich nicht. Aber die vorgebliche Richtung passt und so lande ich nach einigen Suchschleifen vor dem Laden.

Drinnen werkelt ein junger Mechaniker. Das Fahrrad durch die offene Tür in den Laden gerollt, erkläre ich mein Anliegen. Er baut die Kette aus, legt sie auf den Boden, eine neue daneben und kürzt sie auf dieselbe Länge. Eigentlich hätte ein neues Kettenglied gereicht. Die Kette war ja neu. Hab sie in München getauscht. Nur ist dabei irgendwas falsch gelaufen. Aber ich will nicht meckern. Aus Dankbarkeit. Na ja, hauptsächlich aus Feigheit. Um mich selbst zu rechtfertigen, suche und finde ich meist ein Argument für meine Zurückhaltung. So auch jetzt, indem ich mir sage: Immerhin hat er sich sofort um mich gekümmert. Mit zwanzig Euro weniger in der Reisekasse verlasse ich das Geschäft.

Bar der Angst, wegen der kaputten Kette hängen zu bleiben, geht es weiter. Nicht lange, und der dröhnende Morgenverkehr ist abgehakt.

Flankiert von der Etsch und bestrahlt von der höher steigenden Sonne, genieße ich die Weinberge um mich herum; den Duft sat-

74

ter Wiesen, aus denen die Sonne die Feuchtigkeit saugt, und die himmlische Ruhe. Endlich reiht sich wieder Kilometer an Kilometer.

Ein Holzgeländer am Ufer bietet sich an, die feuchten Sachen zu trocknen. (Auch das wird sich noch mehrfach wiederholen, denn das garstige Wetter lässt sich so wenig abschütteln wie eine schlechte Angewohnheit.) Die Decke, die Luftmatratze, meine Kleidung. Alles hängt über dem Geländer. Komme mir vor wie ein fliegender Händler, der seine Waren feilbietet. Erstaunte Blicke streifen den Trockenplatz. Aber das stört mich nicht weiter. In der Wiese ausgestreckt bin ich ungewollt eingenickt, denn als ich die Augen aufschlage, ist es eine Stunde später. Na ja, wenn's der Körper braucht. Alles wieder trocken und erneut ein- und aufgepackt geht es weiter, dem südlichen Ziel entgegen.

Kilometer um Kilometer folgt der Weg jeder Windung der Etsch, bis ein Teil von ihr in einem Kanal gebändigt wird. Vorbei ist es mit dem wildromantischen Ufer und dem gewundenen Verlauf. Schnurgerade, wie eine Fahrrad-Autobahn, verläuft der Weg neben dem anästhesierten Rest der Etsch. Links ein paar zerrupfte Büsche, rechts das betonierte Flussbett. Manchmal wechselt der Weg über Steinbrücken auf die gegenüberliegende Seite des Kanals. Der Unterschied ist nur, dass er dann auf der anderen Seite fließt. Zwar ist die Strecke stinklangweilig, dafür gut fürs Kilometerfressen, denn sie ist flach wie ein Brett, ohne Steigungen, ja, fällt sogar leicht ab. Über Stunden geht es so dahin. Bevor ich im Sattel vor Langeweile einnicke, taucht in der Ferne eine Holzkonstruktion auf, die aussieht wie eine hohe Bretterwand. Beim Näherkommen entpuppt sie sich als monströse Holzbrücke. Sie erinnert an ein Trojanisches Pferd oder eine mittelalterliche Holzrampe zur Erstürmung einer Burg. In solch hoher und massiver Ausführung ist mir bis jetzt noch keine Brücke begegnet.

Der Anstieg ist steil wie der einer Treppe. Ohne die aufgenagelten Querlatten wäre sie kaum zu erklimmen. Klar, dass ich nur schiebend nach oben komme. (Hat im Übrigen auch keiner der durchtrainierten Adonisse radelnd geschafft, solange ich auf der Brücke stand.) Von oben bietet sich ein grandioser Blick ins Tal. Locker verstreute Hügel; dazwischen die Etsch, gesäumt von Ortschaften, die sich wie Perlen an einer Kette aneinanderreihen. Wo war denn die Abzweigung für den Weg an der ungebändigten Etsch? Na ja, halb so wild. So wäre mir dieses Holzmonster entgangen, das ich für ziemlich einmalig halte. Der nächstgelegene Ort ist ein Stück abwärts der Straße, die unter der Brücke verläuft. Ein paar hundert Meter weiter unten ist eine Pizzeria am rechten Straßenrand. Und schon glaube ich, sie zu erschnuppern, die leckere Pizza. (Natürlich alles nur Einbildung. Entsprungen aus niederen Bedürfnissen, aber deshalb nicht weniger verlockend.) Soll ich da runter? Schließlich muss ich ja wieder nach oben. Ja, will ich! Die Verlockung ist zu groß.

Bedächtig, mit quietschenden Bremsen, lasse ich das Fahrrad neben mir über die Querlatten hinunterrumpeln. Im Sattel sitzend ist es zu riskant. In einer engen, nach unten drehenden Schleife endet der Weg am Rand der Schnellstraße. Solche Abstecher sind offenbar nicht gewollt, sonst würde es einen Durchgang zur Straße geben. Stattdessen blockiert eine fette Leitplanke den Weg – fast hüfthoch. Egal. Nachdem der Entschluss gefasst ist, lasse ich mich nicht mehr davon abbringen. Da kann ich manchmal unvernünftig stur sein. Mit aller Kraft stemme ich das Vorderrad auf die obere Kante, schiebe das Hinterrad nach, bis das Fahrrad quer darauf steht. Ich muss es auf der Leitplanke absetzen. Geht nicht anders. Schließlich muss ja auch ich auf die andere Seite. Dabei ist es – dummerweise – genau auf dem Kettenkranz gelandet. Hoffentlich gibt es deswegen keine »Kettenreaktion«, fällt mir dazu spontan ein. Aber so witzig wäre es nicht. Das eine Mal reicht. Von der Straßenseite aus hebe ich es, Schweiß verspritzend, vorsichtig auf den Asphalt und schnaufe erst mal kräftig durch. Ach, muss es entspannend sein: radeln ohne Gepäck auf einem Renner, den man mit dem kleinen Finger hochheben kann. Aber das Thema hatte ich ja schon.

76

Schön, ohne Anstrengung nach unten rollen zu können. Aber nach der himmlischen Ruhe des Fahrradwegs geht mir der Lärm der Vorbeidonnernden gewaltig auf den Sack. Echt beängstigend, der hin und her flutende Verkehr. So hautnah hab ich ihn bisher noch nicht erlebt.

Ein paar Augenblicke und die Pizzeria ist erreicht. Leider zu früh, wie es scheint. Weder auf der Terrasse noch im Lokal sind Gäste zu sehen. Also keine Pizza unter schattigen Markisen. Ich will aber jetzt meine Pizza, verdammt noch mal. Also weiter nach unten. Ist ja erst der Ortseingang. Ein bezauberndes Mädchen im wippenden Minirock kennt zwar keine Pizzeria, bei der es jetzt schon was zu essen gibt, aber sie meint, im nahen Supermarkt werde ich bestimmt fündig. (So gestelzt hat sie sich natürlich nicht ausgedrückt. Hätte ich ja auch nicht kapiert.) Schon eigenartig. Mit dem weiblichen Geschlecht fällt mir die Kontaktaufnahme wesentlich leichter. Bei ihm kann ich meine Unsicherheit weg-flirten, was mir fast immer gelingt. Bin eben kein Alphatier.

Wie in den meisten Supermärkten bieten sie auch hier kleine Häppchen an. Mir schwebte zwar zur Feier des Tages – eigentlich gibt's gar nichts zu feiern! – ein gemütliches, schmackhaftes Mahl in einer Pizzeria vor. Aber ein Happen aus dem Supermarkt ist für die Urlaubskasse wesentlich verträglicher und … Überraschung: Die Pizzetta schmeckt ausgezeichnet. Gierig verdrückt mit einer Cola Light, entlockt sie mir ein zufriedenes Grunzen. Mit zwei Tramezzini, Panini, Wurst und Käse geht es zurück auf die Straße.

Oh Kacke! Weit ist es bis nach oben. Und steil. Die Holzrampe flirrt vor dem azurblauen Himmel wie eine unerreichbare Fata Morgana. Es fehlt die Kraft für den ganzen Weg nach oben. Bleibt wieder nur schieben. Dabei fühle ich mich wie ein zu stark aufge-blasener Luftballon. Hab die Cola wohl zu gierig hinuntergestürzt. Der aufgeblähte Bauch drückt fürchterlich, bis hoch zur Gurgel. Nach etlichen beschwerlichen Metern löst sich der Pfropfen im Hals oder Magen oder wo auch immer. Wie aus einer gut ge-schüttelten Champagnerflasche – hört mich ja keiner – lasse ich den Überdruck mit einem lauten Rülpser entweichen. Dabei bläst der Cola-Geruch mit Pizzaaroma unangenehm durch die Nasenlöcher. Schlagartig ist mir wohler und ich freue mich kindisch über das hemmungslose Gebaren. Wann kann man sich schon in der Öffentlichkeit so unflätig benehmen.

Nach der Qual des Aufstiegs die angenehme Überraschung: Auf dieser Straßenseite ist die Leitplanke einen Spalt geöffnet. Es entfällt somit der »Hebe-Akt«. Leider hab ich vor lauter Freude nicht weiter vor die Nase gedacht, denn somit stehe ich natürlich auf der falschen Seite der Rampe und muss sie nochmals überqueren. Alternativ bliebe, wieder nach unten zur Straße zu gehen, darüberzuhetzen – und zwar ziemlich flott, weil der Verkehr unaufhörlich hin und her flutet – und das Fahrrad erneut über die Leitplanke zu wuchten. Was die Kette dazu meint, darüber will ich lieber nicht spekulieren. Blöd ist es so oder so. Also noch mal über die Holzrampe.

Oben angekommen, stehen zwei sportliche Typen und überlegen, wie sie mit ihren Rädern am sichersten nach unten kommen. Da sind sie bei mir genau richtig. Ganz Macho werde ich ihnen zeigen, wie es ein Profi macht. Ich taste mich mit dem Vorderrad bis zur Kante. Oha! Da geht's aber steil nach unten, so hoch auf dem Sattel sitzend. Die beiden schauen mich erstaunt an. Schlau wäre es jetzt, die Reißleine zu ziehen, wieder abzusteigen und, wie beim ersten Mal, das Fahrrad neben mir hinuntergleiten zu lassen. Aber wie stünde ich dann da? Ich, der unerschrockene Draufgänger. Der furchtlose Kamikaze. Die würden mich glatt für ein Memme halten. Dabei hätte ich mich jetzt an eine Situation beim Drachenfliegen erinnern sollen.

Damals standen einige Zuschauer hinter mir und haben gespannt gewartet, ob ich es wage, mich ins Tal zu stürzen. Der Wind war turbulent und alles andere als tauglich für einen Flug. In der Ausbildung wurde uns eingebläut: »Egal, was die sensationshungrigen Zuschauer von euch denken. Packt den Drachen wieder zusam-

men, wenn ihr euch unsicher seid oder das Wetter nicht passt.«
Aber dazu gehört eine gewaltige Portion Zivilcourage. Wie eine
körperliche Bedrohung standen die Leute hinter mir. Ein Tribunal,
das keinen Rückzug duldet und mich für immer verachtet, sollte ich
kneifen. Ich war schlichtweg zu feige, den Flug zu unterlassen. Das
damalige Verhalten hätte beinahe meinen letzten Flug eingeleitet.
Wurde dabei fast stranguliert.

Und was passiert jetzt mit dieser Erfahrung? Auch jetzt fehlt mir
die Zivilcourage. Langsam gleite ich bis zur Kante. Kaum hat
sich das Fahrrad ein bisschen nach vorne geneigt, beschleunigt
es rasant – rasanter, als mir lieb ist. Mit voller Kraft bremse ich
und spüre im selben Moment, wie das Hinterrad abhebt. So weit
es geht, rutsche ich mit dem Hintern zurück, sogar bis hinter
den Sattel. Würde mich sonst sofort überschlagen. Doch die Ge-
wichtsverlagerung reicht nicht. Ich muss die Vorderradbremse
lösen. War ich vorher schon nicht gerade langsam, hopple ich jetzt
beängstigend schnell über die Querlatten. Der Lenker beutelt die
Arme so stark, dass ich fürchte, die Hände rutschen ab. Dann
endlich das Ende der Rampe. Mit einem mächtigen Rums knallt
das Vorderrad auf den Asphalt. Nur mit äußerster Geschicklich-
keit und einer gehörigen Portion Glück gelingt es, nicht seitlich
auf dem Asphalt aufzuschlagen. Ein paar kräftige Schlenker und
das Fahrrad hat sich wieder stabilisiert. Wie konnte ich nur einen
solchen Blödsinn veranstalten. Hätte böse enden können und
das nur, um bei den beiden Typen Eindruck zu schinden. Wahrscheinlich haben sie mich dafür auch noch für total bescheuert
gehalten. Weil mir das Ganze so peinlich ist, wage ich keinen Blick
zurück und entferne mich so schnell es geht.

Nach einigen Kilometern schert der Weg ab und die Piste wird
zum Park. Alte mächtige Platanen überschatten den Weg. Ihre
Stämme zeigen skurrile braun-grüne Fleckenmuster in unterschiedlichen Farbtönen. Schön anzusehen. (Ausgerollt könnte es

glatt in einem Museum für Moderne Kunst einen Platz finden. Da hängt weitaus Einfallsloseres, bei dem ich mich frage, wo die Kunst bleibt.) Vereinzelt sind Bänke aufgestellt – alle unbesetzt. Irgendeine größere Stadt muss hier oben in der Nähe sein. Oder eine Gebärstation? Woher kämen sonst die vielen Mütter mit ihren Kinderwagen und den zappeligen Balgen, die immer wieder den Weg kreuzen? Komm mir vor wie im Englischen Garten in München, wenn ich, als Abkürzung, den Fußweg benutzte. Dort wie hier sind eindeutig die Fahrradfahrer die Bösen. Eigentlich bin nur ich allein der Böse. Von den anderen keine Spur. Wo sind sie abgeblieben? Gab es einen separaten Weg, den ich übersehen habe? Ist mir das, unten bei der Etsch, ebenfalls passiert? Jedenfalls ist es nervig, sich immer wieder vorbeiquetschen zu müssen, ohne dabei die quirligen Knirpse über den Haufen zu fahren, die, wie aufgeschreckte Hasen, unberechenbare Haken schlagen. Hier bin ich ein Störenfried, auf den man gerne verzichten würde.

Da kommt ein Abzweiger wie gerufen, der parallel hinter einem Wassergraben verläuft. Zwar muss ich dabei auf den kühlenden Schatten verzichten, hab dafür aber freie Fahrt. Mich packt der Ehrgeiz, will die Zeit wieder aufholen, die ich im gebremsten Slalom verloren habe. Außerdem ist es befreiend, wieder richtig strampeln zu können und den Wind im Gesicht zu spüren.

Obwohl der Weg nur aus festgestampftem Lehm besteht, nähert sich der Tacho endlich wieder der Dreißig-Stundenkilometer-Marke und dieses Tempo will ich für längere Zeit halten. Aber es strengt an. Schon bald dringt der Schweiß schneller aus den Poren, als ihn der Fahrtwind trocknen kann, und allmählich denke ich, ob es nicht doch besser wäre, wieder in den schattigen Park zu wechseln – Geschwindigkeitsrausch hin oder her. Dort nämlich, auf der anderen Seite des Grabens, sind die Kinder und Mütter verschwunden. Aber noch ist der Graben dazwischen. Irgendwann wird der Weg schon wieder in den Park führen. Also versuche ich, das Tempo zu halten, um möglichst bald wieder unter die schattigen Platanen zu kommen.

Es dauert, bis in der Ferne ein hoher Zaun mit einem Gatter auftaucht, von dem bestimmt eine Abzweigung in den Park führt. Doch es folgt eine üble Überraschung. Der Weg endet ohne Übergang zum Park. Komm mir vor wie der Hund, der an ein paar Zentimetern scheitert, um die Wurst zu schnappen. Himmel, Arsch und Zwirn! Es darf nicht sein, dass ich den ganzen Weg wieder zurückradeln muss. Irgendwie muss ich hier auf die andere Seite des Grabens kommen.

Das Fahrrad ans Gatter gelehnt, zerre ich die Wasserflasche aus der Packtasche und inspiziere den Graben, während das laue Wasser durch meine Gurgel blubbert. Jetzt im Stehen merke ich, wie stark sich mein Körper aufgeheizt hat. Es fühlt sich an, als bestünde mein Inneres aus glühendem Magma und meine Birne ist ein brennender Streichholzkopf, der auch noch von oben befeuert wird. Immer wieder muss ich den Schweiß aus Augen und Gesicht wischen und kaum ist er abgetrocknet, quillt er sofort erneut hervor. Es muss einfach eine Möglichkeit geben, von hier in den Park zu kommen.

Vorsichtig trete ich an den Graben und lausche. Nichts plätschert da unten. Ist allerdings auch schwierig im Moment. In meinem Schädel rumort es wie in einem Vulkan kurz vor der Eruption. Der Rand des Kanals fällt kaum einen halben Meter ab bis zur überwucherten Wasseroberfläche. Wie tief wird er sein? Einen Meter? Tiefer wohl kaum. Eher weniger. Kein Stock weit und breit, um die Tiefe auszuloten. Mir wird ganz gruselig beim Gedanken, da hinunterzusteigen. Weiß ja nicht, was unter dem verschlungenen Grün alles wuselt: Blutegel? Glitschige Fische? Giftige Wasserschlangen? Ich könnte drüberspringen. Mehr als einen Meter ist er nicht breit. Das wäre ohne Weiteres zu meistern. Aber was nützt es ohne Fahrrad. Und gemeinsam schaffen wir das nicht. Saublöd. Also wieder zurück zur Abzweigung. Es gibt keine Alternative.

Gemütlich geht's zurück auf den alten Weg, zu den Müttern, den Kindern und den schattigen Platanen. Werde mir beim nächsten Mal schwer überlegen, noch mal einen Abstecher zu riskieren.

Auf der nächstbesten Parkbank raste ich, um vor der Weiterfahrt wieder auf Normaltemperatur abzukühlen. Die Ruhe – nur ein paar Vögelchen trällern unaufhörlich aber nicht aufdringlich –, das kühle Lüftchen auf der feuchten Stirn, all das wirkt regenerierend. Aber lange soll es nicht so bleiben. Ein kleiner Knirps kommt zu mir gewackelt und stupst mich aus meinem Dämmerzustand. Er stellt Fragen, die ich nicht verstehe, und ich gebe Antworten, die er nicht versteht. Köstlich amüsiert er sich über die albernen Grimassen, die ich ziehe, bis auch die nonverbale Verständigung erlahmt und er sich zu langweilen beginnt. Seine Aufmerksamkeit wechselt zum Fahrrad. Vor allem das Wurfzelt weckt sein Interesse und dort speziell die Spanngurte. Er zupft daran und findet es lustig, wenn sie zurückschnalzen. Ich lass ihn erst mal gewähren. Soll er nur. Inzwischen hat sich seine Mutter etwas genähert, hält aber Distanz. Sie ruft ihn zu sich, aber das geht dem Kleinen am Kinderpopo vorbei. Die Spanngurte sind viel interessanter. Allmählich wird das Geschnalze lästig. Ich bitte ihn, italienisch, damit aufzuhören. Aber er will nicht. Erst als ich sage: »Hör auf damit!«, reagiert er. Er schaut mich völlig verdutzt an, zieht eine Schnute und rennt weinend zwischen die ausgebreiteten Arme seiner Mama. Ich hab ihm doch nichts getan, zeig ich mit einer Geste hin zur Mutter, die mich finster anschaut. Bin doch kein Kinderschreck. Ganz im Gegenteil. Wenn ich mit Kindern zusammen bin, dauert es nur Minuten und sie hängen alle wie Kletten an mir. Aber irgendwann muss man sich auch wehren dürfen. Ein paar Minuten lass ich noch verstreichen, bevor ich mich wieder auf den Weg mache. Als ich an der Mutter vorbeikomme, ihr Kleiner hängt ängstlich schielend an ihrem Bein, grüße ich sie mit einem freundlichen »Buongiorno«. Zu meiner Erleichterung erwidert sie den Gruß, ohne aggressiven Unterton. Danke! Der Tag ist gerettet.

Ein paar Kilometer weiter endet der Park und die Platanen. Tief unten schleift sich die Etsch durch felsiges Gestein, gar nicht mehr so harmlos, wie sie sich anfangs gezeigt hat. (Wolfs Empfehlung, an einem Fluss zu übernachten, wäre hier nur mit alpiner Kletterausrüstung möglich.) Nach einer halben Stunde endet der Radweg. Zwischen Gräsern und niedrigen Sträuchern zirpen Grillen, was die Flügel herhalten. Dagegen kommt nicht mal mein Tinnitus an.

Dann geht es hinauf auf einen Pass und das gleich mit einer beträchtlichen Steigung. Ein Trost: Er ist kaum befahren. Ich versuche mit aller Kraft hochzustrampeln. Nach ein paar Hundert zähen Metern erschlaffen die Beine. Es ist einfach zu steil zum Radeln. Na, das wird ja lustig. Der Pass hat noch nicht mal richtig angefangen. Das Fahrrad zieht brutal talwärts. Es kommt mir vor, als müsste ich einen Ochsen an den Hörnern niederringen. Hoffentlich springen dabei nicht die Oberarmknochen aus den Schulterpfannen. Gnädigerweise gibt es auch sanftere Passagen, bei denen es gelingt, dem Pass ein paar schnellere Meter abzuringen. Das Problem sind die ersten Meter. Wenn ich – wie bei einem altertümlichen Laufrad – genügend Schwung holen könnte, das Fahrrad zum Rollen und damit in eine stabile Lage brächte, müsste ich nur kräftig treten, bevor es wieder ins Eiern und zum Stillstand kommt. Aber ich schaffe es nicht ums Verrecken. Und schiebend daneben herlaufen und mich, bei genügend Fahrt, aufs Fahrrad zu schwingen, scheitert am sperrigen Wurfzelt. Hab ich ja schon zu Hause versucht. Doch damit enden die Probleme noch nicht. Schaffe ich es doch irgendwie, in Fahrt zu kommen, knackt die Schaltung wie ein alter Webstuhl.

Als ich das Fahrrad bei der Holzbrücke auf der Leitplanke abstellte, fand ich den Gedanken an eine Kettenreaktion noch lustig. Jetzt fehlt mir der Humor dafür. Vorher ist es nicht aufgefallen. Scheinbar macht es sich erst bemerkbar, wenn die Kette stark beansprucht wird. Oder liegt's an der Übersetzung für den Berggang? Jedenfalls springt sie, wie das verrückt gewordene Schiffchen eines kaputten Webstuhls, auf den Zahnkränzen hin und her. Bisweilen ruckt es gewaltig und ich fürchte, plötzlich ins Leere zu treten. Dabei könnte ich von den Pedalen rutschen und stürzen. Wäre wahrscheinlich weniger unangenehm, als mit dem Schritt – genauer gesagt mit dem, was da so dazwischenbaumelt – auf die Mittelstange zu knallen. (Was das heißt, können nur Männer nachempfinden.) Wie auch immer: Schweißtreibend ist es so oder so – das Schieben oder das Treten. Nicht genug der Plackerei, glaubt auch noch die Sonne, mich garen zu müssen. Wo ist das schützende Blätterdach der Platanen? Kein Bäumchen säumt den Straßenrand.

Immer wieder raste ich und wische den beißenden Schweiß aus den Augen. Was gäbe ich jetzt für eine kalte Dusche. Aber ich hab nicht mal mehr Wasser zum Trinken. Versöhnlich ist lediglich der Ausblick ins Trentino, der mit jedem Höhenmeter imposanter wird. »Jaaa! Seeehr schööön!« Aber mir reicht's. Ich will endlich den Gipfel dieses Scheißbergs erreichen.

Nach jeder Spitzkehre blinzele ich durchs gleißende Sonnenlicht nach oben. Zwischendurch sieht es so aus, als wäre es die letzte. Doch kaum ist sie hinter mir, wabert in der Sonnenglut die nächste. Zwei Stunden geht das so. Zwei Stunden pure Qual. Zwei Stunden, in denen meine Zunge vor Trockenheit aufquillt wie ein wucherndes Geschwür. Und niemand hat Erbarmen mit mir. Nicht die sengende Sonne, nicht die Vorbeifahrenden in ihren heruntergekühlten Autos. Mein Trost: Auch das endet irgendwann und so passiere ich schließlich die letzte Spitzkehre.

Juhu! Der erste Pass ist überwunden. Ich lass mir den Triumph nicht nehmen, auch wenn es nur ein kleiner lächerlicher Vorgeschmack auf den nächsten dreimal so langen ist. Pah, bis dahin bin ich reif fürs Bergtrikot.

Ein paar Hundert Meter geht es abwärts. Der vertrocknende Schweiß kühlt angenehm. Ja, selbst im aufgerissenen Schnabel empfinde ich Kühlung. Ach, könnte ich doch die Energie für den nächsten Pass speichern, die ich jetzt, abwärts rollend, so genussvoll verprasse, ja sogar noch vergeude, indem ich bremse.

Völlig unerwartet überrascht mich ein Dorfplatz mit großen Bäumen im Zentrum. Die Rettung: Es gibt einen Negozio di Alimentari – einen kleinen Lebensmittelladen. Mein Herz hüpft höher. Wasser! Wasser! Mir ist, als würde ich mit einem Schlag tot und vertrocknet umfallen, wenn ich jetzt nicht sofort einen Schluck Wasser bekomme. Mit letzter Kraft steuere ich auf den Alimentari zu. (Na ja, ganz so dramatisch ist es nun auch wieder nicht.) Dann der Schock: Ich strande vor verschlossenen Türen. NEIN!!! Es ist Mittagszeit und deshalb geschlossen. Jetzt steht mir der grausame Tod durch Verdursten bevor. Mit den letzten Lebensgeistern kriechen meine Augen über den Platz. Wirkt alles sehr verschlafen. Im Schatten einer Hauswand liegt ein Hund und ein paar Meter weiter ein paar Katzen; leblos wie verdorrte Kadaver. Das einzig halbwegs Lebendige sitzt unter einer Markise vor einer Tabaccheria – einem Tabakladen.

Durch faltenumflorte Augen beobachtet mich eine verhutzelte Alte auf einem noch älter scheinenden Rohrstuhl, dessen Beine kurz vor dem Spagat stehen. Ich steuere auf sie zu. (Wäre mir schäbig vorgekommen, sie zu ignorieren. Vielleicht bin ich für sie das Highlight des Tages. Und das soll ihr nicht entgehen.) Neben ihr pendelt träge ein Perlenvorhang und die Tür dahinter steht offen. Mehr aus Verlegenheit frage ich, ob es hier Wasser zu kaufen gibt. Durch zusammengekniffene Lider taxieren mich ihre schwarzen Augen – tief forschend. Scheinbar traut sie mir über den Weg, denn sie nickt. Erstaunlich rüstig stemmt sie sich aus dem wimmernden Rohrstuhl, streicht ihre Schürze glatt, teilt den Perlenvorhang und verschwindet in der Düsternis. So schnell ich kann, schwinge ich mich vom Fahrrad.

Gleich hinter dem bunt geperlten, klebrigen Plastikvorhang schimmern magisch, akkurat aufgereiht, Getränkeflaschen hinter einer hohen gläsernen Kühlschranktür. Mein Mund beginnt zu speicheln, als wäre ich ein Pawlowscher Hund. Routiniert öffnet die Alte die Kühlschranktüre und deutet mit einer flüchtigen Handbewegung an, mich zu bedienen. Dabei verhakt sich mein

Blick an ihren gichtig-gekrümmten Fingern. Etwas verwirrt greife ich nach einer Flasche Wasser und kaum hab ich sie in der Hand, drückt sie die gläserne Kühlschranktüre wieder zu. Dabei verströmt sie einen düster-irritierenden Duft. Bis ich den Fünfer herausgekramt habe, ist sie schon hinterm Ladentisch und fast gleichzeitig blitzt, leuchtend grün, ein Euro fünfzig auf dem Display auf. Aus ihrer Handfläche lässt sie das Wechselgeld in meine rieseln. Wieder stocke ich beim Anblick ihrer verkrüppelten Finger und es ist mir fürchterlich peinlich. Schlagartig erscheinen Erinnerungen an bettelnde Hände Leprakranker, die uns in Indien entgegengestreckt wurden. Ich verscheuche die Bilder und eile dankend mit der eiskalten Flasche nach draußen. Irgendwie befällt mich das Gefühl, schnell verschwinden zu müssen. Etwas Hexenhaftes geht von der Alten aus. Noch bevor ich im Sattel sitze, hat sie sich wieder auf dem aufkreischenden Rohrstuhl niedergelassen.

Umständlich, unsicher, in der einen Hand die eiskalte noch verschlossene Flasche, eiere ich los, bevor mich ihr Hexenblick niederstreckt. Ich nuschle noch ein »Arrivederci!«, aber sie ist schon abgetaucht in eine mir fremde Welt. Kein einziges Wort hat sie von sich gegeben. Dabei glaube ich nicht, dass sie stumm ist. Vielleicht hat gerade ihr unheimliches Schweigen die mystische Situation hervorgerufen. Hätte sie nur ein einziges Wort gesagt, die Magie wäre zersprungen.

Außer Sichtweite halte ich an, um einen Schluck zu trinken. Klar, dass das Wasser beim Öffnen wie aus einer Sektflasche zischt und ein Viertel davon über meine vom Halten der Flasche eh schon ausgekühlte Hand auf den Boden plätschert. Schade drum. Ich nehme einige kräftige Schlucke. Das Wasser ist beißend kalt und es fühlt sich an, als würden sich meine Zähne aufrollen und meine Speiseröhre zum Eiszapfen erstarren.

Im Gegensatz zur Fahrt hierher schlängelt sich die Straße jetzt durch dichte Wälder. So eine Gemeinheit! Beim nächsten Mal nehme ich den umgekehrten Weg.

Noch nicht ganz im Tal, lockt eine Bank mit massivem Holztisch. In der Felswand dahinter haben sich Büsche und Sträucher festgekrallt und lassen den Platz zur schattenspendenden Pergola werden. Das Thermometer der Apotheke auf dem Dorfplatz zeigte 35 Grad – im Schatten! Dagegen ist es hier wie im Kühlschrank. Entspannt hingelümmelt, die Ellbogen auf dem Tisch, den Kopf in die Hände gestützt, zeigt sich die wahre Anstrengung der letzten Stunden. Anfangs deute ich noch die eingeritzten Verheißungen auf der rustikalen Tischplatte von Paula, Giovanni, Andrea, Alessandro … Doch das ermattet mich so sehr, dass der Kopf immer tiefer auf die Buchstabenrillen sinkt und ich schließlich einnicke, zwischen den ernst gemeinten Liebesschwüren, von denen vermutlich keiner die Zeit überdauert hat.

»Buona notte!«

»Dormi bene!«

Ertönt es vor, neben und unter mir. Ich schnelle hoch, reiße die Augen auf. Nur noch die Hintern und bunten Trikots zweier Mountainbiker sind zu sehen. Wie spät ist es? Oje! Hab fast eine Stunde geschlafen. Sei's drum. Ich fühle mich wieder fit und düse ins Tal.

Unten führt der Radweg wieder an der Etsch entlang. Der richtigen, nicht dem gebändigten Ableger. Inzwischen ist sie zum breiten Fluss angeschwollen. Wäre der Pass vermeidbar gewesen? Die Etsch ist ja wohl kaum bergauf geflossen. Von der mächtigen Holzbrücke aus war sie im Tal zu sehen. Genaueres Kartenstudium hätte mir einiges an Energie und Frust erspart. Tja, Augen auf bei der Tourensuche!

Es wird Zeit, einen Übernachtungsplatz zu suchen. Es ist zwar erst kurz nach sieben und ein paar Kilometer wären noch drin, aber Bussolengo ist nicht mehr weit und die nächsten ruhigen Plätze kommen sicherlich erst wieder einige Kilometer nach dem Ort.

Das Zelt versteckt hinter Büschen, beobachte ich auf dem Bauch liegend, ob sich noch Dramatisches abspielt hinter dem Wall aus

Zweigen und Blättern. Aber nur noch wenige schwatzende Jogger und Fahrradfahrer passieren den Weg und keinem fällt das Zelt auf. Drinnen staut sich eine dampfige Hitze, obwohl es nach vorne offen ist. Mein Kopf wird schwer wie eine Abrissbirne und die Augenlider schwer wie Kanaldeckel. Ich schlummere weg.

Evelyn – mein verlässlicher Insektenschutz – liegt leider nicht neben mir. Stattdessen werde *ich* angebohrt und ausgesaugt, bis ich davon aufwache. Dunkel ist es inzwischen. Im benommenen Halbschlaf ärgert mich noch der hakelnde Reißverschluss des Moskitonetzes, doch irgendwann ist das Zeltinnere abgeschottet. Noch ein paar lächerlich unwirksame Luftschläge nach verbliebenen Blutsaugern und ich ratze wieder ein.

Donnerstag, 17. Juli – vierter Reisetag

Was mich gegen Morgen weckt, sind einige schwer aufs Zeltdach klatschende Tropfen. »Nein! Das ist nicht wahr!« Wo beginnt denn nun das sonnige Bella Italia? Ich lausche angespannt. Keine weiteren Tropfen folgen. Seltsam. Möglichst rasch will ich wissen, was da schon wieder an Garstigem anrollt. Aber rasch geht hier gar nichts. Der blöde Moskito-Reißverschluss sperrt sich wieder. Der Blick zum Himmel ist beruhigend. Nur ein paar zerrissene Wölkchen zieren das noch fahle Blau. Wo kamen die Tropfen her? Mysteriös! Hab mal gelesen, Flugzeuge entsorgen das Pipi ihrer Toiletten einfach im Flug. Schauderhaft! Aber immer noch besser als ein Regenschauer.

Schwitzig-weichen Asiago-Käse in der einen, ein trockenes Panino in der anderen Hand buckle ich im Zelt und spüle die Bissen mit Wasser hinunter. Heißer Kaffee fällt flach. Sonst entfache ich hier womöglich noch ein Buschfeuer. Als Nachtisch gibt's klebriges Studentenfutter. Das Öffnen der Packung hat seine Tücken: Erst will es nicht gelingen, und wenn es dann gelingt, platzt die Packung gleich vollständig auf und die Hälfte kullert heraus. Mit ein Grund, warum es bei mir nicht so gut ankommt. Aber Evelyn schwört darauf. Es gibt Kraft und ist gesund, weshalb es immer unseren Reiseproviant ergänzt, egal wohin es geht. Und jetzt bin *ich* derjenige, der Kraft braucht – und gesund bleiben muss. Also wird aufgesammelt, was sich an verstreuten Nüssen, Rosinen und Sonstigem noch in den Ritzen versteckt und brav in den Mund gestopft.

Fertig genascht krabble ich aus dem Zelt. Anfangs noch ein

bisschen steif, aber nach ein paar Dehnübungen funktioniert er wieder, der aufrechte Gang. Beim Zusammenfalten des Zeltes wird klar, was mich auf die falsche Fährte geführt hat. Nicht das Pipi eines Jets war es. Ein Vogel hat aufs Zelt geschissen. Der war natürlich nicht zu hören, obwohl er nicht in zehntausend Metern Höhe flog. Eine Sauerei ist es trotzdem. Wird gereinigt, sobald das Meer erreicht ist.

Ab Bussolengo hilft die detaillierte Radlerkarte nicht mehr weiter. Die normale Straßenkarte muss jetzt herhalten.

In Mantua wird die Aufmerksamkeit zur Abwechslung auf Kulturelles gelenkt. Von einer schmalen Brücke zwischen dem Lago di Mezza und Lago di Superiore öffnet sich ein grandioser Blick. Es nötigt mich förmlich zum Anhalten und Staunen. Der romanische Dom Sant'Andrea leuchtet majestätisch in der Sonne, prächtige Palazzi und eine mittelalterliche Burg stehen ihm um nichts nach. Alles Prunkbauten, die es verdient hätten, nicht nur aus der Ferne bewundert zu werden. Beim nächsten Mal. Jetzt fehlt die Zeit dazu. Das hier ist schließlich eine Radltour und kein Kulturausflug.

Die Straße nach dem Ortsende ist wie mit dem Lineal gezogen. Flach, nicht unbedingt langweilig, aber auch nicht aufregend. Damit's nicht zu öde wird, hat Evelyn von Campitello bis Commessaggio eine Ausweichroute markiert. Mit Ausrufezeichen. Gewunden ist sie, schmal und eher ein Pfad. Prima! Vielleicht treffe ich hier auf andere Radler, um gemeinsam einen Teil der Strecke zurückzulegen. Wolf hat mehrmals radelnden Anschluss gefunden. An der Eisack war es dafür noch zu früh. Jetzt wäre eine radelnde Gesellschaft ganz willkommen. Ich trödle extra. »Was ist los, Freunde des Radsports? Wo bleibt ihr?« Sosehr ich es wünsche, keiner kommt von hinten, keiner begegnet mir. Ist hier wohl doch zu weit ab vom Schuss. Na ja, liebe Evelyn. War gut gemeint. Schön ist der Weg trotzdem. Vor allem direkt neben der Oglio, die breit und träge dahinfließt. Platz zum Zelten wäre reichlich. Aber noch viel zu früh. Ein bisschen wehmütig verlasse ich bei Gazzuolo die Oglio. Würde ich ihr weiter folgen, käme ich zum Po.

Evelyn hat als kleines Kind mit ihren Eltern am Delta des Po gezeltet. Die Luft war verdunkelt von Billiarden schwarzer Schnaken, die sich penetrant und unerbittlich auf jedes noch so kleine Fitzelchen Haut stürzten, das nicht bedeckt war. Es war so schlimm, dass ein Spritzwagen Insektizide versprühen musste, damit die Campinggäste sich nicht, wie vor einer Epidemie, panisch einen anderen Campingplatz suchen. Für die Kinder wars ein Heidenspaß. Sie rannten, umhüllt von der Giftwolke, dem Spritzwagen fröhlich quiekend hinterher.

Einen bleibenden Schaden hat Evelyn nicht davongetragen. Angehalten hat die Wirkung allerdings auch nicht, denn sie ist ein beliebtes und gern angeflogenes Opfer. Ergo: Wenn Evelyn in meiner Nähe ist, bleibe ich von diesen Biestern verschont. Nachdem sie jetzt nicht in meiner Nähe ist, heißt es für mich, den Po zu meiden.

Um halb eins ist Commessaggio erreicht. Ein kleiner Ort, der nicht viel zu bieten hat. Erstaunlich, was bis jetzt hinter mir liegt und immer erhebend, eine Seite von Evelyns vorbereiteter Straßenkarte umblättern zu können.

Vor einem Minimarkt spricht mich ein kleiner Italiener an. Er möchte wissen, wo ich hinwill.

»So weit?«, antwortet er mir – deutsch!

Ich bin platt.

»Deine Fahrrad. Viel zu groß. Und die Sitz, bald kaputt.«

Ich betrachte den Sattel. Sieht absolut propper aus. Weiß nicht, was es daran auszusetzen gibt.

»Wieso? Ist doch gut!«

»Nicht die Sitz. Da wo Sitz.«

Da wo Sitz? Was meint er? Zur Seite gebeugt, seh ich mir den

Sattel aus allen Richtungen an. Dann weiß ich, wovon er spricht. Er meint das Rohr, auf dem der Sattel montiert ist. »Meinst du das?«, frage ich und zeige auf das Rohr. »Ist doch gut!« Mit ein paar kräftigen Schlägen auf den Sattel unterstütze ich meine Aussage.

Zu Hause hab ich das Rohr vom Schlosser biegen lassen. Der Sattel war zu weit vorne oder der Lenker zu nah. Kommt drauf an, von welcher Seite es betrachtet wird. Der Lenker ließ sich nicht verschieben. Also blieb nur der Sattel beziehungsweise das Rohr, auf dem er montiert ist. Zweimal hat der Schlosser es gebogen. Da sah noch ganz passabel, sprich rund, aus. Mir war der Abstand zum Lenker aber immer noch zu gering. Er bog das Rohr noch ein Stück. Von da an war es nicht mehr rund und wies einige unschöne Knicke auf. Die Ästhetik war damit beim Teufel. Dafür entfielen die Kosten für eine neue Sattelhalterung. Evelyn hat noch mit blauer Farbe nachgeholfen. Zur Stabilität hat das natürlich nicht beigetragen. Aber es bekam was Individuelles, Einmaliges. Und so sieht es, zugegeben, nicht sonderlich vertrauenswürdig aus. Deswegen mache ich mir allerdings keine Sorgen.

»Du nicht fahren so. Schon gefährlich.«

Mich rührt seine Fürsorge. »Wieso sprichst du deutsch?«, will ich wissen.

»Lange Arbeit in Deutschland. Ingolstadt, Audi. Mage Deutschland. Deutsche Leute. Immer schön, wenn ich treffe.«

Mich ehrt seine positive Einstellung und ich hätte mich vielleicht noch weiter mit ihm unterhalten, wenn die Stelle, an der wir stehen, nicht so knapp an der Straße läge und der vorbeifließende Verkehr eine Unterhaltung erschwert hätte.

»Muss weiterfahren. Nach Sicilia!«

»Warum so weit. Nix gut. Mir glauben. Hier viel schöner. Aber wenn du wollen.«

»Ja. Ich wollen.« Wie soll der Ärmste sein Deutsch verbessern,

92

wenn ich ihm im selben unbeholfenen Duktus antworte. Mach ich doch zu Hause auch nicht. »Ich muss jetzt wirklich weiterfahren. Tut mir leid.«

»Iste gut. Danke. Arrivederci!«

»Arrivederci! Keine Sorge. Tutto paletti.« Nach einem letzten bestätigendem Nicken verabschiedet er sich mit einer tiefen Verbeugung und wünscht mir noch eine gute Reise.

Flott geht es weiter auf der breiten, gut asphaltierten Straße. Allerdings nervt der dichte Verkehr zunehmend. Selten dauert es länger als zwanzig Sekunden, bevor wieder ein Wagen überholt oder entgegenkommt. Ein ständiger, penetranter Geräuschpegel, der sich über mich stülpt und ungemein stresst. Vor allem mit den großen Sattelschleppern hab ich so meine Probleme. Wenn die Straße neben der verblassten Begrenzungslinie noch einen dreißig Zentimeter breiten Seitenstreifen lässt, bin ich schon überaus dankbar. Häufig fehlt aber auch der, und ich balanciere knapp an der Abbruchkante des Straßenbelags und mache mich so schmal ich kann. Es gibt Momente, in denen ich gar um meine Gesundheit oder mein Leben bange. Die LKWs donnern nicht nur äußerst knapp vorbei, sie schieben auch ein dickes Luftpolster vor sich her, gegen das ich ansteuern muss, um nicht im Graben zu landen. Ist das Ende des LKWs dann auf meiner Höhe, zerrt der Sog in die andere Richtung, nämlich zur Straßenmitte, und das ist nicht weniger gefährlich. Wie's der Teufel will, kommen sie häufig genau dann von hinten angebraust, wenn im selben Moment auf der Gegenspur ein Brummi von vorne anrauscht. Der von hinten Kommende muss dann meinetwegen stark abbremsen und kriecht beängstigend knapp hinter mir her. Im Rückspiegel erscheint dann – übergroß und bedrohlich – seine schöne, glänzende, dicke Stoßstange und ich erwarte voll Panik, gleich von der Straße geschoben zu werden. Wolf fuhr ohne Rückspiegel. Vielleicht ist er damit besser gefahren – im wörtlichen Sinn. Mir ist es allerdings mit Rückspiegel lieber. Nicht, dass ich gerne dem Tod in die Augen blicke. Aber so sehe ich wenigstens, was hinter mir brummt wie ein aggressiver Schwarm Wespen. Die Landschaft ringsherum bleibt damit quasi verborgen. Viel zu gefährlich, für längere Zeit – ich meine einige Sekunden – einen Seitenblick zu riskieren. Die volle Konzentration ist gebündelt auf dem schmalen Streifen am Straßenrand, den Schrauben, Metallteilen, Spanngurten, Getränkedosen und ... Schlaglöchern. Ausweichen oder durchhoppeln? Beides heikel. Ehrlich! So hab ich mir das nicht vorgestellt. Wolf hat euphorisch von romantischen Wegen erzählt. Sicher gibt es sie abseits der Schnellstraßen, wenn genug Zeit dafür bleibt und es egal ist, ob man ein paar Tage durch Umwege verliert; es egal ist, wann man am Ziel ankommt. Kann ja zu unerwartet spannenden Erlebnissen führen. Ich aber muss vorwärtskommen. Auf ein paar Tage mehr oder weniger kommt es nicht an. Aber Monate, wie Wolf sie hatte, hab ich nicht. Will ja etwa gleichzeitig mit Evelyn in Sizilien ankommen. Sonst wird es nichts aus dem gemeinsamen Urlaub. Einen Vorteil haben die Schnellstraßen, so wenig willkommen sie sind: Man kommt auf direktem Weg ans Ziel, ohne Schnörkel nach links oder rechts, ohne Salto rückwärts. Und deshalb erreiche ich noch am späten Nachmittag Parma.

Erfreuliches, wie leckerer Schinken, kommt mir dabei nicht in den Sinn. Ganz im Gegenteil. Ein kleines Horrorszenario baut sich auf, noch bevor die Stadtgrenze erreicht ist. Das Durchqueren wird wieder fürchterlich stressen. Wie bei jeder Großstadt. Und jetzt? Mit dem Fahrrad? Überraschung! Damit finde ich den Weg problemlos. Es bleibt Zeit zum Entziffern der Hinweisschilder; ich kann am Straßenrand anhalten und die Straßenkarte in Ruhe studieren. Angenehm. Mit dieser neuen Erkenntnis erreiche ich mühelos und ohne überflüssige konzentrische Kreise das Ortsende von Parma.

94

Inzwischen dämmert es schon wieder und das heißt: weg von der Hauptstraße und ab in die Pampa. Der Weg führt in einen Park, durch den ein Nebenarm des Fiume Taro fließt. Idyllisch. Dichtes Buschwerk, geduckte Bäume; hi und da Sträucher voller duftender Blüten; immer wieder freie Flächen am Uferrand mit auffliegenden Vogelschwärmen. Eine intakte Flora und Fauna und endlich ein wunderbarer Platz für eine Übernachtung. Aber es scheint, Leute wie ich sind hier nicht willkommen. Zweimal kreuzt ein Wagen mit verdächtig grün gehaltenem Logo den Weg. Die Herrschaften darin, ebenfalls in Grün, sind wohl dafür da, die Landschaft zu hegen und zu pflegen. Wir beäugen uns misstrauisch und mir schwant: Die Suche nach einem Platz kann ich hier knicken. Riskiere sonst eine deftige Strafe, jede Menge Ärger und, wenn sie mich nicht gleich verhaften, einlochen oder auf einem Komposthaufen entsorgen, verjagen sie mich mitten in der Nacht. Muss wohl woanders was finden.

Ein paar Minuten später zweigt ein verbuckelter Feldweg von der Hauptstraße ab. Es sieht nicht aus, als wäre er in letzter Zeit benutzt worden. Schon mal gute Voraussetzungen. Nach zwei-, dreihundert Metern endet der Sandweg an einem vergammelten Bauerngehöft. Ich bleibe vorher stehen, um es als Ganzes im Blick zu behalten. Keine Spur von Leben: gähnend schwarze Fensteröffnungen, alle unverglast; der Dachstuhl löchrig; die Außenwände aus grobem Naturstein mit vertrockneten Grasbüscheln zwischen den Ritzen. Haust hier drin noch jemand? Sieht nicht danach aus. Aber weiß man's? Könnte ja irgendwo einen Winkel geben, in dem das noch möglich ist. Obdachlose sind für jeden Unterschlupf dankbar, ob mit oder ohne Dach. Mir ist es jedenfalls zu unheimlich in unmittelbarer Nähe.

Auf halbem Weg, zwischen Hauptstraße und Bauerngehöft, gibt's einen freien Platz zwischen den Getreidefeldern. Weder schön noch romantisch noch idyllisch. Und zum Wohlfühlen ist er auch nicht. Aber wo war das bisher schon so? Ein mulmiges Gefühl hat mich bis jetzt bei jedem Übernachtungsplatz beschlichen.

Geduckt zwischen hohen Getreideähren, ploppt das Zelt auf. Während ich die Packtaschen verstaue, wandert der Blick immer wieder nach allen Seiten. Woher die Unruhe kommt, kann ich nicht ergründen. Irgendwas liegt in der Luft. Sicher fühle ich mich nur, wenn ich stehend die Gegend sondiere. Aber für die Nacht ist das keine Perspektive. Dabei ist alles so friedlich um mich herum: Hin und wieder schnarrt ein Nachtfalter vorbei; die Zikaden orchestrieren ihr abwechselndes Gezirpe; am Himmel kreisen Schwalben oder Mauersegler (so genau weiß ich das nicht.) Sie sind jedenfalls die absoluten Akrobaten der Lüfte. Pfeilschnell sausen sie durch die Luft, wechseln blitzartig die Richtung, um den Käfer zu schnappen, der sich unklugerweise zu hoch in die Lüfte gewagt hat.

Auf einen alten Baumstumpf sinkend beobachte ich das Schauspiel. Lange bleiben sie allerdings nicht alleine. Mit zunehmender Dunkelheit gesellen sich Fledermäuse dazwischen. Dachte ich vorher, die Schwalben seien die absoluten Flugkünstler, muss ich jetzt mein Urteil revidieren. Gegen das, was die Fledermäuse abziehen, wirken die Mauersegler wie lahme Enten. Die Richtungswechsel sind so blitzartig, ich kann ihren Haken kaum folgen. Unwillkürlich starre ich auf den Boden, wenn sie, wie von einer Kugel getroffen, nach unten stürzen, weil ich denke, sie müssen am Boden zerschellt sein. Doch ein paar Meter daneben schießen sie wieder hoch. Unglaublich. Wie schön wäre es jetzt, Evelyn im Arm zu halten, um dieses Naturschauspiel zusammen zu genießen. Dabei würde auch meine Unsicherheit verschwinden.

Zunehmend verdrücken sich die Mauersegler und nur die Fledermäuse jagen weiter. Irgendwann ziehen auch sie ab. Vor lauter Faszination ist mir entgangen, wie finster es inzwischen geworden ist. Wohin sind die Fledermäuse verschwunden? Vermutlich hängen sie im Gebälk des verlassenen Gehöfts und das will ich sehen, selbst wenn es mir nicht ganz geheuer ist.

Mit der Stirnlampe auf dem Kopf schleiche ich dorthin. Noch bleibt sie ausgeschaltet. Will ja nicht gesehen werden, falls dort

96

wirklich jemand lauert. Die Tür, halb ausgerissen, hängt nur noch seitlich an einer Angel. Dahinter ist es total schwarz. Vor dem Eingang muss ich erst mal verweilen und in die Dunkelheit lauschen. Nichts ist zu hören. Wie auch, bei dem Radau, den die Zikaden veranstalten. Vielleicht legen sie eine Pause ein, wenn ich in die Hände klatsche. Klasse Idee! Da kann ich gleich rufen: »Hallo, hier bin ich! Ich schleich mich jetzt heimlich an!« Wenn ich schon nichts hören kann, will ich wenigstens was sehen. Aber irgendwie trau ich mich nicht, ins Innere zu leuchten. Womöglich steht irgendwas Gruseliges direkt vor mir, das ich vorher nicht sehen konnte und mich jetzt fürchterlich erschreckt. Aber ohne den orientierenden Lichtschein kann ich es gleich bleiben lassen. Zum Glück ist die Neugierde größer als das flaues Gefühl. Sonst würde ich noch heute davorstehen.

Ich knipse die Stirnlampe an. Keine Monster, keine Gespenster, keine Geister, keine Bewohner, die mich anglotzen. Allerdings könnte die Lampe gerne etwas heller sein. Zum Lesen ist sie ausreichend, aber für die Entfernung streut das Licht doch zu sehr und alles erscheint nur schemenhaft. Im Zelt wäre eine richtige Taschenlampe. Aber wieder zurück und sie holen? Werd schon mit der Stirnlampe klarkommen.

Vorsichtig taste ich mich ein paar Schritte über die Türschwelle. Abscheulich laut knirscht es unter den Sohlen und hallt wie in einer Gruft. Immer wieder stoppe ich, um in die Dunkelheit zu lauschen. Groß und leer ist der Raum. So viel ist erkennbar. Dazu mufft es gewaltig. Auf einem schiefen Sockel rostet eine Waschmaschine vor sich hin; daneben ein alter Herd, auf dem seit Jahrzehnten nichts mehr gebrutzelt hat; in der Ecke ein zerfallenes Holzregal; davor Scherben zerbrochener Gläser. Nach oben führt eine Steintreppe, die nach ein paar Metern im Nichts endet. Das verwitterte Holzgeländer hängt teilweise noch in den Verankerungen und wirft groteske Schatten, die mit jeder Kopfbewegung wandern und mich anfangs fürchterlich erschrecken. Ein Obergeschoss gibt es nicht mehr. Der Boden ist weggebrochen. Nur seitlich an den Wänden hängen noch Maurerreste. Durch das fehlende Zwischengeschoss ist der Blick frei auf den Dachstuhl. Löchrig ist er. Teilweise sind dicke Bohlen heruntergebrochen und verbliebene Enden ragen wie Zahnstummel in den Himmel. Sosehr ich die Augen zusammenkneife, Fledermäuse sind keine zu entdecken. Vielleicht sind sie aus der anderen Ecke zu sehen. Ich wage mich noch ein paar Schritte weiter ins Dunkel. Dabei stolpere ich über einen laut scheppernden Blecheimer. Noch im Fallen bitte ich inständig: Lieber Gott, lass keine Scherben hier auf dem Boden lauern. Glück gehabt. Was sich zwischen die Finger drückt, ist nur bröseliger Sand.

Erstarrt verweile ich einige Sekunden und lausche in die Dunkelheit. Das Hämmern in den Schläfen überdeckt jedes Geräusch. Wäre nicht so schlimm. Schlimm ist, nichts sehen zu können. Die Stirnlampe ist vom Kopf gerutscht, liegt einen Meter vor mir und leuchtet direkt in mein Gesicht. Davon geblendet, stürzt die Umgebung in noch schwärzere Schwärze. Kann man noch blöder sein? Ich knie hier, angestrahlt wie auf einer Bühne und blind wie ein Maulwurf. Ich muss hier raus. Sofort! Ein schneller Griff zur Stirnlampe und ich bin wieder auf den Beinen und schwenke die Gegend ab. Aber das ganze Herumgefunzel nützt nichts. Außer wabernden hellbraunen Fladen vor den Augen sehe ich nichts. Scheißsituation. Scheiße, sich beobachtet zu fühlen und selbst nichts zu sehen. Mir bleibt nur zu warten, bis die Umrisse der Umgebung wieder langsam Konturen annehmen. Aber so schnell, wie ich es gerne hätte, geht das nicht. War da ein Geräusch? Im Nebenraum hinter der schwarzen Öffnung? Ich lass sie nicht mehr aus den Augen. Vielleicht lauert dort ein Hund. Aggressiv ist er nicht. Sonst hätte er zumindest mal geknurrt. (Die streunenden Hunde in Italien sind mir einigermaßen vertraut. Bleibt man stehen oder geht gar auf sie zu, weichen sie meist ängstlich zurück.) Jetzt blind darauf verlassen will ich mich allerdings nicht. Schritt um Schritt, in die Dunkelheit starrend, schleiche ich rückwärts zur Eingangstür, die freie Hand nach hinten ausgestreckt, um nicht irgendwo anzustoßen. Ein kurzer schreckhafter Einatmer entweicht mir, als die Hand plötzlich etwas Weiches ertastet. Sofort denke ich an einen Hund und mein Herz setzt für ein paar Schläge aus. Gleichzeitig weiß ich, der würde da nicht so tatenlos stehen. Blitzartig dreh ich mich um, rumple kurz an eine Wand und flüchte, über Müll stolpernd, auf die Öffnung der Eingangstür zu, die sich deutlich vom helleren Hintergrund des Himmels abhebt. Ein paar Meter vom Gebäude entfernt atme ich erleichtert durch und starre in das schwarze Eingangsloch. Nichts tut sich dort.

Auf dem Rückweg bleibt Zeit, den gigantischen Nachthimmel zu bestaunen. Billionen, ach was, Myriaden Sterne funkeln wie verstreute kleine und große Haufen wabernder, glitzernder Glühlämpchen. Sogar die Milchstraße zeichnet sich deutlich ab. Seit Jahrzehnten hat sich kein derart leuchtender Sternenhimmel über mich gewölbt. Tja, liebe Evelyn. Über dir schwebt zwar derselbe Sternenhimmel, aber was mir hier geboten wird, kannst du nicht mal erahnen.

Nach dem Schock im Bauerngehöft finde ich die Millionen wabernden Schnaken, die glauben, in mir ein willkommenes Opfer gefunden zu haben, fast schon rührend in ihrem Bemühen, mich aussaugen zu wollen. Aber den Gefallen will ich ihnen nicht tun. Also schnell rein ins Zelt mit mir. Dabei teste ich eine neue Strategie im Umgang mit den Blutsaugern: Ich verscheuche sie heftig wedelnd vor dem Zelt, hechte hinein und halte beidhändig schnell den Moskitovorhang zu, bevor der Reißverschluss zum Einsatz kommt. Einige schaffen es trotzdem. Aber ihre Halbwertzeit ist äußerst gering. Schließlich ist das Flugfeld stark begrenzt. Sogar der Moskitovorhang war diesmal auf meiner Seite. Na ja, er macht ja hauptsächlich Probleme beim Öffnen.

Aufgerichtet auf der wabbeligen Luftmatratze lausche ich nach draußen. Was nachtaktiv ist, summt und brummt und zirpt. Und was macht die optische Seite? Der dichte Vorhang aus Getreidehalmen versperrt schon nach einigen Metern den Blick. Wieder das Dilemma. Weiß nicht, was mir lieber ist: sehen und gesehen zu werden oder versteckt bleiben und nicht sehen zu können, was ringsherum passiert. Ob sich das noch ändert im Lauf der Reise? Im Moment bin ich davon nicht überzeugt. Aber Schlaf muss sein. Die umhüllende Dunkelheit wird's schon richten. Sollte tatsächlich jemand kommen, wird er das nicht ohne Beleuchtung machen und mich damit wecken. Hoffe ich jedenfalls. Er ahnt ja nicht, dass hier ein Zelt steht.

Warum bin ich so ängstlich? Warum sollte nachts jemand diesen einsamen Weg benutzen? Und überhaupt. Ich hab einen wachsamen Schutzengel. Er hat mich bei einem Motorradunfall genau in die Lücke zwischen eng stehende Baumstämme schlittern lassen. Er hat mich davor bewahrt, als Häufchen Asche zu enden, als ich bei der Bundeswehr mit der Antenne an der Zwanzigtausend-Volt-Leitung eines Bahnübergangs hängen blieb. Er fand es noch zu früh, mich ersaufen zu lassen, als ich unter eine Pontonbrücke gespült wurde. Er hat mich vor schlimmen Blessuren bei zwei Abstürzen mit dem Drachen bewahrt. Warum sollte er mir ausgerechnet in dieser Nacht den Stinkefinger zeigen. Mit dieser Zuversicht sinke ich in einen – trotzdem – unruhigen Schlaf.

100

Freitag, 18. Juli – fünfter Reisetag

Verdammt! Irgendwie soll ich nicht zu meiner Nachtruhe kommen. Nein, keiner hat mich aufgespürt. Entferntes Donnergrollen schreckt mich aus dem Schlaf. Mit irgendwelchen Eindringlingen hätte ich mich arrangieren, sie abwimmeln können. Aber gegen ein anrollendes Gewitter bin ich machtlos und mein Schutzengel auch.

Vier Uhr morgens! Ich sehe zwar nicht, was zehn Meter vor dem Zelt passiert, aber der Blick auf die ferne Bergkette ist nicht verstellt. Und dort, am dunkel verhangenen Horizont, zucken wild Blitze quer durch die schwarze Wolkenwand und lassen die wulstige Struktur gespenstisch aufleuchten. Spektakulär und zum Glück noch fern genug, um es unbeschwert beobachten zu können. Noch ist es absolut windstill. Doch wer weiß? Vielleicht ist es die sprichwörtliche Ruhe vor dem Sturm. So ganz traue ich dem Frieden nicht. Vorsichtshalber stopfe ich alles in die Packtaschen und lade sie aufs Fahrrad. Nur das Zelt und die Luftmatratze können noch warten. Im Zelt liegend mampfe ich die aufgesparte Pizzetta, beobachtend, ob sich was am Horizont verändert.

Es bewegt sich was unterm Zelt. Eine Maus? Hoffentlich keine Schlange. So genau ist das nicht auszumachen, denn es endet, bevor die Augenlider aufklappen. Bin doch noch ungewollt in einen Dämmerschlaf geschlittert. Hellgelb leuchten die Ähren der vorlauteren, höher reckenden Halme. Die flach über den Boden streichenden Strahlen der hochkletternden Sonne lassen sie glühen wie LEDs auf langen, tanzenden Stängeln. Zauberhaft! Und das Wetter? Kein Regen. Keine dunklen Wolken. Schnell ist der Rest zusammengepackt und um sechs beginnt der Tacho, wieder Kilometer zu sammeln. 115 waren es gestern. Kaum zu glauben. »Du bist mein Held!«, würde Evelyn jubeln, wüsste sie es.

Die Hoffnung, zu so früher Stunde sei weniger Verkehr, bleibt auf der Strecke. Lediglich das Verhältnis hat sich verschoben. Die Lücken der fehlenden PKWs werden von LKWs geschlossen. Ich muss sagen: Die passiveren PKW-Fahrer waren mir weitaus lieber als die unter Termindruck hechelnden LKW-Fahrer. Aber das soll mich nicht mehr lange quälen. Auf der Karte hab ich das Gedärm studiert, das vor mir liegt. Nicht gut für LKWs, zumal auch keine größeren Orte auf der Strecke liegen. Deshalb wird Evelyn diese Route ausgesucht haben.

An einem mäßig hohen Buckel lehnen ein paar Häuser am Hang; ohne Kirche, aber mit einem Supermarkt. Ich kaufe mir eine große Flasche Wasser. Dieses Mal will ich gewappnet sein.

Die Wasserflasche unter dem Spannnetz des querliegenden Zeltes geht's erst mal abwärts. Holprig ist die Straße. Wo's geht, weiche ich den Schlaglöchern aus. Und dabei passiert es: Die Wasserflasche rutscht aus dem Netz und knallt mit einem dumpfen Plopp auf den Asphalt. Mist! Das war der Vorrat für den Pass, vielleicht sogar für den ganzen Tag. Ich bremse und blicke zurück. Und da kullert sie, gemächlich zur Straßenmitte. Sieht noch heil aus. Wenigstens hab ich es sofort bemerkt und muss nicht sehr weit zurücklatschen. War so schön, die Abfahrt. Jammern hilft nichts. Ohne Fahrrad haste ich nach oben, bevor ein Auto sie zu Plastikmüll zerhäckselt. Es geht mir nicht um die Kosten für die Flasche. Die bringen die Reisekasse nicht in Schieflage. Die Frage ist: Gibt es vor dem Pass noch eine Einkaufsmöglichkeit? Wenn nicht, wird es alles andere als eine feuchtfröhliche Angelegenheit.

Bei jedem Auto, das die Straße herunterrast, höre ich sie schon platzen und sehe das kostbare Wasser herumspritzen. Das gaukelt mir jedenfalls meine Fantasie vor. In Wirklichkeit weichen die

102

Fahrer brav aus. Dann halte ich sie endlich sicher in den Händen. Der Verschluss ist angeknackst und sie ist nur noch zur Hälfte gefüllt. Wieder hoch zum Supermarkt? Nein! Wenn schon bergauf, dann Richtung Reiseziel. Möglicherweise gibt's ja doch noch vor dem Pass eine Gelegenheit; wieder eine Tabaccheria vielleicht. Wenn nicht, muss eben der verbliebene Rest reichen. Die Wasserflasche aufrecht in der am wenigsten engen Packtasche verstaut geht's weiter nach unten, bis das Tal passiert ist und sich die Straße in engen Schleifen nach oben windet. Die Hoffnung, den Wasservorrat aufzufrischen, geht gegen null.

Die erste Etappe ist harmlos. Aber dann! Die Straße zwirbelt sich jäh Richtung Horizont. Ich kämpfe mich nach oben, so gut und so lange es geht. Geht aber nicht lange. Und *gut* schon gleich gar nicht. Für die Abfahrt des ersten Passes hab ich die Schaltung so eingestellt, dass ich, bergab, nicht strampeln muss wie eine Nähmaschine. War kein schlauer Schachzug, zumal es bergab eh meist zu schnell geht. Jetzt sind die Berggänge gefordert und es wäre schön gewesen, wenn die Kette sich doch bitte auf den vorderen kleinen Zahnkranz bewegt hätte. Wollte sie aber nicht. Nach einigen hundert Metern – ich stehe in den Pedalen und komme trotzdem kaum vorwärts – stelle ich die Schaltung neu ein. Viel lockerer geht's danach allerdings trotzdem nicht.

Strahlend, die Sonne. Deshalb bin ich ja hier. Jetzt wäre allerdings weniger mehr. Oder das Gewitter, das ich mir heute Morgen weggewünscht habe. Tja, man kann sich's halt nicht aussuchen. Und so brennt mir jetzt eben wieder der Planet gnadenlos auf die Birne und droht mein Gehirn zu grillen. Hätte ich doch auf Evelyn gehört und ein Käppi mitgenommen. Dachte natürlich sofort wieder, damit sehe ich aus wie der letzte Arsch. Ich versuch's mit dem Fahrradhelm. Leider ist er alt, wenig luftdurchlässig und rund wie ein Ei. (Daran hat sich weder ein Designer noch ein Aerodynamiker versucht.) Evelyn hat ihn zwar vor der Reise mit blauer Farbe bepinselt – war noch genug übrig nach der

Sattelstange –, aber das macht die Sache auch nicht besser. Bevor es zum Super-GAU kommt und meine Synapsen schmelzen wie ungekühlte Brennelemente, reiße ich ihn vom Kopf.

Früher sah ich manchmal Leute mit einem Taschentuch als Sonnenschutz, die Enden verknotet, damit es nicht verrutscht. Sicher hilfreich. Hab aber keins. Ich könnte mir ein Unterhemd oder, von den Öffnungen passender, eine Unterhose überstülpen. Bietet sich ja förmlich an: die große Öffnung für den Kopf, die beiden kleinen statt für die Oberschenkel für die Ohren. Dann den Hosenbund nach oben rollen, damit die Augen frei bleiben. Hätte sie sogar in allen Farben: blau, grün, gelb und leuchtend orange. Aber das sähe noch beknackter aus als der Helm.

Sobald die Steigung etwas abnimmt, hieve ich mich auf den Sattel. Doch allein für die Geschwindigkeit, bei der ich nicht mehr herumeiere wie ein Kälberschwanz, fehlt die Kraft in den Wadeln und Oberschenkeln. Und wenn ich es dann doch schaffe, ist nach spätestens hundert Metern wieder Sense. Alldieweil: schieben, schieben, schieben. Stunde um Stunde. Beruhigend dabei: Der Pass wird von LKWs gemieden. Selbst PKWs sind so selten wie ein Regenbogen in der Sahara. Das hat Evelyn prophezeit, als sie die Route ausgesucht hat. »Da bist du ganz allein auf weiter Flur!« Hat sie dabei auch an die Qual gedacht, die es kostet? Eher nicht. Der schafft das locker, wird sie gedacht haben. Beweist ja in anderer Hinsicht auch noch Ausdauer und Stehvermögen.

Der Pass ist geradezu prädestiniert für Adrenalin-Junkies auf Motorrädern. Sie rasen bergauf und bergab in beängstigender Schräglage. Dabei kann ich sie gut verstehen. Hab mich nicht anders verhalten in meiner Jugend. Und jetzt? Wäre schon froh um die halbe Pony-Stärke eines E-Bikes zur Unterstützung.

Die Schweißbrühe rinnt unablässig. Stirn, Rücken, Beine, Arme, Hände … alles ist nass. Kein noch so gut beworbenes Deo käme gegen meine Transpiration an. Und kein kühlendes Lüftchen um mich herum. Woher kommt der viele Schweiß überhaupt? Meine Wasserflasche ist längst leer. Wenn es so weitergeht, ist mein Körper bald ausgetrocknet und wird schrumpelig wie der einer Mumie.

Ein paar Serpentinen weiter oben darben vereinzelt kleine geduckte Bäumchen. Vielleicht die Rettung. Jedenfalls motivieren sie mich, schnell dorthin zu kommen; weg von der sengenden Sonne; weg vom heißen Asphalt, der die Hitze wie eine glühende Herdplatte abstrahlt. Mal links, mal rechts säumen sie den Straßenrand. Ich folge ihnen wie einem Lotsen, wechsle immer wieder die Straßenseite, um wenigstens ein bisschen der Gluthitze zu entkommen. Heikel. Das Röhren der Motorräder ist nicht so deutlich zu orten, im akustischen Labyrinth der Serpentinen. Auf der Flucht zum Baumschatten auf der anderen Straßenseite wird mir immer ganz mulmig. Vor allem die Innenkurven sind kritisch. Manche Motorradfahrer schrammen zentimeternah vorbei und sind oft genauso verdutzt wie ich, wenn wir uns begegnen. Um einer Berührung zu entgehen, neige ich mich zur Seite, so gut ich kann. Dasselbe versuchen die Kamikaze-Fahrer. Es reicht oft schon ein kleines Zucken am Lenker, um in gefährliche Schlingerbewegungen zu geraten. Hoffe inständig, meinetwegen rubbelt keiner über den Asphalt, bis der blanke Po durch die Lederkombi blitzt. Aber ich muss auch überleben. Der Schatten ist wichtig. Ja, existentiell notwendig.

Meter um Meter kreuze ich nach oben. Die Pausen häufen sich und werden immer länger. Zwischendurch sinke ich völlig ermattet zu Boden und bleibe für einige Minuten liegen. Vor allem Arme und Hände muss ich immer wieder kräftig ausschütteln, damit sie nicht völlig taub werden vom enormen Druck durch das Schieben. Wie viel bereits geschafft ist und wo ich mich befinde, lässt sich nicht feststellen. Auf der Karte ist zwar ein endloses Geschlängel eingezeichnet, was aber nicht heißen muss, es geht immer nur bergauf. An dieser Hoffnung beiße ich mich fest und kämpfe weiter. Nach jeder Serpentine, die den Blick nach oben öffnet, hoffe ich, die Steigung und somit die Qual endet danach. Aber immer trügt der Schein. Mein Herz rumpelt wie ein alter Traktor, meine Schläfen hämmern und in meinen Gehörmuscheln klingen rhythmisch Amboss-Schläge. Evelyn, Evelyn. Was hast du mir da angetan.

Während die letzten Lebensgeister erlahmend in mir flattern, schiebt sich ein Vorderreifen neben mich. Bin ich jetzt total plemplem? Halluziniere ich? Keineswegs! Es ist ein Biker, der mich so lässig überholt, als handle es sich um eine ebene Strecke. Und er ist nicht der Einzige. Ich fass es nicht. Eine ganze Horde zieht vorbei und ich blicke ihnen ungläubig hinterher. Pah, ihr Angeber! Ohne Gepäck, mit modernen Mountainbikes. Kein Kunststück!

Dann die Erlösung. Einige Kurven weiter lockt ein Rastplatz. Die Fittesten sitzen schon auf Felsbrocken unter Krüppelkiefern, knabbern an Energie-Riegeln und trinken aus ihren mitgeführten Radlerflaschen. Schiebend komme ich dort an und sinke auf den nächstbesten Felsen. Genieren muss ich mich deshalb nicht. Deutlich genug ist der Altersunterschied und die Ausrüstung. Trotzdem wurmt es mich zu sehen, wie sie so locker herumspazieren, während ich hyperventiliere und mein Herz zu wenig Platz hat für den starken Ausschlag in meiner Brust. Entdecke ich da etwa bedauernde und mitleidige Blicke? Hütet euch vor Gedanken wie: Alter, du solltest dich besser in den nächsten Flieger setzen, bevor deine Pumpe kollabiert und dir die Gehirnschale wegplatzt wie der Deckel eines Dampfkochtopfs mit Überdruck.

Ich zuzle ein paar verbliebene Tropfen aus meiner Flasche – sie sind wie die sprichwörtlichen Tropfen auf den heißen Stein – und würge am Rest des Studentenfutters, das noch in der Cellophanhülle kullert. Bin schon dankbar für die verbliebene Restfeuchtigkeit der Rosinen, über die ich mich sonst ärgere, weil das Studentenfutter mehr und mehr damit aufgepeppt wird. Langsam trudeln auch die Nachzügler ein. Ganz so fit sehen die Jungs auch nicht mehr aus. Schlapp sinken sie zu Boden, reißen ihre Radlerflaschen von den Fahrrädern und zuzeln an ihnen wie ein darbendes Kalb. Da wird mein Mund gleich noch staubtrockener. Jetzt ein Schluck aus ihren Flaschen. Aber darum betteln? Auf keinen Fall.

106

Eine Straßenkarte in einem Schaukasten zeigt, was noch vor mir liegt. Unseren Standort markiert ein roter Punkt und der liegt im ersten Drittel der Strecke. Niederschmetternd. Neben mir stehen, kauend und trinkend, einige Jungs und studieren ebenfalls die Karte. Als ich sie so albern darauf herum deuten sehe, hätte ich ihnen am liebsten entgegnet, welch Klacks es ist gegen das, was ich noch zu leisten habe. Aber keinen interessiert's. So flehentlich ich auf diese Standardfrage warte, sie wird nicht gestellt und ich kann nicht damit kontern. Dabei müsste doch jeder neugierig werden. Sie sehen doch mein hoch aufgerüstetes Fahrrad. Ignorantes Pack! Könnte natürlich auch selbst damit anfangen. Doch soweit will ich mich nicht herablassen. Lieber grolle ich insgeheim. Noch quälender ist, sie so lässig an ihren Flaschen zuzeln zu sehen. Ich komm mir vor wie unser Hund damals: Jedem Bissen, den wir zum Mund führten, ist er mit den Augen gefolgt. Er gab uns das Gefühl, auf der Stelle verhungert umzufallen, wenn er nicht sofort das Stück Fleisch von der Gabel bekommt. Wir haben uns damals erbarmt. Die Jungs hier nicht. Aber sie können ja nicht wissen, wie sehr mein Inneres ausgetrocknet ist und das Blut in meinen Adern fast schon raschelt vor Trockenheit.

Nach einer halben Stunde brechen die Jungspunde wieder auf. Beneidenswert, wie sie hochspurten. Beim Blick ins Tal frage ich mich allerdings schon, was mich so geschlaucht hat. Eigentlich ist es ein lächerliches Hügelchen im Vergleich zu den Alpenpässen, die ich als Jugendlicher mit einem normalen 10-Gang-Tourenrad überwunden habe.

An sonderliche Anstrengungen kann ich mich dabei nicht erin-nern. Es war nie vorbereitet oder geplant. Die Idee kam spontan. Einmal waren wir, Eugen und ich – ebenfalls ein Schlüsselkind –, südlich von München unterwegs. Eigentlich wollten wir nur um den Starnberger See radeln. Es herrschte extreme Föhnwetterlage, und wenn das der Fall ist, rücken die Alpen in greifbare Nähe und das wirkt motivierend. Und so entschlossen wir uns, Eugen und ich, nach Italien zu radeln. Einfach so, ohne lang darüber nachzudenken, ohne Gepäck, ohne Verpflegung. Wir radelten den ganzen Tag, fast ohne Pause. Gegen Mitternacht waren wir oben am Brenner und der italienischen Grenze. Wir hatten unser Ziel fast erreicht. Fast, weil wir nach Italien wollten. Ein paar Meter auf italienischem Boden hätten uns genügt. Doch die sonst wenig paragraphenreitenden Italiener haben das nicht zugelassen. Sie wollten unbedingt unsere Ausweise sehen, die wir nicht dabeihatten. War ja nicht so geplant. Etwas enttäuscht sind wir, mitten in der Nacht, den Brennerpass nach unten gerast. Der Dynamo hat dabei so viel Power abgegeben, dass schon nach den ersten Kilometern sämtliche Birnen durchbrannten. Das hat uns nicht gestoppt und wir sind, im Stockfinsteren, bis nach Innsbruck gejagt, haben in einer kleinen Pension übernachtet und sind am nächsten Morgen zurück nach München geradelt.

Inzwischen liegt dieses Erlebnis über fünfzig Jahre zurück und zum ersten Mal bin ich wieder auf einer wirklichen Radl-Ferntour. Kraft und Kondition sind inzwischen flöten gegangen. Deshalb warte ich, bis die Jungspunde verschwunden sind. Keiner soll sehen, wie ich mich schinde. Doch vorher schreite ich den Rastplatz ab, gleich einem Penner auf der Suche nach einem Fusel. Vielleicht findet sich irgendwo noch ein Fläschchen mit einem Rest Trinkbarem. Vergeblich. Entweder ist es Geiz oder das neuerwachte Umweltbewusstsein. Mit bleiernen Beinen trete ich wieder meinen beschwerlichen Weg an.

Eine Stunde, vielleicht auch zwei – das Gefühl für Zeit ist auf der Strecke geblieben – marschiere ich, mechanisch wie ein batterielahmer Roboter, Serpentine um Serpentine nach oben.

Und dann passiert, womit ich im Trott nicht mehr gerechnet habe: Die Serpentinen enden. Im ersten Moment weigert sich mein Gehirn, das zu glauben. Ich bin so fertig, kann mich gar nicht so richtig darüber freuen. Nachdem es auch noch flacher wird und beidseitig sogar richtig hohe, schattenspendende Bäume die Straße säumen, finde ich wieder zurück zu den Lebenden. Sollte etwa das Schlimmste geschafft sein? Verrückt, wie plötzlich sich die Umgebung verändert hat. Die Straße schlängelt sich nun in weiten Bögen und gemäßigtem Bergauf-Bergab durch immer dichter werdenden Laubwald. Der Überraschungen nicht genug, plätschert auf der gegenüberliegenden Straßenseite sogar ein kleiner Brunnen. Nichts wie hin. Wo sind eigentlich die Kamikaze-Fahrer? Alle verschwunden? Klar: keine Kurven, kein Adrenalin. Keine Gefahr für mich, die Straße zu überqueren.

Silberklares Wasser plätschert in ein felsiges Becken, in das ich sofort meine geschwollenen Hände tauche. Ouaa! Ist das kalt. Fühlt sich an, als käme es direkt aus dem Kühlschrank. Die Zunge ins Wasser der gefüllten Hände getaucht, teste ich, ob es zum Trinken taugt. Es taugt. Schmeckt sogar unglaublich köstlich. Bis der Schlund dichtmacht, fülle ich mich damit ab und bespritze beherzt das Gesicht. Dabei vergesse ich vor lauter Schlappheit, die schlierige Brille abzunehmen, die prompt ins Becken fällt. Nur einige Zentimeter schafft sie es unter die Wasseroberfläche, bevor sie aufgefischt wird. Doch auch ohne die schnelle Reaktion wäre sie nicht verloren gewesen. Zwar ist sie, mit den randlosen Gläsern und dem filigranen Brillengestell, nach zwanzig Zentimetern unsichtbar wie eine Glasgarnele. Aber mit etwas Geduld hätte ich sie bestimmt ertasten können. Die Brille sicher auf einem Felsbrocken, kommt der nackte Oberkörper dran. Wäre das Wasserbecken ein bisschen größer, ich hätte mich glatt hineingesetzt. Nein, eher nicht. Das ist ja hier kein öffentliches Badehaus. Aber gut hätte es schon getan. Seit dem Unwetter in Rovereto kam mein Körper nicht mehr mit Wasser in Berührung. (Die Schweißbäche sind eine andere Nummer.) Aber was soll das Gemecker. Die ausgiebige Katzenwäsche ist mehr, als ich erwarten konnte. Noch ist die Prozedur nicht zu Ende. Mit Schwung versuche ich, das Bein auf den Beckenrand zu wuchten. Klappt aber nicht, und bevor bei einem unfreiwilligen Salto rückwärts das Steißbein zerschmettert wird und mich zum Invaliden werden lässt, unterbleiben weitere Versuche.

Erfrischt geht es weiter durch den schattigen Wald. Warum, verdammt noch mal, konnte das nicht umgekehrt sein: erst der beschattete Weg nach oben und dann die baumlose Abfahrt. Die Sonne hätte mich kaum tangiert. War es nicht bei der ersten Bergüberquerung genauso? Richtig! Da hab ich mich auch von der falschen Seite über den Pass gequält und die Abfahrt war ebenfalls auf waldigen Wegen. Aber wer sagt denn, dass es hier nicht doch wieder auf kochendem Asphalt weiter nach oben geht. Nach der Straßenkarte ist der Pass noch längst nicht überwunden. Jedenfalls bin ich gewappnet, denn die Wasserflasche ist wieder prall gefüllt.

Geradezu romantisch setzt sich der Weg fort. Es duftet nach moosigem Waldboden und das Blätterdach ist dicht genug, um nur vereinzelt Sonnenkleckse auf den Asphalt zu sprenkeln. So kann es gerne weitergehen. Auf einem flachen Abschnitt lädt ein schattiger Rastplatz zum Ausruhen ein. Genüsslich die Beine auf der breiten Holzbank ausgestreckt entspanne ich. Aber das reicht noch nicht. Stück um Stück drehe ich mich bis zur Horizontalen. Zu hart ist es nicht. Zu unbequem auch nicht. Dazu bin ich zu groggy. Aber wie wär's, gleich hier das Zelt aufzuschlagen? Reicht der Platz? Nicht wirklich. Müsste es schon arg in die Sträucher drücken, und die sind voller Stacheln. Das Loch im Boden reicht schon. Und überhaupt. Wie siehts mit den Essensvorräten aus? Ziemlich mau. Hab keine Lust auf Studentenfutter als Vorspeise und Kekse als Hauptgericht. Ganz so wild ist es nicht. Aber was sich sonst noch in den Essensbehältern versteckt, wirkt auch nicht verlockender. Also weiter. Sollte die Nacht überraschend hereinbrechen, wird sich schon irgendwo ein ruhiges Plätzchen finden.

Nach gemäßigtem Auf und Ab geht es zwischendurch wieder steil nach oben und es bleibt nur schieben. Doch die Straße ist

110

weiterhin von dichtem Laub überdacht und schützt davor, doch noch als vertrocknetes Zwetschgenmännchen zu enden. Pffffff!!! Ist es das, was ich vermute? Ist aus dem Vorderreifen soeben die Luft entwichen? Schockiert bleibe ich stehen. Nein, es ist kein Knick in der Pupille. Der Vorderreifen ist tatsächlich platt. Verfluchte Scheiße! Welcher Depp hat hier einen Nagel hingeworfen? Selbst wenn. Wie kann das passieren? Soll doch unplattbar sein, der Fahrradmantel.

Zum Reifen hinuntergebückt rolle ich vorsichtig etwas zurück, um die Ursache zu finden. Eine sandfarbene Spitze lugt steil aus dem Mantel, knapp neben der Lauffläche. Soll das der Verursacher sein? Vorsichtig ziehe ich daran und halte den Übeltäter kopfschüttelnd in der Hand. Ich glaub's einfach nicht. Kein Nagel, kein Dorn, kein Stachel, kein scharfkantiges Blechteil. Ein zwar spitzer, aber dennoch lächerlich unscheinbarer Grassamen überlistet den »unkaputtbaren« Fahrradmantel. Und das auch noch während des Schiebens. Unfassbar! Mein Zorn auf dieses Kack-Chinesengelumpe entlädt sich in lauten Flüchen. »Scheiße! Scheiße! Scheiße!«, brülle ich in den Wald und dabei schlägt mir auch noch der heiße Atem ins Gesicht. Als Beweis stecke ich den Grassamen in mein Wimmerl. Evelyn soll sehen, welch lächerliche Ursache mir gehörig die Laune verdorben hat. Und jetzt? Erst mal weiterschieben! An der Stelle, an der das Unglaubliche passiert ist, kann ich nicht bleiben. Ein schwacher Trost: Etwas weiter entfernt ist ein größerer Rastplatz.

Ein paar Meter und der Mantel hat sich aus dem Felgenbett gelöst und schlabbert schlaff und schmatzend hin und her. Es bleibt nur, das Fahrrad vorn anzuheben, damit die Felge nicht noch mehr Löcher in den Fahrradschlauch säbelt. Dabei war ich so froh, die geplagten Arme nicht mehr strapazieren zu müssen. Und überhaupt: Warum hab ich nicht auf den schlauen Wolf gehört: »Nimm einen Ersatzschlauch mit. Für alle Fälle.« Zu spät, lieber Wolf.

Mit Schlauchflicken hatte ich noch nie Probleme und dürfte

auch jetzt keine haben. Aber wie soll ich das Loch finden ohne Wasser, um den Schlauch hineinzutauchen? Der Brunnen liegt schon einige Kilometer zurück. Bliebe nur, den Schlauch aufzupumpen und an der Wange oder Lippe vorbeizuziehen. Vielleicht würde ich die austretende Luft spüren. Groß genug dürfte das Loch ja sein, so schnell wie die Luft entwichen ist. Macht man doch auch so bei Ohnmächtigen. Oder benutzt einen Spiegel, auf dem sich der Atem als feuchter Fleck niederschlägt? Doch selbst wenn ich den Spiegel fände, den Evelyn sicherlich eingepackt hat: die Luft, die aus der Luftpumpe im Schlauch ankommt, ist furztrocken. Da zeigt sich bestimmt nichts auf dem Spiegel. Dann eben doch an der Wange oder den Lippen vorbeiführen. Was Besseres fällt mir jedenfalls nicht ein.

Nach der Kilometeranzeige auf dem Tacho ist gerade mal die Hälfte des Passes geschafft. Finde ich das Loch nicht, muss ich – per pedes – mit dem kaputten Schlauch oder besser dem kompletten Vorderrad losziehen. Entweder zurück zum Brunnen, oder zum nächsten Ort. Und dann natürlich wieder zurück. Da wäre ich den Rest des Tages, vielleicht sogar die halbe Nacht unterwegs und würde mir wunde, eitrige und geschwollene Füße laufen. Die geschwollenen Füße wären wohl das kleinere Übel. Die Sohle würde bestimmt schon auf halbem Weg zerbröseln und die Füße nicht mehr beengen. Sind ja auch nur und speziell zum Fahrradfahren gedacht. Ganz so pessimistisch sehe ich es allerdings nicht. Irgendein freundlicher Italiener wird sich sicherlich erbarmen und mich mitnehmen. Und dann? Wo verbringe ich die Nacht? In einer teuren Herberge? Gibt es dort ein Fahrradgeschäft?

Während diese Ungereimtheiten noch im Kopf herumschwirren, zwängt sich ein weiteres Problem auf. Wohin mit dem Gepäck? Kann es ja nicht mitschleppen. Bin zwar manchmal ein Esel, aber zum Lastesel tauge ich nicht. Also verstecken. Doch dichte Büsche und Sträucher gibt's hier am Rastplatz nicht. Es bliebe nur eine Stelle hinter einem Baum. Aber wirklich verbergen lässt es sich dahinter nicht. Na ja, ein paar Meter vor oder nach dem Parkplatz würde sich eine Stelle finden. Es bleibt ja noch Zeit. Obwohl, so viel auch wieder nicht. Lieber übernachte ich gleich hier. Fürs Zelt reicht der Platz zehnmal und der kiesbedeckte Boden, durch den sich spärlich Grashalme zwängen, eignet sich auch dafür. Doch mit dem Gedanken werde ich mich erst später befassen.

Das Gepäck heruntergezerrt, landet das Fahrrad kurz darauf auf dem Sattel und Lenker. Es will mir einfach nicht in den Schädel: Ein lächerlicher Grassamen trickst den unkaputtbaren Fahrradmantel aus. Mein alter Freund Mel würde sagen: allerhand!

Weil die Packtaschen inzwischen anders bestückt sind – die Nähte haben sich durch das teilweise beträchtliche Gewicht beängstigend auseinandergezogen –, dauert die Suche nach dem Werkzeug. Währenddessen verdrängt das Geräusch eines sich nähernden Fahrzeugs das Gesumme der Insekten. Schnell zur Straße stürzen und es aufhalten? Aber warum schon jetzt. Erst will ich versuchen, mir selbst zu helfen. Heißt doch immer: Selbst ist der Mann! Gelingt das, braucht's keine fremde Hilfe, was mir am liebsten wäre. Gelingt es nicht, bleibt immer noch der erhobene Daumen am Straßenrand. Der Mut der Verzweiflung wird mir die Kraft dafür geben. Aber schön wär's doch gewesen, hätte ich ihn aufhalten können. Sehnsüchtig folgt mein Blick dem verschwindenden LKW. Ich ärgere mich über meine blöde Zurückhaltung und widme mich meinem Werkzeugbeutel. Den Reparaturknochen schon in der Hand, kommt der LKW zurück und biegt auf den Rastplatz. Am liebsten hätte ich mich versteckt. Was will ich eigentlich? Kann froh sein, dass er auf mich aufmerksam geworden ist. Und sogar meinetwegen zurückkam.

Ich zucke zusammen, als die Autotür krachend zufällt. Was ist los? Ich fremdle doch sonst nicht so. Aber da liegt es in meinem Ermessen, Kontakt aufzunehmen. Erstarrt erwarte ich, was jetzt kommt. Mit kräftigem Tritt umrundet der junge Fahrer die Motorhaube und schreitet mit weit ausholenden Schritten und schwingenden Armen forsch auf mich zu. Kurz vor mir bleibt er

113

stehen. Die Sonne, die von hinten durch seine wild abstehende Krause scheint, lässt seine Haarspitzen erglimmen wie einen Heiligenschein, und mir kommt schlagartig der Gedanke: Man hat mir einen Engel geschickt. Um die dreißig dürfte er sein, wobei meine Trefferquote erfahrungsgemäß nicht sehr hoch und das Gegenlicht dabei nicht hilfreich ist.

»Salve! Tutto a posto?«, fragt er, so wie wir zu Hause erst mal fragen: »Alles klar?«

Natürlich ist nicht alles klar. Dazu hat sein kurzer Seitenblick genügt.

»Mi chiamo Roberto«, stellt er sich vor, noch bevor ich antworten kann. Gleichzeitig schnellt seine Hand vor und verschlingt meine wie ein Krakenarm. Dabei quetscht er sie so heftig, dass ich froh bin, sie heil wieder zurückzubekommen. Eigentlich stößt mich solch brachiale Gewalt ab. Derjenige muss doch wissen, wie schmerzhaft diese herzlich gemeinte Geste sein kann. Mein Engel – hoffentlich enttäuscht er mich nicht – schaut erschrocken auf meine Hand, die ich ausschüttle.

»Scusa! Mi dispiace«, entschuldigt er sich, zieht eine Grimasse und schaut mich bemitleidend an.

Ich winke ab und nicke verzeihend. Mein Engel beginnt wieder erleichtert zu strahlen und blickt mich kumpelhaft an. Sofort drücke ich die negativen Gedanken weg. Wahrscheinlich ist meine Hand von der vielen Schieberei besonders empfindlich geworden.

»Mi chiamo Norberto«, stelle ich mich vor.

»Ah, anche Roberto?«

Das passiert mir häufig in Italien. Sie glauben, Roberto gehört zu haben, weil ihnen Norbert fremd ist, aber ähnlich klingt. Vor allem, wenn ich ein O ans Ende hänge, um es italienisch klingen zu lassen; melodiöser; nicht so abgehackt wie im Deutschen. Ich lasse es bei Roberto und denke, das bringt uns noch näher zusammen. Unsere Augenpaare verzwirbeln sich wie selbstverständlich, und das wirkt bei mir wie eine Blutsbrüderschaft, die schlagartig die fremdelnde Lähmung verscheucht. Als er sich über den Vorderreifen beugt und der Strahlenkranz erlischt, zeigt sich, außer seiner schwarzen Krause, der schwarze Bart und ich beneide ihn darum.

Nicht nur einmal überlegte ich, meinen ergrauten Bart einzufärben. In einer eitlen Anwandlung und dem Irrglauben, damit die Zeit zurückdrehen zu können, hab ich Evelyns schwarze Wimperntusche dazu benutzt. Erst zaghaft partiell, dann allumfassend. Obwohl ich den Fortschritt der Verwandlung vor dem Spiegel beobachten konnte, hat mich als Ergebnis nicht ein Jüngling, sondern ein Fremder aus dem Spiegel angestarrt.

Nein! Den kenn ich nicht! Mit dem hab ich nichts zu tun!

So sehr hab ich mich schon an den grauen Bart gewöhnt, dass das Spiegelbild fast abstoßend auf mich gewirkt hat. Mit reichlich Seife – die Wimperntusche war wasserfest – und kräftigem Rubbeln wurde ich fast wieder der Alte. Doch nur fast. Denn anschließend schimmerte die gepeinigte Haut rosarot durch die weißen Stoppeln und das hat mich dann noch mehr erschreckt.

»La gomma è a terra!«, sage ich und deute auf den Platten. Toll, wie flüssig mir der Satz über die Lippen kam. Ich bin perplex und hab mich damit selbst überrascht. Ohne danach zu suchen, ohne darüber nachdenken zu müssen, purzelte er wie muttersprachlich über die Lippen. Doch akzentfrei war er offenbar nicht, sosehr ich mir das einbildete. Nicht nur hat mein Engel erkannt, dass ich Ausländer bin. Er hat mich sogar als Deutschen identifiziert. Aber nachdem sich diese Phrase aus einer Lektion von »Avanti, Avanti« in mein Gedächtnis gefräst hat, wollte ich sie auch loswerden.

»Vengo da Monaco«, sag ich ihm. »Bayern-München! Oktoberfest!« Zwei Schlagworte, mit denen die meisten Italiener mehr anfangen können als mit der reinen Ortsangabe.

»Ah capito. Un mio amico è già stato lì. Una bellissima città e una grande festa!«

Durch das umgedrehte Fahrrad ist er auf mich aufmerksam geworden. Ohne Umschweife bietet er an, mich mitzunehmen.

In Gedanken bin ich noch bei der Version mit dem ausgebauten Vorderrad, da hat er sich schon die Packtaschen geschnappt, öffnet die Klappe zur Ladefläche und verteilt sie zwischen Kisten. Erleichtert kapiere ich: Er nimmt mich mit Sack und Pack mit. Ich sag's ja: Er ist ein Engel. Flott ist der Rest zusammengepackt und gemeinsam wuchten wir das Fahrrad auf die Ladefläche. An eine so schnelle und komfortable Lösung hab ich nicht im Traum gedacht. Der Gefälligkeiten nicht genug, öffnet er mir auch noch die Seitentür. Für den Bruchteil einer Sekunde, vom Gegenlicht geblendet, scheint es, als säße ein kleines Kind im Führerhaus. Dann zeichnen sich die Umrisse eines Schäferhundes ab, der neugierig seine Schnauze zu mir dreht. Friedlich, eher gelangweilt wirkt er. Ich halte die Hand zum Beschnuppern hin und nimm neben ihm Platz.

»Questo è Arturo«, sagt Roberto, während er sich hinter das Lenkrad schiebt. Er krault Arturo am Kopf, der ihn daraufhin wieder aufs Polster sinken lässt. Arturo ist ein braver Hund, so deute ich, was Roberto über ihn sagt. Ich hab keine Angst vor Hunden, sag ich ihm. Wir hatten einen BergAfghanen. Groß, mit langen dunklen Haaren. Vor etwa zehn Jahren ist er gestorben. Er nickt verstehend und startet den Motor.

Arturo fährt seine Vorderläufe aus und stemmt sich hoch in eine aufrechte Sitzposition. Unterwegs erzähle ich Roberto, wo ich hinwill, wie alt ich bin – hätte er nicht gedacht und nickt respektvoll –, warum ich alleine fahre, obwohl ich verheiratet bin, zwei Kinder und drei Enkel habe. All das quillt freiwillig und ohne Blockade heraus.

Währenddessen kurven wir Kilometer um Kilometer durch den Wald. Mit vorgereckter Schnauze starrt Arturo konzentriert auf die Straße. Wie der Sozius eines perfekt harmonierenden Teams auf dem Motorrad, neigt er sich in jede Kurve, beginnt schon vorher sein Gewicht zu verlagern. Nicht mal, wenn Roberto mit der Hand auf die, zwischen den Bäumen hochsteigenden Hügel zeigt, lässt sich Arturo ablenken.

116

Unser Afghane, Daniel haben wir ihn getauft, war dagegen das reinste Phlegma. Ihm war es egal, was sich draußen abspielte. Er wollte nur sein Fressen und seine Ruhe. Am liebsten lag er quer auf der Rückbank wie Sperrmüll und hat gedöst. Wenn er uns blasiert und vorwurfsvoll ansah, wussten wir: Der junge Mann muss Pipi machen.

Anders war es auf weit überblickbaren Wiesen. Dort jagte er mit einem Affenzahn allem hinterher, was sich bewegte und solange es sich bewegte. In ihm schlummerten zwei völlig unterschiedliche Charaktere.

Am liebsten ist es mir, wenn Roberto von sich erzählt. Das erspart die oft vergebliche Suche nach passenden italienischen Wörtern und es reicht ein »Si« oder »No«. Zum Glück war er nicht allzu neugierig und hat mich nicht mit tausend Fragen gelöchert, obwohl ich ihm, so weit möglich, gerne geantwortet hätte. Er selbst ist noch ledig. Im Moment ist er verliebt, gesteht er schwärmend und formt dabei einen Kussmund. Er hofft, es wird was Ernstes. Kinder will er natürlich auch. Und viele Enkelchen. Ich wünsche es ihm von ganzem Herzen und denke, er wird sicherlich ein lieber Ehemann und Vater, sensibel genug, um nicht die zarten Händchen seiner Sprösslinge zu Brei zu zerquetschen. Ich seh ihn schon vor mir: seliger Gesichtsausdruck, seine Frau mit einem Arm umschlungen, links und rechts zwei aufgeweckte Kinder mit leuchtender Haarkrause. Würde gerne wissen, ob meine Vision irgendwann Wirklichkeit wird.

Entzückt genieße ich die kurvenreiche Berg- und Talfahrt. Freu mich tierisch, dass mir das erspart geblieben ist, obwohl ich später nicht behaupten kann, die ganze Strecke bis Sizilien ausschließlich geradelt zu sein. Aber das ist entschuldbar. Es ist höhere Gewalt, die mich dazu zwingt.

Nach einer halben Stunde lichtet sich der Wald und kurz darauf öffnet sich ein weites Tal mit saftig-grünen Hügeln an den Rändern. Rechts neigt sich der Hang in eine tiefe Mulde und dort unten schlummert das kleine Dorf Berceto. Es ist der Ort, in dem Roberto wohnt und Arturo sein Bein hebt, um das zu machen, was ein Hund dabei eben so macht. Doch bevor Roberto in sein Heimatdorf fährt, steuert er eine Tankstelle an. Dort, so sagt er, werden sie den Reifen flicken.

Kaum angelangt, kommt ein älteres Ehepaar aus dem Tankstellenhäuschen. Roberto springt aus dem Wagen und Arturo folgt aufgeregt und begrüßt hochhüpfend die Frau und den Mann in der blauen Montur. Ich steige aus und gehe abwartend auf die Gruppe zu.

»Questo è Roberto«, stellt Roberto mich vor. Amüsiert über die Namensübereinstimmung und erfreut, dass ich aus Monaco komme, schütteln wir uns herzlich die Hand. Meinen wirklichen Vornamen will ich nicht preisgeben. Dazu ist es inzwischen zu spät und außerdem unwichtig. Die drei unterhalten sich sprudelnd. Es geht auch um meinen Platten. Der Blaumann nickt bejahend und meint, er wird den Reifen sofort flicken. Dabei schaut er auf die Uhr, zückt sein Handy und telefoniert gestikulierend und so lautstark, als müsste er die Entfernung zu seinem Gesprächspartner zusätzlich mit seiner Stimme überbrücken. Roberto fordert mich auf, das Fahrrad und das Gepäck abzuladen. Auch er blickt verschämt auf seine Uhr. Wir beeilen uns.

Kurz darauf liegt alles neben den Tanksäulen. Wir verabschieden uns erst per Handschlag – diesmal ging er zarter mit meiner Hand um – und dann noch mit einer herzlichen Umarmung. Arturo bekommt noch eine Streicheleinheit, bevor er auf den Beifahrersitz springt.

»Buona fortuna e molti bambini!«, rufe ich Roberto hinterher, worauf er sich umdreht, herzlich lacht und mir den hochgereckten Daumen zeigt. Dann steigt er in den LKW und fährt ab, nicht ohne vorher noch mal gewunken zu haben. Die Spende für seine Hilfsbereitschaft hat er empört abgelehnt. Wäre auch erstaunt gewesen, hätte er sie angenommen, so gern ich sie ihm gegönnt hätte. Auch zu einem Caffè konnte ich ihn nicht überreden. Als

118

der kleiner werdende LKW verschwindet, überkommt mich eine tiefe Melancholie. Meine Schultern und Arme sacken schlaff nach unten. Nur knapp eine Stunde waren wir zusammen. Aber es war so vertraut, so selbstverständlich, so familiär, dass ich mich jetzt verlassen und leer fühle.

»Andiamo!«, ruft der Blaumann von hinten und reißt mich aus meiner Agonie. Ach ja, der ist ja auch noch da und will sicherlich bald mit seiner Frau nach Hause oder wohin auch immer. Jedenfalls hier nicht unnütz Zeit verplempern. Ich schiebe das Fahrrad in die kleine Werkstatt. Hocherfreut registriere ich das gut ausgestattete Werkzeugsortiment und beobachte den routinierten Umgang damit. Im Nu ist das Vorderrad demontiert und der Schlauch herausgezogen. Ein Schuss Pressluft und er marschiert damit zu einem randvoll mit Wasser gefüllten Fass. Lustig blubbern Luftblasen aus dem Loch. Die Stelle markiert, eilen wir zurück in die Werkstatt. Seine liebe Gattin überrascht mich mit einem Pappbecher Kaffee. Ist mir sehr recht. Dadurch stehe ich nicht dumm herum, mit zwei brauchbaren Händen, die tatenlos herunterhängen. Sie sieht, wie ich nach der Geldbörse suche, winkt ab und sagt quirlig-wirbelnd: »Va a casa!«

Sind hier alle so selbstlos? Wenn ich schon sonst nichts beisteuern darf, kann ich wenigstens mit meinen Fahrradflicken aushelfen. Die, die mein Helfer hat, sind viel zu groß für den schlanken Schlauch. Ich bringe ihm mein Werkzeugschächtelchen mit den passenden Flicken.

Jeder Handgriff sitzt. Bevor ich den Kaffee fertig geschlürft habe – er ist gestreckt, stammt aus dem Automaten, wie ich sofort bemerke, und ist das, was die Italiener abfällig als Caffé Americano bezeichnen –, ist der Reifen prall aufgepumpt und in die Fahrradgabel gesetzt. Ich wollte ihm vorher noch sagen, er darf den Reifen nicht ganz aufpumpen, weil er sonst nicht durch die eng beieinanderliegenden Bremsbacken passt. Schließlich hab ich Erfahrung damit. Aber er hat es problemlos auch so bewerkstelligt. Wie war das möglich? Selbst wenn nur wenig Luft im Reifen war, musste ich noch mit gehöriger Kraft den Mantel durch die Bremsbacken zwingen. Mysteriös! Er schraubt das Vorderrad fest und ich sehe die Bremsbacken weit auseinanderklaffen. Hat er etwa das Ende des Bremsseils aus der Halteöse gezogen? Na, umständlicher geht's wohl nicht.

Nachdem das Fahrrad wieder auf den Reifen steht, warte ich neugierig, ob seine Methode einen Vorteil bringt. Verdeckt von seinem Rücken fummelt er an der Bremse herum, und zack, ist alles wieder, wie es sein soll, ohne ein Werkzeug benutzt zu haben. Irgendeinen Trick muss es geben, der mir bisher verborgen blieb. Er kennt sich mit dem Fahrrad jedenfalls besser aus als ich. War dann doch ganz gut, mich zurückgehalten zu haben mit meiner vermeintlichen Weisheit. Aber ehrlich gesagt auch nur, weil ich nicht imstande gewesen wäre, es auf Italienisch zu formulieren. Hätte mich schön blamiert, als schulmeisterlicher, oberschlauer Tedesco, der nach Sizilien will, aber nicht mal ohne große Umstände ein Rad wechseln kann. Zufrieden schiebe ich das Fahrrad aus der Werkstatt und schiele dabei verstohlen auf die Vorderbremse, um hinter das Geheimnis zu kommen, erkenne es aber nicht in der Eile. Der Tankwart und seine Frau schließen die Türen ab und verabschieden sich von mir mit einem herzlichen »Buon Viaggio!« Wenigstens konnte ich ihm noch einen Zehn-Euro-Schein aufdrängen, um mein Gewissen zu beruhigen und nicht wie ein Schmarotzer dazustehen.

Jetzt fühle ich mich noch verlassener, nachdem die beiden mit ihrem verbeulten Cinquecento abgedampft sind. Weit und breit kein Mensch, kein Fahrzeug, kein Laut. Komisch. Die überwiegende Zeit, ja fast die gesamte Reise bis hierher war ich alleine, wollte es sein und hab mich dabei sauwohl gefühlt. Und jetzt, nach dem intensiven Kontakt mit Roberto und der Gesellschaft der Tankstellenleute vermisse ich die menschliche Nähe und Wärme. Innerlich ausgelaugt befestige ich die Packtaschen. Dabei komme ich hinter das Geheimnis mit der Bremse: Die Führung des Bremsseils lässt sich ganz locker aus- und einhängen und somit ist die

Öffnung breit genug, sogar für den prall aufgepumpten Fahrradmantel. Sehr schlau. Gibt's bei meinen anderen Fahrrädern nicht. Hinken der Technik einfach hinterher. Zu meiner Schande muss ich gestehen, nicht selbst auf diesen Kniff gekommen zu sein. Und jetzt? Die Kuppen der höher liegenden Hügel werden noch von glühenden Sonnenstrahlen gestreift. Doch es wird nicht mehr lange dauern, bis sie mit den Schatten tauschen. Bevor das passiert, sollte ich meine Essensvorräte auffrischen. Sicherlich gibt es im Ort einen Negozio di Alimentari. Nur von Lust und Liebe können auch die Berceterinnen und Berceter nicht leben.

Als die ersten Häuser ins Blickfeld rücken, wirkt es, als wäre das jeweils oben liegende auf das Dach des Hauses darunter gebaut und die steilen Gassen scheinen senkrecht in den Himmel zu führen. Fast zweidimensional wirkt es aus der Ferne. Beim Näherkommen hat sich der Eindruck dann verwischt und der Supermarkt steht, wie alle anderen Gebäude, auf solidem Grund. Das Fahrrad an eine davorstehende Sitzbank gelehnt, betrete ich den kleinen Supermarkt.

Im Inneren, auf verschlungenen Wegen, stapeln sich Waren bis unters Dach. Als ich am Ende des Labyrinths herauskomme, begrüßen mich zwei strahlende Verkäuferinnen hinter einer illuminierten Theke voller Wurst, Käse und Backwaren. Perplex durch diesen überraschenden Empfang zucke ich übertrieben zurück. Das entlockt den beiden ein amüsiertes Lachen. Sie bezirzen mich, als hätten sie den ganzen Tag nur auf mich gewartet. Ich weiß nicht, bei welcher der beiden Hübschen ich meinen Wunsch äußern soll, und senke diplomatisch den Blick auf die ausgelegten Waren. Doch die Neugierde lässt sich nicht bändigen und ich beginne, mit beiden zu flirten. Offenbar haben sie daran genauso viel Spaß wie ich und amüsieren sich über mein verqueres Italienisch. Kommt sicher nicht oft vor, dass sich hierher ein Fremder verirrt. Noch dazu Ausländer. Während Panini und Mortadella eingepackt werden, denke ich an Roberto. Die Jüngere der beiden, die mit dem verschmitzten Lächeln und dem Grübchen im Kinn,

121

kann ich mir gut als seine Angebetete vorstellen. Ihr Haar ist auch gezwirbelt. Da mach ich mir keine Sorgen um die Haarkrause ihrer Sprösslinge.

Die Haare meiner Mutter waren stark gewellt im Gegensatz zu meinen und das fand sie ziemlich langweilig und wollte mir deshalb eine Dauerwelle drehen. Immer wieder lag sie mir damit in den Ohren und immer wieder hab ich mich stur geweigert. Meinen jüngeren Bruder konnte ich als Opfer nicht vorschieben, denn bei ihm haben die Gene ein bisschen durchgeschlagen. Dann, in der Hippiezeit, ließ ich die Haare schulterlang wachsen und das fand sie noch schrecklicher. Sie meinte, ich seh aus wie ein Indianer, was mich allerdings keinesfalls gekränkt, eher stolz gemacht hat. Später war ich offener für solcherart Verwandlungen. Aber es hat sich niemand gefunden, der sich dem annahm. Und jetzt ist es zu spät. Da ist nicht mehr viel, was sich aufdrehen lässt.

Apropos Gene: Wir haben einen schwarzen Kater. Den Namen Pipistrello hat er von uns bekommen, weil er als Baby mit seinen langen Hauern und den großen Ohren Ähnlichkeit mit einer Fledermaus hatte. Betreut wird er von einer reizenden Tierärztin mit stark gekräuselten Haaren. Als wir im Winter für einige Tage einen Verwandtenbesuch machten, hat sich ihre Tochter bereiterklärt, für diese Zeit bei uns zu wohnen und sich um Pipistrello zu kümmern. Wir haben sie vorher noch nie gesehen. Doch als sie vor uns stand und ihre Wollmütze abstreifte, war zweifelsfrei klar, das kann nur die Tochter unserer Tierärztin sein. Ihre tausend Locken sprangen, wie Spiralfedern, ungebändigt vom Kopf ab. Faszinierend. Mir hat's gefallen. Da haben die Gene voll durchgeschlagen.

Brustgeschwellt verlasse ich die beiden Verkäuferinnen. Ihre lebensbejahende Art hat meine Gedanken an die bevorstehende Nacht völlig verscheucht. Scheinen hier alle sehr liebenswert zu sein. Auf der Bank vor dem Supermarkt stürze ich mich gierig auf die geliebte Mortadella. So vor mich hinmampfend betrachte ich

122

die steilen Gassen. Weiß gar nicht, wo ich lieber wohnen würde: oben, unten, im Zentrum. Jeder Wohnsitz ist mit der Qual des Auf- und Abstiegs verbunden und damit kenn ich mich inzwischen aus, seit Evelyn in Hohenschäftlarn arbeitet. Aber scheinbar wirkt es sich positiv aufs Gemüt der Bewohner aus. Wie könnten sie sonst so glücklich strahlen; jedenfalls diejenigen, denen ich begegnet bin. Dabei denke ich an Roberto und die Tankstellenleute. Ohne deren Hilfe stünde ich vielleicht immer noch auf dem Rastplatz und würde versuchen, den Reifen zu flicken. Dabei fällt mir ein, die Blechdose mit den Fahrradflicken liegt noch in der Tankstelle. Die Flicken allein wären nicht das Problem. In der Blechdose sind die Montiereisen und ein Fahrradknochen. Unentbehrliche Werkzeuge. Ohne lässt sich weder ein Reifen flicken, noch lassen sich andere Reparaturen durchführen. Muss sie mir also in jedem Fall wieder zurückholen.

Ich packe das restliche Essen zusammen. Zur Freude und zum Erstaunen der Verkäuferinnen husche ich noch mal in den Laden für eine zweite Portion Mortadella. Wird die Nacht schon überstehen. Zurück beim Fahrrad, kommt die fülligere der beiden Hübschen aus dem Laden und reicht mir eine Tüte mit drei Panini. Sie sind nicht mehr frisch, meint sie und will auch kein Geld dafür. Bevor ich mich noch von dieser Überraschung erholt habe, dreht sie sich mit einem koketten Hüftschwung um und geht zurück zum Laden, nicht ohne mich vorher noch mal angezwinkert zu haben. Wirklich bezaubernd, die Leute hier.

Die gelblich schimmernden Straßenlaternen enden am Ortsrand. Aber Licht braucht's keines. Das schwarze Asphaltband ist Orientierung genug. Hoch bis zur Hauptstraße ist es zu anstrengend und es bleibt wieder mal nur schieben. Doch so wild ist es nicht. Die angehäuften Glückshormone lassen jede Strapaze erdulden. An der Tankstelle will ich eigentlich nur nachsehen, wann sie morgen früh öffnet. Da ich schon mal hier bin, durchforste ich das zur Tankstelle gehörende Umfeld, nicht ohne Hintergedanken.

Eine breite Abfahrt führt zum unteren Bereich. Alte Reifen, verbeulte Stoßstangen, Kotflügel und anderer Schrott stapeln sich wild in einem offenen Verschlag, direkt unter dem Tankstellengebäude. Davor ist ausreichend Platz fürs Zelt. Zu sehen ist es nur, wenn man sich direkt ans Geländer am oberen Mauerrand stellt. Aber warum sollte das jemand tun? Selbst wenn er tankt, was am Automaten die ganze Nacht möglich ist, gibt es dafür keinen Grund. Ich entschließe mich, dort zu übernachten. Die Tankstellenleute waren so freundlich, sie werden nichts dagegenhaben, zumal noch die unentbehrliche Blechdose bei ihnen liegt.

Plopp! Das Zelt steht. Mein Gepäck bleibt auf dem Fahrrad. Was sagt der Kilometerstand? Lächerliche 46,33 Kilometer hab ich heute das Fahrrad bewegt. Fahren kann ich ja nicht sagen. Hab ja viel geschoben. Trotz der vormittäglichen Strapazen bin ich nicht müde und zu aufgekratzt, um Ruhe zu finden. Kein Geräusch, kein Laut ist zu hören. Warum zirpen hier eigentlich keine Zikaden? Wollen auch sie die Ruhe nicht stören? Oder meiden sie die Ausdünstungen der Tankstelle? Am Himmel suche ich nach Sternschnuppen. Es heißt ja, ein Wunsch geht in Erfüllung, wenn man eine sieht. Ich bin keineswegs abergläubisch. Einen Wunsch hab ich trotzdem: Das Meer will ich morgen sehen.

Links, rechts, in der Nähe, in der Ferne. Der große Wagen, der kleine Wagen, Kassiopeia … Nur wo bleiben die Sternschnuppen oder wenigstens *die* Eine, damit der Wunsch in Erfüllung geht? Leider steht die Mondsichel, gleißend hell, direkt im Zentrum des Blickfelds und verhindert das Auffinden. Bevor die Genickstarre einsetzt und die Augäpfel bis zur Netzhaut absinken, gebe ich auf. Schade. Aber vielleicht tut's auch ein Satellit?

Mit meinem Schwager Hansi und seiner Gattin Uli waren wir, Evelyn und ich, nachts an einem Bach außerhalb von Minden beim Angeln. Der Himmel war ebenso klar wie jetzt. Wir haben Sternschnuppen gesehen. Und nicht nur eine. Okay, wir waren auch über viele Stunden draußen und hatten alle Zeit, den Himmel zu beob-

achten. Weit nach Mitternacht zogen dann Satelliten ihre Bahnen; deutlich wie helle Sterne und schnell wie Flugzeuge. Nur im Gegensatz zu Flugzeugen über das ganze Firmament. Hansi meinte, sie tauchen erst nach Mitternacht auf. Vorher werden sie von der Erde beschattet. Bei mir herrscht also quasi noch Satelliten-Finsternis.

So lange will ich nicht in den Himmel starren. Scheiß auf die Satelliten. Das Meer will ich morgen trotzdem sehen.

Von den Berghängen streicht eine kühle Brise auf die nackte Haut und scheucht mich ins Zelt. Als Nachtlektüre krame ich das aufgequollene, inzwischen fast doppelt so dicke Buch aus der Packtasche und versuche zu lesen. Nichts will so richtig passen. Auf dem Bauch liegend schmerzt das Kreuz; die Stirnlampe ist zu grell; das Buch zu dick. Dazu wollen die Seiten nicht aufgeschlagen bleiben, ohne den dazwischengeklemmten Finger. Und es wird schwerer und schwerer. Letztendlich lasse ich es auf dem Boden liegen, den Kopf ermattet auf die Luftmatratze sinken, knipse die Stirnlampe aus und nicke ein.

Wie in den Nächten davor ist mein Schlaf nicht der eines Siebenschläfers. In Habachtstellung – wie ein bedrohtes Tier – lauscht mein zweites Ich nach Auffälligem und lässt mich hochschrecken. Wo bin ich? Ein paar Sekunden dauert es, bis es mir einfällt. Der Geruch nach Altöl hilft dabei.

Ein Fahrzeug hat sich genähert, hält an. Das Motorgeräusch verstummt. Hellwach erlausche ich das Geschehen oben an der Tankstelle. Sind das etwa schon die Tankstellenleute? Kann nicht sein. Es ist noch stockdunkel. Ich könnte die Stirnlampe anknipsen und auf die Uhr schauen. Aber damit würde das Zelt zum hellerleuchteten Lampion. Wo ist der blöde Zipper für den Reißverschluss? Klar. Er ist nicht sofort auffindbar. Das Buch liegt davor. Vorsichtig schiebe ich mit dem Finger den Moskitovorhang und die äußere Abdeckung ein Stück nach oben. Es ist mucksmäuschenstill hier unten und die Reißverschluss-Zähnchen knarren laut wie eine Holzrassel. Den Kopf seitlich auf den Boden gepresst, schiele ich durch den kleinen Spalt nach oben zur Abfahrt. Um zum Geländer sehen zu können, müsste ich den Kopf ganz herausstrecken. Zu heikel. Vorerst muss mich mein Gehör darüber aufklären, was dort oben passiert. Bloß, es passiert nichts da oben. Hat sich da jemand zum Pennen hingestellt? Warum nicht. Hab ich auch schon gemacht. Oder ist es ein Pärchen, das hier im Auto kuscheln will? Hab ich noch nicht gemacht. Ich warte ab, die Löffel aufgerichtet wie ein Hase. Mein Tinnitus hält sich zum Glück zurück.

Dann wird die Autotür geöffnet. Trotz meines schwächelnden Gehörs identifiziere ich mühelos alle Geräusche. Als stünde ich daneben, sehe ich vor mir, wie der Zapfrüssel klackend aus der Verankerung gelöst und scheppernd in die Tanköffnung geschoben wird. War wohl höchste Zeit, so hohl wie das klingt. Dann endet das Brummen der Pumpe und der Tankrüssel klinkt in seine Halterung zurück. Nun fahr schon los! Ich will noch ein paar Stunden dösen. Aber er fährt nicht los. Doch ein Schäferstündchen oder ein Nickerchen? Schritte nähern sich oben auf dem Betonboden. Männliche Schritte. Meine Kopfhaut zieht sich vor Anspannung zusammen. Dann stoppen sie und es klimpert metallen. Er ist am Geländer. Wahrscheinlich mit seinem Ehe- oder Siegelring beim Festhalten hingestoßen. Pause. Hat er mich entdeckt? Und wenn ja, was wird er damit anfangen? Es bleibt gespenstisch ruhig. Von dort oben kann er nichts ausrichten. Wenn er zu mir will, muss er die Rampe hinuntergehen, und dann sehe ich ihn. Ein Geräusch löst schlagartig meine Anspannung. Ein paar Meter neben dem Zelt beginnt es zu plätschern. Erst ein paar Spritzer, dann intensiver; fast knallend in der Stille. »Hey, du Sau!«, flüstere ich. »Pinkelt hier einfach runter. Hättest du doch auf der anderen Seite machen können. Auf der Wiese. Oder an der Hausecke!« Zum Glück steht das Zelt weit genug zurückversetzt. Sonst wären womöglich noch einige Spritzer darauf gelandet. Bei dem Schnäppchen hätte die Pisse womöglich unschöne Flecken ins strahlende Gelb geätzt. Es reicht schon der Vogelschiss bei der

126

Etsch. So leer sein Tank war, so voll war dagegen seine Blase. Es dauert, bis nur noch ein paar Tropfen aufklatschen, und ich muss schmunzeln. Jetzt wird er ihn ausschütteln – hoffentlich nicht zu heftig – und wegpacken. Ich warte gespannt auf das Geräusch des Reißverschlusses. Es folgt nicht. Vielleicht ist sein Hosenstall zum Zuknöpfen. Oder er schließt ihn im Weggehen. Oder es ist einfach zu leise für mich. Egal.

Die Schritte entfernen sich, die Autotür wird zugeschlagen und das Geräusch des abfahrenden Wagens verebbt. Endlich wieder Ruhe. Erleichtert schließe ich die Zeltplanen. Wie spät ist es? Stirnlampe, wo bist du? Vier Uhr morgens. Genug Zeit, noch eine Runde zu pennen.

Samstag, 19. Juli – sechster Reisetag

Um sieben Uhr öffnet die Tanke. Schon lange vorher reibe ich meine Äuglein und lausche. Irgendwas stimmt hier nicht. Aber was? Dann dämmert es mir: Keine Tropfen trommeln auf's Zeltdach, kein anrollendes Gewitter. Tja, warum sollte es nicht mal ein strahlender Morgen sein, so zur Abwechslung. Jetzt, wo nichts zur Eile drängt, gibt der Moskitovorhang seinen Widerstand auf und der Zipper schnurrt geschmeidig nach oben. Ein paar Dehnübungen lockern Arme, Beine und Genick. Das Kreuz ächzt ein bisschen. Aber sonst? Kein Muskelkater, keine Schmerzen in den Armen. Bin halt doch ein zäher Knochen.

Die Natur schweigt. Oder summt und brummt zart genug, um es nicht wahrzunehmen. Auch von der Tankstelle dringt kein Laut nach unten. Noch steht die Sonne zu tief, um die umgebenden Hänge zu beleuchten. Wieder philosophiere ich über das Verhalten der hiesigen Bewohner. Ist es die klare Luft, die so ausgeglichen macht? Oder die verlängerten Nächte, weil die Sonne früher abtaucht und sich am Morgen später blicken lässt als normal? Die himmlische Ruhe? Oder einfach alles zusammen! Werd wohl nicht dahinterkommen.

Ohne die Bettwärme wird mir ziemlich frisch. Tja, ein Tässchen heißer Kaffee wäre jetzt wohltuend. Nicht aus dem Automaten. Ein selbst aufgebrühter. Weiterhin klappert ja die mobile Küche in der Seitentasche. Aber seit Rovereto kam sie nicht mehr zum Einsatz. Ob es heikel ist, den Kocher anzuwerfen, hier unten, neben dem ganzen Gerümpel und den undefinierbaren Flüssigkeiten? Eher nicht, sofern ich nicht über den Kocher stolpere. (Manchmal bin ich ja ziemlich schusslig.) Trotzdem lasse ich es lieber. Es reicht schon, hier unten ohne Erlaubnis gezeltet zu haben.

Oben warte ich, abfahrbereit. Der Blaumann erscheint pünktlich und ist erstaunt, mich hier zu sehen. Ich hab was in seiner Werkstatt vergessen, deute ich ihm an. Was genau, kann ich nicht erklären. Er schaut mich ungläubig an und öffnet die Metalltür zur Werkstatt. Und da liegt sie, auf der Werkbank, die geliebte Blechdose.

»Ho, capito. Mi scusi!«

Er klappt den Deckel zu und drückt sie mir in die Hand. Den Kaffee, den er mir anbietet, lehne ich dankend ab. Sonst wäre womöglich beim Kaffeeschlürfen die Frage nach meinem Übernachtungsplatz aufgekommen. Hätte ich ihm sogar gebeichtet in der Überzeugung, er wäre darüber nicht verärgert gewesen. Lieber ist mir allerdings, er erfährt es nicht.

Befreit sitze ich wieder strampelnd auf dem Sattel. Bald werde ich im Meer schwimmen – Sternschnuppe hin oder her – und es ab da immer an meiner Seite haben.

Nach einigen flotten Kilometern passiere ich einen romantischen Rastplatz neben einem gurgelnden Flüsschen. Viel zu früh für eine Rast. Aber das hintere Lager ist locker und schlackert etwas. Warum fällt mir das erst jetzt auf? So plötzlich kann dieser Effekt nicht aufgetreten sein. Egal. Es sollte repariert werden, bevor es größere Probleme bereitet.

Damit der Reifen durch die Bremsbacken flutscht, muss die Halterung des Bremsseils ausgehängt werden, so, wie es der Blaumann vorexerziert hat. Aber so einfach geht das nicht. Jedenfalls nicht beim Hinterrad. Sosehr ich mich abmühe, die Halterung klemmt, verkeilt sich und lässt sich nicht aushängen. Ich könnte stattdessen das Ende des Bremsseils aus der Halteöse ziehen. Aber das ausgefranste Ende würde sich nicht mehr durch die kleine Öffnung würgen lassen. Also bleibt nur die Variante, die ich zu

Hause auch immer angewandt habe: etwas Luft aus dem Reifen ablassen und nachher wieder aufpumpen. Ist ja auch kein Drama. Das Problem mit dem schlackernden Lager ist schnell behoben. Es dauert kaum länger als das Aus- und Einbauen des Hinterrads. Jetzt muss nur wieder Luft in den Reifen. Doch das erweist sich schwieriger als gedacht. Und da sind wir wieder beim Gewicht. Da es ein entscheidender Faktor bei derartigen Reisen ist, fiel die Wahl auf eine kleine Luftpumpe. Gut dabei: Sie war auch noch billiger als eine große. Doch sie taugt nichts. (Hoffentlich endet das irgendwann.) Nach ein paar Pumpenstößen zerfällt sie in zwei Teile. Erstaunt betrachte ich das Debakel und stecke die beiden Teile wieder zusammen. Ob sie so zu retten ist? Nur ein Dutzend kräftige und lange Stöße würden reichen. Aber weder kräftige noch lange Stöße lässt sie zu. Wie auch. Die Pumpe ist nur dreißig Zentimeter lang. Sobald ich etwas weiter aushole, rutscht das Mittelteil wieder aus der Hülse. Wenigstens entweicht dabei keine Luft aus dem Reifen. Nach vielen gescheiterten Versuchen gelingt es, ausreichend Luft hineinzu pumpen, um damit fahren zu können. Andernfalls hätte ich den ganzen Mist sofort in die Büsche gepfeffert.

Schwammig fühlt es sich an. Bergauf ist es nicht zu spüren. Aber beim Abfahren, vor allem in Kurven, beginnt das Hinterrad bedenklich zu walken. Rutscht dabei der Mantel von der Felge, lande ich wahrscheinlich auf der Schnauze. Zum ersten Mal freu ich mich, wenn's bergauf geht. Verkehrte Welt.

An einer Trattoria, oben auf einer Anhöhe, halte ich an. Noch mals plage ich mich mit der Luftpumpe. Ein junger Italiener, betresst, als wäre er gerade dem Giro d'Italia entsprungen, inspiziert gleich daneben seine federleichte Rennmaschine. Er erkennt meine Schwierigkeiten und bietet seine Luftpumpe an. Auch putzig klein, jedoch mit einer Druckluftpatrone bestückt. Das mechanische Pumpen erübrigt sich somit. Sehr praktisch. Geradezu perfekt, wenn die Ventile dazu passen würden. (Da hat die Technik schon wieder den Status quo meines Fahrrads überholt.) Auch sein Kumpel, der zuzelnd an seiner Fahrradflasche hängt und seinen Elektrolyt-Haushalt auffrischt, kann nicht helfen. Er meint, vielleicht haben sie in der Trattoria eine passende Luftpumpe. Daran hab ich natürlich auch gedacht, wollte es aber vorher noch selbst versuchen. (Wieder die falschen blockierenden Hemmungen, die verhindern, den direkten Weg zu wählen.) Nachdem sich die beiden Rennprofis noch unterhalten, komme ich mir dämlich vor, wenn ich nicht ihrem Vorschlag folge.

Drinnen sieht es aus wie in einer Berghütte. Logo. Liegt ja auch auf dem Berg. Nur dass das Ambiente so bairisch anmutet, verwundert: Hinter dem langen kupferbeschlagenen Tresen mit den üblichen Armaturen schimmern dunkle Holzregale. Darüber ein Board voll bunter Teller.

Als die junge Bedienung in den Ausschank kommt, erhasche ich einen kurzen Blick in den Gästeraum, der ebenfalls dem einer Skihütte gleicht. Misterioso! Mit einem leeren Tablett – ohne Dirndl, ohne zu jodeln und somit nicht typisch bairische Hüttenwirtin – huscht sie hinter den Tresen. Ich bestelle einen Caffè der – ach wie schön! – nicht im Kaffeehaferl serviert wird, sondern aus der Espressomaschine in das übliche winzige Tässchen träufelt. Wortlos stellt sie das Tässchen vor mich und wendet sich wieder der Espressomaschine zu. Darf mich nicht wundern, wenn ich sie nur stumm wie ein Fisch anstarre. Ich warte, bis sie sich wieder mir zuwendet, und beobachte solang ihre fließenden Bewegungen. Dann ist es so weit. Mit einer Pirouette, auf dem Handteller das gefüllte Tablett balancierend, fragt sie, ob ich noch etwas wünsche. Jetzt wäre der richtige Moment, meinen wirklichen Wunsch zu formulieren. Aber ich zögere noch und bitte stattdessen um eine Flasche Wasser. Einerseits, um Zeit zu gewinnen – Zeit hab ich ja und somit ein Argument, nicht mit der Tür ins Haus fallen zu müssen –, andererseits, weil ich nicht ohne ausreichende Gegenleistung um etwas bitten will. Der Caffé reicht dafür vielleicht noch nicht. Viel Zeit ist damit allerdings nicht gewonnen. Die Flasche steht im Nu vor mir und die Hüttenwirtin verschwin-

131

det mit dem Tablett durch die Tür und lässt mich mit offenem Mund zurück. Wenn sie zurückkommt, dann … Während ich noch nach einer Formulierung suche, schwingt die Tür auf und sie steht wieder vor mir. Ohne langes Zögern stelle ich meine Frage. (Ich weiß, was Pumpe heißt, und der Rest ist fast schon Routine.) Sie schüttelt bedauernd den Kopf, bittet mich zu warten. Wieder allein, leere ich die Wasserflasche bis zur Hälfte. Ein drahtiger junger Typ schießt durch die Tür hinter dem Tresen. Vor Überraschung verschlucke ich mich, wobei mir ein kleiner Rülpser entwischt. »Scusi!

»Piano! Piano!«

Was meint er? Ich soll langsamer trinken oder mir Zeit lassen mit meiner Frage? Bevor mir das klar wird, dreht er sich auf dem Absatz um und verschwindet. Erledigt wohl alles im Laufschritt. Wieder bleibe ich mit offenem Mund zurück. Keine Minute und mir wird eine Luftpumpe entgegengestreckt. *Die* Luftpumpe: lang, effektiv, wie ich sie auch zu Hause benutze. Ich übernehme sie wie einen wertvollen Pokal. Glücklich und erleichtert, als hätte ich im Lotto gewonnen, ziehe ich ab. Draußen winke ich damit den beiden Rennradfahrern zu und sie freuen sich mit mir. Beim Zurückbringen frage ich, ob er sie verkaufen mag. Leider nicht. Er benötigt sie selbst. Schade.

Mit prall gefülltem Reifen setze ich den Weg fort. Es geht weiterhin bergauf, meist aber bergab, und das Radeln macht wieder richtig Spaß. Von den kahlen Felswänden strahlt eine angenehme Kühle und lange Passagen liegen im Schatten. Dann wird es wieder flach, die Straße breiter und leider stark befahren.

Bei Aulla quere ich den Fiume Magra. Endlich mal ein Fluss, zu dessen Flussbett ich hinuntersteigen kann. Breit und flach ist die Magra und nur zu einem Drittel gefüllt. Na ja, nennt sich nicht umsonst Magra, bei dem mageren Wasserstand. Das Fahrrad an einen Busch gelehnt, stakse ich über die rundgeschliffenen Kiesel. So richtig komme ich nicht ins tiefere Wasser. Dazu müsste ich

132

über die glitschigen Steine tänzeln, um wenigstens die Waden kühlen zu können.

Hockend quirle ich mit den Händen im lauen Wasser. Dabei drängen sich Bilder buntgewandeter, wäschewaschender Frauen ins Gedächtnis. Könnte der Unterhose auch nicht schaden, die seit Tagen in der Packtasche vor sich hin gammelt. Zusätzlich mit Haarshampoo (meine liebe Gattin hat auch an meine Hygiene gedacht) stakse ich mit der versifften Unterhose zurück, knete, rubble und spüle sie im tieferen Wasser. Dabei beobachte ich amüsiert, wie die Schaumflöckchen von den Steinen zerteilt werden, sich dahinter wieder vereinen, um anschließend im offenen Flussbett über die Wellen zu tanzen. Vor lauter Faszination bemerke ich zu spät meine Unterhose, die, leuchtend orange, denselben Weg genommen hat. Mit ein paar beherzten Schritten ließe sie sich wieder einfangen. Rutsche ich dabei allerdings auf den glitschigen Steinen aus und verknackse mir den Fuß, tänzelt sich's nicht mehr so locker auf den Pedalen. Soll sie meinetwegen davonziehen. »Vielleicht begegnen wir uns ja wieder!«, rufe ich hinterher. »Mal sehen, wer von uns beiden zuerst das Meer erreicht.« Zum Abschluss schleudere ich ihr noch einen flachen Kiesel hinterher, der aber nicht recht hüpfen will.

Auf den folgenden Kilometern bin ich wieder den verrückten Kamikaze-Fahrern ausgeliefert. Um Haaresbreite hätte mein Trip als plattgewalzter Fleischklumpen hier geendet:

Im Rückspiegel seh ich den LKW schon ankommen. Dicht hinter mir braust sein Motor auf, als er auf einen niederen Gang schaltet. Allein schon das infernale Geräusch jagt mir eine Himmelangst ein. Im kleinen Rückspiegel ist nur noch ein winziger Ausschnitt seiner hochragenden Motorhaube zu sehen, so dicht ist er aufgefahren. Überholen kann er nicht, weil ein entgegenkommender LKW ihm keinen Platz lässt. Und ich kann seitlich nicht ausweichen, weil dichte, mannshohe Sträucher den Weg versperren. Lange, bange Sekunden klebt er an meinem Hinterrad.

Dann hat uns endlich der entgegenkommende LKW passiert, der meinen Drängler zum Kriechgang gezwungen hat. Nur noch einige PKWs kommen uns entgegen. Er schert zum Überholen aus. Langsam schiebt sich seine Stoßstange neben mich. Viel Platz lässt er nicht. Aber es genügt. Ich radle neben seiner Zugmaschine. Edel glitzern seine Felgen und die glänzenden Radmuttern schießen gleißende Blitze in meine Pupillen. Allmählich erscheint auch sein verchromter Tank neben mir. Schick. Während ich ihn bewundere, merke ich, dass er mir immer näher kommt, mir immer weniger Platz lässt. Hat er mich vergessen? Warum drängt er mich jetzt so brutal ab? Es wird ungemütlich und ich weiß nicht, was ich machen soll. Noch weiter zum Straßenrand kann ich nicht, weil mir sonst die Blätter der Büsche ins Gesicht schlagen. Schon taucht der mächtige Hinterreifen der Zugmaschine auf. Immer lauter wird das Schmatzen des Reifens auf dem Asphalt. Nur noch Zentimeter neben ihm staune ich über sein stark geschnittenes Profil – als wäre das jetzt von Bedeutung. Nur kurz. Dann bin ich wieder bei meiner prekären Situation. Immer noch strample ich auf gleicher Höhe mit dem Reifen. Warum beschleunigt der Depp nicht? Oder hab *ich* das Tempo erhöht? Ich weiß es nicht. Ich sehe nur noch die Kante meines Rückspiegels, knapp von seinem Hinterrad entfernt. Grellgelb rotiert die seitliche Beschriftung. Und sie kommt näher. Genauso wie die Zweige am Straßenrand. Wird der Platz noch knapper, bleibt nur die Flucht in die Büsche. Aber werde ich dabei nicht zur Straße zurückgeschleudert? Schnell wäge ich die Chancen ab. Inzwischen bin ich hinter dem Reifen und halb unter dem Aufleger und weiß, am Ende lauert das tödliche Reifenpaar. Ich neige den Kopf zur Seite, nach vorne, zu seinem Rückspiegel. Mensch, der muss mich doch sehen! Nein. Für ihn gibt es mich nicht mehr. Mir wird himmelangst. Wenn ich nicht nach rechts ausweiche, werde ich unweigerlich vom hinteren Reifenpaar niedergewalzt. Seltsam ruhig und konzentriert sondiere ich den wildwuchernden Seitenstreifen. Ich muss eine Stelle finden, die weniger dicht bewachsen ist, und das sehr schnell.

Und tatsächlich kommt, mehrere Meter weiter vorne, eine Lücke zwischen den Sträuchern. Meine einzige Chance. Bis dahin muss ich es schaffen. Ich trete wie besessen. Die Zweige schlagen mir ins Gesicht, aber ich spüre keinen Schmerz, sehe nur noch die Lücke zwischen den Büschen. Noch ein paar Meter! Hinter mir surrt schon das todbringende Reifenpaar. Zentimeter nur noch, dann erfasst es mich. Ich reiße den Lenker herum, stürze in die Lücke, bremse, was das Zeug hält. Im Augenwinkel rast das Heck des LKWs vorbei. Dicke Zweige schießen auf mich zu. Nehmen mir die Sicht, werden im selben Moment vom Fahrrad knackend zu Boden gerissen. Das Vorderrad taucht in eine Mulde, springt hoch. Kurz nur blauer Himmel. Die Lücke ist breit genug, um nicht seitlich in den Büschen hängen zu bleiben. Nur in der Länge reicht es nicht. Weitere Buckel schütteln mich und das Rad durch. (Ein bockiger Gaul könnte nicht widerspenstiger sein.) Mit seitlich wegrutschendem Vorderrad komme ich, halb stürzend und vom dichten Geäst vor mir zusätzlich gebremst, zum Stehen. Puuhh! Geschafft!

Ich lasse das schräg geneigte Fahrrad auf den Boden fallen. Der Puls rast, die Schläfen hämmern wie verrückt und ich bleibe erst mal erstarrt stehen und japse nach Luft. Danke, lieber Schutzengel! Warst wieder im richtigen Augenblick zur Stelle. Steif stelze ich über das Fahrrad, sinke ins Gras, lass den Oberkörper nach hinten kippen und starre leer in den blauen Himmel. Mein Tinnitus pfeift wie Orgelpfeifen, durch die Pressluft gejagt wird. So liege ich erst mal einige Zeit da, tief ein- und ausatmend, um die flatternden Nerven zu beruhigen. Unkontrolliert zucken die Beine und ich kann nichts dagegen tun. Die Gedanken kreisen um die letzten Sekunden. Sobald die Augen geschlossen sind, ist es wieder da, das rotierende Rad, knapp neben dem Lenker. Das Schmatzen des todbringenden Reifenpaars am Ende des Lastzugs. Dass die lächerliche Lücke meine Rettung war, erscheint mir wie ein Wunder.

Die Zweige und Äste um mich herum sind niedergeknickt, als

hätte sich ein Elefant hier gewälzt. Was ist jetzt das? Woher kommt der süßliche Duft? Von … Früchten!? Wachsen sie auf den Sträuchern? Wie kann mich so was Banales jetzt beschäftigen? Aber es beschäftigt mich. Ich kneife die Augen zusammen. Aber die Umgebung wird kaum klarer. Dann weiß ich's: Die Brille ist weg. Scheiße! Ohne bin ich aufgeschmissen. Zwar nicht wie eine Blindschleiche, aber unfähig, Straßenkarten zu lesen. Die peitschenden Zweige müssen sie vom Kopf gerissen haben. Zittrig stemme ich mich hoch, mit den Händen die schlotternden Beine beruhigend. Aber es hilft nicht. Grausam, diese Machtlosigkeit. Schwankend torkel ich auf die verhasste Straße. Etwas weiter hinten, einen Meter vom Straßenrand entfernt, glitzert die Brille im Sonnenlicht. Allerhand!, hätte mein Freund Mel wieder gesagt. Ich winke die ankommenden Fahrzeuge zur Seite und schnappe sie mir. Ein weiteres Wunder: Sie hat den Sturz ebenso gut überstanden. Zerrissen, wie meine Nerven im Moment sind, wage ich mich nicht erneut auf die Straße und lege mich einfach erschlafft ins Gras, bis meine aufgewühlten Nerven zur Ruhe kommen. Aber jeder vorbeidonnernde LKW lässt die Erinnerung wieder aufwallen. Ich muss hier weg.

Beim ersten Absturz mit dem Drachen in Umbrien bin ich in einen Hang geknallt. Wollte – noch ungeübt und übermütig – im Aufwind am Hang entlang gleiten; soaren, wie die Profis es nennen. Dabei kam ich ihm zu nahe und blieb mit dem Flügel hängen. Ein heftiger Ruck, eine unfreiwillige Drehung um neunzig Grad, und ich verkrallte mich, völlig baff, im grasbewachsenen steilen Hang. Am Drachen ist dabei ein Rohr verbogen. Mir ist nichts passiert. Aber der Schreck fuhr mir gehörig in die Glieder.

Es war in der Ausbildung und unser Lehrer hat mich sofort wieder mit einem anderen Drachen in die Luft geschickt. Mir sollte keine Zeit zum Grübeln bleiben; keine Zeit, um ein Angstszenario in mir wuchern zu lassen. Die Therapie hat gewirkt. Ich bin weiterhin mit dem Drachen eines anderen Schülers geflogen, dem der luftige Spaß zu gefährlich war.

136

Mit dieser Erkenntnis zwinge ich mich wieder auf die Straße. Vorher kontrolliere ich noch das Fahrrad und stülpe den Helm auf den Kopf, der so verächtlich ins Gepäcknetz verbannt wurde. (Evelyn würde jubeln, wenn sie das jetzt sähe. Sie hat von Anfang an dafür plädiert, immer den Helm zu tragen.) Jeder von hinten kommende LKW erhöht sprunghaft den Stresspegel. Das überstandene Ereignis hat mich doch mehr mitgenommen als alle heiklen Situationen in der Jugend. Vielleicht liegt es am Alter. So oder so. Nach ein paar beklemmenden Kilometern suche ich ein Plätzchen für eine regenerierende Pause, fummle den Schlafsack aus der Gepäcktasche, schlüpfe hinein in den schützenden Schlauch – trotz der mittäglichen Hitze ist mir kalt – und lege mich, nicht weit entfernt von der Straße, in den Schatten eines kleinen Baumes.

Halb fünf ist es, als die Augenlider sich zaghaft öffnen. Nicht die Vorbeidonnernden haben es geschafft, mich aus dem Schlaf zu reißen; auch keine Schreckensszenarien von plattwalzenden LKW-Reifen, die mich wie ein Fleischwolf ausspucken. Stachelige Grashalme haben mich gepiesackt. Kein Wunder. Bin im Schlaf zur Hälfte aus dem Schlafsack gekrochen, das blanke Gesicht schwitzend im Gras.

Ausgeruht und erstaunlich entspannt reibe ich den restlichen Schlaf aus Gesicht und Augen. Dabei flattern einige vertrocknete Grashalme zu Boden. Vermutlich trägt mein Gesicht jetzt einen negativen Abdruck des Rasens. Die ertasteten Rillen lassen jedenfalls darauf schließen. Und es brennt bis hinunter zum Hals. Sieht aus wie nach einer Kaskade Ohrfeigen. (War natürlich nur zu sehen, weil sich im Gepäck ein Spiegel fand.) Muss von den Blättern und Zweigen beim Ausweichmanöver gekommen sein. Na ja. Werden schon wieder verschwinden. Ich pule die belegten Panini aus der Plastiktüte. Zu Hause hätten sie allenfalls einen abfälligen Blick geerntet. Jetzt schmecken sie köstlich, platt und pomadig, wie sie sind.

Die Todesangst ist dem Lebenswillen gewichen. Hunger und Durst sind gestillt, ein zartes Lüftchen hat für Abkühlung gesorgt, und so wage ich mich wieder aufs Fahrrad – weiterhin unsicher, aber zunehmend angstbefreiter. Gemäß der Straßenkarte ist es nicht mehr weit bis zum Meer.

Ursprünglich wollte ich La Spezia meiden. Auf das hektische Treiben, besonders in Hafenstädten, kann ich gerne verzichten. Doch ich brauche eine Luftpumpe, und die bekomme ich wohl am ehesten in einer größeren Stadt. Ist im Moment wichtiger als der ersehnte Blick aufs Meer.

Eine halbe Stunde und durch etliche Kreisverkehre dauert es, bis die Häuserreihen dichter werden und der Ortsrand von La Spezia erreicht ist.

In einer Bar, in der hitzig über das Fußballspiel im Fernsehen diskutiert wird, findet sich ein freier Tisch, abseits vom flimmernden Fernsehbild. Zeit, Evelyn einen Lagebericht zu geben. Oweia! Kaum noch Saft. Es dauert, bis jemand kommt. Zusätzlich zum bestellten Caffé und Cornetto con Crema bitte ich den Ober, mein Handy aufzuladen. Er dreht es skeptisch. So einen alten Knochen hat er wahrscheinlich schon lange nicht mehr in den Händen gehalten. Mit einem zustimmenden Nicken verschwindet er. Nach ein paar Minuten kommt er mit der Bestellung und dem Handy und meint, er kann es nicht laden. Verstehe. Ich krame das Ladegerät aus dem Wimmerl – ebenso vorsintflutlich – und reiche es ihm. Er nickt. Offenbar ist das Problem damit gelöst. Beim gierigen Biss ins Cornetto quillt die Crema wie weiße Magma über die Hände, die ich eiligst ablecke, bevor sie auf den Tisch tropft. Ein Gaumenschmaus.

In der Bar wird die Stimmung immer aufgeheizter, bis schließlich alle aufspringen und überirdisch laut den versenkten Ball im Tor bejubeln. Gutgelaunt, mit hitzigem Kopf, kommt der Ober zurück.

»Vinciamo!« Wir gewinnen!, strahlt er, während die Rechnung samt Handy und Ladegerät auf dem Tisch landet.

138

Ich bedanke mich herzlich, lecke die restliche Crema von den verklebten Fingern und schalte es ein. Oje! Jämmerlich, was der Ladebalken anzeigt. Durch die dichtgedrängten Tische schlängle ich zur Theke, bestelle noch einen Caffé und überreiche noch mals das Handy samt Ladegerät. Nach einer halben Stunde und einem weiteren bejubelten Tor kommt er zurück. Viel mehr Saft ist nicht drauf. Aber es wird reichen. Evelyn muss trotzdem noch warten. Zu laut hier.

Es folgt die leidige Suche nach einer Luftpumpe. Sinnlose Fahrereien auf gut Glück spare ich mir. An einer magnolienbeschatteten Piazza sitzen ein paar plaudernde oder leer in die Gegend stierende Pensionäre; kleine Jungs auf Fahrrädern versuchen mit Wheelys tuschelnden Mädchen zu imponieren. Ohne Umschweife – beginne dazuzulernen – spreche ich die Pensionäre an. Sie sind entzückt, endlich gefordert zu werden. Sofort beginnt eine turbulente Debatte. Natürlich kennen sie ein Fahrradgeschäft. Sogar in der Nähe. Nur über die Richtung dorthin sind sie sich noch uneinig. Das Palavern wird immer hitziger und ein gemeinsamer Nenner immer unwahrscheinlicher. Ich warte das kryptische Rätselraten nicht weiter ab, denn es ist zu befürchten, meinetwegen büßt der ein oder andere seinen letzten Zahn dabei ein. Mit höflichem Nicken steuere ich auf den mehrheitlich genannten Weg. Hinter mir ertönen lautstarke Anweisungen, und von der Gegenfraktion die Verheißung fürchterlicher Katastrophen, sollte ich dem eingeschlagenen Weg weiter folgen. Ein paar Ecken, ein paar Rondelli, ein paar schattige Gassen und vor mir liegt tatsächlich das Radlgeschäft; von außen nicht groß, aber das muss ja noch nichts heißen.

Düster ist es im Laden und es dauert, bis der Verkäufer in einer Nische zu entdecken ist. Er kümmert sich um einen gereifteren Herrn. Wie eine fette Kröte sitzt sein Kunde auf einem filigranen Rennrad und versucht, mit hampelnden Verrenkungen seinen schreiend bunten Radrennschuh aus dem Klickmechanismus des Pedals zu drehen. Kurz vor dem Umfallen stemmt sich der Verkäufer dagegen, um einen Sturz und den damit verbundenen unschönen Fettfleck auf dem Boden zu vermeiden. Die Szene erinnert an kleine Kinder beim Versuch, Fahrradfahren zu lernen. Ich muss mich wegdrehen, weil ich meine verräterischen Gesichtsmuskeln nicht unter Kontrolle bringen kann und nicht zeigen will, wie komisch und lächerlich ich das finde. Wie er helfen kann, fragt der Verkäufer. Jetzt muss ich mich doch den beiden zuwenden und versuche eine ernste Miene aufzusetzen, was nicht so recht gelingen will. Der Verkäufer nimmt es nicht übel und es scheint, er muss sich selbst zur Ernsthaftigkeit zwingen. Ich sage, was ich suche, und er deutet mit dem Kopf – die Hände sind im fleischigen Körper seines kämpfenden Kunden vergraben – in eine Ecke des Ladens. Dort hängen jedoch nur Hightech-Pumpen neuester Generation. Ich zeige ihm mit einer Geste, dass ich nicht gefunden habe, was ich suche. Bedauernd hebt er seine Augenbrauen und Schultern. Bin schon dabei, enttäuscht den Laden zu verlassen, da durchzuckt ihn eine vage Hoffnung und er ruft mich zurück. Nachdem er seinen Hampelmann zu einer Säule geschoben hat, an der er sich abstützen kann, bittet er mich nach hinten in einen kleinen Nebenraum. Vielleicht hat er doch, was ich suche. Aus einem längst vergessenen Fundus zieht er eine leicht zerkratzte Luftpumpe hervor und streckt sie mir mit fragendem Stirnrunzeln entgegen. Mein Strahlen sagt mehr als alle Worte. Er überlässt sie mir für sieben Euro und ist fast so erleichtert wie ich. Beim Hinausgehen teste ich sie, indem ich den Finger auf den Luftaustritt presse. Das scharfe Pfeifen lässt den Kunden hochfahren, der jetzt auf dem Boden sitzt und mit dem Schuh in der Hand das Geheimnis des Klickverschlusses zu lüften versucht. Mein entschuldigendes Lächeln kann ihn nicht aufmuntern, so verzweifelt ist er.

Vor dem Laden befestige ich die Neuerwerbung mit Klebeband am Rahmen. Und die kleine bescheuerte Luftpumpe? Gleich hier entsorgen? Nein. Ich will sie dem Hersteller zurückschicken. Er soll wissen, welchen Schrott er da verkauft hat. (Später wird sie dann doch im Müll landen, weil es zu nichts führt.)

Ab jetzt geht's schnurstracks Richtung Süden. Gut tausend Kilometer sind es bis Villa San Giovanni, dem Ort, von dem die Fähre nach Sizilien übersetzt. Eine Menge Holz. Na, dann mal los! Hin und wieder ertönt fernes Schiffstuten. Wie die Sirenen der griechischen Mythologie locken sie und ich folge blind ihrem Gesang bis zur Straße, die am Hafen entlangführt. Das Meer ist nicht zu sehen. Eine verrottete Mauer versperrt den Blick. Nur hochragende stählerne Kräne und deren lange Arme spitzen darüber, und statt nach Meer riecht es nach Öl und dem Rauch der Schiffsschornsteine. Dazu ist die Straße eng, laut und voll von rasenden Rollerfahrern und vorbeizwängenden Autos. Ab und an sind größere Lücken in der Mauer, die durch zerzauste Zäune überbrückt werden und den Blick freigeben auf verrostetes Eisengestänge, abgestellte LKW-Aufleger und meterhoch gestapelte Paletten. Deprimierend. So wird das nichts mit dem Blick aufs Meer. Bevor Frust und Lärm mich völlig demoralisieren, flüchte ich in eine Abzweigung.

Die Straße ist schmal und kaum befahren. Angenehm. Irritierend ist nur der verwirrende Straßenverlauf. Evelyn hat mich gelehrt, wie ein alter Seefahrer die Sonne als Orientierung zu nutzen. Daran halte ich mich und stelle fest: Sie scheint aus der falschen Richtung. Nicht ihre Schuld. Sie kann nicht anders – die Sonne. Schuld ist die Straße, die vom Meer wegführt. Weiß leider nicht, wo ich mich befinde. Aber deshalb umkehren? Solang die Sonne nicht ausschließlich meinen Rücken wärmt, kann ich nicht falsch sein. Sollte wieder die Magra den Weg kreuzen, werde ich ihr einfach flussabwärts folgen, denn sie fließt mit Sicherheit hinunter ins Meer. (Ist ja generell die Tendenz von Wasser, sofern es sich nicht um eine bildliche Illusion von M.C. Escher handelt.) Nicht lange, und die Sonne leuchtet blutrot aus der richtigen Ecke. Also kann der Weg nicht falsch sein.

Dann wird es wieder ungemütlich. Wie ein Moloch taucht in der Ferne der Schlund eines schmalen Tunnels auf. Die Angst schwillt an wie der Pegel eines lustig plätschernden Baches bei Starkregen. Kaum ist die Einfahrt passiert, schwindet jegliches Licht und die ersten Meter werden zum Blindflug – da hilft auch das eingeschaltete Fahrradlämpchen nichts. Im Gegenlicht der Scheinwerfer ist die Straße kaum zu erkennen und der extrem dichte Verkehr wird fast zur körperlichen Bedrohung. Wenn dann noch eine aufgemotzte Rennsemmel ohrenbetäubend vorbeiröhrt, wird die Folter fast unerträglich. Dazu hupen mich genervte Autofahrer an den äußersten Rand, um nicht hinter mir herzockeln zu müssen. Kann ja ihre Ungeduld verstehen. Aber noch knapper geht's nicht. Warte eh schon, jeden Moment mit dem Lenker an der grobgehauenen Felswand hängen zu bleiben oder mir die Birne an einem Felszacken aufzuschlagen. (Bin nämlich schon wieder ohne Helm unterwegs.) So schnell es geht, entfliehe ich diesem Inferno.

Die Ortschaften verzahnen sich zunehmend und der Verkehr wird noch hektischer. Ein Indiz für die Meeresnähe. Und es wird richtig mediterran. Immer häufiger ragen sattgrüne Palmwedel in den blau polierten Himmel. Wie ein Schuss Steroide stählt der Anblick die Muskeln und verleiht eine magische Kraft, die mich machtvoll dem Meer entgegenzieht.

Gesäumt von schmucken Häusern und wenig ansprechenden Hotelburgen, passiere ich die verbeulte Ortstafel von San Terenzo. Der Verkehr wird so dicht und zäh, ich kann das Tempo spielend mithalten. Alle hecheln nämlich demselben Ziel entgegen, obwohl es schon dämmrig ist.

Und dann, in der Ferne, breitet es sich endlich vor mir aus: glitzernd, mit Wellenbergen, auf denen magisch rosa leuchtende Flämmchen tanzen, bevor sie in die dunklen Wellentäler gerissen werden. Die Sonne hat sich schon unter dem Horizont verkrochen und nur ein kitschig rosa glühender Wolkenstreifen in

142

der Unendlichkeit erinnert noch an ihre Existenz. Ein Schwall Glückshormone durchströmt mich. Am liebsten hätte ich meine Freude herausgeschrien, wollte aber die vorbeiströmenden Sommerfrischler nicht erschrecken. Dabei ist es nicht allein der Anblick des Meeres, der so berauscht; der ist mir längst vertraut und wird nie seine Faszination verlieren. Was mich so jubeln lässt, liegt am erstrampelten Etappensieg. Vergessen die Nacht mit dem Regenschauer; vergessen der Platten, den es nicht geben dürfte; vergessen der Ärger mit der Luftpumpe; vergessen – na ja, noch nicht ganz – die Todesangst neben dem LKW. Evelyn! Mein liebster Schatz. Das Meer ist mein. Ohne Sternschnuppe. Ohne Satellit. Die restlichen lächerlichen 1.500 Kilometer reiß ich auch noch runter.

Ich nehme die nächstbeste nach unten führende Gasse. Kann ja nicht falsch sein. Der Kontrast zu meinen beschaulichen Gedanken könnte nicht größer sein. Unten, auf der Piazza, tobt die Hölle. Das Pflaster ist kaum zu sehen, so dicht gepfercht walkt, wogt und wippt eine bunte Menschenmasse rhythmisch grölend vor einer Bühne zu überirdisch lauten italienischen Schnulzen. Dazu irrlichtern bunte Lichtsplitter über die Piazza bis hinaus auf den Strand, der sich unmittelbar dahinter ausbreitet und ebenfalls gut besucht ist. Mich lockt er nicht – der Strand. Ich wollte Ruhe; mich im Sand ausstrecken und dem Geflüster der Wellen lauschen. Stattdessen jetzt dieses ohrenbetäubende Tohuwabohu. Zurück zur Hauptstraße? Das Rad die steile Einbahnstraße nach oben schieben auf dem schmalen Fußgängerstreifen mit den tief abgesenkten Gullydeckeln und den kaskadenartig abfallenden Steinstufen für die Wohnungseingänge? Schier unmöglich. Also lieber doch hier unten bleiben im Gewühl.

Mehr aus Zufall streift der Blick das leuchtende Handydisplay unter der durchsichtigen Folie der Lenkertasche. Evelyn! Soll ich reagieren? Laut, wie es hier ist, werden wir uns kaum verständigen können. Aber wenn ich den Anruf nicht annehme, ist sie besorgt und wird sich die ganze Nacht unruhig im Bett wälzen vor Ungewissheit. Ich muss einen ruhigeren Platz finden. Aber wo? Es bleibt nur, den Anruf gleich hier anzunehmen.

»Hallo, mein Schatz, wie geht's dir?«

»Das frag ich dich. Was is'n das für 'ne laute Musik. Bist du in 'ner Disco, du Lump? Ist ja Wahnsinn. Ich versteh dich kaum.«

»Ich versteh dich auch kaum«, brüll ich ins Telefon. »Ruf dich gleich zurück.«

Das Handy verstau ich wieder in der Lenkertasche. In die verschwitzte Radlerhose will ich es nicht stecken. Die Wischspuren der schweißfettigen Finger reichen schon auf dem kleinen Display. Rechts begrenzt die Piazza ein Mäuerchen. Daneben eine Steintreppe hinunter zum Strand. Eine Gruppe Jugendlicher steht und sitzt auf den Stufen, in den Händen die allseits verbreiteten Plastikbecher. Viel ruhiger ist es hier nicht, aber in der anderen Richtung wäre ich noch schlechter dran. Also ruf ich Evelyn von hieraus zurück.

»Sag mal, wo treibst du dich rum. Bist du jetzt in 'ner Disco oder nicht?«

Aus dem Hintergrund dröhnt lauter Jubel und ich press meinen Finger ins freiliegende Ohr. »Ich versteh dich kaum. Du musst lauter reden!«, brüll ich ins Telefon und die Mädels und Jungs um mich herum schauen mich verdutzt an.

»Ob du in 'ner Disco bist, will ich wissen!«

»Nein. Natürlich nicht. Hier ist ein Open-Air-Konzert. Ich hab andere Sorgen.«

»Aha! Kann's mir denken. Weißt wieder nicht, wo du übernachten sollst ... oder?«

»Genau. Kennst mich ja.«

»Ach Schnuffbär. Hör endlich auf, dir darüber den Kopf zu zerbrechen. Ist doch albern. Und sonst? Erzähl. Wie geht's dir? Wo bist du?«

»In San Terenzo.«

»Wo?«

»In SAN TE REN ZO! Und wenn ich ein paar Stufen nach unten geh, steh ich auf dem Strand.«

144

»Na also. Was willst du mehr. Kannst doch einfach dort pennen. Machen andere wahrscheinlich auch.«

» … «

»Was ist?«

Tief durchatmen. Evelyn stellt sich das immer so leicht vor. »Ich kann da nicht übernachten. Hier hängen hunderte von Leuten rum.«

»Na und. Ist doch am Campingplatz genauso.«

»Ach mein Schatz. Das verstehst du nicht.«

»Stimmt. Dann fahr halt ein paar hundert Meter weiter. Wo's ruhiger ist. Kann doch nicht so schwer sein.«

»Das sagst du so leicht.«

»Na ja, musst du selber wissen. Ich geh ins Bett. Wir telefonieren morgen wieder. Dann kannst du mir ja sagen, was du gemacht hast. Okay?«

»Ja, okay. Dann bis morgen. Schlaf gut und träum was Schönes.«

»Ich versuch's. Also dann … bis morgen. Ciao Bello!«

»Ciao Amore mio! A domani. Ciao!«

»A domani! Und pass auf dich auf.«

Evelyn würde sicherlich anders denken, wenn sie hier wäre. Ist sie nicht und ich muss allein klarkommen. Ich pack das Handy weg und geh zu den Ausgeflippten vor der Bühne. Denn nur von dort führt ein Weg zurück nach oben.

Fremd, störend und deplatziert fühlt es sich an beim Durchqueren der Massen. Was entschädigt, sind braungebrannte Schenkel, wippende Brüste, entrückte Gesichter mit funkelnden Augen und singende, rotgeschminkte Lippen. Schon einige Zeit her, dass ich solchen Reizen ausgesetzt war.

Am Rand stehen sie noch in gelockerter Formation und es geht tippelnd voran. Doch je mehr ich mich der Bühne nähere – es bleibt kein anderer Weg –, desto dichter stehen die hopsenden Fans und umso störender fühle ich mich mit dem sperrigen Fahrrad und dem hinderlichen Wurfzelt. (Immer wieder das Wurfzelt!) Manchmal dauert es ein Weilchen, um wieder ein paar

Schritte vorwärtszukommen. Geduldig und möglichst unsichtbar warte ich immer wieder vor den hüpfenden, sonnengebräunten Rücken der Menschenbarriere. Doch wenn sie mich bemerken, weichen sie ohne Groll und bilden ein enges Spalier. Dabei elektrisieren mich glühend-nackte Arme und angenehm weiche Brüste, die ich zufällig streife. Kein böses Wort dringt an mein Ohr. Wahrscheinlich bin ich eine so jämmerliche und devote Erscheinung, dass sie nur noch Mitleid mit mir empfinden. Wie seh ich überhaupt aus? Wahrscheinlich völlig zerknatscht. Sind die Striemen im Gesicht und Hals noch zu sehen? Wenn ja, halten sie mich womöglich für einen verirrten Flagellanten. Will lieber nicht darüber nachdenken. Als ich schon sicher war, die Ausgeflippten passiert zu haben, hopst eine Gruppe rückwärts und rempelt mich mit den Hintern samt Fahrrad um. Manno! Die knackigen Hintern zu spüren, war schön. Der harte Rahmen und Lenker in der Hüfte weniger. Sich vielmals entschuldigend helfen mir zwei Typen auf die Beine. Bin zwar dankbar dafür, komme mir dabei aber wie ein alter Mann vor, der ich natürlich auch bin. Sogar mein Fahrrad wird vielhändig wieder aufgestellt und das Gepäck zurechtgerückt.

Inzwischen ist es stockfinster. Der quälende Gedanke an die Übernachtung stößt mich in tiefe Verzweiflung. In nächster Nähe wird es kein ruhiges Plätzchen geben, so viel ist klar. Das findet sich erst viele Kilometer im Landesinneren. Nein danke. Da leg ich mich doch lieber in den nächsten Straßengraben, wie ein Penner. Aber selbst dazu muss ich erst von hier weg. Weg von der lauten Musik, den grölenden Leuten und den tausend Lichtern, die wie trunken-torkelnde Glühwürmchen herumschwirren.

Natürlich führt der Fluchtweg wieder mal nur nach oben. Die Plackerei hört einfach nicht auf. Doch es gibt keine Alternative. Also halt wieder die gepeinigten Arme in den Hörnchenlenker gestemmt und nach oben. Wäre hier eine Pension, ich würde sofort zuschlagen, mir den Luxus leisten, um endlich unbelastet schlafen zu können. Gibt es aber nicht. Und hoch oben in der endlos an-

146

steigenden Gasse leuchtet auch kein diesbezüglicher Schriftzug. Folglich werde ich Evelyns Rat befolgen und unten am Strand das Zelt aufschlagen – egal was die Leute denken. Irgendwann muss ja Schluss sein mit Remmidemmi.

Erleichtert, diesen Entschluss gefasst zu haben, rolle ich befreit nach unten. Schade um die vergeudeten Kräfte. Die Schlaglöcher beuteln das Fahrrad ordentlich durch, bis es plötzlich hinten scheppert. Im selben Moment weiß ich, was da gescheppert hat. Um ganz sicher zu sein, stoppe ich die berauschende Fahrt. Meine Vermutung wird bestätigt: Das zusätzliche Rücklicht, das im Netz festgeklemmt war um auch beim Schieben gesehen zu werden, hat sich aus den Maschen gelöst und liegt in Einzelteilen auf der Straße. Musste das jetzt sein?

Die Batterien und der rote Deckel liegen im Straßengraben. Und der Rest? Unter den parkenden Fahrzeugen ist es zu dunkel. Unter einem Lieferwagen trau ich mich nicht, allzu lange zu suchen. Keiner soll auf den Gedanken kommen, ich will was am Wagen manipulieren. Vielleicht ist das Teil mit der Halteklammer auf den Bürgersteig gehüpft. Dabei fällt mir eine breite Einfahrt auf, die tief nach hinten führt und an einer Mauer endet. Könnte dort eine Übernachtungsmöglichkeit sein? Ein Wink des Schicksals, der mich doch noch vor dem Strandchaos bewahrt?

Auf gut Glück schiebe ich das Fahrrad zur hinteren Ecke der Hauswand. Rechts unten steht ein mehrstöckiges Wohnhaus, in dem die meisten Fenster noch grell erleuchtet sind. Lustig geht's darin zu. Links oben schlummert ein Fabrikgebäude. Darauf deutet zumindest die große Stahltür hin. Offenbar werden dort Farben produziert. Woher sonst kämen die farbverklecksten Fässer und Eimer, die sich gegenüber unter einem überdachten Lagerplatz im fahlen Licht stapeln. Sehr verlockend! Muss ich mir genauer ansehen.

So dunkel, wie es von unten aussah, ist es dann doch nicht. Kennt man ja. Ist auch mir nicht mehr neu. Aber es ist abgeschieden. Keiner von der Fabrik wird hier nachts aufkreuzen, genauso wenig wie der Winzer in Rovereto. So weit ist meine Einsicht schon gediehen. Das Fahrrad lehne ich an den Holzbalken des Verschlags und begutachte den Platz. Üppig. Da gibt's nichts zu meckern. Das Gros der Fässer und Eimer stapelt sich seitlich an der Mauer. Hinunter zum Haus ist der Platz allerdings, bis auf ein paar Eimer, ungeschützt. Wäre zu schön gewesen, auch dort einen Eimer-Schutzwall zu haben. Egal. Kaum mit dem Abladen begonnen, dringt Gelächter von der Einfahrt hoch zu mir. Das Fahrrad lehnt noch deutlich sichtbar an der Säule. Daran lässt sich auf die Schnelle nichts ändern. Mit dem noch flachgepackten Zelt verschanze ich mich hinter einer Farbtonne. Dann tauchen sie auf. Beruhigend, sie so fröhlich lachen zu hören. Trotzdem halte ich unsinnigerweise den Atem an. Zwei Typen und ein Mädchen sind es, die eingehakt Richtung Abzweigung schlendern. Schön, dass die Italiener nicht zur Spezies der Leisetreter gehören. Hätte sie sonst nicht kommen hören. Feixend schlagen sie den Weg nach unten zum Wohnblock ein. Als die Haustür krachend ins Schloss fällt, richte ich mich wieder auf. Glück gehabt. Andererseits: Hätten sie mich entdeckt, wäre es wahrscheinlich auch nicht schlimm gewesen. Ich hätte vielleicht von der sprichwörtlichen italienischen Gastfreundschaft profitiert und sogar ein Bett in ihrer Bude angeboten bekommen. Nichts für mich. Bin da manchmal ein bisschen komisch, mit meiner fremdelnden Art. Jedenfalls so lange, bis der Auftauvorgang abgeschlossen ist. Warum hab ich sie nicht gefragt ob es okay ist, wenn ich hier zelte? Angst und Unsicherheit wären mir erspart geblieben. Selbst wenn sie darüber nicht zu entscheiden haben, im Ernstfall hätte ich mich darauf hinausreden können. Tja, hätte. Hab ich aber nicht. Deshalb diese ungeliebte Situation.

Erst nachdem es etwas ruhiger geworden ist – in meinem Inneren und unten im Haus –, folgen die üblichen Vorbereitungen für die Nacht. Schon praktisch, so ein Zelt, das ohne Heringe aus-

148

kommt. Sonst hätte es auf dem Betonboden eines Schlagbohrers bedurft. Und das Wetter? Darauf ist auch kein Verlass: Die Sterne funkeln millionenfach am wolkenlosen Himmel. Jetzt, wo ein Dach mich vor den Unwettern schützen würde. Wie ungerecht. Bevor ich mich ins Zelt verkrieche, will ich kontrollieren, wie deutlich es von der Abzweigung zu sehen ist. Just unten an der Hausecke angekommen, biegen zwei Gestalten von der Straße in die Einfahrt. Nicht schon wieder! Ich erstarre vor Schreck. Mir kommt es unendlich lang vor, bis ich reagiere. Schnell, gebückt und leise wie ein Indianer verziehe ich mich nach oben. Dabei springt mich das Zelt erschreckend leuchtend an. Meine Schritte können sie nicht wahrnehmen. Die Schuhe sind ja weich wie Mokassins. (Danke, liebe Evelyn. War eine kluge Wahl. Auch wenn du dabei an eine derartige Situation nicht gedacht hast.) Niedergekauert warte ich neben dem Zelt, bis sie an der Abzweigung angekommen sind. Sie unterhalten sich angeregt und fuchteln mit den Armen wie in einem bizarren Schattentheater. Mit einem kurzen Blick streifen sie meinen Platz. Aber ihre Reaktion zeigt, das Zelt ist ihnen nicht aufgefallen oder dafür ist kein Platz in ihrem intensiven Gedankenaustausch. Ich warte noch, bis auch sie im Haus verschwinden. Dann geht's ab ins Zelt und ich mampfe, was noch in meiner Speisekammer auffindbar ist. Mit dem Verstummen des munteren Geplappers aus dem Haus verschließe ich das Zelt und schlafe bald ein.

Irgendwann nachts – vielleicht ging es schon auf den frühen Morgen zu – stört etwas den Schlaf. Anfangs schützt das Gehirn den ausgelaugten Körper, indem es mir vorgaukelt, es sei alles in Ordnung. Dann greift doch der Überlebensinstinkt und schlagartig wird mir klar, wo ich mich befinde. Sind da Stimmen? Klingen verdammt nah. Vielleicht wirkt es auch nur so, weil alle Verkehrsgeräusche erloschen sind. So oder so. Sie kommen näher. Und jetzt? Ich lausche ihrer sprudelnden Konversation. Kommt die italienische Entsprechung von Zelt darin vor? Oder Worte wie nachsehen, untersuchen? Es ist, als versuchte ich, aus dem Gegurgel eines Baches einzelne Tropfen zu filtern. Aussichtslos, wenn es nicht mal gelingt, Satzanfänge und –enden zu erkennen. Sicherlich hat sie das Zelt neugierig gemacht. Bevor ich noch grüble, wie ich reagieren soll, entfernen sie sich. Nachdem der Abstand groß genug erscheint, riskiere ich, den Reißverschluss ein Stück zu öffnen, und sehe gerade noch, wie sie ins Haus huschen. Na siehst du, sag ich mir. Die waren einfach nur neugierig. Weiter nichts.

Um eines klarzustellen: Ich fürchte nicht, dass mir irgendwer was antun will. Bin so alt geworden und hab noch keine einzigen wirklich schlechten Erfahrungen gemacht. Ganz im Gegenteil. Immer sind mir die Leute freundlich und zuvorkommend begegnet. Ich verstecke mich auch nicht vor meinen Mitmenschen. Wenn ich in München Touristen stirnrunzelnd über Stadtpläne gebeugt sehe, gehe ich auf sie zu und biete meine Hilfe an – ohne Scheu. Und wenn mich jemand um Hilfe bittet, flüchte ich nicht wie ein aufgeschrecktes Reh, sondern versuche alles, um zu helfen, und das viel aufopfernder, als derjenige erwartet.

Wo liegt dann eigentlich mein Problem? Woher die Angst? Ist es überhaupt Angst? Kommt dieses ambivalente Gefühl nicht eher daher, nicht auffallen zu wollen. Dabei finden mich alle nett, freundlich, zuvorkommend. Ein Defekt in meinem Gehirn? Ein Rudiment der nicht ganz einfachen Kindheit, das irgendwo hartnäckig schlummert, versteinert, unzerstörbar? Ich sollte gelassener mit meiner vermeintlichen Angst umgehen.

150

Sonntag, 20. Juli – siebter Reisetag

»Buongiorno!«

Träume ich noch? Ich klopfe das Gedächtnis ab. Wo bin ich? Die leuchtende Zeltbahn blendet so stark, ich muss die Augenlider zusammenkneifen. Mein Gedächtnis schaufelt sich zum Hier und Jetzt. Kacke! Hab verpennt. Wie klang das Buongiorno? Freundlich, oder? Vorsichtig öffne ich den hakelnden Reißverschluss. Als Erstes erscheinen ein paar grobe Arbeitsschuhe, die stark einer Farbpalette gleichen. Mit dem hochziehenden Zipper schweift der Blick langsam über einen nicht weniger bunten Overall bis zu einer bedrohlich wirkenden Atemmaske. Oha! Soll ich ausgeräuchert werden? Absurd und gleich wieder vergessen, nachdem der Blick auf dem Gesicht eines lustig aussehenden älteren Herrn mit zerzausten grauen Haaren haften bleibt. Auf seinem Gesicht zeichnen sich rote Rillen der vorher getragenen Maske ab und ich denke dabei an die in meinem Gesicht.

»Buongiorno. Hai dormito bene?«

Was hat er gesagt? Es dauert einen Moment, bis ins Gehirn sickert, was er wissen will. Dann krieg ich's auf die Reihe.

»Si … Grazie. Benissimo!« Noch schlaftrunken suche ich nach einer Entschuldigung für meine Anwesenheit, die mir partout nicht einfallen will. Die lebende Farbpalette spürt meine Unsicherheit.

»Non preoccuparti. Tutto bene«, sagt er aufmunternd-amüsiert und schlagartig verschwinden meine Sorgen. Alles gut.

Umständlich, auf die Knie gestützt, robbe ich vorsichtig nach draußen. Noch bevor ich auf die Beine komme, ist er an der Stahl-

151

tür und ich sehe nur noch seinen buntbekleksten Rücken verschwinden. Der nächste Blick gilt dem Fahrrad, das unverändert an der Säule lehnt. Warum hat mich eigentlich das Handy nicht geweckt? Muss irgendwas verstellt haben. Aber wer weiß schon, was man anstellt, wenn der Körper nach Erholung schreit. Werde jedenfalls die Weckfunktion vor der nächsten Nacht kontrollieren.

Es wird Zeit, mich auf den Weg zu machen. Nicht, weil es schon spät ist. Nein, weil es vielleicht doch ein bisschen zu frech war, hier zu übernachten, und vielleicht doch noch jemand kommt, der das nicht so locker sieht. Im Eiltempo bin ich reisefertig. Schon halb auf dem Fahrrad, öffnet sich die Stahltür und die Farbpalette kommt auf mich zu. Er reicht mir ein Cornetto, einen Becher Kaffee und stößt mit mir an.

»Salute!«

Dabei lächelt er verschmitzt. Eigentlich sollte sein Sohn schon da sein, meint er. Aber der war gestern auf dem Fest und schläft wahrscheinlich noch.

»La gioventú!« Die Jugend!, meint er, neigt den Kopf zur Seite und hebt verständnisvoll die Schultern.

Vielleicht war es sein Sohn, der mit seinem Kumpel so nah zu mir vorgedrungen ist. Er muss wieder zurück.

»Lavorare, Arbeit«, meint er. »Anche a domenica!«

Wir stoßen noch mals an und er verschwindet hinter der Metalltür. Hätte mich schon interessiert, wie's dahinter aussieht. Aber damit würde ich ihn nur von der Arbeit abhalten. Seine edelmütige Gastfreundschaft war Entgegenkommen genug. Bester Laune verlasse ich das Farbenparadies und freue mich auf die Weiterfahrt.

Die Straße, auf der ich mein Rücklicht verloren habe, ist eine nach oben führende Einbahnstraße. Hätt ich gestern gar nicht herunterfahren dürfen. Aber die Italiener nehmen's da nicht so genau. Nur jetzt, am frühen Morgen, ist es doch anders. Dann halt

152

nach oben, wenns denn sein muss. Ich schaffe es sogar größtenteils tretend, bis sie oben in eine breite Straße mündet. Die Piazza und den dahinterliegenden Strand fand ich gestern schon nicht verlockend und so bleibe ich auf der vielbefahrenen Straße. Vom Meer ist nichts zu sehen, sosehr ich auch den Hals hochrecke beim Überqueren von Kuppen. Nicht weiter schlimm. Die Sonne ist der Kompass. Zumindest was die grobe Richtung betrifft.

Bei einem kurzen Stopp telefoniere ich mit Evelyn, die das nächste Ziel nennt: Lerici. Hätte ich zwar auch ohne ihre Hilfe gefunden, aber so ist es bequemer und ich freue mich immer über einen kurzen Plausch. Ihre aufmunternden Worte und Ratschläge sind eine wahre Labsal für mich und ein telepathischer Energieschub. Akribisch verfolgt sie meine Reise und bekommt jedes Mal einen gerafften Reisebericht. (Immer noch ohne meine Nahtoderfahrung.)

»Weiß ja nicht genau, wo du bist, Schnuffbär. Aber lange kann's nicht mehr dauern, bis du in Lerici bist. Hoffe, da fühlst du dich wohler.«

Und tatsächlich folgt bald eine beschilderte Abzweigung in eine schmale, kurvige Gasse. Links erheben sich nach wie vor sanfte Hügel mit Büschen und bunten Häusern, die hinter Trockenmauern thronen; rechts wuchert mannshohes Schilf mit goldgelben Quasten, abgelöst von saftig grünen Sträuchern, deren Arme sich bis auf den Asphalt tasten. Und dann versperren weder Schilf noch Häuser den Blick und das Meer schimmert blaugrau zwischen kerzengleichem Raketenwacholder. Der Anblick pumpt zusätzliche Kraft in meine Beine, die aber bald überflüssig wird, weil die Straße nach unten abfällt.

Als wäre es die Einflugschneise eines Bienenstocks, wuselt plötzlich alles, was zwei und mehr Räder hat und lärmend vor sich hin stinkt. Nur radeln sehe ich keinen. Je mehr es sich dem Strand nähert – er ist zwischendurch hinter Häuserschluchten verschwunden –, desto ungezügelter wird das kaum noch zu überbietende Gewimmel. Um das Chaos zu bändigen, blockiert die

Polizei die nach unten führenden Straßen. Kann das auch für mich gelten? Bedächtig rolle ich zur nächsten Straßenmündung, vor der ein fesch uniformierter Polizist steht. Denke nicht, er hat was dagegen, wenn ich in die Straße einfahre. Sicher bin ich mir allerdings nicht. Und so schnüre ich, wie ein Fuchs auf Beutefang, verstohlen mit möglichst großem Abstand an ihm vorbei, jeden Blickkontakt meidend. Entweder er bemerkt es nicht, weil er in eine erschöpfende Diskussion mit einem Autofahrer verwickelt ist, oder er hat nichts dagegen, was logischer scheint. Trotzdem klappe ich die Ohren nach hinten und warte, ob meinetwegen nicht doch noch die Trillerpfeife schrillt. Nachdem keine Gefahr mehr droht, geht es rasend auf der fast leergefegten Straße nach unten.

Wie schon in San Terenzo fühle ich mich, als würde ich das Meer zum ersten Mal sehen. Mein Tunnelblick blendet die vielen Menschen um mich herum völlig aus. Es gibt nur noch Meer, Strand, Sonne und die Sehnsucht, endlich im Meer schwimmen zu können. Schnurstracks steuere ich die Brüstung an, die den tiefer liegenden Strand abgrenzt. Schnell ist es zu Ende mit dem Ausblenden wimmelnder Massen. Schließlich ist Sonntagvormittag und scheinbar strömt alles an den Strand, was zwei oder vier Beine hat. Kann's ihnen nicht verdenken. Will ja genau dasselbe.

Beim Parkplatz an der Strandmauer reiht sich, eng gestaffelt, was nicht mehr als zwei Räder hat. Zwischen all dem blitzenden Chrom findet sich noch eine schmale Lücke fürs Fahrrad. Jetzt bewährt sich der Mittelständer, wodurch es aufrecht steht und weniger Platz braucht. Schnatternd strömen Badegäste vorbei, mit nichts anderem beschäftigt, als schnell zum Strand zu kommen. Deshalb bleiben die fünf Packtaschen samt Zelt auf dem Fahrrad. Wird schon keiner klauen.

Beim Herauspulen der Utensilien für den Strand stoße ich mit dem Hintern an das Motorrad neben mir. Gefährlich! Würde es umfallen, käme es zum scheppernden Dominoeffekt. Die nächsten zehn oder zwanzig Zweiräder unterlägen unweigerlich dem

154

Gesetz der Schwerkraft. Mein Haftpflichtversicherer wäre sicherlich nicht begeistert, ganz zu schweigen von mir. Schwerlich könnte ich mich – mit der Unschuldsmiene des Ahnungslosen – verdrücken. »Mordio!«, »Idiota!«, »Stronzo!«, würden sie rufen. (Was einem halt so über die zornbebenden Lippen kommt bei solchen Gelegenheiten.) Wenn ich nicht schon an Ort und Stelle geviertelt werde, bekomme ich mit Sicherheit eine Menge Ärger und mehr Aufmerksamkeit, als mir lieb ist. Dementsprechend vorsichtig verlasse ich den Abstellplatz.

Der Strand ist weder sonderlich lang noch breit. Geschätzte dreihundert Meter nach links und rechts, eingekeilt von beidseitig steilen Felswänden die eine natürliche Grenze setzen. Auf einer Steintreppe geht's nach unten und ich überlege, wo ich mich am besten niederlasse. Mitten zwischen den Badegästen ist keine gute Idee. Muss ja erst in die Badehose schlüpfen und das geht am unauffälligsten mit dem Schutz der zwei Meter hohen Mauer im Rücken.

In einer weichen Sandkuhle sitzend streife ich die Schuhe ab. Oweia! Die sind alles andere als fit. Lange wird's nicht mehr dauern, bis sich die Pedale in die nackten Fußsohlen bohren. Soll mich im Moment nicht tangieren. Anders ist es mit dem Wechsel in die Badehose. Bevor diese heikle Prozedur beginnt, beobachte ich die vor mir Liegenden oder im Wasser Planschenden. Wenige schwimmen weiter draußen. Dafür stehen Menschengruppen plaudernd im Wasser. Der Grund ist, habe ich mir sagen lassen, dass vor allem ältere Italiener nicht schwimmen können. Deshalb wagen sie sich maximal bis zu den Hüften ins Wasser, um dort, von unten gekühlt, ein Schwätzchen zu halten. Nicht mein Ding. Ich will schwimmen. Doch wenn ich mich weiterhin so ziere, wird das nichts.

Im Sitzen, das Handtuch von der Taille bis zu den Knien gespannt, ruckle ich vorsichtig aus der Unterhose. Komm mir vor wie Mister Bean in einem seiner Sketche, der ebenso g'schamig in seine Badehose wechselt. Der vermeintliche Gaffer war blind.

155

Die hier sind es nicht. Endlich von der Unterhose befreit und mit dem blankem Hintern im heißen Sand, ziehe ich sie unter dem Handtuch hervor. Oh, oh! Sieht böse aus. Und das ist noch eine schmeichelhafte Untertreibung. Aber wen wundert's. Wetze damit ja schon einige Zeit mit dem Hintern über den Sattel. Klar, dass da Spuren zurückbleiben, wenn mir immer wieder das Arschwasser kocht.

Schnell ist die schmuddelige Unterhose zusammengeknüllt – etwas Türkis ist noch erkennbar – und verschwindet unter dem Handtuch. Na ja, bald kann ich sie waschen. Die nächsten 1.500 Kilometer ist das Meer mein Begleiter. Muss nur aufpassen, dass sie nicht ins offene Meer abdriftet. Sonst wird's allmählich knapp und der blanke Hintern rubbelt irgendwann ungeschützt in der Radlerhose über den Sattel. (Ob die orangefarbene Unterhose schon angekommen ist, die sich in Aulla allein auf den Weg gemacht hat?) Weniger umständlich und mutiger schlüpft sich's in die noch blitzblanke Badehose und ich bin endlich so weit, ins Wasser gehen zu können.

Schön, den weichen Sand unter den Fußsohlen und zwischen den Zehen zu spüren. Ist schon eine Weile her, dass meine Füße unbeschuht den Boden berührt haben. Allzu lang lässt sich das Gefühl nicht auskosten. Der Sand ist heiß und zwingt zum Sprinten, damit die Fußsohlen nicht ankokeln. (Wie verkraften das denn Leute, die über glühende Kohlen laufen?)

Das Wasser ist angenehm warm, aber trüb. Und die Wellen platschen bleigrau und müde an den Strand. Irgendwie fehlt mir die Lust zum Schwimmen. Dabei hab ich es so sehr herbeigesehnt. Woran liegt's? Sind es die vielen Menschen nach so langer Zeit als Eremit? Eigentlich gibt's keinen Grund dafür. Na ja, einen schon. Der Strand ist nicht gerade das, was ich aus meiner Erinnerung kenne, und dem müden Geplätscher fehlen eindeutig die weißen Schaumkronen und das leuchtende Türkis.

Aus der Entfernung des tieferen Wassers suche ich das Fahrrad und sorge mich plötzlich ums Gepäck. (Ich weiß, bin da leicht neurotisch.) Aber wen sollten die Packtaschen interessieren, schäbig, wie sie inzwischen aussehen? Und wenn doch? Der Verlust wäre schon sehr schmerzlich. Vieles davon sind rein persönliche Dinge, die mir Evelyn schweren Herzens mitgegeben hat. Zum Beispiel ihre Digitalkamera. Der geliebte Kosmetikbeutel, in den sie ihre teuren und geliebten Accessoires für mich gepackt hat unter der Prämisse, sie in Sizilien wiederzubekommen. Nostalgische Campingutensilien. Auch so persönliche Dinge wie meine Knirschschiene und ... meine verbliebenen sauberen Unterhosen. Sollte es jetzt, in diesem Moment, passieren, es wäre eh nicht zu verhindern. Bis ich zum Strand gekrault bin, hat der Dieb längst alles zerpflückt und sich gegrapscht, was er brauchen kann.

Geplagt von solchen Gedanken, sitze ich bald wieder am Platz vor der Mauer. Natürlich nicht ohne vorher nach dem Fahrrad und Gepäck gesehen zu haben. Obwohl es von hier unten nicht zu sehen ist, bilde ich mir ein, es kann dann nicht geklaut werden. Tja, nicht alles in meinem Kopf folgt einer plausiblen Logik.

Nicht lange und eine gähnende Langeweile und noch mehr eine innere Unruhe befallen mich. So aufregend ist es ja auch nicht, was sich vor meinen Augen abspielt. Über die knackigen Mädchen in ihren nur das Nötigste bedeckenden Bikinis hab ich genügend Spekulationen angestellt. Und die lustig tobenden Kinder reichen auch nicht für ein fesselndes Stranderlebnis. Ich muss weiter. Weiter, bis das Endziel erreicht ist.

Ächzend stemme ich mich hoch. Links ist eine kreisförmig angelegte Duschanlage mit mehreren Brauseköpfen, unter denen eine junge Familie herumhampelt. Soll ich mithampeln? Schlecht wär's nicht. Aber die beiden Kinder springen so munter-quiekend hin und her, da will ich nicht stören. Als das sprudelnde Wasser verebbt, verschwinden sie. Schnell hin, bevor die Dusche wieder besetzt ist. Wo lässt sich das Wasser aufdrehen? Wasserhahn gibt es keinen. Stattdessen einen kleinen Münzkasten, der mit Geld gefüttert werden will. So gerne ich geduscht hätte, aber Geld dafür ausgeben? Bin schließlich am Meer und bald wird sich eine kostenlose Gelegenheit ergeben. Enttäuscht stülpe ich das T-Shirt über. Der Schweißgeruch, der sich dabei ausbreitet, schockiert mich kaum weniger, als es der Anblick meiner Unterhose getan hat. Blöd. Hätte doch den Euro für die Dusche ausgeben sollen. Jetzt mag ich auch nicht mehr.

Mit den zusammengepackten Sachen verziehe ich mich nach oben. Die Badehose hab ich anbehalten. Wenigstens die ist sauber. Rechts der Treppe harrt eine Strandbar auf Gäste. Beim Anblick der Speisen auf den Tellern quälen mich schlagartig Essensgelüste. Aber das Ambiente wirkt nicht, als hätten sie was zu verschenken. Ein Supermarkt oder eine kleine Bar wird's auch tun. Die schmuddlige Unterhose und das Handtuch in eine Gepäcktasche gestopft, schwinge ich mich wieder aufs Rad. Übernachten geht hier eh nicht. Dazu müssen erst noch etliche Kilometer Asphalt bewältigt werden. Doch klarer kann die Richtung ab jetzt nicht sein: einfach stur dem Lungomare folgen. So hätte auch Evelyn argumentiert, wäre sie hier.

Als ich vor Jahren von Los Angeles nach Santa Monica fuhr, um ins Hotel zu kommen, bläute mir Evelyn vor der Reise ein:»Es ist ganz simpel. Du kannst es nicht verfehlen. Rechts die Berge, links das Meer.«

So leicht war es damals nicht und wird es auch jetzt nicht sein. Ganz abgesehen davon, dass es ab jetzt heißt:»Links die Berge, rechts das Meer.« Aber hier sehe ich zumindest das Meer, das ich auf der Fahrt nach Santa Monica erst am Ziel zu Gesicht bekam. Zudem kann ich mich hier nach dem Weg erkundigen, was bei den vereinzelten, vor mir flüchtenden Passanten auf dem Weg nach Santa Monica nicht möglich war.

Der Lungomare, die Küstenstraße, ist hoffnungslos überfüllt. Sie ist beidseitig zweispurig. Zusätzlich gibt es einen Fahrradweg und einen für Badegäste. Ich kann mich noch an diese Straße

158

erinnern, als ich vor Jahren mit dem Auto hier entlangfuhr. War zwar damals schon nicht flott unterwegs, aber mit dem Fahrrad ist es eine Nummer extremer: Der Fahrradweg wird nicht nur von Badegästen blockiert. Campingliegen, Luftmatratzen, Riesenkraken mit wulstigen Tentakeln, Elefanten mit wippenden Rüsseln, andere Aufblastiere … all das zwingt mich immer wieder zum Anhalten. Und es stinkt. Nach Parfüm, Sonnenöl, schweißigen Ausdünstungen, Abgasen … Schließlich benutze ich nur noch die Straße, um vorwärtszukommen. Aber auch dort ist es kein Vergnügen. Autos rangieren in umkämpfte Parklücken; Autotüren werden rücksichtslos aufgerissen, drauf geschissen, ob was von hinten kommt; Vorbeifahrende quetschen sich brachial vorbei, um möglichst schnell an den Strand zu kommen … Es zählt das Recht des Stärkeren. Nicht genug, stoppt alle hundert Meter eine Ampel den anströmenden Verkehr, damit die Badegäste die Straße queren können. Und das Meer? Wieder mal versteckt hinter flachen Buden, kleinen Restaurants und den dazugehörigen Parkplätzen. Mir reicht's. Eine Pause tut not.

Bei Massa hatten wir Kinder, mein Bruder und ich, mit unseren Eltern einen Camping-Urlaub dort verbracht. Felsig war der Strand und mit Seeigeln übersät. Will sehen, wo sich mein Vater die Seeigelstacheln eingetreten hat. Aber so einfach ist es nicht. Kilometer um Kilometer reiht sich Privatstrand an Privatstrand, reserviert für Gäste der Bettenburgen, die auf der linken Straßenseite eine hohe geschlossene Reihe bilden. Schon weit bevor der Strand überhaupt zu sehen ist, wacht ein Controlletto und weist jeden zurück, der nicht dazu berechtigt ist. Frag mich zwar, wie er die tausend Badegäste dem Hotel zuordnen kann. Klar ist aber: Ich gehöre nicht dazu, so wie ich aussehe. Noch dazu mit dem Fahrrad, das ich nicht auf der Straße alleine lassen will. Immer wieder schere ich Richtung Strand aus in der Hoffnung, einen Zugang zu finden, der nicht bewacht wird. Alle werden bewacht. Aber das kann doch nicht sein. All die, die mit ihren Autos ankommen, *gehen* doch zum Strand. Vielleicht zahlen sie dafür.

Gut, zahl ich halt auch. Kaum ist der Entschluss gefasst, weist ein Schild auf einen öffentlichen Badestrand hin. Verhext! Hurra! Sonne, Strand, Meer – und auch noch kostenlos. Ein schmaler Pfad, begrenzt von kleinen Buden, führt zum Strand. Das Fahrradschloss wird hier keiner knacken. Und das Gepäck? Fünf Packtaschen schleppen? Bei einem »Bezahl-Strand« hätte ich den Typen an der Kasse bitten können, darauf aufzupassen. Aber hier ... Nein, ich darf nicht so misstrauisch sein, meine Neurosen nicht weiterwachsen lassen. Das Fahrrad nahe am Durchgang an einen Pfosten angeschlossen, bleiben die Packtaschen, wo sie sind.

Ein schmaler Streifen, mehr Strand ist es nicht und beidseitig durch einen Zaun von den Privatstränden abgegrenzt. (Könnte ja einer auf die Idee kommen und dort hinüberwechseln.) Von seeigelüberzogenen Felsen keine Spur. Weiß aber auch nicht, wo ich mich befinde. Ich quäle mich aus meinen klebrigen Klamotten. Die Nummer mit der Badehose bleibt mir erspart – hab sie ja schon an. Viel Platz ist nicht. Aber ausreichend, um sich nicht beim Nachbarn mit den Zehen in den Haaren zu verhaken.

Das Meer ist hier schon eher so, wie ich's mir vorstelle: leuchtend grünblau und mit blendend weißen Schaumkronen. Von weiter draußen sind deutlich die parzellierten Strandabschnitte zu erkennen: akkurat aufgereihte Liegestühle unter bunten Sonnenschirmen und das schier endlos nach beiden Seiten. Romantik ist anders. So sah es zu meiner Kindheit jedenfalls nicht aus und lockt mich überhaupt nicht. Das Nordlicht hat mich ja gewarnt und geraten, den Weg am Strand zu meiden. Aber das Meer hat eine magische Anziehungskraft, gegen die ein noch so rationaler Vorschlag nicht anrennen kann. Leider nicht nur auf mich. Ich will hier wieder weg. Das Gewimmel passt einfach nicht zu meinen verklärten Vorstellungen.

Die Strandtücher der Nachbarn sind schon knapp davor, mein Handtuch zu überlappen. Enttäuscht packe ich zusammen und leicht frustriert geht's weiter.

Dachte zwar, mehr geht nicht, doch die Menschenmassen und

160

der Verkehr haben sich weiter verdichtet. Zwischendurch wird mir das zu blöd und zu stressig. Ich schiebe. Dachte, es entspannt. Doch auch das ist kein Vergnügen: schweres Rad, sperriges Zelt, triefender Schweiß, schwitzendes Fleischbad. Wie lange geht das hier noch?

Auf der Straßenkarte endet der Lungomare bald und führt weg vom Strand. Ist zwar nicht gerade das, was mir vorschwebt, aber es kann nur besser werden. Bevor der Punkt erreicht ist, sollten die Essensvorräte aufgefüllt werden.

Auf einem Parkplatz unterhält sich ein deutsches Ehepaar mit zwei kleinen Kindern. Sie könnten wissen, wo sich ein Supermarkt befindet. Wir plaudern ein bisschen und es freut mich, wieder mal unangestrengt drauflosplappern zu können. Sie sind soeben angekommen und wollen an den Strand. Ich berichte von den verzweifelten Versuchen, denke aber, sie können einen Controlletto sicherlich überlisten, wenn sie es geschickt anstellen. Und wie steht's mit einem Supermarkt? Sie haben keine Ahnung! Such ich eben selbst.

In einer Ecke, in der nicht Hotel an Hotel klebt, könnte sich eine Möglichkeit auftun. Ein junges Mädchen im dünn-stoffigen Miniröckchen, das mehr entblößt, als es verbirgt, und einem lächerlichen Rucksäckchen – muss doch heiß sein auf dem Rücken – bitte ich, mir Verzweifeltem zu helfen. Mein Riecher war nicht schlecht. Tatsächlich ist ein Supermarkt in der Nähe und sie weist mir den Weg mit einer genauen Beschreibung. Nur ihr strahlendes Gesicht und ihr verschmitztes Schmunzeln bleiben haften und ... ich weiß nach ein paar Ecken schon nicht mehr weiter. Peinlich. Zum Glück hat sie denselben Weg. Diesmal werde ich mich nur auf ihre Wegbeschreibung konzentrieren. Nicht leicht. Sie grinst so schelmisch und es fällt schwer, das zu verinnerlichen, was über ihre roten Lippen purzelt. Aufs Neue folge ich dem beschriebenen Weg, der an einem umzäunten Sportplatz endet, in den ein kleines Tor führt. Und nun? Wieder falsch? Um den Sportplatz herum gibt es keinen Weg. Also umkehren und wieder zurück.

Ups! Da ist sie wieder, die entzückende Fee. Einfach süß. Ich darf getrost durch das Tor und den Sportplatz fahren, meint sie, und das mache ich auch nach einem devoten Kopfnicker und herzlichem »Mille grazie!« Wäre ihr gerne noch mal begegnet. Aber erneut auf sie zu warten, wäre doch zu peinlich, zumal der Supermercato schon zu sehen ist.

Wieder muss das Gepäck auf dem Fahrrad bleiben. Aber vor dem Supermarkt steht ein Wachmann, der netterweise ein Auge darauf werfen will.

Mit dem Wimmerl – das bleibt immer bei mir, zwecks Geld, EC-Karte, Ausweise et cetera – will ich durch die Eingangsschleuse. Doch ein freundlicher Wachmann stellt sich in den Weg. Seh ich so heruntergerissen aus? Hat die Geschäftsleitung die Order ausgegeben, Typen wie mich abzuweisen, damit sie die seriösen Kunden nicht vergraulen? Ich lächle ihn vorsichtshalber an. Vielleicht hilft's. Er deutet auf mein Wimmerl und meint, damit darf ich nicht in den Supermarkt. Aha! Und was soll das jetzt heißen? Muss ich jetzt verhungern? Ich schaue ihn fragend an. Mit einem raschen Griff streckt er mir eine große durchsichtige Plastiktüte entgegen und deutet auf das Wimmerl. Währenddessen streift unser Blick ein Pärchen, das in Bikini und Badehose anstandslos durch die Sperre schreitet. Kann mir gut vorstellen, dass Kunden, die herumlaufen, als wären sie in einem Strandcafé, dem Wachpersonal lieber sind. Im Bikini oder der Badehose lässt sich eben nicht so leicht was verstecken, selbst wenn das wabbelige Fleisch Falten wirft wie bei einem Rhinozeros. Wobei die Badehose dafür eher geeignet ist. Würde den ein oder anderen Macho männlicher erscheinen lassen. Ich versenke das Wimmerl in der Plastiktüte, die sogleich verschweißt wird, und darf damit in den Supermarkt.

Eingedeckt mit leckeren Vorräten schwinge ich mich wieder aufs Rad, nicht ohne vorher dem Wachmann dankend zugenickt zu haben.

162

Ein Stück lang quäle ich mich noch auf dem Lungomare. Er steht mir bis obenhin. Dann zweigt er ab und wird zur Schnellstraße. Weiß nicht, was mir lieber war: der Autokorso vorher oder die Raser, die eiligst zum Strand oder nach Hause zu Mamas Pasta wollen. Es ist ein Dilemma und wieder Stress pur. Hilft nichts. Ich muss mich damit auseinandersetzen.

Kilometer um Kilometer geht das so, bis es plötzlich zur überraschenden Wende kommt. Endlich bin *ich* im Vorteil. Die Straße ist wegen Bauarbeiten gesperrt und wird umgeleitet. Muss mich das bekümmern? Bin zwar nicht zu Fuß unterwegs, aber mir ist noch keine Baustelle begegnet, an der keine Bauarbeiter herumhängen – wenn es nicht gerade die Autobahn in Kalabrien ist. Und wo die zu Fuß durchkommen, gibt es auch fürs Fahrrad ein Durchkommen – irgendwie.

Es ist der schönste Abschnitt der Reise seit dem Eisack- und Etsch-Radweg. Keine lauten, luftverpestenden Fahrzeuge. Kein ätzendes Gewimmel. Wie aus einem tiefen Dornröschenschlaf erwacht, zirpen Zikaden mehrstimmig; Vögel piepsen geschäftig irgendwo zwischen den Büschen; Insekten schwirren zahllos herum. Sogar der weiß und rot blühende Oleander am Straßenrand lässt sich in aller Ruhe bewundern. Ich radle gemächlich, um den Genuss möglichst lange auszuschöpfen, Kraft zu sammeln für das wiedererwachende Inferno nach der Sperre. Etwa eine halbe Stunde pure Erholung.

Und plötzlich, völlig überraschend, donnern wieder Fahrzeuge durch eine seitliche Einfahrt auf die Straße. Schöne Kacke! Wo war eigentlich die Baustelle? Nichts davon war zu sehen. Rein gar nichts. Hätte ich geahnt, dass die Umleitung hier endet, ich wäre viel früher stehen geblieben, um Brotzeit zu machen. Trotz der nur hundert Meter bis zur Einfahrt ist mir das Getöse zu nervig. Wie konnte ich das vorher nur so lange ertragen? Doch der Mensch gewöhnt sich an vieles, ob gut oder schlecht. Nur jetzt will ich mich nicht schon wieder dem Stress aussetzen.

Ein paar Hundert Meter radle ich zurück, bis es nur noch zirpt

163

und zwitschert, packe gemächlich das Essen aus und verspeise es zu einer pinkfarbenen Limo gemütlich auf der Leitplanke sitzend. Ach Wolf! Wie finde ich die einsamen Wege in autofreier Natur? Auf der Straßenkarte sind nur dicke Linien, die zielstrebig nach Süden verlaufen. Na ja. Eigentlich ist es ja das, was ich will: zielstrebig nach Süden kommen. Aber könnten es nicht Straßen sein, die ich nicht mit hunderten Automobilisten teilen muss? Automobilisten, die durch ihren Tunnelblick nur ihr Ziel sehen, in dem ich nicht vorkomme? Ich muss die einsamen Wege finden, wenn nicht nur Erinnerungen an Stress und Rücksichtslosigkeit bleiben sollen. Zu einem gehörigen Teil bin ich selber schuld. Muss mir Zeit nehmen, die Straßenkarte häufiger und genauer zu studieren. Helfen könnte, schon jetzt einen Platz zum Übernachten zu suchen. Hier gibt's wenigstens Alternativen. Am Strand würde die Chance gegen null absacken. So viel hab ich inzwischen kapiert.

Der Vorsatz trägt Früchte. Auf der Karte entdecke ich in der Nähe einen See. Ach was. Eine ganze Seenlandschaft. Vielleicht klappt's diesmal mit dem Nächtigen an einem Gewässer.

Die Schnellstraße verlassend, biege ich ein paarmal ab und nach einer kleinen Unterführung auf eine sandige Straße. Hingestreute Häuser lauern neben einer Baumschule, eingezäunt, als wär's ein Hochsicherheitstrakt. Irgendwie bedrohlich. Doch ich will zum See, und der muss sich hier irgendwo verstecken.

Auf zwei rotsandigen Reifenspuren geht es vorbei an einem geöffneten Schlagbaum, der schon lange seinen Dienst quittiert hat. Der kann jedenfalls die Rückkehr nicht blockieren. Trotzdem sieht es nicht danach aus, als hätten sie hier gerne Besucher. Doch das soll mich nicht davon abhalten, weiterzufahren, bis die Häuser kaum noch zu sehen sind. Der Weg wird zunehmend von schwarzer Erde bedeckt. Erde von ausladenden Feldern, auf denen nichts sprießt. Ein Landwirt kann möglicherweise zwischen der Ackerkrume erkennen, was da mal angebaut wurde oder wird. Ich jedenfalls nicht. Und es ist mir auch egal. Mich interessiert nur der See.

Mit dem Ende der Felder endet auch die Fahrspur. Zwei schmale Pfade gabeln sich und führen durch ein kleines Stück Wiese zu dichten Weiden. Wenn ich schon nicht weiß, was auf den Feldern mal sprießt, so weiß ich doch, dass Weiden das Wasser lieben und dementsprechend dort wachsen. Voller Vorfreude folge ich dem rechten Pfad, der tatsächlich am See endet.

Moosig grün schimmert die stehende Wasserfläche. Die Böschung, auf der ich stehe, liegt etwa fünf Meter über dem Wasserspiegel. Es gäbe sogar eine geschützte Stelle fürs Zelt – mit Seeblick. Das Dumme dabei ist nur, dass gleich daneben eine kleine Umspannstation steht. Hinter einem mannshohen Zaun brummt ein alter Trafo, groß wie ein Flusspferd. Kein Schimmer, was oder wen er versorgt. Oberirdisch führt keine Leitung weg. Der Gedanke, für einen Saboteur gehalten zu werden, drängt sich wieder auf. Hatte ich doch schon ganz am Anfang meiner Reise. Ob ich hierbleibe, entscheide ich später. Zuerst will ich hinunter zum See. Dazu muss ich mein Fahrrad abstellen. Auf dem lehmigen Boden will es nicht stehen bleiben zumal irgendwann, unbemerkt, ein langes Gummiteil von einer Stütze heruntergerutscht ist. Ich versuche es an den Weiden, aber die sind zu schmächtig und biegsam für das Gewicht. Bleibt nur der Drahtzaun, der den Trafo schützt. So richtig traue ich der maroden Anlage nicht. Nur am mit Schaumgummi umwickelten Lenker und mit spitzen Fingern lass ich es gegen den Zaun sinken.

Oben an der Böschung ist ein Seil angebunden, das bis zum Ufer reicht. Ich kontrolliere die Befestigung und ziehe ein paarmal kräftig daran, um zu testen, ob es hält. Es hält. Das Seil mit beiden Händen fest umschlungen, taste ich langsam rückwärts bis zur Abbruchkante. Der Hang ist steil, sandig und ohne Sträucher zum Wiederhochziehen, sollte das Seil reißen. Es wird nicht reißen. Meter um Meter, beide Füße in den Sand gestemmt, seile ich mich bis zum Ufer ab. Fast alpin, so kommt es mir vor. Nur halt lächerliche fünf Meter über dem Boden. Trotzdem aufregend. Das Fleckchen bis zum Wasser ist weich und morastig. Unan-

165

genehm, der muffelnde Sand, der sich durch die löchrigen Sohlen drückt. Der Streifen, auf dem ich stehen kann, ist kaum einen Meter breit, bevor er in die eklige Brühe übergeht, auf der braune Fladen schwimmen. So wie sie aussieht, riecht sie auch. Wie tief wird das Wasser sein? Unwichtig. Werd mich hüten, einen Fuß hineinzusetzen und mir die Krätze zu holen. Ist das jetzt einer der Seen, die auf der Landkarte eingezeichnet sind? Wenn ja, an welcher Stelle steh ich hier? Rechts wird der See schmal wie ein Kanal und von einer alten Stahlbrücke überspannt. Links öffnet sich die Wasserfläche und dort, am anderen Ufer, ist ein kleiner Kahn vertäut. Na sauber! Der wird doch nicht einem Fischer gehören, der aus dieser Plörre seine Fische angelt. Auf der Speisekarte stehen sie dann als Delikatesse mit besonderem »Buon Gusto«. Mir soll's egal sein. Während ich noch in die dümpelnden Schlamminseln versunken bin, auf denen Wespen schnabulieren, nähert sich das Geräusch eines ankommenden Zugs. Anfangs noch leise. Als er allerdings auf die Stahlbrücke rollt und sie in Gänze beansprucht, wird das Geräusch schmerzhaft laut und das selbst für mein eingeschränktes Gehör. (Evelyn würden dabei die Ohren abfliegen.) Es ist wie bei der ersten Übernachtung in Waidbruck: Tausende auf Ambosse hämmernde Schmiede würden sich dagegen wie zartes Geflüster anhören. Würde ich hier zelten, mein Kopf würde glatt die Zeltbahn durchschlagen vor Schreck. Schade.

Der Aufstieg gelingt besser als gedacht. Mit gemischten Gefühlen ziehe ich das Fahrrad vom Zaun der Umspannanlage. Ich bin nicht sonderlich ängstlich, was Strom anbelangt. Wenn ich kein Prüfgerät zur Hand habe, kommt es schon hin und wieder vor, dass ich mit dem Finger blitzschnell über einen Draht flitze, um zu testen, ob er unter Strom steht. Aber der brummende Trafo hier flößt mir doch deutlich mehr Respekt ein als ein dünnes Drähtchen des heimischen Stromnetzes. Gäbe es ihn nicht, wäre es ein wunderbarer Platz für mein Zelt. Quatsch. Hab schon wieder das infernale Geräusch der Züge auf der Stahlbrücke vergessen. Es

166

muss ein Platz her, möglichst weit entfernt von dieser Geräuschkulisse. Der befände sich dann aber in der Nähe der Häuser, und da will ich auf gar keinen Fall hin. Also doch gleich hier irgendwo in der Nähe. Die Weiden stehen dicht an dicht. Kein Platz dazwischen fürs Zelt. Bleibt also nur das Fleckchen Wiese bei der Gabelung, auch wenn ich dort von den Häusern aus zu sehen bin. Könnten die Anwohner was dagegenhaben? Auf dem Fleckchen Rasen entsteht bestimmt kein Flurschaden. Und ihren saftigen Ackerboden werde ich nicht antasten. Gebongt. Hier schlage ich das Zelt auf. Noch ist es hell genug, um die Straßenkarte zu studieren. Wie's scheint, bin ich an der ungünstigsten Stelle gestrandet. Die Seen sind nördlich und südlich verstreut, wie ein Flickenteppich. Ausgerechnet hier ist die schmalste Stelle. Deshalb auch die Brücke für die Bahn. Zwar hat mich mein Kartenstudium zu diesem Gewässer geführt, aber mit mehr Akribie wäre ich am Lago di Massaciuccoli gelandet, einem richtigen See südlich von hier. Vielleicht gönne ich mir die Zeit und radle morgen dorthin. Als Erholung von den Rasern.

Vor dem Zelt sitzend kümmere ich mich um die aufgeplatzten Nähte der Satteltaschen. Noch eine Folge des Superspar-Pakets. »Geiz ist geil« hat sich bisher nicht bewährt. Mit schmerzenden Fingern quäle ich die Nadel durch den dicken Stoff. Plötzlich ertönt Hundegebell und lässt mich herumfahren. Drei Hunde jagen auf mich zu. Warum hab ich den Elektroschocker nicht bei mir? Oder wenigstens das handliche Pfefferspray. Dafür waren sie doch gedacht. Die Nähnadel in der Hand ist ein schwacher Ersatz. Ganz ruhig richte ich mich auf, die Packtasche schützend vor dem Körper, und warte ab. Der große Weiße – denke, es ist ein Labrador – prescht schnell heran, bleibt aber einige Meter vor mir stehen. Hat wohl nicht damit gerechnet, dass ich mich so mutig stelle. Die beiden Kleinen hat der Mut schon vorher verlassen. Sie kläffen aus sicherer Distanz. Ich fixiere die Augen des Labradors und spreche ihn an. (Dabei muss ich wenigstens nicht ins Italienisch wechseln.) Aufmerksam spitzt er die Ohren und neigt den Kopf. Aggressiv wirkt er nicht und seine beiden Mitläufer halten sich weiterhin im Hintergrund. Wir belauern uns unentschlossen. Während ich weiter beruhigend auf ihn einrede, erscheint zwischen den Weiden ein junges Mädchen – mit einem Surfbrett!? Ein kurzer Pfiff, und folgsam verdrückt sich der Labrador. Nur die beiden Kleinen maulen noch etwas nach, bevor sie ihrem Kumpel hinterherhecheln. Die Surferin und ich winken uns freundlich zu, dann sind sie allesamt hinter der Wand aus Weiden Richtung Eisenbahnbrücke verschwunden. Wo kann man hier surfen, ohne im Schlick stecken zu bleiben? Sie ist zu Fuß unterwegs. Also muss es in der Nähe eine Möglichkeit geben. Wahrscheinlich war es ein Stand-up-Board. Obwohl. Da müsste sie schon ein absolutes Fliegengewicht sein, um damit nicht abzusaufen. Ich hab's: Es ist ein handliches Kite-Board. Ziemlich sicher sogar. Aber auch dafür braucht's schlammfreies Wasser. Jetzt will ich's doch etwas genauer wissen.

Von der Stelle, an der sie aufgetaucht ist, führt ein Pfad am Ufer entlang. Breit genug fürs Fahrrad. Auf drei bis vier Kilometer hab ich die Entfernung auf der Straßenkarte bis zum Lago di Massaciuccoli geschätzt. Aber so weit hat die Kleine ihr Board sicherlich nicht geschleppt. Es muss schon vorher eine Möglichkeit geben. Morgen werde ich das Geheimnis lüften. Jetzt will ich mich nicht zu weit von meinem Hab und Gut entfernen. Und so widme ich mich wieder der Näharbeit. Der Elektroschocker liegt sicherheitshalber neben mir. Man weiß ja nie!

Evelyns Anruf unterbricht meine Fleißarbeit.

»Na Schnuffbär. Wie geht's dir?«

»Ach ja. War hektisch heut.« Ich erzähl vom Lungomare und dem damit verbundenen Frust. War ihr schon klar, dass mir das nicht gefällt. Klasse findet sie den Abstecher zum See. Und das auch noch an einem Platz, an dem ich mich wohl fühle – ganz ohne Angst.

»Wusste doch, irgendwann kapierst du, dass dir keiner was Bö-

168

ses will. Wart mal … ah, da ist er. Ich hab den See bei Google Maps gefunden. Ui, ist das schön. Mit einem Kanu wärst du jetzt der King. Da sind Bilder von Leuten, die herumpaddeln. Traumhaft. Glitzerndes Wasser; hohes Schilf am Ufer; hinten die Berge. Und richtige Kanäle zwischen den Seen. Da wär ich jetzt auch gern mit dir. Bist du dort?«

»Na ja. Ganz so sieht's bei mir nicht aus. Eigentlich überhaupt nicht. Ich bin direkt bei einer Bahnlinie und da ist nichts von glitzerndem Wasser.«

»Schade. Dann musst du morgen dahinfahren. Komm, Süßer. Du hast schon so viel geschafft. Gönn dir den einen Tag und fahr zu dem großen See.«

»Hab ich mir auch schon überlegt. Es gibt einen Weg am Ufer entlang.«

»Na also. Du hast genügend Zeit. Aber jetzt lass uns Schluss machen. Wird sonst zu teuer. Ciao, mein Schatz. Hab dich lieb!«

»Ich dich auch. Also dann bis morgen. Träum was Schönes.«

»Du auch. Und fahr morgen zum See! Versprochen?«

»Versprochen! Ciao, mein Schatz.«

»Ciao, amore mio!«

Tja, wenn es da so romantisch aussieht, kann ich gar nicht anders, als mir das morgen anzusehen. Da hab ich dem Angler wohl unrecht getan, wenn das Wasser dort so klar ist. Schön, dass Evelyn meine Reise mitverfolgt. So bekomme ich immer wieder Infos, die mir die Straßenkarte nicht bieten kann.

Nachdem es dunkel geworden ist, lege ich mich ins Zelt und schlafe selig und voller Erwartungen auf den nächsten Tag ein.

Montag, 21. Juli – achter Reisetag

Bei Morgendämmerung schrecke ich hoch. Hab von Evelyn geträumt. Ich soll ihr die Winterstiefel aus dem Keller holen. Dazu musste ich einen Stahlschrank mit klemmenden Metalltüren öffnen. Da querte hier wohl gerade wieder ein Zug die Stahlbrücke. War's der Traum oder das Donnergrollen, das jetzt deutlich zu hören ist? Der Traum ist aus einer anderen Welt. Das Donnergrollen allerdings nicht. Ein Wunder, dass ich nicht vorher schon davon aufgewacht bin, denn es ist laut und nah. Dazu bläst ein nicht zu verachtender Wind, der dunkle Regenwolken vor sich her und auf mich zu treibt. Irgendwie verhext. Das schlechte Wetter folgt mir wie ein Schatten. Zwei Nächte konnte ich ihm entkommen. Jetzt hat es mich wieder eingeholt.

Schleunigst zerre ich das Gepäck aus dem Zelt und lege es auf die Wiese. Ein flatterndes Geräusch lässt mich hochschrecken. Das leere und jetzt leichte Zelt – es ist ja nicht am Boden fixiert – bläht sich auf wie ein Fesselballon. Wie ein großer Drachen fliegt und stolpert es davon. Erstarrt und gleichzeitig fasziniert schaue ich ihm hinterher, bis es schließlich am Fuß der Weiden hängen bleibt. Dann, endlich, spurte ich wie bekloppt hinterher.

Vibrierend und zuckend steigt es an den Zweigen nach oben. Ein beherzter Sprung und im letzten Moment erwische ich es noch am flatternden Moskitovorhang. Bo! War wirklich allerhöchste Eisenbahn. Ein paar Sekunden später und es wäre über die Weiden in den See gesegelt. Für mich verloren. Mit aller Kraft ringe ich es nieder und schaffe es irgendwie, das widerspenstige Ungeheuer zusammenzufalten. Obwohl zusammengefaltet, ist es nicht leicht, es zurückzubringen. Immer wieder drückt es mich zur Seite in den schwarzen Ackerboden.

Die Gepäcktaschen zusätzlich über der Schulter, kämpfe ich mich ins Lee zu den Weiden. Dabei drückt und zieht das Zelt ungeheuerlich und zerrt mich zum unfreiwilligen Laufschritt. Dann liegt es endlich flach auf dem Boden, beschwert mit den Packtaschen. Ich klaube zusammen, was noch herumliegt und nicht davongeflogen ist.

Zwischen den Weiden ist der Wind verkraftbar. Das Fahrrad bleibt ja nicht mehr auf dem Ständer stehen im weichen Untergrund, und erst recht nicht ohne den verlorenen Gummipfropfen. An die Hüfte gelehnt, mit dem Rücken zum Lenker, werfe ich die Packtaschen auf den Gepäckständer. Schwieriger ist es mit dem Wurfzelt. Es benimmt sich wie ein durchgeknallter Köter, der partout von der Leine will. Doch irgendwann ist es fixiert und ich könnte losfahren. Beim Umdrehen, hin zum Lenker, neigt sich das Fahrrad zu stark zur Seite. Zwar erwische ich es noch am Sattel, aber es zieht zu stark. Ich muss loslassen, um nicht mitgerissen zu werden. Manno! Warum ist das Ding so verdammt schwer? Warum verliert der beste unter den besten Fahrradständern einfach so, mir nichts dir nichts, eine Gummistütze? Hab ich denn gar nichts, was wirklich was taugt? Ich brauche meine ganze Kraft, um das Fahrrad wiederaufzustellen.

Bei der Fahrt hierher durchquerte ich eine kleine Unterführung und die soll mich jetzt vor den Unbilden des Wetters schützen.

Der Wind beutelt uns hin und her, die Spanngurte klimpern aufgeregt, das Zelt knattert wie ein killendes Segel. So schnell es geht, strample ich auf dem holprigen Weg. Schnell geht es eh nicht, bei dem starken Gegenwind. Und dann klatschen auch noch Regentropfen vom Himmel. Was soll's. Zur rettenden Unterführung ist es nicht mehr weit. Doch vorher taucht ein unerwartetes Hindernis auf. Irgendein freundlicher Mensch hat den kaputten Schlagbaum durch ein doppeltes dickes Stahlseil als Absperrung ersetzt. Hat mich gestern doch jemand gesehen und will mir jetzt den Rückweg verbauen? Jedenfalls hat er es geschickt angestellt. Am Stummel des Schlagbaums befestigt, führt es quer über den gesamten Weg zur gegenüberliegenden Mauer und wieder zurück zu einem Betonblock auf der linken Seite. Mit mehreren Windungen ist das Ende durch einen massiven Eisenring gewickelt. Das Fahrrad an den Betonblock gelehnt, betrachte ich das verknotete Seilende genauer. Wie hat derjenige das nur angestellt? Schafft das überhaupt *eine* Person? Und wozu das Ganze? Bin doch nur ein harmloser Camper! Aber diese Erkenntnis hilft jetzt auch nicht weiter.

Der Regen hat zugenommen. Wenigstens der Wind kann mich hier nicht so arg durchbeuteln. Nachdem ich zweifle, das Seilende vom Ring lösen zu können, bleibt nur der Weg darüber oder unten durch. Doch wie? Die beiden Seile hängen knapp einen Meter über dem Boden. Zu hoch, um das Fahrrad samt Gepäck darüberzuheben. Und unten durch? Ich hebe die beiden Seile mit aller Kraft an. Geht nicht. Sie sind zu stramm gespannt. Ich müsste alles in den durchweichten Matsch legen, über das Seil steigen und es dann darunter hindurchzerren. Fürs Zelt würde mir dann schon eine Lösung einfallen, solange es hier noch nicht zu sehr windet. Doch nicht nur das Fahrrad und Gepäck würde dabei völlig versaut. Auch ich bliebe von dieser Schlammschlacht nicht verschont. Schon bei dem Gedanken wird mir ganz schaurig. Und dazu der Scheißregen und Wind, der immer heftiger wird. Irgendwie muss sich das Seil doch lösen lassen. Es wäre die eleganteste Lösung.

Das Gedrösel ist kaum zu erkennen. Da würde die Brille auch nicht helfen, die zum Glück im Etui geblieben ist. Wenn der Wind sie nicht schon von der Nase gerissen hätte, wären die schwimmenden Gläser eher hinderlich. Beherzt packe ich ein Seilende. »Auuua!!!« Ich reiße die Hände zurück, als wären sie auf einer glühenden Herdplatte gelandet. Aus etlichen Wunden quellen kleine Blutstropfen, die vom Regen zu hellroten Streifen verdünnt werden. Tief haben sich einige Adern des ausgefransten Stahlseils

172

in die Handflächen gebohrt. Es sieht aus, als hätte ich die Hände mit Henna eingerieben. Irgendwie faszinierend. Ist es das Adrenalin? Komme mir fürchterlich heldenhaft vor. Ein Gepeinigter, der allen Widerlichkeiten trotzt. Toll! Doch bevor ich mich in Selbstbeweihräucherung suhle, finde ich zurück zu meinem Problem. Wie soll ich das Seil packen, ohne Handschuhe, die ich natürlich nicht habe? Inzwischen hat sich der Regen zum tropischen Schauer gemausert. Hart wie Trommelstöcke prasseln die Regentropfen auf den Rücken; Blitze flammen immer wieder auf und der Boden vibriert unter dem krachenden Donner. Wenn wenigsten Wind und Regen eine Pause einlegen würden. Ich muss das Problem lösen. Ein Handtuch wird die Hände vor den stecknadelspitzen Drahtenden schützen.

Schwimmt schon alles in den Packtaschen? Ich staune. Das Handtuch ist fast trocken. Zumindest fühlt es sich so an, in der nassen Umgebung. Hat sich die Näharbeit also doch gelohnt. Damit umwickelt, zerre ich an dem Stahlseil. Eine glitschige Angelegenheit, denn das Handtuch ist im Nu tropfnass und der Erfolg gleich null. Es scheint, als müsste ich doch eine der beiden anderen Varianten wählen. Doch das vorher ausgemalte Bild lässt mich lieber weiterfummeln.

Schieben, zerren, ziehen. Außer ein paar langen Fäden, die durch die Stahlspitzen aus dem Frotteestoff gezogen wurden, hat sich nichts verändert. »Das gibt's doch nicht!« Aus ist's mit der Heldenhaftigkeit. Am liebsten würde ich einfach auf den Boden sinken, egal, was ringsherum passiert. Womit, verdammt noch mal, wurde das Seil befestigt? Sie müssen irgendein Werkzeug benutzt haben. Natürlich! Werkzeug! Das Glück ist mir hold: Es ist in der von oben zugänglichen Packtasche.

Der Wind rüttelt unablässig am Wurfzelt und der Kleidung. Aber das stört mich jetzt nicht, nachdem ich überzeugt bin, das Problem lösen zu können. Ich klappe die Packtasche auf und greife nach dem Beutel, in dem das Werkzeug eingerollt ist. Der

Boden schwimmt vom eingedrungenen Wasser. Na großartig. Hab doch die Nähte erneuert. Und die eine Packtasche vergessen? Kann nicht sein. Wahrscheinlich war die Klappe nicht ganz verschlossen und der Wind hat sie aufgerissen.

Mit einem Schraubenzieher und der handtuchumwickelten Hand gelingt es, Stück für Stück, die engen Seilwindungen auseinanderzudrücken. Ich fasse neuen Mut. Schließlich lockert sich das Seil gänzlich und das Ende lässt sich durch den Ring ziehen. Der Rest geht dann ganz flott.

So schnell es geht, fahre ich auf dem tiefen, glitschigen Weg zur Unterführung. Trotz Regen, Wind und dem Risiko, dabei zu stürzen, strecke ich – aus purem Zorn – den Hausinwohnern beim Vorbeifahren den Stinkefinger entgegen. Das muss jetzt sein! Vielleicht hat mich der Übeltäter beobachtet. Die Absperrung ist nämlich vom Haus einsehbar.

Wie das Tor zum Paradies erscheint vor mir der Rundbogen der Bahnunterführung. Befinde ich mich in einer Pechspirale? Sonne, Regen und wieder eine Bahnunterführung. Wenig hoffnungsvolle Signale. Doch hätte ich den Weg zum großen See genommen, würde mich jetzt keine Unterführung schützen. Also doch wieder Glück im Unglück.

In der Mitte der Unterführung steht bereits das Wasser. Sie ist nicht lang. Eben nur so lang, wie ein Gleisstrang benötigt, und nur so breit, damit sich ein kleiner Laster hindurchquetschen kann, und das ist nicht viel. Wo ich mich am besten aufhalten muss, weiß ich ja inzwischen. Da gleichen sich die kleinen Bahnunterführungen. Nur jetzt ist es eine Nummer extremer. Dafür aber um etliche Grad wärmer.

Mit dem Rücken zum Wind betrachte ich die Gischt, die durch meine Beine fliegt. Könnte glatt ein Stück außerhalb der Unterführung im Lee stehen. Der Wind pfeift so gewaltig über die Unterführung, dass die Regentropfen erst einige Meter nach der Öffnung auf den Boden prasseln. Nur ist die Idee nicht so gut, weil ein armdicker Wasserstrahl von oben herunterplätschert, vom Wind hin und her gepeitscht wie ein schwingendes Seil. Na gut. Bleib ich halt, wo ich bin, und warte auf bessere Zeiten. Das Bedürfnis, was zu essen, hab ich nicht. (Das ist allerdings neu.) Als wäre der Akt zu Ende, herrscht nach einer guten Stunde schlagartig Ruhe. Zwar regnet es noch, aber der Wind hat an Energie verloren und die Gischt schafft es nicht mehr bis zu mir. Zeit, nach einem trockenen Kleidungsstück zu suchen. Würde nämlich gerne die klebenden Klamotten auf der Haut loswerden. Die oben querliegende hintere Packtasche ist die am leichtesten zu erreichende. Drum sind dort die Anziehsachen verstaut. Um ans Werkzeug zu kommen, musste das Zelt beiseitegelegt werden, und sie war somit voll dem Regen ausgesetzt. Leider ist sie auch die am wenigsten wasserdichte. Das beweist die triefende Jacke, aus der jede Menge Wasser plätschert und die sofort wieder in der Packtasche verschwindet. Also kommt wieder der Dampfgarumhang zum Einsatz.

Mit aufkommender Langeweile und der wohlig-feuchten Wärme beginnt mein Magen zu grummeln. (Also doch.) Dabei fällt mir auf, dass ich in solchen Situationen immer an Essen denke. Komisch. Eine Überlebensstrategie meines Körpers? Oder doch nur ein Zeitvertreib gegen langweilige Stunden. (Noch ein paar Unterführungen und Pannen und ich seh aus, als hätte ich einen Medizinball verschluckt.) Meine steinzeitlichen Vorfahren wären jetzt auf die Pirsch gegangen. Ich kann mir die Mühe sparen. Seit meiner ersten regnerischen Nacht in Rovereto harren die Essensvorräte in Plastikgefäßen. Zwar sind Käse und Wurst dort vor Nässe geschützt, aber wenn die Temperatur in speiseunverträgliche Höhen steigt, wird es darin schwitzig und warm. Warm genug, um der Wurst einen schleimigen Mantel überzustülpen und den Käse in der untersten Ecke zusammenklumpen zu lassen. Aber sie werden dadurch nicht vollständig ungenießbar. (Warum hab ich mich nicht mit einer hitzeresistenten Salami angefreundet, statt einfältig immer mit Mortadella.) Die grau melierten Scheiben

175

flattern nach draußen. Den Käse pule ich mit dem Finger aus der Ecke; die matschigen Panini schleudere ich in den Regen. Sollen die Ratten sich darum raufen. Durch die glitschigen Hände muss ich aufpassen, dass mir nichts auf den Boden fällt. (Angeblich wird die Haut der Hände so runzelig, damit genau das nicht passieren kann. Um das zu bestätigen, braucht's wohl noch einige Unterführungen.) Nach dem kleinen Imbiss geht's mir bedeutend besser. Vereinzelt donnern Züge über mir hinweg, aber die können mich inzwischen nicht mehr schocken. Ich presse die Hände an die Ohren – scheußlich nass und kalt, aber besser als ein Gehörsturz.

Wie lässt sich die Zeit am besten niederringen? Meine Straßenkarten – wenigstens die sind wasserdicht verpackt – bleiben besser in der Lenkertasche. Es wäre fatal, wenn der Wind sie davontragen würde und sie, wie ein flügellahmer Vogel, in der nächsten Pfütze landen; durchweicht, zerfleddert, aufgelöst, unbrauchbar. Neidisch denke ich an die Jugendlichen, die mit Handy-Spielen oder Musikhören sich die Zeit vertreiben. Aber für Derartiges ist mein Handy zu vorsintflutlich. Einzig ein Schachspiel ist im Angebot. Aber bei der Nässe und dem jämmerlichen Batteriespeicher? Lieber nicht. Evelyn könnte ich anrufen. Ihr jammerlappig sagen: »Ich sehe was, was du nicht siehst, und das ist nass. Nass vorne, nass unten, nass oben, nass hinten, nass außen, nass innen ...« Tolles Spiel. Und was würde sie antworten: »Ach Schnuffbär. Ist doch nur Wasser.« Da wart ich doch lieber auf bessere Zeiten. Und so starre ich halt auf die dräuend-dunklen Wolken, beobachte die herumwirbelnden Regentropfen, den tanzenden Wasserstrahl vor dem Eingang, das Fahrrad, die Gepäcktaschen, die geschundenen und aufgeweichten Hände.

Nach vorne reicht der Blick bis zur Straße. Vereinzelt rasen Autos vorbei, im Schlepptau eine dichte Gischtwolke. Auch durch meinen Unterschlupf quetscht sich der ein oder andere PKW. Misstrauisch belauere ich die Fahrer, die mich ihrerseits neugierig taxieren. Ob einer von ihnen meinen Stinkefinger gesehen hat? Oder bemerkt hat, wo ich übernachtet habe, und das Seil gespannt

176

hat? Ich bin jedenfalls froh, wenn sie die Unterführung wieder verlassen. Immerhin fahren sie langsam genug und spritzen mich nicht zusätzlich nass.

Und dann kriecht der Zeiger doch irgendwann auf elf Uhr. Geschlagene fünf Stunden stehe ich mir nun schon die Beine in den Bauch. Viel ist nicht passiert. Einige Male hat der Regen etwas nachgelassen. Aber immer, wenn ich ein paar Schritte nach draußen riskierte, fing er wieder heftiger an. Doch das Schlimmste scheint vorbei zu sein. Es nieselt nur noch leicht. Also Aufbruch! Der Dampfgarumhang taugt nicht zum Radeln. Bremst wie ein Spinnaker bei Gegenwind. Also wird er gegen die Warnweste getauscht. Widerlich, sie überzustreifen, nass, wie sie ist. Nicht besser der Helm. Aber sicher ist sicher.

Bis zur Straße sind es zwanzig Meter. Bei einer größeren Lücke zwischen den Autos biege ich beherzt ein. Hat der da oben – wer immer dafür zuständig ist – nur darauf gewartet, bis ich mich aus der Deckung wage? Keine Minute dauert es, da stürzt das Wasser aus vollen Kübeln herab. Es prasselt so heftig, ich kann nichts mehr sehen und muss stehen bleiben. »Scheiße! Scheiße! Scheiße!« Ohne die Hand als Dach vor den Augen ist nichts zu erkennen. Nur schemenhaft glimmen die Scheinwerfer der ankommenden Autos. Der urgewaltige Regen ist so heftig, da drosseln selbst die Italiener ihre Geschwindigkeit. Trotzdem sorgen sie beim Vorbeifahren für eine hüfthohe Dusche. Ich muss zurück zum schützenden Unterschlupf. Unsicher wage ich, auf die andere Straßenseite zu wechseln. Dort angekommen, fahre ich zurück so schnell es geht bei der miserablen Sicht, ohne nochmals anhalten zu müssen.

Vor dem übereilten Kurztrip hat es sich angefühlt, als wäre ich wieder einigermaßen trocken. Jetzt triefe ich wieder wie am Anfang. So sehr, dass ich, steif wie eine Holzpuppe, einfach stehend verharre, damit nicht noch mehr Wasser in den Kragen läuft. Vielleicht ist es nur ein letztes Aufbäumen der Urgewalten. Doch die dunklen Wolken sprechen eine andere Sprache. Noch eine gute Stunde vergeht vor dem zweiten Anlauf.

177

Zwischendurch kam noch ein kleiner klappriger LKW von den Plantagen und wartete in der Unterführung. Dem Fahrer war der Regen noch zu heftig. Musste mich ganz eng an die Wand drücken, damit wir beide Platz haben. Ob er mir helfen kann, wollte er wissen. Dankend hab ich abgelehnt. War ja nett gemeint. Lieber wäre mir gewesen, er hätte sich gleich wieder verdrückt. Um ein Haar hätte ich seine Beifahrertür aufgerissen und seinen stinkenden Motor samt Scheibenwischer abgestellt. Hab mich aber nicht getraut. Also verkroch ich mich ans Heck seines Mistkarrens. Seine Auspuffgase waren mir lieber als die verklemmten Blickwechsel. Und so stand er, mit laufendem Motor und quietschenden Scheibenwischern, eine Viertelstunde in der Unterführung, bis er sich endlich nach draußen wagte.

Die Unterführung ist weiter vollgelaufen. Das Wasser reicht inzwischen bis zu den Knöcheln und die eisig-nassen Füße sind so taub, als gehörten sie nicht zu mir. Da hilft auch nicht, abwechselnd mit den Fußspitzen gegen die Wand zu treten, um sie wieder aufzuwecken. Alles wenig herzerfrischend.

Irgendwann lassen die wechselnden Regenschauer dann doch nach. Präziser: Es tröpfelt nur noch spärlich. Bis es völlig aufhört, will ich nicht warten. Der da oben hat mich heute zwar schon mal gelinkt, aber da haben sich keine blauen Flecken am Himmel gezeigt. Also Zeit, sich wieder auf den Weg zu machen.

Durch die Strampelei fährt der Kreislauf wieder hoch und mir wird warm. Diesmal wurde ich nicht ausgetrickst und bald lässt sich sogar die Sonne blicken. Kaum zu glauben, wie schnell die Temperatur steigt und fladige Dunstwölkchen vom Asphalt aufsteigen lässt. Schön für den da oben. Somit geht ihm die Munition nicht aus.

Nach ein paar Kilometern muss ich stehen bleiben. Evelyn wird mir verzeihen, aber den Helm ertrage ich nicht mehr und er muss, zusammen mit der Warnweste, hinten unters Gepäcknetz. In der

Art geht es dann weiter. Wie eine Larve schäle ich mich, Schicht um Schicht, dampfendes Kleidungsstück um dampfendes Kleidungsstück. Beim T-Shirt und der Radlerhose endet die Verwandlung. Ich nutze den Stopp, um mit Evelyn zu telefonieren, weine mich aus über die bodenlose Gemeinheit mit dem Stahlseil, die endlose Warterei in der Unterführung. Findet sie alles amüsant. Weniger amüsant die Klage über den dichten permanenten Verkehr und die damit verbundenen Gefahren.

»Du wolltest doch zum See fahren, Schnuffbär. Dich heut ein bisschen entspannen. Grad wegen dem Verkehr.«

»Wollte ich ja. Aber inzwischen ist mir die Lust vergangen.«

»Schade. Hab mich so für dich gefreut. Willst du nicht doch noch hinfahren?«

»Nein. Weiß ja nicht mal, wo ich jetzt bin. Wahrscheinlich ist der See schon viel zu weit weg.« Behutsam deute ich an, eventuell mit dem Zug weiterzufahren. »Mich nervt's gewaltig. Immer wieder Gewitter und Regen. Und der Scheißverkehr ... Daaa! Hast du den LKW gehört? So geht das die ganze Zeit. Hab's irgendwie satt.«

»Dann fahr halt mit dem Zug weiter. Ich bin froh, wenn du nicht mehr auf der Straße radelst. Dann kann ich mich auch ein bisschen entspannen. Drum wollt ich auch, dass du heute zu dem See fährst. Nicht nur du. Auch ich brauch mal Ruhe. Und die hab ich nur, wenn ich weiß, du bist nicht mehr auf den Schnellstraßen unterwegs.«

Ihre Aussage erleichtert mich ungemein. Dabei hab ich ihr noch immer nicht von meinem Techtelmechtel mit dem LKW erzählt, das mir beinahe zum Verhängnis geworden wäre. Da hätte sie mich sofort zur Weiterfahrt mit der Bahn verdonnert statt der Rückreise im Zinksarg. Sollte ich also mit dem Zug weiterreisen, stehe ich deshalb nicht als Weichei vor ihr.

Gut gelaunt suche ich im nächsten Ort einen Supermercato, den ich bald finde. Dabei gerate ich kurz wieder in eine verzwickte

Situation. Die Stadtväter haben offenbar ein Faible für Kreisverkehre, die sich manchmal hintereinanderreihen wie verschlungene Spiralnebel. Verständlich. Spart die Montage und Wartung von Verkehrsampeln. Als Fahrradfahrer verunsichern sie mich mehr, als sie mir helfen. (Vielleicht sollte ich einen multiplen Kreisverkehr-Kurs machen, damit ich damit besser klarkomme. Davon könnte der ein oder andere Italiener auch profitieren. Er würde dann nicht, wenn überhaupt, den Blinker bei der *Einfahrt* in den Kreisverkehr betätigen. Wo soll er denn hin, außer nach rechts? Dafür spart er sich dann das Blinken bei der Ausfahrt aus dem Kreisverkehr. Die Einfahrenden dürfen dann raten, ob der Gute jetzt im Kreisverkehr bleibt oder die Ausfahrt nimmt.

Mit dem Fahrrad erfährt das Ganze noch eine Steigerung. Halte ich mich ganz außen, komme ich nicht mehr in den nächsten Kreisel. Bleib ich ganz innen, komme ich nicht mehr heraus. Fahre ich in der Mitte, werde ich beidseitig überholt, was auch nicht ohne ist.

Jedenfalls beim letzten der geschachtelten Rondelli mit einem geschätzten Durchmesser von dreißig Metern überholt mich ein Autofahrer rechts und zwingt mich dadurch, im Kreisverkehr zu bleiben. Somit verpasse ich die richtige Ausfahrt. Sonderlich weit ist es nicht zurück zum richtigen Abzweiger. Jedenfalls viel kürzer als die erforderliche Ehrenrunde. Ich überlege nicht lange. Von hinten kommt gerade kein Fahrzeug und ich wende – verkehrswidrig – in die Gegenrichtung. Dabei entdecke ich eine Ausfahrt weiter den Wagen der Carabiniere. Wie magnetisch angezogen treffen sich unsere Blicke, so intensiv, dass die Distanz dazwischen aufgelöst scheint. Fast hätte ich, wie fremdgesteuert, die Bremsen gezogen. Wie soll ich mich verhalten? Noch mal umdrehen in die erlaubte Fahrtrichtung? Damit würde ich kuschen. Mich der Obrigkeit unterwerfen? Den Triumph gönne ich den Carabiniere nicht, obwohl das im Moment vielleicht die klügere Entscheidung wäre. Wie der kleine David vor dem großen Goliath will ich das jetzt ausfechten. Also mutig weiter in der verbotenen Richtung bis zur angepeilten Ausfahrt.

180

Nachdem ich auf der Straße bin, in die ich vorher ausscheren wollte, blicke ich zurück. Die Carabiniere sind verschwunden. Ist das jetzt gut oder schlecht? Jetzt geht mir doch die Muffe. Sind sie aufgebrochen, um mich zu stellen? Werden sie mir ein kräftiges Loch in die Urlaubskasse reißen? Um mich aufzugabeln, müssen sie erst um den ganzen Kreisel kurven und das dauert. Schnell biege ich in einen kleinen Weg kurz nach der Ausfahrt und verstecke mich hinter einem Busch. Und jetzt? Hab ich meine Situation noch verschärft, falls sie mich entdecken? Ganz sicher. Aber suchen sie überhaupt nach mir? Und wenn ja, wie lange soll ich warten? Viele Fragen ohne Antworten. Zu dumm, dass ich nicht vorher schon den Supermercato gefunden habe. Könnte jetzt gemütlich essen, statt dümmlich zu warten. Ob's gemütlich geworden wäre unter dem Damoklesschwert? Eher nicht. Wohl ist mir nämlich nicht bei dem Versteckspiel.

Eine endlose Viertelstunde vergeht, ehe ich mich aus der Deckung wage. Der Rückspiegel bleibt ständig im Blick. Doch wozu? Wenn sie mich verfolgt haben, sind sie längst vorbei und würden mir eher entgegenkommen. Also Entwarnung.

Nach einigen Minuten springt mich die Hinweistafel eines Supermercato an, den ich schleunigst ansteuere. Zur Sicherheit noch ein schneller Blick über den Parkplatz. Keine Gefahr. Dann eile ich hinein. Das Fahrrad lasse ich trotzdem verborgen in einer Ecke hinter dem Supermarkt.

Saukalt ist es drinnen. So schell es geht, erledige ich meinen Einkauf und bin froh, bald wieder draußen zu sein.

Hinter dem Supermarkt befindet sich die Andeutung eines Parks mit sandigen Wegen zwischen vertrocknetem Rasen, teils von verkrüppelten Pinien leidlich beschattet. Auf einer sonnenbeschienenen Sitzbank breite ich die Hose und Jacke zum Trocknen aus. Für mehr reicht der Platz nicht. Dann belege ich das mit den Fingern aufgerissene Panino mit Mortadella. Ja, wieder Mortadella!

Während ich so zufrieden vor mich hin mampfe, die schäbigen Plattenbauten mit den abbröckelnden Fassaden und die zerschlissenen Gardinen betrachte, deren letzter Waschgang Jahre zurückliegen dürfte, taucht eine Dame? auf und steuert direkt auf mich zu. Knapp davor stoppt sie und strahlt mich an: knallrote Lippen, doppelt so breit geschminkt wie die echten; stämmige Oberschenkel in schwarzen Leggins, prall wie Blutwürste kurz vor dem Platzen; ein gut gefüllter knallroter Pullunder, der knapp über dem Hosenbund endet und ein blasses Röllchen überquellendes Fleisch samt Nabel aufleuchten lässt. Mit einem glitzrig-rot lackierten Fingernagel deutet sie auf den Platz neben mir und lässt sich, ohne auf meine Reaktion zu warten, ungeniert auf die Bank plumpsen. Erschrocken springt sie wieder auf, als hätte sie eine Wespe in den Hintern gestochen. Mit spitzen Fingern und einer gezierten Bewegung klappt sie die nassen Hosenbeine über die Rückenlehne. Dann plumpst sie erneut auf die Bank, diesmal nur auf die vorderste Kante. Im Gleichtakt mit der Bank wippen ihre üppigen Brüste, die aussehen, als wollten sie jeden Moment heraushüpfen. Peinlich irritiert von so viel waberndem Fleisch senke ich den Blick auf das angebissene Panino. Als wären wir alte Bekannte, dreht sie sich zu mir. Dabei schnellen ihre spitzen Knie wie abgeschossene Pfeile auf mich zu und eine penetrantsüßliche Duftwolke schnürt mir für einen Moment die Atemwege zu. Mit einem raschen Blick nach oben, bemüht, nicht zwanghaft auf ihren Brüsten haften zu bleiben, schaue ich in ihr rundliches Gesicht. Ohne Überleitung spult sie den üblichen Fragenkatalog ab: Wie heißt du? Woher kommst du? Wohin willst du? Wie ein beflissener Schüler beantworte ich alle Fragen. Ihr Italienisch ist hart, kantig und slawisch gefärbt. Obwohl ich ihre Fragen flüssig beantworten kann – sind ja immer dieselben Floskeln –, wechselt sie ins Englische. Vielleicht denkt sie: Zwei Ausländer in einem fremden Land, das verbindet. Aber vielleicht will sie mir nur die Konversation erleichtern. Oder eine intime Nähe zwischen uns herstellen. Wenn Letzteres ihre Absicht ist, zeigt sie das mit ungeniertem Körpereinsatz, indem sie sich noch weiter zu mir dreht.

182

Dabei stoßen unsere Knie kurz aneinander. Vor Schreck und als Ablenkung schiebe ich mir den Rest des Panino in den Mund und drehe unwillkürlich die Knie von ihr weg. Im selben Moment bereue ich meine Reaktion. Sie soll nicht denken, ihre Nähe ist mir unangenehm. Sofort drehe ich mich und mit mir meine Knie wieder so weit zurück, dass sie sich fast berühren. Könnte sie das jetzt als Auftakt zu intensiverem Beisammensein deuten? Hab ich mit meiner Reaktion den Fehdehandschuh aufgenommen? Ich bin so verunsichert, dass ich zur Wasserflasche greife, um das Panino hinunterzuspülen. Dabei öffne ich den Verschluss so vehement, dass das Wasser über Hände und Oberschenkel sprudelt. Das bringt uns beide zum Lachen. Dabei bleckt sie die blitzweißen Zähnchen. Einen kurzen Moment überlege ich, ihr einen Schluck anzubieten. Damit würden vielleicht die roten Sprenkel von ihren Zähnen verschwinden, die nicht wirklich appetitlich aussehen. Aber im selben Moment erscheint vor meinem geistigen Auge der Flaschenhals, verschmiert mit rotem Lippenstift. Besser, ich lasse es.

Sie beginnt, ihre Lebensgeschichte vor mir auszubreiten. Ihr Gatte hat sie nach der Geburt ihrer Tochter verlassen. Nicht leicht für sie. Cool findet sie es, dass ich nach Sizilien radeln will und noch so rüstig bin – in dem Alter. Dabei klimpern mich ihre blassblauen Augen mit den verlängerten Wimpern vertrauensselig an. Sie würde auch gern reisen. Aber sie hat kein Geld für so was. Dabei setzt sie keineswegs die herzzerreißende Mitleidsmiene auf. Sie ist froh, hier zu sein, sagt sie mit leuchtenden Augen.

Während sie so vor sich hin erzählt, fällt es mir schwer, ihr nur in die Augen zu schauen. Mein Blick rutscht unwillkürlich immer wieder über die glänzende Nasenspitze zu den knallroten Lippen und von dort auf die bedrohlich hervorquellenden Brüste. Sie bemerkt den etwas zu langen Blick, und als ich wieder zu ihrem Gesicht wechsle, funkelt sie mich verführerisch an. Sollte sie mich für einen potentiellen Kunden halten, macht sie es sehr behutsam und ich frage mich, wann sie ihre Offensive startet.

Andererseits kann ich mir das nicht so recht vorstellen, so wie ich daherkomme. Wenn mein Äußeres wie meine Unterhose gelitten hat, kann ich froh sein, dass sie sich neben mich gesetzt hat. Aber sie könnte sich auch sagen: Kleinvieh macht auch Mist. Ich kann ihn ja vorher unter die Dusche stellen. Aber vielleicht bin ich für sie nur das Tor zur Welt.

Allmählich wird der Monolog ermüdend. Ich deute an, dass ich weitermuss. Ja, das versteht sie, unterstrichen mit einem bedauernden Augenaufschlag. Unbeeinflusst von meiner Andeutung startet sie eine ihrer weiteren Lebenslinien. Mir wird es allmählich zu anstrengend.

»I have to leave now«, unterbreche ich sie noch mal – freundlich, aber bestimmt. Ihr Strahlen zerfällt mit einem Schlag und sie blickt mich traurig an.

»Good luck!«, wünscht sie mir, erhebt sich ohne Umschweife, drückt ihr Kreuz durch und tippelt davon – einfach so. Irritiert schaue ich ihr nach, bis sie hinter einer Hausecke verschwunden ist. Das war dann doch ein bisschen zu abrupt. Hab ich sie beleidigt? War jedenfalls nicht meine Absicht. Mit einer plötzlichen Leere bleibe ich zurück. Sie hat sich nicht mal mehr umgedreht. Hätte ihr gerne zum Abschied zugewunken.

Abgeschoben wie eine Gummipuppe, bei der der Stöpsel gezogen wurde, bleibe ich zurück. War eigentlich ein netter Kontakt. Eine willkommene Abwechslung auf der einsamen Reise. Bin halt doch kein Eremit und brauche die Gesellschaft anderer. Wenigstens hin und wieder.

Mir ist nicht mehr nach Essen. Ganz gegen meine bisherige Gewohnheit packe ich alles bedächtig zusammen und verstau es in den Packtaschen, als könnte ich dadurch den Moment der Zweisamkeit verlängern. Reiß dich zusammen, Alter. Ist doch nur eine Nutte, rede ich mir ein, um meine Wehmut zu mildern. War sie das? Eine Nutte? Wenn ja, dann waren es sicherlich die Lebensumstände, die sie dazu gezwungen haben. Denn im Grunde glaube ich, ist sie einsam, wie *ich* es jetzt wieder sein werde, wenn mich das Schicksal nicht überrascht und mir einen Radlpartner zuspielt. Noch einige Zeit spukt mir meine Gesprächspartnerin durch den Kopf. Hat sie mir eigentlich ihren Vornamen verraten? So intensiv ich im Gedächtnis schürfe, ich finde ihn nicht. Sicherlich ein slawischer Name, aber das hilft auch nicht weiter.

Der Instinkt sagt mir, ich bewege mich Richtung Küste. Ganz sicher bin ich mir allerdings nicht. Vielleicht hätte meine slawische Freundin gewusst, ob es einen Weg durch den grünen Fleck auf der Landkarte zum Strand gibt. Womöglich ist es ein romantischer Park und wir hätten uns auf einer überschatteten Bank niedergelassen, den herben Duft der Pflanzen und Bäume aufgesogen; den Vögeln und Grillen gelauscht und unser Gespräch fortgesetzt. Wohl eher nicht. Ihr knatterndes Gelaber hätte bald meine Nerven überreizt und mich zur Flucht bewogen. Was soll's. Sie ist nicht hier und somit muss ich mich alleine zurechtfinden.

Vom erhöhten Platz einer autobahnquerenden Brücke leuchtet in der Ferne magisch das Meer. Lediglich die auf der Karte eingezeichnete grüne Fläche liegt dazwischen. Eine Plantage? Oder tatsächlich ein öffentlicher Park? Einleuchtend ist Letzteres nicht. Viel zu ausgedehnt. Außerdem: Welche Gemeinde würde sich in Strandnähe den Luxus leisten Spazierwege anzulegen, Bäume zu kultivieren und zu pflegen, wenn die Möglichkeit bestünde, Touristen satte Euros aus der Tasche zu ziehen. Der Bürgermeister wäre längst mit einer Lupara umgemäht worden und sämtlichen Nachfolgern würde das selbe Schicksal blühen. Aber warum soll es nicht eine Ausnahme von dieser Regel geben? Ich will es wissen.

Ein paar Kurven und ich münde in eine schnurgerade sandige Straße, die in der Unendlichkeit endet und direkt zum Strand führen müsste. Romantisch, die beidseitigen Akazien, Büsche und Sträucher, so dicht, dass das üppige Grün nach ein paar Metern nicht mehr zu durchdringen ist. Und kein Mensch weit und breit. Nur die nahe Autobahn lärmt unangenehm. Nach angelegtem Park sieht es nicht aus. Nach Plantage allerdings auch nicht. Weder ein Zaun noch ein Schild gibt Aufklärung. Nachdem es hier so einsam ist, kann ich ungestört pinkeln. Kaum erlösen die ersten Spritzer meine Blase, knattert eine Ape vorbei und bleibt einige Meter entfernt stehen. Und jetzt? Doch eine Plantage und der Fahrer hat mich entdeckt und will wissen, was ich hier zu suchen habe? Ich dränge mich vorsichtshalber noch weiter zwischen die Büsche. Die Türen der Ape knallen und es rumpelt undefinierbar. Egal was folgt, diesmal werde ich erst in Ruhe fertig pinkeln und kein Vollsauen meiner Hose riskieren. Alles wieder zivilisiert weggepackt, zwänge ich mich aus den Büschen und schiele zur Ape. Verlassen steht sie am Straßenrand. Wo ist der Fahrer? Vielleicht bin gar nicht ich der Grund für seinen Stopp. Aufmerksam um mich blickend schiebe ich das Fahrrad auf die Straße. Im selben Moment hüpft ein junger Typ aus dem Gebüsch.

»Ciao Amico. Tutto a posto!«, ruft er mir freundlich zu, während er noch mit seinem Hosenstall beschäftigt ist und den Gürtel seiner ausgewaschenen Jeans fester zieht.

»Si, grazie. Tutto a posto!« Nach Waldarbeiter sieht der nicht aus. Seine langen, sonnengebleichten Haare reichen bis zu den Schultern des bunten T-Shirts. Kaum hab ich das verdaut, taucht ein zweiter Typ auf, der mich ebenfalls kumpelhaft begrüßt. Auch er langhaarig. Sein dunkler zusammen gebundener Zopf reicht bis über den Kragen des gebatikten Hemds. Wie's aussieht, waren sie ebenfalls pinkeln. Na, da kann ich ja getrost in die vorgesehene Richtung radeln. Gerade als ich aufs Fahrrad steige, hüpfen noch zwei junge Mädchen aus den Büschen, bunt gekleidet wie Papageien. Die eine mit langen brünetten Haaren, die andere mit schwarzen Dreadlocks. Schlagartig bin ich in meine Hippie-Zeit zurückversetzt, seh mich langhaarig auf meinem bunt bemalten Fahrrad im nicht minder bunten Hemd und knallgelber Hose.

186

Neugierig kommen die beiden Mädels auf mich zu. Dabei schimmern ihre grazilen Umrisse verführerisch durch den flattrig-bunten Stoff. Knapp vor mir bleiben sie stehen, bestaunen so neugierig mich und das Fahrrad, als kämen wir aus einer fernen Galaxie. Vor allem die mit den Dreadlocks hat es mir angetan. Und ausgerechnet sie fragt, ob ich auch zum Strand will, und das mit einer irritierend bassigen Stimme. Ich kann nur stumm nicken.

»Andiamo!«, ruft ihr Freund von hinten.

»Veniamo!«, antworten die beiden und flattern wie bunte Schmetterlinge zu ihren Kumpels.

Enttäuscht bleibe ich zurück. Noch einmal so jung sein. Na ja. Haben die Älteren damals auch gedacht, als *ich* noch knackig war.

»Sempre dritto! Seguici!«, ruft mir der Typ auf der Ladefläche zu, während er seine Freundin zu sich hochzieht. Dabei bietet sie mir einen Blick auf ihre braungebrannten Beine. Dann knattern sie los und ich hinterher.

Die Ape gehört nicht gerade zu den rasantesten Fahrzeugen. Trotzdem kann ich das Tempo nicht lange mithalten. Da helfen auch die Anfeuerungsrufe nichts. War schon irgendwie klar und ist auch besser so. Die blaue Fahne aus dem Auspuff ist nicht gerade stimulierend und eine Staublunge brauch ich auch nicht zu meinem Glück.

Der Weg zieht sich hin. Bäume, Büsche, egal wohin das Auge schweift. Vereinzelt zwitschern ein paar Vögelchen. Ansonsten ist nur das Knirschen der Reifen auf dem Kies zu hören, bis der Weg an einem Parkplatz endet. Geschafft. Noch ein bisschen durch den weichen Sand, und die Wellen platschen an meine Füße. Berauschend, die nach beiden Seiten wild wuchernde Romantik. Zwar aalen sich auch hier etliche Badegäste, aber so locker auf die nächsten hundert Meter verteilt, dass es nicht aufdringlich wirkt. Dort, wo die Badegäste ausgedünnt sind, lehne ich das Fahrrad an einen knorrigen Baum. Mannomann. So viele Umwege. So viel Stress, um endlich einen Strand zu finden, der mir behagt.

Ich schlüpfe ohne viel Umstände in meine Badehose, ist ja keiner in der Nähe, und ab geht's in die Fluten. Endlich unbelastet durch glitzernde Wellen kraulen und nichts, was den Genuss schmälert. Vom Wasser aus betrachte ich den Strand. Er sieht genau so aus, wie ich ihn mir für eine Übernachtung wünsche. Es gibt zwar ein Hotel ein paar hundert Meter weiter, aber es ist klein und genügend weit entfernt. Ein idealer Ort für eine Übernachtung.

Im Sand ausgestreckt schließe ich die Augen und lass mir die Sonne auf den Pelz brennen. Um einen Platz für die Nacht werd ich mich später kümmern. Erst mal ein Nickerchen.

Vor die geschlossenen Augenlider schiebt sich ein Schatten. Überrascht blinzle ich nach der Ursache. Vor mir stehen die Silhouetten der beiden Pinkel-Pärchen. Eigentlich ein Grund zur Freude, vor allem, weil ich die mit den Dreadlocks wiedersehe und das auch noch im knappen Bikini. Trotzdem passt mir das plötzliche Aufkreuzen der vier jetzt irgendwie nicht. Daran ändert auch die Flasche Wein nichts, die mir der Blonde auffordernd entgegenstreckt.

»No, grazie!«, lehne ich ab, mürrischer, als ich wollte. Er zieht enttäuscht die Flasche zurück.

«Devo guidare. Devo raggiungere il mio traghetto.« Eine glatte Lüge, zumal ich nicht mal weiß, wann und wo eine Fähre abgeht.

»Peccato! Allora, buon viaggio!«, meint der Blonde enttäuscht und die anderen stimmen mit ein und drehen grüßend ab.

Scheiße. So war's nicht gemeint. Ich Depp. Warum verhalte ich mich so doof. Da bietet sich eine Möglichkeit für ein geselliges Beisammensein und ich ziehe sofort den Schwanz ein. Vielleicht wären sie nicht so schnell abgezogen, hätte ich mich weniger ruppig verhalten. Mit dem Argument: »Es bleibt noch genügend Zeit bis zur Abfahrt der Fähre«, wäre die Situation vielleicht noch zu retten gewesen. Ob sie mir die Volte abgenommen hätten? Die Frage stellt sich jetzt nicht mehr – ist eh zu spät. Da sie nicht Richtung Parkplatz verschwinden, heißt das, sie kommen auf dem Rückweg wieder bei mir vorbei. Treffen sie mich dann noch an, wäre es oberpeinlich. Wahrscheinlich haben sie mir eh nicht geglaubt und gespürt, dass ich sie nur abwimmeln wollte. Drum sind sie auch so widerstandslos verschwunden. Super. Da hab ich mir wieder mal selbst ein Bein gestellt. Ich schlüpfe ärgerlich in meine Klamotten und mache mich auf den Rückweg.

Breit ist die Schnellstraße, auf der ich bald wieder zornig strample. Die zwei Pärchen gehen mir nicht aus dem Kopf. Wie kann man nur eine solche Gelegenheit so verbocken. Und auch noch auf den ultimativen Übernachtungsplatz verzichten. Sei's drum. Es ist, wie's ist.

Die schlaglochfreie, gut asphaltierte Straße verführt zu noch mehr Raserei. An Geschwindigkeitsbegrenzungen denkt hier keiner mehr. Irgendwie verständlich. Wer soll Schilder ernst nehmen, die zwanzig Stundenkilometer an normalen Baustellen vorschreiben; oder eine Reduzierung auf vierzig Stundenkilometer auf Autobahnen, wenn nur eine Spur befahrbar ist. Drum lassen die Autofahrer die Sau raus und es wird gefahren, was das Zeug hält und wie sie lustig sind – und lustig sind sie alle. Mich stört's weiter nicht, solange sie mir nicht zu nahe kommen. Unangenehm sind lediglich die breiten Ein- und Ausfahrten.

Bei Ausfahrten splittet sich die Straße meist zu zwei oder drei Spuren auf. Gut für Autofahrer, heikel für Radler. Dabei hab ich auch hier noch keine Lösung gefunden. Bleibe ich am Straßenrand, also dem Bogen der Ausfahrt folgend, und biege im letzten Moment zurück auf die Hauptstraße, könnte ich den Abbiegenden in die Quere oder, wenn's dumm läuft, unter die Räder kommen. Fahre ich stur geradeaus, verliere ich jegliche Deckung wenn ich, gefühlt, mitten auf der Straße dahinkrieche. Naiv, zu glauben, ein Abbieger bremst meinetwegen ab. Wenn es hinter mir zum Ausscheren noch zu eng ist, überholt er links und schneidet mich brutal, um die Ausfahrt noch zu erwischen. Reicht der Platz zum rechten Straßenrand gerade noch, schießt er so knapp am Hinterrad vorbei, dass das Zelt und ich das große Flattern bekommen.

Weniger kitzlig sind die darauf folgenden Einfahrten. Dort sehe ich sie wenigstens von rechts kommen und kann dem geschwindigkeitsberauschten Kontrahenten in die Augen schauen, sein Verhalten abwägen, sofern sein Ohr nicht gerade am Handy klebt oder er mit seiner Beifahrerin flirtet. Alles Situationen, die ich mir vorher so nicht ausgemalt habe. Sie stressen jedenfalls tierisch. Mit ein Punkt, warum der Entschluss, den Zug für die Weiterfahrt zu wählen, immer schwerer wiegt.

Auf der Brücke über den Arno verweile ich kurz. Trüb und träge fließt er unter mir hindurch und entfernt flimmert eine blaugraue Bergkette. An Übernachtung denke ich nicht. Aber wie wär's mit einem Abstecher nach Pisa? Weit ist es nicht. Ich müsste dem Arno nur gegen die Fließrichtung folgen und schon wäre ich da. Wahrscheinlich auch noch ein schöner Weg, so direkt am Ufer entlang. Will ich mir das antun? Nur, um sagen zu können: In Pisa war ich auch! Drauf geschissen.

Gegen Nachmittag verschlingt mich der Verkehr von Livorno. Inzwischen rondelli-resistent, schockt mich nichts mehr. Das erste Ziel ist der Bahnhof. Es gibt sogar einen Radweg, direkt ins Zentrum. Viele Wege und Straßen kreuzen ihn. An jeder noch so kleinen Gasse oder Einfahrt, ja sogar an Fußgängerüberwegen, steht ein Stoppschild mit einem Fahrradsymbol und auf den Boden ist eine Haltelinie gepinselt. Ein paar Meter weiter, nach der Einfahrt, Gasse oder Fußweg, wieder ein Schild, das den Weg nun erneut als Radweg ausweist. Und das zigmal. Mit dieser Idee hat sich irgendjemand eine goldene Nase verdient.

Am Bahnhof lehne ich das Fahrrad an eine Mauer zu den zig anderen auf dem Platz, der extra dafür ausgewiesen ist. Nachdem auf einigen Fahrrädern noch Packtaschen befestigt sind, spar ich mir die Mühe, sie in den Bahnhof zu schleppen, obwohl mir nicht hundertprozentig wohl dabei ist.

Der Blick schweift durch die Bahnhofshalle. Oha! Da ist ja einiges los. So viele Schalter! Wo soll ich hin für die Fahrkarte? Am besten zu dem mit der kürzesten Schlange.

Endlich vor dem blinden Plastikrund mit den durchstanzten Löchern, funkle ich die Dame hinter dem Schalterfenster an und nenne mein Ziel. Kein Problem. Auch das Fahrrad kann mit. Na, wer sagt's denn. Allerdings fährt der Zug erst morgen früh, kurz nach sechs. Hm, noch eine Nacht im Zelt. Was soll's. Es wird vorerst die letzte sein. Erst auf Sizilien werde ich wieder radeln und somit auch zelten.

Allora! Ich hätte gerne eine Fahrkarte, sage ich erleichtert. (Italienisch natürlich.) Die nette Dame klimpert mich an und zuckt bedauernd die Schultern. Eine Fahrkarte kann sie mir nicht verkaufen. Das hier ist nur der Auskunftsschalter. Na toll. Und warum steht das nirgends? Das habe ich mir nur gedacht. Sie war so freundlich, da wollte ich keine Kritik anbringen, für die sie nichts kann. Außerdem: Ohne die Schilderungen in einem Buch über die Absurditäten des italienischen Bahnwesens hätte ich es nicht so gelassen geschluckt. So nehme ich es fatalistisch, selbst noch, als der rotlackierte Finger auf die Menschentraube zeigt, die für die Fahrkarten ansteht.

Oh Gott. Da will ich mich nicht einreihen – nicht jetzt. Die Schlange ist definitiv zu lang und es bleiben noch viele Stunden bis zur Abfahrt.

Unmittelbar vor dem Bahnhof ist ein Park mit einer palmenüberschatteten Bank, von der aus das Fahrrad zu sehen ist. *Noch* eine Nacht! *Noch mal* einen Platz zum Übernachten suchen! Sosehr dieser Gedanke mich martert, ich kann ihn nicht ignorieren. Doch vielleicht findet sich ein Fleckchen wie bei der Farbfabrik in San Terenzo. Zu weit und zu verschlungen darf der Weg dahin allerdings nicht sein. Sonst verpasse ich am Ende noch den Zug, weil ich nicht rechtzeitig zurückfinde. Allerdings grenzt so ein Glücksfall eher an ein Wunder und steht den bisherigen Erfahrungen diametral gegenüber. Ohne diesen Druck würde ich hier auf der Bank entspannt die flanierenden Passanten beobachten, die herumlungernden Hunde anlocken und die Ruhe genießen. Aber es geht nicht. Unruhig rutsche ich herum, verkrampfe mich, mal aufrecht sitzend die Hände geballt im Schoß, um im nächsten Moment wieder lässig die Beine auszustrecken, die Arme bemüht locker auf der Rückenlehne. Noch so sehr kann ich mir einreden: Alles halb so wild. Es gelingt einfach nicht. Wenn's gar nicht anders geht, übernachte ich halt im Bahnhof. Aber so schnell gebe ich nicht auf. Außerdem ist ja noch jede Menge Zeit, um das Problem zu lösen.

Am wohlsten fühl ich mich auf dem Sattel. Irgendwie ist er inzwischen mein Zuhause, mein Wohlfühlort. Die nächste breite Straße führt weg vom Bahnhof. Wenn ich auf ihr bleibe, ist der Rückweg kein Problem.

Unweit vom Bahnhof öffnet sich auf der anderen Straßenseite eine verwilderte Wiese. Könnte das eine Möglichkeit sein? Kniehohes, hellgelb leuchtendes Gras wuchert vom Straßenrand bis zu den hintersten Ecken der dreißig Meter entfernten Mauer. Dahinter stehen mausgraue vierstöckige Häuser. Seitlich ist sie von fensterlosen Wänden der angrenzenden Häuser eingekeilt. Ein paar Büsche wachsen hie und da. Nicht üppig, aber besser als nichts. Vielleicht gäbe es ein Plätzchen nah an der hinteren Mauer. Allerdings ist es schon sehr nah am Zentrum und die Straße ist stark befahren. Reicht mein Mut, um dort zu zelten? Hat was von einer öffentlichen Bühne. Dazu kommt, dass sich in Bahnhofsnähe meist Gesindel herumtreibt. Abwarten. Vielleicht ergibt sich ja noch eine andere Möglichkeit.

Ein paar Kilometer weiter zeigt sich ein gepflegter, großräumiger Park mit saftig grünen Wiesen und Parkbänken unter alten Platanen. Ein Gebilde aus Beton ragt wie ein Mini-Amphitheater aus dem Boden, mitten auf der Wiese. Nicht ansprechend, aber die halbrunden flachen Betonbögen bieten sich an, um meine Sachen auszulüften und die Restfeuchtigkeit verdampfen zu lassen. Schlafsack, Zelt, Luftmatratze, Hosen, T-Shirts, Unterhosen – alles wird den trocknenden Sonnenstrahlen ausgesetzt. Ungläubig und besorgt wird die verstreute Auslage gemustert. Vielleicht fragt sich der ein oder andere, was das werden soll. Eine künstlerische Installation? Ein Happening? Eine ältere Spaziergängerin mit zwei kleinen Knirpsen sieht es ganz pragmatisch und kommt direkt auf mich zu. Sie dürfen hier nicht übernachten, lässt sie mich wissen. Es beruhigt sie, zu hören, die Sachen sind nur zum Trocknen ausgebreitet.

Auf dem Betonsockel neben meiner Auslage finde ich die Ruhe, die mir am Bahnhof abhanden gekommen war. Genüsslich strecke ich die Beine aus, drücke das Kreuz durch und blinzele in die Sonne. Ein neugieriger Dalmatiner kommt angeprescht. Er hat die Kekse in einer der zum Trocknen geöffneten Packtaschen erschnuppert. Amüsiert schaue ich ihm zu, wie er seine spitze Schnauze in die Packtasche bohrt und mit der Keksrolle im Maul ein paar Meter wegrennt, um sie dort hektisch aufzureißen und die Kekse gierig zu fressen – eiligst, damit sie ihm ja niemand wegnehmen kann. Er weiß genau, das darf er nicht. Und da kommt auch schon drohend sein Frauchen angerannt, um ihn davon abzuhalten. Aber das interessiert ihn nicht. Mit der Packung im Maul rennt er weg und frisst in sicherem Abstand den Rest. Sein Frauchen entschuldigt sich bei mir und will mir die Kekse ersetzen. Ich beruhige sie und verzichte mit einer jovialen Geste. Mit zärtlich grollenden Zurechtweisungen geht sie zu ihrem Hund. Er liegt inzwischen mit dem Kopf flach auf den Boden. Aus hochgezogenen Augenlidern schielt er sie spitzbübisch an, die zerfetzte und leere Verpackung noch zwischen den Pfoten. Artig bleibt er liegen, bis die Leine eingeklinkt ist, erhebt sich gemächlich, und beide gehen davon. Ich höre noch, wie sie ihn schimpft, aber eher so, wie ein Kind getadelt wird, wenn man gleichzeitig stolz auf seine Raffinesse ist. Er wird auch in Zukunft Kekse klauen.

193

Die Suche nach einem Übernachtungsplatz lass ich bleiben. Stadtauswärts mäandern die Straßen und kein Weg deutet auf einen signifikanten Vorteil hin. Gut so. Gedanklich sitze ich nämlich schon gemütlich in einem Zugabteil und in meinem Kopf bleibt kein Platz für so schwierige Entscheidungen wie: Welchen Weg nehme ich? Den ganz rechten? Den linken? Den mittleren ...? Nur ein Mal flammt auf dem Rückweg noch eine zarte Hoffnung auf. Die vertrocknete Wiese. Jetzt, in der späten Nachmittagssonne, glüht sie in lichtem Ocker. Wirklich schön. Aber fürs Zelt? Vielleicht ein Plätzchen zum Kuscheln zwischen den hohen, zart wogenden Halmen, ohne von der Straße aus entdeckt zu werden. Allerdings auch ein aufregendes Freiluftkino vom bequemen Fensterbankerl für die Inwohner des dahinterliegenden Hauses. Die Millionen Käfer, Würmer und Blutsauger blende ich dabei lieber aus. Nein, kein Platz zum Übernachten. Die lästige Frage, wo mein Zelt am besten aufploppt, kotzt mich inzwischen an. Wird halt der Bahnhof mein Nachtlager. Was soll's.

In Catania war es der Flughafen. Sogar mehrmals, wenn kein Bus mehr am Abend abfuhr. Lange Nächte, in denen die Zeit klebrigzäh dahinfließt, bis bei Morgendämmerung die normale Geschäftigkeit zurückkehrt und die Zeit wieder beschleunigt. Jetzt ist halt Livorno dran.

Mit dieser Erkenntnis biege ich ab zum schmucken Bahnhofsgebäude. Das Fahrrad bleibt wieder bei den zig anderen – samt Gepäck. Noch ist es hell und keiner wird wagen, es zu klauen. Ist ja nicht so einfach, allein schon wegen des Zelts. Dazu frequentieren zahlreiche Passanten den Platz und ein vermeintlicher Dieb muss davon ausgehen, dass der Besitzer in der Nähe ist. Außerdem bin ich ja bald wieder zurück. Mit dem Wimmerl um die Hüfte passiere ich die Eingangspforte des Bahnhofs.

Welch ein Schock. Die Schlange der Wartenden ist noch genauso lang wie vor meiner Spritztour. Gibt es keine andere Mög-

194

lichkeit, als hier mit den Massen anzustehen? Schließlich weiß ich, wohin ich will, und brauch keine weitere Auskunft. In einem Winkel der Bahnhofshalle entdecke ich eine Reihe Fahrkartenautomaten. Na also. Geht auch anders. Etwas ratlos stehe ich davor, obwohl der Automat auch deutsch spricht, also anzeigt. Mein Ziel ist Catania. Ich tippe es ein. Aber offenbar fährt kein Zug dorthin. Jedenfalls wird es nicht als Ziel akzeptiert. Ist es wegen den paar Kilometern zwischen dem Festland und Sizilien? Klar. Warum sollte der Zug übersetzen. Wäre ein unsinniger Aufwand. Wie heißt die Station auf der Festlandseite? Villa San Giovanni. Genau! Das ist das vorläufige Reiseziel. Wie es auf Sizilien weitergeht, wird sich dort ergeben. Ich tippe es ein. Wieder keine Reaktion. Hm?

Neben mir hilft ein junges Mädchen einem anderen Kunden, das Geheimnis des Automaten zu knacken. Ob es gelungen ist, kann ich nicht sagen. War zu sehr mit der eigenen Suche beschäftigt. Jedenfalls verschwindet der Kunde und das Mädchen dreht sich zu mir und bietet ihre Hilfe an. Wie aufmerksam. Lässt die italienische Bahn ihre Kunden doch nicht so hilflos auflaufen. Mich wundert zwar, dass sie keine Uniform trägt. Denke aber andererseits: Es ist nur vernünftig, sich die Kosten dafür zu sparen. Vielleicht ist die italienische Bahn ebenso defizitär wie die Deutsche Bahn. Da ist es doch vernünftiger, sie sparen an der optischen Ausstattung ihres Auskunftspersonals statt an der Reinigung der Zugtoiletten.

Behände drückt sie diverse Tasten, nachdem sie das Ziel kennt. Aber es scheint auch für sie nicht so einfach. Sie erzählt irgendwas von unterschiedlichen Zügen und stellt verwirrende Fragen. Genau steige ich nicht durch, was sie meint. Dabei funkeln mich ihre dunklen Augen so treuherzig an, dass ich sie am liebsten umarmt hätte. Scheiß drauf, ob sie es schafft. Hauptsache, sie flirtet noch ein bisschen mit mir. Beiläufig erwähne ich mein Fahrrad, das auch mitmuss. Erleichtert bläst sie die tief eingeatmete Luft durch ihre rot vibrierenden Lippen, hebt bedauernd die Arme und gibt mir zu verstehen: Dafür gibt es am Automaten keine Fahrkarten. Heißt das, ich muss mich *doch* am Schalter anstellen? Ja, meint sie. Ich bedanke mich herzlich für ihre Mühe und ertappe mich dabei, wie ich, ebenfalls mit Händen und Mimik, meine Aussage unterstütze. Aber damit ist die Sache noch nicht abgehakt. Wie der Hebel eines einarmigen Banditen in Las Vegas schnellt mir ihre offene Handfläche entgegen. Diese Geste ist international und kann nur eines bedeuten: Sie erwartet ein Salär für ihre Hilfe. Wie viel, frage ich irritiert.

»Come si vuole!«

Auch dieser Spruch ist mir schon mehrfach begegnet und nicht fremd. Wie Sie wollen! Eigentlich will ich ihr gar nichts geben, weil ihr Versuch kläglich gescheitert ist. Etwas missmutig krame ich eine Zwei-Euro-Münze aus der Geldbörse und lasse sie auf ihre offene Handfläche tröpfeln. (Eine Ein-Euro-Münze hab ich nicht gefunden.) Flink klappen die schlanken Finger darüber und mit einem koketten Grinsen dreht sie ab. Hübsche Beine, denke ich, während sie mit schwingendem Röckchen zum nächsten Opfer tänzelt. Also doch kein Service der italienischen Bahn. Wie kann man auch so naiv sein. Trotzdem hat mich dieser kleine Flirt aufgemuntert, auch wenn ich die zwei Euro in den Wind geschossen habe.

So schnell kann sich das Rad drehen. Nun stehe ich doch im gelockerten Haufen der Wartenden. Es kommt mir etwas unorthodox vor, wie sie da herumstehen. Warum, wird mir gleich klar: Auf einer Leuchttafel über dem Durchgang zu den Schaltern wird die Nummer des nächstfreien angezeigt. Ich schiele auf die Hände der Wartenden und entdecke die Nummernzettel, die sie in der Hand halten und immer wieder betrachten. (Kennt man ja: Das Kurzzeitgedächtnis ist manchmal noch kürzer als kurz.) Von einem älteren Herrn, der sich gerade seinen Nummernzettel vor die Nase hält, erfahre ich, wo ich diesen bekomme, und lande somit am Ende einer anderen Schlange, nämlich der vor dem Nummernautomaten. Wehe dem, der es eilig hat.

Im Buch über die italienische Bahn wird auch ein Express-Schalter erwähnt. Klingt auf den ersten Blick pulsdämpfend. Dort gibt's die Fahrkarte, wenn bis zur Abfahrt nicht mehr als dreißig Minuten verbleiben. So weit, so gut. Stellt man sich dreißig Minuten vor der Abfahrt ans Ende der Warteschlange und es dauert länger als erwartet, kann es zu spät sein, um den Zug zu erreichen. Wer jetzt denkt, ist doch ganz einfach: Dann reihe ich mich eben schon lange vorher ein. Dabei kann es passieren, dass noch mehr als die magischen dreißig Minuten bis zur Abfahrt verbleiben, weil die Kunden vor einem schneller als erwartet zu ihren Fahrkarten kamen. Was dann passiert stand nicht in dem Buch.

Aber das soll mich nicht weiter tangieren. Für mich kommt eh nur die »Holzklasse« in Frage und dem Nummern-Automaten ist es egal, wann ich die Nummer ziehe.

Eine Viertelstunde später halte ich den erforderlichen Streifen für den Zugang zu den Schaltern in der Hand und stelle mich wieder zu dem Herrn, der mir die Auskunft erteilt hat. Wir lächeln uns an und ich zeige ihm stolz meinen Nummernzettel. Dass die Idee nicht ganz so gut war, weiß ich fünf Minuten später. Der freundliche Herr belabert mich unaufhörlich. Obwohl ich meist nicht antworte – verstehe eh nur einen Bruchteil von dem, was er erzählt –, will sein Monolog nicht enden. Dann erscheint seine Nummer und er verabschiedet sich von mir und bedankt sich für das Gespräch. Welches Gespräch? Eine ältere Dame neben mir, die vorher schweigend mitgehört hat, spricht mich an. Noch bevor sie weiter ausholen kann, flüchte ich ein paar Reihen weiter nach hinten. Ich verliere ja keinen Platz. Schließlich gibt es das Nummernsystem. Mir klingeln nämlich noch die Ohren vom vorherigen Gelaber.

Es dauert, bis eine Nummer die nächste ablöst. Dann ist es endlich so weit und meine Nummer mit dem dazugehörigen Schalter flammt auf. Na ja, eigentlich ist es nur ein schwaches Glimmen. Ich hab Mühe, schnell genug nach vorne zu kommen, und noch bevor ich den Durchgang zu den Schaltern passiere, erlischt meine Nummer. Schnell dränge ich zum angezeigten Schalter, an dem schon der Kunde mit der nächsthöheren Nummer steht. Der Schalterbeamte hat Erbarmen und bedient mich vor dem quirligen Kunden, der sich vorgedrängelt hat.

In Rom endet der Zug. Für die Weiterfahrt brauche ich eine weitere Fahrkarte. Achtzehn Euro für mich, drei Euro fürs Fahrrad! Nur? Ungläubig schaue ich auf den Fahrschein. Doch das Ziel stimmt. Ein Schnäppchen für die gut dreihundert Kilometer. Für die läppische Strecke von München bis zum Brenner blätterte ich das Dreifache hin. Der Beamte nimmt es mit Erstaunen zur Kenntnis und freut sich, mir nicht so viel abknöpfen zu müssen.

Noch im Bahnhofsgebäude rufe ich Evelyn an. Sie ist glücklich über meine Entscheidung. Ich auch. Zur Feier des Tages leiste ich mir eine fette Pizza in der Bahnhofspizzeria.

Gestärkt und gutgelaunt geht es nach draußen zum Fahrrad. Ich werde es auf dem Bahnsteig abstellen und das Gepäck mit ins Bahnhofsgebäude nehmen. Sicher ist sicher.

Der Park und die Straßen vor dem Bahnhof haben schon das milchige Gelborange der Straßenlaternen angenommen. Nur die Spitzen der hochragenden Palmwedel sind noch in zartes Abendsonnenrot getunkt. Der Rest hebt sich, wie eine filigrane Tuschezeichnung, vom dunkelblauen Himmel ab. Zwei abgemagerte, zottelige, leicht ramponierte Hunde laufen auf mich zu. Der eine klein und sandfarben, der andere groß und aschgrau. Vermutlich rieche ich nach Salami und Schinken und sie hoffen, noch etwas davon zu ergattern. Obwohl ich mich zu ihnen hinunterbeuge und ihnen meine Hände zum Schnuppern entgegenstrecke, bleiben sie einen Meter vor mir stehen und blicken mich mit traurigen Augen an. »Ich hab nichts für euch«, sag ich ihnen und drehe meine Handinnenflächen nach oben. »Kann doch nicht ahnen, dass ihr hier auftaucht. Hätt ich's geahnt, ich hätte einen Bissen für euch

198

reserviert.« Mein Argument tröstet sie natürlich nicht und ihre traurigen Augen quälen mich weiterhin. Aber zurückgehen, um für sie was zu holen, ist dann doch zu viel des Guten. Später ... vielleicht. Erst muss ich mich um mein Fahrrad kümmern. Mit mäßigem Abstand folgen sie mir.

Ich nähere mich dem Fahrradplatz. Schon aus der Ferne erkenne ich: Mein Fahrrad steht nicht mehr dort, wo ich es abgestellt habe. Ich stocke. Meine beiden Begleiter rücken überrascht sehr nah auf, weichen aber sofort wieder zurück, nachdem ich den Kopf zu ihnen drehe. Neugierig bleiben sie stehen. »Wo ist mein Fahrrad?«, frag ich sie. Wen sollte ich sonst fragen. Als hätten sie mich verstanden, neigen sie ihre Köpfe und schauen mich treuherzig-fragend an. Ungläubig drehe ich den Kopf wieder in die Richtung, in der das Fahrrad stehen müsste. Hab ich es zwischendurch woanders abgestellt? Nein! Hab ich nicht. Da bin ich absolut sicher. Es stand an der Wand. Direkt neben der Stahltür zum Bahnsteig. Nur... da steht es nicht mehr!

Mein Herzschlag nimmt rasant zu. Kalte und heiße Schauer schießen durch meinen Körper. Die Hände beginnen feucht zu werden. Panisch rasen meine Augen über den Abstellplatz. Kein gelbes Zelt leuchtet zwischen den hundert Lenkern und Sätteln. Es kann einfach nicht weg sein. Ist doch alles hell beleuchtet. Na ja, jedenfalls nicht stockdunkel. Hat es jemand woanders abgestellt? Aber dafür gibt's keinen plausiblen Grund. Es wird umgefallen sein. Klar. Ist ja kein Wunder, bei dem asymmetrischen Fahrradständer.

Mit neu erwachter Hoffnung steuere ich auf den Platz zu, an dem es liegen müsste, sollte es umgefallen sein. Dass ich nicht an der falschen Stelle suche, wird mir schlagartig klar: Im diffusen Neonlicht leuchtet das Wurfzelt. Nur ist es nicht mehr auf dem Fahrrad. Meine Kopfhaut kräuselt sich unangenehm zusammen und es fühlt sich an, als würden sich die Haare aufstellen. Ein paar schwammige Schritte und es wird wahr, was ich erst nicht wahrhaben wollte. Da liegt es ... auf dem Boden. Das Wurfzelt.

Der Helm. Das durchtrennte Schloss. Nur kein Fahrrad. Mein Brustkorb wird eng. Das Atmen fällt mir schwer. Heiße und kalte Schauer durchschütteln mich. Immer noch ungläubig und gelähmt verharre ich. Meine beiden Begleiter haben sich stillschweigend verdrückt. Mich hätte es getröstet, sie jetzt bei mir zu haben. Wie in Trance greife ich nach dem Schloss, drehe es in der Hand, die Trennstelle betrachtend. Saubere Arbeit! Ein glatter Schnitt! Respekt! In einer letzten aufflammenden Hoffnung schweifen meine Augen über den düsteren Platz vor dem Bahnhof. Doch da tut sich nicht mehr als erwartet: vorbeifahrende Autos, Aus- und Einsteigende, Kofferschleppende. Kein Radler weit und breit. Ganz allmählich sickert das volle Missgeschick in mein Bewusstsein und mit ihm die Wut über diese hundsgemeine Niedertracht.

»Ihr Dreckschweine!!! Ihr Saukerle, ihr verfluchten!!!«

Wie kann das überhaupt sein? Es ist doch noch nicht mal nachtdunkel. Und hier ist alles beleuchtet. Und es wuselt von Menschen. Aber es gibt keinen Irrtum. Die Indizien sind zweifelsfrei. Und jetzt? Evelyn anrufen. Mein Leid klagen.

»Ach Schnuffbär. Irgendwie bin ich froh, dass es so gekommen ist. Wer weiß, ob du die Fahrt überlebt hättest.«

»Ja, aber ...«

»In Sizilien hättest du wieder radeln müssen. Die komischen Züge dort sind winzig wie unsere Straßenbahnen. Kannst Evi fragen. Die ist mal mit so einem gefahren. Da hätte dein Fahrrad keinen Platz gehabt. Wahrscheinlich auch gar nicht erlaubt. Lass es gut sein. Mir ist es lieber so. Muss ich mir keine Sorgen mehr um dich machen.«

»Aber das ganze Zeug? Alles weg!!!«

»Scheiß auf das Zeug. Kann man alles wieder kaufen.«

»Ist das dein Ernst? Du siehst das so locker?«

»Ja klar. Du bist mir wichtiger.«

»Sauber. Und was soll ich jetzt machen?«

»Du hast doch schon die Fahrkarte, oder? Fährst halt ohne Fahrrad weiter.«

Ihre Gelassenheit haut mich um. Kann zwar die Tatsachen nicht so einfach beiseiteschieben, aber andererseits, was bleibt als Alternative?

»Übernachtest halt im Bahnhof. Ist ja nichts Neues für dich. Morgen geht's dann gemütlich mit dem Zug weiter. Und das Wetter kann dir ab jetzt auch egal sein. Ich hab den Wetterbericht für die Toskana gesehen: immer wieder Gewitter und Regenschauer. Und so soll's vorerst auch bleiben.«

Na super! Gegen ihre Argumente bin ich machtlos. Wo sie recht hat, hat sie recht.

»Und beim nächsten Mal kannst du ja ...«

»... bei welchem nächsten Mal? Es gibt kein nächstes Mal, mein Schatz!«

»Ach was. Lass es auf dich zukommen.«

»Und was glaubst du, wird dann besser sein? Weniger Verkehr?«

»Ja genau. Zum Beispiel. Weil wir dann die einsamen Wege aussuchen. Du nimmst dir genügend Zeit dafür und weißt, was du wirklich für unterwegs brauchst.«

»Vergiss es. Ich bin geheilt.«

»Jetzt beruhig dich erst mal. Setz dich in ein Café und trink ein paar Gläschen Grappa. Macht ja nix, wenn du ein bisschen angedudelt bist. Musst ja nicht mehr radeln.«

»Sehr witzig!«

»Lass uns aufhören. Ich muss aussteigen. Wir telefonieren, wenn ich zu Hause bin.«

»Okay! Danke, mein Schatz. Trotz allem. Bin froh, dass du das so locker siehst. Ruf dich später noch mal an. Ciao!«

»Ciao Schnuffbär. Kopf hoch. Alles wird gut.«

So locker kann ich das allerdings nicht wegstecken. Das schaffen nicht mal zehn Stamperl Grappa. Vielleicht ist der Dieb noch irgendwo in der Nähe.

Das Schloss in den Helm gewunden, in der anderen Hand das sperrige Zelt, mache ich mich auf die Suche. Mit zunehmender

Entfernung vom Bahnhof weicht das Licht und es wird immer schummriger. Vor allem in den schmalen Gassen funzelt teilweise nur eine einsame Straßenlaterne, bemüht, mehr als ein paar Meter in Hofeinfahrten zu leuchten. Zwei Taschenlampen und eine Stirnlampe waren mal in meinem Besitz. Doch an denen erfreut sich jetzt der Fahrraddieb, leuchtet in meine Packtaschen und jubelt: »Evviva! Tante belle cose!«

Wenigstens einer, der sich freuen kann. Und was bleibt mir? Das Handy-Display als Lichtquelle, weil meine Krücke nicht mal eine LED als Taschenlampenersatz hat.

In der dritten oder vierten Hofeinfahrt in die ich gelurt habe, schimmern tief hinten schemenhaft Fahrräder. Nachdem sich die Augen an die Dunkelheit gewöhnt haben, wage ich, Schritt um Schritt, tiefer vorzudringen. Wohl ist mir dabei nicht. Aber der Zorn ist mächtig und siegt über die Angst. Schon ziemlich weit im Dunkeln setzt der Herzschlag für einige Sekunden aus und ich zucke zusammen. Irgendwo ist eine Tür oder ein Fenster zugekracht. Versteinert warte ich, bis das Pulsieren in den Ohren die umgebenden Geräusche nicht mehr übertönt. Schon so weit vorgewagt, will ich nicht auf halbem Weg das Handtuch werfen. Also mutig weiter. Die Chromteile der Fahrräder lassen schon deutliche Umrisse erkennen. Könnte meines dabei sein? Noch ein paar Meter und ich hab Gewissheit. Doch da zerreißt plötzlich fürchterliches Geschepper die Stille und lässt mich wie schockgefroren erstarren. Es klingt, als würden mehrere Blechtonnen umfallen. Als mein Herz wieder erwacht und wie wild in meinem Brustkorb hämmert, grüble ich, was es gewesen sein könnte. Ich tippe auf eine Katze. Hab sie wohl beim Durchwühlen der Mülltonnen gestört. Sicher ist das allerdings nicht. Selbst wenn, hat sie vielleicht jemanden aufgeschreckt. Zum Glück blendet meine Wut den Verstand nicht völlig aus. Mit schlotternden Knien trete ich den Rückzug an, leise, rückwärts, beide Hände zur Faust geballt, um einen vermeintlichen Angreifer abzuwehren. (Klingt, als wüsste ich, wie ich mich mit

202

meinen Fäusten verteidigen kann. Dabei war ich noch nie in einer solchen Situation.)

Froh, wieder in der schummrigen Gasse zu sein, schnaufe ich erst mal kräftig durch. Wenn ich weiter so agiere, wird das nix mehr mit dem Wiederfinden. Andererseits ist es auch reichlich naiv, zu glauben, es wurde irgendwo in der Nähe abgestellt. Eine zusätzliche Bitternote wäre noch, eine über die Rübe gezogen zu bekommen, weil *mich* jemand für einen Dieb hält. Ich gebe auf. Immerhin hab ich's versucht.

Was schmerzt am meisten von den verschwundenen Gegenständen? Da wäre Evelyns Digitalkamera und – oh je! – die darauf gespeicherten Fotos. Der Elektroschocker. Genau! Mit dem hätte ich den flüchtenden Dieb niederstrecken können. Allein schon das laute Gebrutzel und die zuckenden Funken zwischen den beiden Metallstiften haben mir so viel Respekt eingeflößt, dass ich die Auslösetaste sofort wieder los ließ. Eigentlich war er gegen rasende, um sich beißende Hunde gedacht. Ein Dieb kam mir dabei nicht in den Sinn. Vielleicht hätte ich ihn, in meinem unbändigen Zorn, trotzdem dafür benutzt. Ihm die Metallstifte zwischen die Rippen gebohrt, den Stromstoß ausgelöst, bis er zu Boden sinkt und wie ein abgestürzter Maikäfer, epileptisch zuckend, auf dem Rücken liegen bleibt. Kein schönes Szenario. Welche Möglichkeit hätte es noch gegeben? Luft aus den Reifen lassen! Schließlich hatte ich ja inzwischen eine taugliche Luftpumpe. Quatsch. Die wäre ja mit dem Fahrrad verschwunden. Was noch? Die Bremsen aushängen, so, wie es der Tankwart gemacht hat. Aber ohne Bremsen hätte den Dieb vielleicht ein Fahrzeug aufgegabelt und schwer verletzt. Wäre ich damit glücklich gewesen? Sicherlich nicht. Fürchterliche Gewissensbisse hätten mich gequält. Aber was soll das Grübeln. Ist eh zu spät, so nachträglich.

Ratlos, frustriert, ausgelaugt, erschöpft und allmählich gequält von den Unebenheiten des Bodens, die sich schamlos in meine kaum noch geschützten Fußsohlen drücken, schleiche ich zurück zum Bahnhof. Wo hätt ich denn mein Fahrrad abstellen sollen, verdammt noch mal. Es gab doch nur diesen Platz. *Den* Platz, der von der Bahn extra dafür bereitgestellt ist: beleuchtet, einsehbar. Ja gut. Meine Packtaschen auf dem Fahrrad zu lassen, war weniger schlau und zu verlockend. Dachte ja, ich komme schneller wieder zurück. Aber das Schloss. So ohne Weiteres lässt es sich doch nicht knacken, selbst wenn es eher die Sorte Billigheimer ist.

Auf dem Rückweg zum Bahnhof drückt sich ein Radler an mir vorbei und bleibt stehen. Den kenn ich doch. Genau! Der war doch ganz in meiner Nähe, als ich das Fahrrad abstellte. Er erinnert sich auch an mich. Wahrscheinlich eher an das gelbe Wurfzelt. Ich sag ihm, warum ich um diese unchristliche Zeit hier herumirre. Spontan bietet er mir ein Fahrrad an, das er zu Hause hat und nicht mehr benötigt. Nur fünfzig Euro will er dafür. Toll! Aber was soll ich damit? Ein nacktes Fahrrad hilft mir gar nichts. Meine Packtaschen wären mir weitaus lieber. Schulterzuckend verabschiedet er sich.

Wieder am Bahnhof, rufe ich Evelyn noch mal an und erzähle von meiner vergeblichen Suche.

»Spinnst du? Du kannst doch nicht nachts da herumsuchen. Willst du, dass sie dir ein Messer in den Bauch rammen?«

»Na, na. Jetzt übertreib mal nicht.«

»Glaubst du, die sind so blöd und stellen es in der Nähe vom Bahnhof ab?«

»Ja aber …«

»Die sind längst über alle Berge. Das Einzige, was du machen kannst, ist zur Polizei zu gehen. Vielleicht finden sie den Dieb.«

»Wann? Heut nacht? Bestimmt nicht. Und morgen früh steig ich in den Zug und bin weg.«

»Wahrscheinlich hast du recht. Trotzdem. Geh zur Bahnpolizei. Die ist doch dafür zuständig. Mach's bitte. Mir zuliebe.«

»Okay, okay! Ich geh zur Bahnpolizei.« Lust dazu hab ich keine. Die werden weder heute noch morgen oder überhaupt mein Fahrrad und die Packtaschen finden. Und wenn, dann leer.

204

»Ich telefonier mit der Polizei in München. Vielleicht haben die eine Idee.«

»Wenn du meinst!«

»Meld mich gleich wieder.«

Ziemlich naiv, denk ich. Was sollen die Münchner schon groß bewerkstelligen.

Mein Handy klingelt. Evelyn.

»Hallo Schnuffbär! Die Polizisten meinten, du sollst auf jeden Fall den Diebstahl bei der Polizei melden. Nur so wird dir die Versicherung den Schaden ersetzen. Also mach's bitte.«

»Jaaa! Schon guuut! Überredet. Ich geh hin.«

»Und sag mir morgen, was sich ergeben hat. Viel Glück und lass den Kopf nicht hängen. Alles halb so wild. Ciao Schnuffbär. Schlaf gut. Ich meine …. Na ja, du wirst die Nacht schon überstehen.«

Kaum hab ich Evelyn weggedrückt, kommt der bewusste Bahnangestellte wieder auf mich zu. Ob er weiß, wo die Station der Bahnpolizei ist, will ich wissen. Ja, weiß er, und begleitet mich dorthin.

Das Revier befindet sich verwaist am Ende des Bahndamms. Kaum stehen wir vor dem vergitterten Fenster, kommt ein junger Bahnpolizist heraus. Schmuck sieht er aus, in seiner gut sitzenden, litzenbetressten Uniform, der gesunden Gesichtsbräune und dem exakt getrimmten Bart. Kann mir schon vorstellen, dass bei diesem Anblick die ein oder andere Dame dahinschmachtet. Eine Erklärung für mein nächtliches Aufkreuzen kann ich mir sparen. Mein hochgehaltenes Schloss sagt alles. Er meint, es war heute das zweite Rad, das geklaut wurde. Na super! Bin ich nicht allein mit meinem Missgeschick. Tröstlich wirkt es allerdings nicht. Der Bahnpolizist ist ausgesprochen freundlich. Nur hilft das auch nicht weiter. Man sollte eine Überwachungskamera aufstellen, meint er. Klasse Idee. Das sagt er wahrscheinlich, seit er hier Dienst schiebt, und das könnte schon einige Jahre her sein.

Die Verständigung ist schwierig, kostet Zeit und Geduld. Er

kann die Anzeige nicht aufnehmen, so verstehe ich ihn nach einigem Geplänkel. Er hat nicht den richtigen Dienstgrad dafür. Dabei zeigt er auf seine durchaus wichtigtuerisch glitzernden Schulterklappen. So richtig will mir sein Argument nicht einleuchten. Wofür ist denn die Bahnpolizei da? Schmückendes Beiwerk, das einfach zu einem Bahnhof dazugehört? Ich soll zu den Carabiniere gehen, rät er, und nennt mir gleich die Adresse. Mit dem Auto nur fünf Minuten. Witzbold. Hab ja nicht mal mehr ein Fahrrad. Ich glaub, er hat meine Lage nicht wirklich verinnerlicht. Um die Sache abzuschließen, bitte ich um ein Dokument, das belegt, dass ich hier war. Nach einigem Hin und Her ist er bereit, meinen Ausweis entgegenzunehmen und seine junge Kollegin im Revier scannt ihn ein. Sie notiert noch die Fahrradmarke. Immerhin. (Die Rahmennummer habe ich mir leider nicht notiert.) Was in den Gepäcktaschen war, hätte ich ihr gerne auch noch verklickert. Aber das interessiert sie nicht. Für Buch, Kamera, Lampe hätte ich sogar die italienischen Wörter gewusst. Aber dann ist schon Sense. (Da muss später mein elektronisches Wörterbuch weiterhelfen. Bleibt, Gott sei Dank, immer im Wimmerl.) Meinen Ausweis bekomme ich wieder zurück. Auf einen Schrieb, der meinen Besuch hier bestätigt, warte ich vergeblich.

Der Bahnpolizist geht mit mir noch zu einem buschbestandenen Platz, halb hinter dem Polizeirevier. Er hebt die Zweige der Büsche an, die dort wuchern, sucht in den Ecken. Wie ich ihn verstehe, wird nicht benötigtes Diebesgut manchmal über den Zaun geworfen. Wie nobel. Nur ein bisschen zu früh, würd ich sagen. So blöd werden die nicht sein, noch in derselben Nacht hier aufzukreuzen. Aber es ist eine nette Geste, die mir zeigen soll, er lässt nichts unversucht, um mir zu helfen. Rührend. Ich kann die Anzeige in Neapel oder Catania machen, meint er. Den Orten, die ich ihm als meine Ziele nannte. Mehr ist hier nicht zu holen. Gut. Ich hab versucht, was möglich war, und ziehe wieder ab. Wenigstens Evelyn kann mit mir vorerst zufrieden sein.

Im Kopf durchlaufe ich noch mal die letzten Stunden. Dabei kommt mir der Gedanke, der hilfsbereite Bahnarbeiter könnte womöglich darin verwickelt sein. Schließlich braucht's massives Werkzeug, um das Schloss zu durchtrennen: Erst schaut er, wo ich abgeblieben bin; wenn dann die Luft rein ist, kommt er mit seiner armlangen Monsterzange durch die kleine Stahltür und zack ... ist das Schloss durchtrennt. Seinen Kumpel hat er vorher verständigt, der dann mit dem Fahrrad abzwitschert, während er sich wieder durch die Stahltür verkrümelt. Prima Geschäftsidee. Wen wundert's da, dass er mir ein Fahrrad anbieten konnte. Wahrscheinlich hätte ich sogar unter mehreren ein passendes aus seinem Fundus aussuchen können. Leider war ich in dem Moment nicht geistesgegenwärtig genug. Vielleicht hätte er sich auf einen Deal eingelassen: eine Summe X, cash auf die Hand für mein Fahrrad samt Packtaschen. Und kein Wort zur Polizei. Kann mich natürlich auch täuschen. Aber seltsam ist das Ganze schon. Soll ich noch mal meinen ganzen Mut zusammennehmen und ihn fragen? Aber was soll ich ihn denn fragen? Ob *er* mein Schloss geknackt hat? Was er für mein Fahrrad und die Packtaschen verlangt? Mal sehen, wie er reagiert. Wird ja nicht gleich, die Monsterzange schwingend, auf mich losgehen.

Ich klopfe an der Tür, hinter der ich die Werkstatt vermute. Erst leicht, dann mit aller Kraft, weil ich's jetzt doch wissen will. Aber die Tür bleibt verschlossen und dahinter höre ich keinen Mucks. Pech gehabt. Muss aber zugeben, darüber nicht allzu traurig zu sein.

Frustriert schlürfe ich in den Bahnhof. Gut dabei: Für diese Nacht fällt die Qual der Wahl flach. Auf einer Bank sitzend suche ich die Übersetzungen der geklauten Gegenstände – verbittert und überrascht über die Menge. Das meiste davon lässt sich gewinnbringend verscherbeln. Doch einiges hat für Diebe wenig oder keinen praktischen Wert und ist ein schmerzlicher Verlust. Dazu gehört die teure Knirschschiene. (Übersetzung fand ich dafür keine im Wörterbuch.)

Nach einiger Zeit wird mein Blick durch ein vertrautes Geräusch nach draußen gelenkt. Es donnert! Minuten später klatschen dicke Regentropfen, groß wie Murmeln, aufs Pflaster vor dem Bahnhof. Es sieht aus, als würde das Wasser auf eine heiße Herdplatte platschen und verkochend hochspringen. Schau, schau! Wie sportlich da manche werden, die sich sonst steifbeinig im Kriechgang bewegen und jetzt von draußen über den Vorplatz in die Bahnhofshalle spurten. Nass bis auf die Haut sind sie trotzdem, denn die Wassermassen stürzen so üppig aus den tiefschwarzen Wolken, dass sogar der Vorplatz sie nicht mehr schlucken kann. Und nicht nur das. Nach einigen Minuten gurgelt das Wasser sogar unter den Eingangstüren hindurch, weit hinein in die Bahnhofshalle, und ein Ende ist nicht abzusehen. Was bin ich doch für ein Glückspilz. Hätte ich draußen übernachtet und nicht rechtzeitig zusammengepackt, das Zelt wäre davongeschwommen wie ein überdachtes Schlauchboot und als Zuckerl in der Mitte des Bodens eine lustig glucksende Fontäne.

Fünfzehn Minuten dauert der meteorologische Budenzauber. Dann ist schlagartig Schluss.

Neben mir lässt sich ein Penner auf die Bank fallen und zuzelt auf dem Zahnfleisch zwischen seinen Zahnlücken herum. Lästig. Außerdem stinkt er gottserbärmlich nach Schweiß und das um einiges kräftiger als ich, sonst würde ich es nicht riechen. Ohne den Kopf zu drehen und ins Leere stierend, bittet er um eine Zigarette. Ich drehe mich zu seiner grindigen Wange. Meint er mich? Wahrscheinlich. Auf der anderen Seite neben ihm sitzt eine ältere Dame. Die wird er sicherlich nicht gemeint haben. »Non fumo«, sag ich. Ohne Anzeichen von Leben stiert er weiterhin nach vorne. Dass er noch lebt, zeigt er mit einem kaum wahrnehmbaren Schulterzucken, stemmt sich hoch und zieht ab. Hätte nicht erwartet, dass er so schnell die Segel streicht.

Gegen zwei Uhr morgens sind die meisten Bahnreisenden abgefahren oder angekommen und in die Nacht verschwunden. Nur noch Obdachlose und vereinzelte Reisende verteilen sich auf den Metall-Marterbänken.

Unversehens wird die einlullende Lethargie durchbrochen. Vor allem die Männer beginnen unruhig herumzurutschen. Der Grund ist eine blutjunge Blondine in Hotpants und buntem, körperformbetonendem T-Shirt, die ungeniert alle noch im Bahnhof Verweilenden fragt, ob sie nach Florenz fahren. Hübsch ist sie. Attraktiv, knackig und aufgezwirbelt bis zum Anschlag. Als die Blondine mit ihrer Frage zu mir kommt, sinkt meine Nachbarin, eh schon eingekeilt bis zu den Schultern zwischen Koffern und Taschen, noch tiefer. Sie wirkt so verschreckt, als sei sie das Opfer, auf das sich gleich alle Männer stürzen werden. Ich hätte ihr gerne gesagt, sie muss keine Angst haben; ich werd ihr zur Seite stehen, falls … Sie hätte mir mein Wohlwollen wahrscheinlich nicht abgenommen und wäre noch tiefer zwischen ihre Barrieren gerutscht.

Irgendwann hat die blonde Maus alle Reisenden abgeklappert und spaziert ungehemmt zu den Obdachlosen. Mitten in der Gruppe stehend scherzt und lacht sie mit ihnen, als wären sie die vertrauenswürdigsten Personen. Wie macht sie das, ohne Angst, sofort verschleppt und vernascht zu werden? Wie funktioniert das? Ich finde keine Erklärung. Ihre offene Naivität funktioniert scheinbar wie ein Schutzschild. Vielleicht profitiert sie von einer Art Welpenschutz. Da darf sie allerdings nicht an ein Alphatier geraten. Dann ist es wahrscheinlich um sie geschehen und neun Monate später hat sie selbst einen Welpen am Hals.

Später sitzt sie mit einem aus der Gruppe der Obdachlosen Arm in Arm schlummernd in einer Ecke auf dem Boden. Ich muss zugeben, ich hab ihn beneidet.

Den Kopf auf die Hände gestützt und die Stellung ständig wechselnd, weil sich die harten Rohre der Bank immer wieder in meine Hüfte gebohrt haben, konnte auch ich ein bisschen dösen.

Dienstag, 22. Juli – neunter Reisetag

Gegen fünf Uhr morgens erwacht der Bahnhof. Schreiend bunt-grelle Werbeflächen springen an und schneiden durch die Augenlider. Alles gerät in Bewegung. Bald darauf glimmt auch die Anzeigetafel auf und kündigt meinen Zug an. Nachdem das Ticket entwertet ist, (dank des amüsanten Buches über die italienischen Eisenbahnen und die teils absurden Vorschriften und Gepflogenheiten wusste ich davon; auch von größeren Schwierigkeiten unbarmherziger Bahnkontrolleure war darin die Rede, falls das Entwerten vergessen wurde), schreite ich, noch ungelenk, auf den Bahnsteig zur Toilette, um mich zu erleichtern und wieder salonfähig zu werden. Aber sie ist verriegelt. Verstehe. Müssten sonst allmorgendlich das Obdachlosenbündel hinausjagen und das schafft keine Putzarmada. Auch das Restaurant am anderen Ende des Bahndamms, das nur pfützendurchwatend zu erreichen ist, hat noch geschlossen. Schmore ich halt weiter im eigenen Saft. Die Blase kann ich bedenkenlos beim noch schlummernden Polizeirevier zwischen den Büschen entleeren.

Am Bahnsteig steht einsam ein Zug. Keine Anzeige, woher er kommt oder wohin die Reise mit ihm geht. Am Zugende plagt sich ein mittelaltes Ehepaar mit dem Einladen der Fahrräder. Wäre ich noch radelnd unterwegs, würde ich jetzt auch dort werkeln. Obwohl ich das nicht mehr kann und will, steigt ein wehmütiges Gefühl auf. Nachdem die Fahrräder verstaut sind, strebt das Paar im Partnerlook den Bahnsteig entlang, direkt auf mich zu. Nach Italienern sehen die nicht aus, mit ihren Baseball-Caps, auf denen das Logo eines deutschen Sportartikelherstellers prangt. Sie werden wissen, wohin der Zug fährt.

»Sprechen sie englisch oder vielleicht deutsch?«

»Ja. Wir komm aus Berlin.«

Verrückt, wo es die Leute so hintreibt. »Fährt der Zug nach Rom?«

»Na klar. Alle Züge fahren nach Rom. Klener Scherz.«

»Schon kapiert. Da will ich auch hin«, jubiliere ich. »Eigentlich wie ihr mit dem Fahrrad und dann weiter bis nach Sizilien. Aber mir habens mein Radl geklaut.«

»So ne Jemeinheit. Det tut ma lejd. Hast de nich abjeschlossen, wa?«

»Doch, aber ...« Als Erklärung zeige ich ihnen mein Schloss.

»Hättste man besser nich allene jelassen. Und wat machste nu?«

»Na ja. Fahr halt mit dem Zug weiter.«

»Sie wolln trotzdem weida?«, fragt mich die Radlerin.

»Ja. Treff mich mit meiner Frau in Sizilien. Jetzt halt ohne Rad und ohne Gepäck. Nur das Wurfzelt und den Helm haben's mir gelassen.«

»Allet jeklaut? Och dat Jepäck?«

»Komm Inge, lass uns einsteigen. Dit könnwa ja drin bereden«, drängelt der Berliner. »Sonst sind de Plätze wech.«

»Kann ich mich anschließen?«

»Klar kannste det.«

»Danke. Sehr freundlich. Ich helf euch auch beim Reinschleppen.«

»Ne danke. Det machnwa schon allene. Is ja nicht so viel, wat wa mitschleppen.«

Da hat er recht. Warum hab *ich* eigentlich so viel mitgeschleppt? Die kommen mit je zwei Packtaschen und einem Schlafsack klar. Oder ist es ein Zelt? Mal sehen, wo sie hinwollen.

Wir steigen gemeinsam in den Zug und finden ein freies Abteil. Das Pärchen vertieft sich sogleich in seinen Reiseführer. Vom Lago di Bolsena, Lago di Bracciano und einem See direkt bei Rom

211

ist die Rede. Versteh ich nicht. Da fahren sie so weit, um dann Seen zu besuchen? Für mich ist das Meer das Höchste und damit bin ich nicht allein. Viele Italiener fahren extra an die Küste, nur um stundenlang aufs Meer zu stieren. Und dabei meine ich nicht nur Liebespaare. Ich spar mit jeglichen Kommentar. Solln sie, wenn sie meinen.

Gegen acht wird das himmelumspannende Grau etwas heller. Trotzdem zeichnen immer wieder Regentropfen diagonale Perlenketten aufs Fenster und draußen ziehen weite Seenlandschaften vorbei, einst Wiesen und Felder. Muss ich jetzt den Gaunern danken, die so freundlich waren, mich vor diesem Grausen bewahrt zu haben? Wahrscheinlich hätte ich noch viele Unterführungen ausgiebig kennengelernt; mein Dampfgarumhang wäre zur Standardkleidung geworden; zwischen den Zehen Schwimmhäute gewachsen und ich allmählich zur Amphibie mutiert. Keine lebensbejahenden Aussichten.

Die meiste Zeit hab ich nur die vorbeiziehende Landschaft betrachtet. Entweder im Abteil oder im Flur. Die beiden Berliner waren so mit sich selbst beschäftigt, da wollte ich nicht stören.

Rom ist erreicht und das Wetter hat sich nicht nur gebessert, es scheint sogar die Sonne. Das Pärchen will sich auch jetzt nicht helfen lassen.

Im Bemühen, schnell den Bahnhof zu verlassen, meide ich die Bahnhofshalle und gerate in einen Nebentrakt. Auf einer Seite Edel-Boutiquen und Reisebüros, gegenüber bis unters Dach marmorverkleidete Wände. Bei so viel verschwenderischem Protz könnte es auch noch für Steckdosen gereicht haben. Wird nämlich Zeit, das Handy zu laden. Aber nichts dergleichen verbirgt sich im edlen Marmor. Wenn nicht hier unten, dann vielleicht oben. Über breite Marmortreppen gelange ich in eine mächtige Halle. Kein Mensch zeigt sich weit und breit. Die hohen Wände, blank poliert, glänzen nur so von Überfluss. Dazu edle Fensterrahmen, kunstvoll gestaltete Torbögen, hundsteure Designerlampen. Imposant. Und wem zu Ehren ist nun dieser noble Tempel errichtet? Das erhabene Messingschild, neben einer kunstvoll gestalteten Tür am Ende des Mausoleums, weist auf das Bahn-Management hin. Muss ja erhebend sein das Privileg zu haben, morgens in dieses Refugium schweben zu dürfen. Viel Zeit zum Bestaunen bleibt mir nicht, denn schon hallt eine laute Stimme die Treppe hoch und bittet mich energisch, den Weg nach unten anzutreten. Bin ich auf einem Überwachungsmonitor aufgetaucht? Wie sonst hätte der Aufpasser erfahren, dass ich mich hier oben herumtreibe? Etwas eingeschüchtert schleiche ich an ihm vorbei, entschuldige mich für meine Neugierde und erwähne, dass nirgends steht, dass das Betreten dieser heiligen Hallen verboten sei. Er zuckt nur mit den Achseln.

Dabei fällt mir eine Anmerkung des Autors ein, der über die italienische Eisenbahn schrieb: *Der Staat hat Unmengen Geld in die Gestaltung der Bahnhöfe und Zugverbindungen investiert, um das Reisen mit der Bahn nobel und attraktiv zu machen. Der »Frecciarossa« jagt auf eigenen Trassen mit über dreihundert Stundenkilometern von Rom in die Metropolen im Norden.* (Da kann man über unseren ICE nur müde lächeln.) *Aber nur Privilegierte können sich eine Reise damit leisten. Das Gros muss sich mit den schäbigen Bummelzügen abfinden.*

Der gedankliche Seitensprung hilft mir nicht weiter. Eine Steckdose hab ich da oben natürlich nicht gefunden. Einen Schlenker in die Bahnhofshalle spar ich mir. Gleich hier sind ja die schon erwähnten Reisebüros.

Etwas zaghaft – die blasierten Damen sind edel gestylt und wirken wie zerbrechliche Püppchen, die soeben dem Beauty-Shop entsprungen sind – wage ich mich in eines der Reisebüros. Äußerst höflich frage ich, ob sie bitte so freundlich wären, mein Handy für eine halbe oder wenigstens Viertelstunde an die Steckdose zu hängen. Mit einer schamlosen Arroganz lassen sie mich abblitzen, blicken ostentativ in eine andere Richtung und hören mir nicht mal zu. Okay. Schon gut, ihr Zicken. Hab verstanden. Zugegeben, wie ein potenzieller Kunde sehe ich nicht aus: zerknitterte Klamotten statt edlem Samsonite auf butterweichen Gummirollen, ein knallgelbes Stoffrad statt einer ledernen Businesstasche, ein Helm aus der Jahrhundertwende unterm Arm und das Gesamtbild umhüllt von einem deftigen Schweiß-Hautgout. Trotzdem. Es wäre ein lächerlicher Aufwand gewesen. Ich hätte ja einstweilen ihr edles Ambiente verlassen. Nichts zu machen.

Dieselben Demütigungen erfahre ich auch im Reisebüro gleich daneben und kann froh sein, nicht von einem Rausschmeißer nach draußen entsorgt zu werden. In den Edel-Boutiquen versuch ich es erst gar nicht. Den Sarkophag verlassend, in dem die Menschen kalt sind wie der umgebende Marmor, betrete ich mit einem Schlag eine andere Welt.

Binnen Sekunden umgibt mich ein ungeheuerlicher Radau. Autogeräusche, knatternde Motorroller, hochtourig jaulende Motorräder, rufende Händler. Ein dichter Teppich von Stimmen. Das alles wabert in einer Hitzewolke gleich neben dem Bahnhofsgebäude. Der Kontrast ist so gewaltig, mir bleibt erst mal die Luft weg. Auf tragbaren samtbezogenen Platten rücken mir Afrikaner auf den Pelz und bieten billigen Schmuck. Andere sitzen vor industriell gefertigten afrikanischen Figuren – schon hundertmal gesehen. In der Straße quetscht sich Mini-Geschäft an Mini-Geschäft, vollgestopft mit Klamotten, Handtaschen, Koffern, Gebrauchswaren und innen so eng, selbst zum Umdrehen ist kaum Platz.

Mir gefällt's. Den Helm und das Schloss will ich nicht weiter in den Händen herumtragen. Also leiste ich mir gleich im nächstbesten Shop einen Rucksack und hab somit wenigstens eine Hand frei. Außerdem werde ich mir ja auch was zu essen kaufen, und das möchte ich nicht in der Plastiktüte herumschleppen müssen.

Die lange Hose, die ich trage, ist zwar dünn mit praktischen

Seitentaschen. Trotzdem schlackert sie lästig warm um die Beine. Eine kurze Hose muss her und wenn ich schon dabei bin, gleich noch ein paar T-Shirts. Also kaufe ich eine blaue kurze Hose und ein gelbes und altrosa T-Shirt. Sogar ein paar Unterhosen kann ich ergattern. Für eine vergleichende Suche in anderen Shops fehlt mir die Lust. Ich will das quirlige Rom genießen und meine Zeit nicht mit langem Suchen verplempern. Am liebsten wäre ich gleich in die neuen Klamotten geschlüpft, aber für eine Umkleidekabine ist es im Shop zu eng. Ergo stopfe ich erst mal alles weg und beginne meine Reise als Rucksacktourist.

Mit neu erwachtem Hochgefühl stürze ich mich wieder in die quirlige Gasse. Wie praktisch, so ein Rucksack. Auf dem Rücken wird's zwar irgendwann ein bisschen warm werden, aber besser, als alles in der Hand tragen zu müssen. Und das Wurfzelt? Soll ich es irgendwo entsorgen? Oder verschenken? Es ist zwar lästig, aber aus nostalgischen Gründen bleibt es erst mal bei mir – vorerst. Die meiste Zeit bin ich ja im Zug unterwegs und da stört es nicht.

Kleine Bars mit appetitlichen Häppchen zwängen sich zwischen die Mini-Shops. In der nächstbesten will ich meine Essensgelüste befriedigen. Auf der Bahnfahrt hierher war ich die meiste Zeit schweigsam. Die beiden augenverdrehenden Berliner haben ja nicht gerade das Gespräch gesucht und irgendwie waren sie auch nicht meine Wellenlänge. Dabei dachte ich die ganze Reise über, die Sprache ist mein Hemmschuh. Jetzt ist mir nach einem verbalen Austausch.

Vor mir steht ein Typ, in etwa so groß wie ich, jedoch mindestens doppelt so breit. Er berät sich mit seiner vor ihm stehenden Begleiterin, die fast gänzlich verschwindet hinter dem Monolithen. Brabbeln sie holländisch? Da könnte ich mich vielleicht englisch oder gar deutsch mit ihnen unterhalten. Nachdem auch mein Tablett gefüllt ist, dränge ich mich zu den beiden an den Bistrotisch und stocke. Abwartend schauen sie mich an, weil es mir

215

die Sprache verschlagen hat bei so viel ungebändigtem Fleisch. An der Kasse wurde die Begleiterin ja von ihrem voluminösen Freund verdeckt und mir ist nicht aufgefallen, wie füllig auch sie ist. Die engen T-Shirts der beiden haben Mühe, die allseitig überquellenden Speckwülste zu bändigen. Nach anfänglicher Irritation schaffe ich es schließlich zu fragen, wo sie herkommen. Aus Polen. Sprechen weder englisch noch italienisch, geschweige denn deutsch. Schade, einesteils. Andererseits hätte mich so viel überbordende Üppigkeit dermaßen abgelenkt, es wäre schwer gewesen, mich auf eine Konversation zu konzentrieren. Ich kenn mich. Meine Fantasie hätte zwischendurch immer wieder ihren nackten Körper modelliert. (Peter Paul Rubens hätte entzückt zum Pinsel gegriffen.) Ich jedoch schaffe nur ein bedauerndes Schulterzucken und setze mich, selbstkasteiend, mit dem Rücken zu ihnen an den Nebentisch. Na ja. Ich hab's versucht. Ich drehe mich noch einmal zu ihnen und wir lächeln uns zu. Ist ja auch schon was. Mein Handy will ich in der Bar lieber nicht aufladen lassen.

In der Bahnhofshalle studiere ich die Fahrpläne. Nun, da ich nicht mehr mit dem Fahrrad unterwegs bin, bieten sich viele Möglichkeiten. Mehrmals täglich fährt ein Zug nach Neapel. Kein Stress also und Zeit, gemütlich zu bummeln. Erst muss ich allerdings Evelyn anrufen. Sie wird sich Sorgen machen. Nur wo kann ich mein Handy aufladen? Ich suche in der wenig noblen Bahnhofshalle alle Ecken ab. Fehlanzeige. Wieder in einer Bar laden lassen? Aber nicht gerade im Bahnhof. Ich bin in Rom, und da wird sich eine andere Möglichkeit finden. Aber ein kleines Lebenszeichen muss Evelyn erhalten und dafür wird der Saft noch reichen. Sie geht nicht ran. Also erfährt sie durch eine SMS, wo ich bin und dass ich mich später melde.

An der Stirnseite des Bahnhofs herrscht reger Betrieb. Es sind nicht nur viele Menschen, die herumeilen, sondern auch verwirrend viele Bus-Terminals, verteilt über den weiten Vorplatz. Die Frontseite des Bahnhofs ist ein schäbiger, schmuckloser Kubus

216

und steht in keinem Verhältnis zur Puppenstube im marmornen Sarkophag. Haben sie dort ihr ganzes Geld verpulvert? Für die Außenfassade hat's dann nicht mehr gereicht, oder wie? Die paar grünen Rasenfetzen auf dem Bahnhofsvorplatz werten das Ganze jedenfalls nicht auf.

Als Schutz vor den vorbeipreschenden Taxis schützt ein Geländer und an ihm hängt ein Fahrrad. Es ist nicht nur mit *einem* Schloss gesichert. Das Hinterrad ist angekettet, das Vorderrad abmontiert und mit dem Rahmen separat angeschlossen. Den Sattel hat der Besitzer vermutlich mitgenommen. Sehr clever. Sollte ich noch mal in die Verlegenheit kommen, das Fahrrad unbeaufsichtigt abstellen zu müssen, werde ich mir dieses Bild ins Gedächtnis rufen.

Die Pizzetta in der kleinen Bar war zwar schmackhaft, aber im Magen ist ein Hohlraum geblieben. Hab jetzt richtig Lust auf was Üppiges. Es muss doch in der Nähe irgendwas geben, außer den kleinen Cafés und im Bahnhof.

Ich marschiere aufs Geratewohl durch die Straßen, genieße den lebendigen Verkehr – tangiert mich nicht mehr – und bin erstaunt über das viele Grün, die freundlichen Menschen, die mich anstrahlen, die kleinen Obst- und Gemüsekarren, die Verkaufsstände mit Klamotten, Taschen, Schuhen … Fühl mich pudelwohl. Rom gefällt mir, obwohl ich das noch gar nicht beurteilen kann. Und dann finde ich auch noch ein kleines Restaurant in einem Park mit Tischen unter bunten Sonnenschirmen, umringt von Pinien, Platanen, Zedern, Palmen und was weiß ich noch allem. Eine Pizza Arrabbiata und ein Vino Rosso. Das muss jetzt sein.

Der kessen Bedienung reiche ich mein Handy samt Ladegerät. Ohne abfälliges Stirnrunzeln nimmt sie es entgegen. Mit meinem Rucksack verschwinde ich in der Toilette und komme Minuten später als verwandelter Mensch zurück. Schon toll, was ein paar neue Klamotten aus einem machen. Tja, Kleider machen Leute!

»Oh. Bello!«, meint die Bedienung, als sie mich im neuen Outfit

217

sieht. Mit einem Breitmaulfrosch-Lächeln grinst sie mich verschwörerisch an und nickt anerkennend. Freu mich kindisch, dass meine neuen Klamotten so gut ankommen.

Die Pizza schmeckt göttlich und ich lasse mir Zeit, um den Genuss in die Länge zu ziehen. Wenn ich einen Abendzug nehme, kann ich noch den ganzen Tag in Rom herumschlendern. Geht's mir gut! Wie schön, mich nicht mehr schweißtriefend mit dem Fahrrad abplagen zu müssen. Geschissen auf den Orden und die Anerkennung dafür.

Lässig im Rohrstuhl fläzend mit ausgestreckten Beinen lausche ich den Vögeln, den entfernten Straßengeräuschen, die so ganz anders klingen als bei uns; beobachte die Spatzen, die streitend Krümel um die Tische herum aufpicken; genieße die Sonne, die auch mich leuchten lässt. Auf einem blitzenden Metallteller bringt mir die reizende Bedienung schmunzelnd mein Handy und die Rechnung. Einfach zum Anknabbern, die Kleine. Dabei denk ich mit schlechtem Gewissen an Evelyn.

Und da ist sie schon.

»Hallo Schnuffbär. Schön, dass du anrufst. Lang nichts von dir gehört. Wo bist du? Da zwitschern ja tausend Vögel.«

Evelyn hört wieder mal mehr als ich, unmittelbar unter den Bäumen. Klar hör ich die Vögel auch. Aber gegen sie bin ich eine taube Nuss. Sie hört so unglaublich gut, dass ich mal scherzhaft meinte: »Du hörst sogar, wenn der Zeiger von Lisas Armbanduhr im zweiten Stock um eine Sekunde weiterspringt.« Nicht immer ist sie glücklich darüber. Sie hat eine Hyperakusis. Klingt lustig, ist es aber nicht. Jedenfalls nicht für sie. Ich soll glücklich sein, nicht darunter leiden zu müssen. Hat sie nicht unrecht. Der Mittelweg wäre halt ideal. Schon quälend, wenn sie fragt: Hörst du die Grillen? Das Vögelchen da im Busch? Die Maus hinterm Schrank? Hör ich einfach nicht. Manchmal schade.

»Och, ich sitze hier in einem Park. Hab grad eine Pizza Arrabbiata verdrückt. Schön scharf. Weiter hinten ist ein schönes altes Gebäude, davor Palmen, Schirmakazien und tausend andere

218

Bäume. Komm doch einfach her. Lass uns ein bisschen durch Rom bummeln.«

»Schön wär's. Hier regnet's die ganze Zeit. Na ja. Ein bisschen heller wird's schon. Erzähl. Wie geht's jetzt weiter bei dir? Wann fährt dein Zug?«

»Keine Ahnung. Hab noch keine Fahrkarte gekauft. Ohne Fahrrad kann ich ja jeden Zug nehmen. Super, oder? Kein Fahrrad, kein Stress! Würd am liebsten einen weiteren Tag in Rom bleiben und erst morgen Abend nach Neapel fahren. Was hältst du davon?«

»Find ich gut. Wer weiß, wann du wieder nach Rom kommst. Ist zwar ein bisschen wenig, ein Tag, aber besser als nichts. Soll ich für dich eine Jugendherberge suchen?«

»Nein danke, mein Schatz. Hab jetzt ja Zeit.«

»Kann ja trotzdem suchen.«

»Muckelchen, spar dir die Mühe. Ganz lieb. Braucht's aber nicht.«

»Wie du meinst. Kannst mich ja noch mal anrufen, nachdem du was gefunden hast. Okay?«

»Ja, mach ich. Ciao mein Schatz!«

»Ciao Schnuffbär. Viel Spaß in Rom. Und pass auf dich auf.«

Zurück im Bahnhof kauf ich einen kleinen Rom-Führer und erkundige mich nach einer Jugendherberge. Die Verkäuferin hat keine Ahnung, zweifelt, ob es eine in Rom gibt. Ich denke schon. Gibt's doch in jeder Stadt. Egal. Die Buchhändlerin rät mir zu einem Bus der quasi einen Kreis um die Altstadt macht. Und günstiger als eine Sightseeingtour ist er auch noch. Ich bedanke mich für den Tipp und ziehe los. Vorher will ich aber das sperrige Wurfzelt loswerden.

Schließfächer im Bahnhof gibt es zuhauf, aber nicht für die Größe des Wurfzelts. Und jetzt? Wie wertvoll ist es mir? Soll ich es doch irgendwo einfach entsorgen – Nostalgie hin oder her? Nein, liebes Wurfzelt. Du darfst mit nach Sizilien. Auch wenn du hin und wieder lästig bist.

219

Am Bahnhofsplatz ist ein kleiner Kiosk für Touristen. Ich bitte die nette alte Dame hinter der Scheibe um eine Fahrkarte für den empfohlenen Bus. Dann druckse ich herum, frage, ob ich das Wurfzelt bei ihr lassen kann. Erst schaut sie irritiert, neigt sich weit zum Fenster, um mit gekräuselter Stirn zu sehen, was ich da bei ihr deponieren will, und nickt. Durch die Hintertür nimmt sie es in Empfang. Ich sag's ja. Die Römerinnen!

Unbeschwert beginne ich meine Entdeckungstour. Ein festes Ziel hab ich nicht. Also steige ich in den Bus, den mir die Verkäuferin genannt hat. Er ist alt und gerammelt voll, die Sitzplätze belegt von älteren Herrschaften oder Hausfrauen mit zwischen die Beine geklemmten Einkaufstüten. Und dann geht es los. Schon der laut aufheulende Motor ist ungewohnt. Kaum sind wir auf der Straße, rattert's und scheppert's aus allen Ecken. Mich wundert, dass die Bleche und Blenden der Verkleidung dabei nicht abplatzen. Beidhändig festgekrallt schwingen wir Stehenden mit den ruckeligen Bewegungen des Buses, bemüht, nicht unsanft gegeneinander geschleudert zu werden. Mir scheint, die Straße besteht nur aus Schlaglöcher, so sehr beutelt es uns durch. Aber das scheint normal. Keiner stört sich daran und so stört's auch mich nicht weiter. Find es eher aufregend. Noch aufregender ist, was hinter den verschmierten Scheiben vorbeizieht. Mich haut's fast aus den Latschen. Schon bei der ersten Station wäre ich am liebsten hinausgesprungen, blieb aber, weil in Fahrtrichtung gleich die nächste Sehenswürdigkeit lauert. Links. Rechts. Überall zieht Mächtiges und Prächtiges vorbei und ich weiß gar nicht, wann ich raussoll. An der Piazza Venezia hält mich dann nichts mehr.

Mit offenem Schnabel bestaune ich das Monumento Vittorio Emanuele Secondo. Vor Grandioserem, Leuchtenderem, Kolossalerem bin ich bisher noch nie gestanden. Gigantisch, übermächtig, strahlend, göttlich. Bin ergriffen. Und dieses facettenreiche Monument wurde von Menschenhand geschaffen? Unglaublich. Ehrfürchtig steige ich die Stufen nach oben, um diesem Prachtbau möglichst nah zu kommen, bis ein hohes Gitter mit einem Tor das Höhersteigen verhindert. Dort klumpen sich die Leute. Nur häppchenweise werden sie durchgelassen. Unversehens bin ich plötzlich mitten in der Gruppe und direkt vor dem Tor. Ein Typ dort fragt mich irgendwas. »Si!«, erwidere ich selbstbewusst und dränge an dem Torwächter vorbei. Keine Ahnung, was er von mir wissen wollte. Wahrscheinlich bin ich in eine Touristengruppe geraten, die mit ihrem Fremdenführer einen Rundgang startet. Sollen sie. Ich löse mich von ihnen und steige alleine die Treppen weiter nach oben. Niemand pfeift mich zurück. Gut so. Völlig frei kann ich herumspazieren, bis es nicht mehr höher geht. Weit reicht der Blick bis zu fernen Kuppeln, die sich zahllos über Rom verteilen. Direkt vor mir stolzieren Möwen auf Mauersockeln wie gefragte Models. Ich könnte sie ungestört aus der Nähe fotografieren, hätte ich noch eine Kamera. Vom äußeren Rand des Monumento reicht der Blick hinab ins Forum Romanum, dahinter schimmert sandfarben das Colosseum. Ich bin ergriffen. Dabei ist es nur ein Bruchteil von dem, was Rom zu bieten hat und was man gesehen haben muss. Über marmorne Treppen, durch mächtige Hallen mit großen Gemälden und Skulpturen, lande ich auf der vielbefahrenen Straße, die zum Colosseum führt.

Oben wuselnde Touristen, jonglierende Gaukler, penetrante Verkäufer mit langen Stäben für Selfies; unten das Forum Romanum mit verwitterten Grundmauern, verstreuten Mauerresten, hochragenden, halb zerfallenen Torbögen. Beeindruckend.

Vor dem Eingang ins Colosseum wartet eine endlose Schlange in Dreier- und Viererreihen. So viel Geduld hab ich nicht. Dann halt nur zum daneben stehenden Triumphbogen.

Über blank polierte, mächtige Pflastersteine führt der Weg. Während ich meine Füße bedächtig daraufsetze, denke ich an die Imperatoren, die schon vor Christi Geburt darüber geschritten sind, eskortiert von arschkriechenden Speichelleckern. Wahrscheinlich waren es eher die Sandalen der Sänftenträger, die über das Pflaster geschlürft sind. Oder kraftstrotzende Gladiatoren, die erhobenen Hauptes darüberstolzierten, nichts ahnend, dass es ihr letzter Gang wird. Bei all dem fallen mir meine heruntergelatschten Schuhe auf. Hätte ich gleich mit den Klamotten kaufen sollen. Dann könnte ich jetzt lockerer über den Palatino und durch den Circo Massimo schlendern. Doch das alles nimmt mich zu gefangen, um meine Fußsohlen zu spüren. Bis zur späten Dämmerung bin ich unterwegs, berauscht vom antiken Rom, in dem an allen Ecken und Enden Kultur atmet. Mit dem Bus rumple ich zurück zum Bahnhof und suche nach einer Unterkunft. Eigentlich wollte ich viel früher damit beginnen, aber die Zeit ist im Flug vergangen.

In den kleinen Nebenstraßen werden Schlafgelegenheiten in Mehrbett-Zimmerchen um die fünfzig Euro angeboten. Die spinnen, die Römer! Dreißig würden noch angehen. Eine kleine Pension, etwas abseits vom Bahnhof, erscheint mir günstig. Warum, kann ich nicht sagen, denn es ist kein Preis angegeben. Sagt mit einfach meine Intuition. Leider öffnet niemand, obwohl Licht durch die Eingangstür schimmert. Tja, wenn sie's nicht nötig haben. Noch einmal durchsuche ich die kleinen Gassen. Vergeblich. Vielleicht abseits vom Bahnhof. Doch je weiter ich mich entferne, desto nobler werden die Unterkünfte. Bald sind es nur noch Hotels. War wohl ein Schuss ins Leere. Ich geb's auf. Wie's scheint, wird der Bahnhof mein Nachtlager.

Auf dem Rückweg komme ich an einem Supermarkt vorbei. Ideal. Wurst, Käse, was zu trinken, Weinbergpfirsiche, Kekse … Für die Nacht wird's genügen.

Vor dem Bahnhof lungert eine Gruppe heruntergerissener Männer im Halbkreis auf Decken und Pappkartons. Mittendrin zwei gut gekleidete Frauen, die partout nicht ins Bild passen wollen. (Es scheint Frauen zu geben, die von solchen Typen angezogen werden. Fällt mir nicht zu ersten Mal auf.) Einer aus der Gruppe zupft gelangweilt auf einer Gitarre herum, mehr schlecht als recht,

222

dafür umso lauter. Was wäre, frage ich mich, würde *ich* darauf herumklampfen. Besser als die Schnarchnase wär ich allemal. Vielleicht könnte ich damit die Herzen der beiden Damen gewinnen? Aber was hätte ich davon außer dem befriedigten Ego? Ich lass es lieber. Hier draußen will ich eh nicht bleiben. Lieber mach ich's mir in der Bahnhofshalle gemütlich. Da gibt's wenigstens Sitzgelegenheiten. Vorher muss ich allerdings noch die Blase leeren und die neuen Klamotten gegen die alten tauschen. Tagsüber ist es zwar bullig heiß, aber abends könnte es doch kühl werden. Außerdem sollen sie nicht schon am ersten Tag auf einer dreckigen Bank versaut werden.

In der Bahnhofshalle pflanze ich mich auf eine Viererbank und blättere im Romführer. So richtig wird das nichts mit Lesen. Die Nachbarn wechseln minütlich; auf großen Videoflächen löst ein grell-schreiender Werbespot den nächsten ab … Erinnert mich sehr an Livorno. Nur ist hier alles eine Nummer größer und die Werbeflächen flammen zwischen den Spots gleißend hell auf, damit sie ja nicht übersehen werden. (Welcher Werbefuzzi hat sich bloß diese Marter ausgedacht.) Selbst durch die geschlossenen Augenlider bohrt sich der Blitz wie eine Blendgranate. Irgendwann wird es so unerträglich, dass ich den schönen Sitzplatz aufgebe. Aber wirklich verschont ist man nirgends. Quer auf der Bank ausstrecken und den Kopf in der Armbeuge vergraben, das wär's. Aber die hohen Armlehnen vereiteln das.

Gegen Mitternacht dann eine kleine Linderung: Die Reklamewände erlöschen. Danke! Entspannend sind die wechselnden Schlaf- und Wachphasen trotzdem nicht.

Irgendwann weckt mich missmutiges Gemaule. Auf den Bänken gegenüber werden Penner unsanft aufgescheucht. Mit einem Stock piesackt ein Wachmann sie so lange, bis sich das zerknitterte Gesicht aus der Jacke oder dem Pulli schält. Die auf diese Weise Geweckten wissen, was das heißt: Hab und Gut – wahrscheinlich mehr Hab als Gut – aufsammeln und ab nach draußen. Erst wenn der dazugehörende verwelkte Körper durch den Ausgang geschlurft ist, wechseln die Rausschmeißer zum nächsten Opfer. Nachdem ich nicht zu dieser Spezies gehöre, döse ich unbeeindruckt wieder ein. Und dann hat jemand auch was gegen meinen Schlaf und stupst mich an, bis ich widerwillig die Augen öffne.

»Buongiorno Signore. Devi alzarti«, fordert ein schwarzgekleideter Wachmann mich freundlich auf.

Dabei zeigt er mit seinem Stock Richtung Ausgang. Ungläubig blinzele ich ihn an. Meint er wirklich mich?

«Devi lasciare la stazione!«, raunzt er mich, nun nicht mehr ganz so freundlich, an.

Keinen Millimeter bewegt er sich dabei von der Stelle. Er meint es ernst. Ächzend stemme ich mich hoch, während er meinen Nachbarn anpiekst.

»Scheiße! Wo ist mein Rucksack?« Schlagartig bin ich hellwach. Er ist weg. Neiiin!!! Das ist nicht wahr! Panisch, mit zusammengekniffenen Augen, blinzle ich meinem Ex-Nachbarn nach. Er schleppt nur sich selbst Richtung Ausgang. Rasend vor Wut folgt mein Blick den Davonwatschelnden. Den Rucksack hat keiner bei sich. Hektisch suche ich die Umgebung meines Schlafplatzes ab. Dann sehe ich ihn, weit nach hinten gerutscht unter der Bank. Bo! Glück gehabt. Der Wachmann streift mich noch mit einem auffordernden Blick, kümmert sich dann aber wieder um die weitere Räumung. Weiß nicht, ob ich den Verlust so ohne Weiteres weggesteckt hätte.

Ein Uhr nachts. Düster ist es auf dem Bahnhofsplatz. Auf Pappkartons und unter einem Knäuel Decken haben Obdachlose die meisten Fensternischen besetzt. Ungläubig und ratlos stehen wir Verscheuchten herum. Es macht wenig Sinn, mit drückender Blase einen Platz zu suchen. Also marschiere ich erst mal zu meinem Pipiplatz. Dieses Bedürfnis hatten auch andere. Es herrscht ein Gedrängel wie an der Pissrinne auf dem Oktoberfest. Wieder

224

zurück, finde ich sogar eine Lücke nahe der Bahnhofsmauer. Den Fahrradhelm als Notsitz – wenigstens dafür taugt er noch – warte ich, bis sich um mich herum alles beruhigt hat.

Ungemütlich kühl ist es hier draußen. An Schlaf ist nicht zu denken. Ratlos in die Gegend stierend überlege ich, wie die Nacht am besten zu durchstehen ist, als sich ein junger Typ neben mir niederlässt und mich anspricht. Seine verdreckten Füße stecken in ausgelatschten Flip-Flops, die ausgebeulte Jeans ist ausgefranst und sein Pulli ausgeleiert und von Flecken übersät. Ich warte ab, was nun folgt.

Wie üblich stellt er die Fragen, die alle stellen. Ich antworte italienisch, weil er mich dementsprechend anspricht. Obwohl er inzwischen weiß, woher ich komme, spricht er weiterhin italienisch, um dann plötzlich ins Deutsche zu wechseln. So ein Depp. Welchen Nährwert soll das gehabt haben? Schlagartig wird er mir unsympathisch. Er kommt aus einem Nest am Bodensee und ist hier vor zwei Jahren hängen geblieben. Jetzt tut er mir doch ein bisschen leid. Wie's dazu gekommen ist, will ich wissen. Keine Antwort. Stattdessen fragt er unverblümt: »Hoscht a bissel Göld für mi? Kriegscht au wieder zruck. Hundertpro.«

Hundertpro! Genauso siehst du aus, mein Junge.

»Nein, tut mir leid. Ich hab selbst nicht genug. Sonst würd ich nicht hier draußen sitzen, oder?«

Leuchtet ihm ein. Statt Geld biete ich ihm Kekse und Weinbergpfirsiche. Dazu trinken wir meine Limo. Er würde gerne mit mir reisen.

»Zu zwoit hän ma viel mehr Spaß.«

Spinnt der? Ich bin doch nicht Mutter Theresa. So weit reicht mein Mitleid dann doch nicht.

»I konn da a in Sizilien hölfen. Hob scho am Bau g'arbeitet und au in ner Gärtnerei. Außerdem kenn i mi mitm Elektrischen aus«, biedert er sich an. Er weiß ja inzwischen, dass ich nach Sizilien will. Toll. Ein Multitalent.

»Nein danke. Ich mach dort nur Urlaub.«

»Und du konnst ma wirklich koi Göld leihen«, bohrt er weiter.

»Nur bis morga. Zehn Euro. Bis morga?«

»Nein. Kann ich nicht. Tut mir leid.«

»Schad. Na ja. Konn ma nix macha.«

»Jetzt sag halt. Warum hängst du hier rum?«

»Ja mai. Mir is wos Förchtelichs passiert. Aber drüber mog i net reden.«

Als wäre die Klappe damit gefallen, dreht er sich zur Seite und lässt seinen Oberkörper zu Boden sinken. Voller Mitleid beobachte ich, wie er sich einrollt, seine Ärmel bis über die Hände zieht, um sie vor dem kühlen Pflaster zu schützen. Sein Pulli rutscht dabei nach oben und legt den halben Rücken und die verdreckte Unterhose frei. Hätte ich eine Decke, ich hätte ihn glatt damit zugedeckt. Armer Kerl. Versteh nicht, wie man sich so aufgeben kann. Er ist noch jung. Dreißig vielleicht. Könnte doch nach Deutschland zurücktrampen. Oder in Italien einen Job suchen. Sicherlich nicht einfach. Aber auch nicht unmöglich. Oder hat er eine so schwere Straftat begangen und lebt deshalb im Untergrund? Danach sieht er allerdings nicht aus. Vielleicht packt er's ja eines Tages. Mit mir kann er allerdings nicht rechnen.

Nachdem er eingeschlafen ist, schleiche ich mich davon und suche einen anderen Platz. Vorher hab ich ihm – ganz Mutter Theresa – noch einen Zwanziger in die Hose gesteckt.

Mittwoch, 23. Juli – zehnter Reisetag

Um fünf Uhr öffnet der Bahnhof. Das hat mir der Weggeschlummerte verraten. Noch eine Stunde bis dahin. Bin zwar zwischendurch ein bisschen eingenickt, aber erholsamer Schlaf ist anders. Trotz Jacke und langer Hose wurde mir kalt. Wenigstens der Kopf lag halbwegs weich auf dem Rucksack, den ich zusätzlich mit den Händen umklammert hielt, damit er mir auf keinen Fall geklaut werden kann. Um die letzte Stunde durchzustehen, bin ich vor dem Bahnhof auf und ab gebummelt. War nicht der Einzige, den die Morgenkühle aufgescheucht hat.

Dann öffnen sich die Türen des Bahnhofs und ich schlüpfe als einer der Ersten durch und belege sofort den Platz auf einer Bank. Wohlig warm ist es im Inneren. Obwohl ich den Rucksack auf dem Rücken lasse – da muss einer schon *mich* mitschleifen, wenn er den klauen will –, schlafe ich sofort ein.

Die ätzende Leuchtreklame weckt mich. Ohne dass ich es mitbekommen habe, hat der Bahnhof die übliche Lebendigkeit zurückerlangt. Die Banknachbarn sind verschwunden. Nur ich sitze noch da und bilde mir ein, die munter an mir Vorbeieilenden betrachten mich wie einen Aussätzigen. Die Idee, den Rucksack nicht abzunehmen, hat sich bewährt. Mein Kreuz ist da allerdings anderer Ansicht. Es schmerzt höllisch. Kommt mir vor, als wollten sich die Dornfortsätze der Wirbelsäule durch die Haut bohren. Auf der Kante sitzend versuche ich den Oberkörper nach allen Seiten zu biegen. Es fühlt sich an, als trüge ich ein versteifendes Korsett. Irgendwie komm ich dann doch in die Vertikale und vor der Tafel für die abfahrenden Züge ist ein Großteil meiner Geschmeidigkeit zurückgekehrt.

Wenn ich gleich den nächsten Zug nach Neapel nehme, erreiche ich noch die Fähre nach Catania. Allerdings verzichte ich dabei auf eine weitere Tour durch Rom, und das würde schon schmerzen. Ein bisschen Zeit bleibt ja noch. Vielleicht kann Evelyn mir bei der Entscheidung helfen. Aber erst brauch ich das Wurfzelt. Die freundliche Dame von gestern ist nicht da. Ihr Vertreter ist genauso freundlich und reicht es mir ohne Gegenleistung.

Mal hören, was Evelyn meint. Oh je. Sie hat gestern Abend angerufen. Hoffentlich war's nichts Wichtiges.

»Hallo, mein Schatz. Wie geht's dir?«, frag ich scheinheilig und mit schlechtem Gewissen.

»Danke, gut. Wo bist du? Hab dich gestern angerufen. Aber du bist nicht rangegangen. Alles gut?«

Sie klingt nicht sauer, wie schön. »Ja. Alles super. Tut mir leid. Hab's erst jetzt gesehen und am Abend vergessen, das Handy einzuschalten. Rom ist toll. Bin irrsinnig viel rumgekommen. Irgendwann müssen wir mal gemeinsam hierher.«

»Gerne. Wo hast du denn übernachtet?«

»Wo wohl. Im Bahnhof. Hab nichts Günstiges gefunden. Und in ein Hotel wollt ich nicht.«

»Hättest halt gestern Abend noch mit mir telefonieren sollen. Selber schuld.«

»Tut mir leid. Hast du ne Jugendherberge gefunden?«

»Nein. Aber was anderes.«

»Was anderes? Was denn?«

»Ein Hostel.«

»Scheiße! Konnte ich doch nicht ahnen. Kommt leider ein bisschen zu spät.«

»Nein, kommt es nicht. Du kannst jetzt dorthingehen.«

»Versteh ich nicht. Was soll ich jetzt dort? Die eine Nacht bezahlen? Ich bin doch nicht blöd.«

228

»Quatschkopf. Du kannst dich dort melden. Hab eine Woche für dich gebucht.«

»Du machst Witze, oder?«

»Nein, kein Witz. Hättest du gestern wenigstens meine SMS gelesen, wär dir die Nacht im Bahnhof erspart geblieben.«

»Ach, wie blöd.«

»Ärger dich nicht. Haben wir halt eine Nacht verschenkt. Ab heute kannst du dort schlafen. Die Adresse und die Buchungsnummer stehen in der SMS. Ist übrigens in der Nähe vom Bahnhof.«

»Sollen wir uns das wirklich leisten?«

»Ja. Hab deiner Tante Maria von deiner Reise erzählt und sie hat tausend Euro überwiesen. Als Urlaubsgeld quasi. Ist das nicht nett?«

»Ja. Hammermäßig. Bin nämlich am überlegen, ob ich noch einen Tag länger bleiben soll.«

»Na also. Jetzt hast du sogar eine Woche. Freu dich.«

»Mach ich glatt. Danke, mein Schatz. Schöne Überraschung. Bedank dich bitte bei Maria.«

»Hab ich längst gemacht. Liebe Grüße auch von Sepp. Und natürlich auch von Carola und Jochen.«

»Danke! Danke! Danke! Dann mach ich mich jetzt auf den Weg zum Hostel, oder? Freu mich wahnsinnig. Auf was für Ideen du immer kommst. Als hättest du's geahnt.«

»Ach Schnuffbär. Ich kenn dich ja nun schon ein paar Tage. Also. Genieß die Zeit und melde dich, wenn du im Hostel bist. Ich muss los. Ciao!«

»Ciao Bella. Und noch mal tausend Dank. Du bist die Beste. Ich melde mich.«

»Juhu!!!« Vor Freude reiße ich die Arme hoch, drehe mich im Kreis und lass den Rucksack wie die Gondel eines Kettenkarussells fliegen. Ich bin platt. Schade, dass Evelyn jetzt nicht bei mir ist. Dann könnt ich sie kräftig drücken. Es würde so viel mehr Spaß machen, wenn wir Rom gemeinsam entdecken könnten.

Kommt noch. Sie ist ein Schatz. Auf eine solche Idee zu kommen. Unglaublich. Jetzt ist ein anständiges Frühstück fällig. Aufs Geratewohl findet sich ein nettes Café. Zwei Cornetti, ein Cappuccino und ich mach mich beschwingt auf den Weg. Dank einer jungen Mutter, die mich angestrahlt hat, als wäre ich ihr Märchenprinz, stehe ich bald vor dem kupfernen Täfelchen mit dem Namen des Hostels.

Mehrmals muss ich klingeln, bis der Türöffner schnarrt. Ich stemme das massive Tor auf und lande in einer großen Einfahrt. Nachdem das Tor donnernd hinter mir zugefallen ist, verschwindet augenblicklich der mörderische Verkehrslärm.

Rechts führen ein paar Treppen hoch zu einem verschlossenen Gittertor, ohne einen Hinweis auf das Hostel. Dann muss der Eingang wohl im Hinterhof sein. Idyllisch ist er. Von den Balkonen hängen blühende Pflanzen fast bis zum Boden; ein paar aufgeschreckte Vögel schwirren schimpfend herum, bevor sie sich wieder niederlassen; von oben schallt italienische Musik. Schlagartig fühle ich mich heimisch und bin überzeugt, Evelyn hat das richtige Domizil gefunden.

Eine offene Treppe führt in die erste Etage und endet an einer alten Holztür. Neben ihr klebt, handgeschrieben und ausgebleicht, der Name des Hostels. Na also.

Auf mein Klingeln passiert … nichts. Kein Pups kommt von drinnen. Ich versuch's ein zweites Mal mit ebenso wenig Erfolg. Bin ich falsch? Der Name steht unmissverständlich neben dem einzigen Klingelknopf. Ich hefte mein Ohr an die Tür und klingle noch mal. Eigentlich müsste es hinter der Tür zu hören sein. Ist es aber nicht. Es muss jemand da sein. Wer sonst hätte den Türöffner für das Außentor betätigt. Auch nach ein paar kräftigen Schlägen mit der Hand passiert nichts. Evelyn! Was hast du dir da andrehen lassen?

Hier komm ich im Moment nicht weiter. Also wieder hinunter zur Eingangspforte. Auf dem Weg durch den Hinterhof federt, etwas verschreckt, aber lächelnd, eine junge Thailänderin an mir vorbei und steigt die Treppen zum Eingang hoch.

»Scusa, Signora. Mia moglie ha prenotato una camera in quest hostello!«, ruf ich hinterher und strecke ihr mein Handy mit der SMS entgegen. Albern. Wie soll sie aus der Entfernung was erkennen? Ich geh auf sie zu, aber sie bremst mich sofort, indem sie meint, ich soll mich im Souvenirladen rechts vom Eingang melden. Bevor ich noch nachhaken kann, ist sie hinter der Hosteltür verschwunden. Nette Begrüßung für einen neuen Gast. Vielleicht war die Wahl wirklich nicht so gut. Evelyn hat dabei sicherlich auf den Preis geachtet und das rächt sich jetzt. Noch mal klingeln, um Genaueres zu erfahren, bringt wahrscheinlich nichts. Also ab in den Souvenirladen.

Kaum ist das Eingangstor passiert, umströmt mich wieder der hektische Straßenverkehr. Nicht genug, kreischt auch noch eine Straßenbahn vorbei; sehr gemächlich, dafür umso lauter. Alt, wie sie ist, wäre sie in einem Museum besser aufgehoben.

Der Souvenirladen ist winzig und bis in die letzte Ecke mit Kitsch vollgestopft. Offensichtlich gibt es selbst dafür Abnehmer, sonst könnte der Laden ja nicht existieren. Vielleicht kann er sich nur halten, weil kein Personal darin herumwuselt. Bevor noch dieser schwachsinnige Gedanke in meinem Kopf Gestalt annimmt, springt eine ganz und gar nicht kitschige Verkäuferin aus der hinteren Ecke hervor und begrüßt mich mit einem breiten Lächeln. Ihr buntes Kleid fügt sich wie ein Puzzleteil in ihr Umfeld. Die Haare hat sie zum Pinsel hochgesteckt, der mit jeder Kopfbewegung hin und her wippt. Sieht lustig aus. Während ich holprig mein Anliegen formuliere, grinst sie so unverfroren, dass ich glatt den Faden verliere. Um dem meine Sinne lähmenden Blick zu entkommen, zücke ich mein Handy und zeige ihr die SMS von Evelyn. Sie rückt mir dabei so nah auf die Pelle, dass mir ihr exotischer Duft irritierend in die Nase steigt. Dazu elektrisiert mich noch die Berührung ihres nackten Oberarms. (Warum zünden

231

Frauen in mir immer ein Feuerwerk an Emotionen, gegen das ich nicht ankomme und das mich kurzzeitig wie das Kaninchen vor der Schlange erstarren lässt?) Bevor ich den Rest meines Verstandes einbüße, erlöst mich ihre Antwort. Derjenige, den ich hier vorfinden soll, ist nicht da. Ich soll es oben noch mal versuchen, meint der Pinsel. Verwirrt und hin- und hergerissen verlasse ich den Laden. Evelyn, Evelyn. Komm und erlöse mich. Erneut vor der Hosteltür, wird diesmal geöffnet und siehe da, vor mir steht die federnde Thailänderin. Ohne weitere Erklärungen meinerseits lässt sie mich eintreten. Warum jetzt und nicht vorher? Kaum ist die Tür hinter mir geschlossen, verschwindet sie um eine Ecke, ohne ein weiteres Wort. Hätte ich ihr folgen sollen? Bin verunsichert und warte lieber im Entree.

Rechts befindet sich ein Tresen, ihm gegenüber eine Couch, auf die ich mich fläze. Bevor ich noch richtig sitze, pest ein kleiner Pekinese um die Ecke, springt auf die Couch und beschnuppert mich ausgiebig. Kleinen Hunden gegenüber bin ich eher skeptisch. Sind ja manchmal üble Angstbeißer. Aber der hier gehört eindeutig zur Spezies der kuscheligen Wollknäuel und lässt sich ausgiebig am Hals und Kopf kraulen. Kurz darauf biegt eine andere Thailänderin um die Ecke, robust und kompetent. Beflissen springe ich auf und zeig ihr die SMS. Die Buchungsnummer und die persönlichen Daten auf einem gereichten Zettel notiert, beginnt sie zu telefonieren. Viel mehr als meinen verstümmelten Namen verstehe ich nicht. Verstümmelt, weil die Asiaten so ihre Probleme haben mit dem »R« und mein Nachname somit zu Helznel wird. (Was muss ich aber auch gleich zwei »R« im Namen führen. Den für sie nicht minder radebrechend auszusprechenden Vornamen lässt sie vorsichtshalber weg.) Sie bittet mich, noch etwas zu warten, und verschwindet wieder um die Ecke. Zeit, mich etwas genauer in der Heimat für die nächsten Tage umzusehen.

Am Ende des Eingangsbereichs, auf einer kleinen Terrasse mit Balkon zum Hinterhof, sitzen zwei rauchende und plaudernde Blondinen. Die eine kräuselt ständig eine Locke zwischen Zeige-

und Mittelfinger, die andere stochert mit einer kleinen Feile im Nagelbett herum; an der Wand über dem Tresen Leonardo da Vincis Mona Lisa mit reichlich verblasstem Lächeln; über mir ein vergilbtes Kabel, das um die Ecke führt und von den Oberkanten einiger Bilderrahmen gestützt wird. Während das Ambiente auf mich einwirkt, kommt rechts aus der Tür ein Typ mit spiegelglänzendem Kopf und lässt sich, ganz selbstverständlich, neben mir auf die Couch fallen. Sein wildwuchernder Bart verbindet sich nahtlos mit den Brusthaaren, die wie Rosshaar aus einer löchrigen Matratze über den Kragen des T-Shirts quellen. Nur bei näherem Hinsehen ist erkennbar, wo Bart und Brusthaare enden.

»Buongiorno!«, krächzt er, ohne den Kopf zu mir zu drehen.

Ich begrüße ihn ebenso. Mehr kommt nicht von ihm und auch nicht von mir. Er klopft dem Pekinesen mit der Hand auf den Kopf, der sich, wie ein Wackeldackel, blinzelnd wegduckt. Kommt mir etwas ruppig vor. Aber das Geklopfe scheint ihn nicht weiter zu stören. Dann verschwindet der Typ so plötzlich, wie er aufgetaucht ist.

Sogleich öffnet sich die Eingangstür und ein schlaksiger Mann tritt ein und zwängt sich sehr gewichtig hinter den Tresen. Über die Reservierung gebeugt nickt er zufrieden, schaut auf und begrüßt mich mit einem »Guden Daag.«

Welch schöne Überraschung. Er spricht deutsch. Das macht mir den Laden gleich noch sympathischer. Aber er zieht mir den Zahn sogleich wieder. In Italienisch erklärt er mir, er hat zwar einige Zeit in Deutschland gearbeitet, aber all seine Deutschkenntnisse vergessen. Schade. Das Verb »bezahlen« gehört allerdings nicht dazu und als Erstes muss ich das Geld für den Aufenthalt hinblättern. Dann bittet er mich, ihm zu folgen. Das Wurfzelt bleibt erst mal neben der Couch.

Wir biegen in den Flur, aus dem der Pekinese geflitzt kam. Ganz am Ende ist eine offenstehende Tür zu einem größeren Raum. Mein neuer vierbeiniger Freund wuselt vorbei und huscht hindurch. Ohne erkennbare Ordnung liegen rote Sitzwürfel herum, auf denen die beiden Thailänderinnen ruhen, die Federnde und die Kompetente. Der Chef, oder Betreiber, wechselt ein paar flinke Worte mit ihnen und verschwindet mit einem »Wiedersän.«

Die Kompetente wälzt sich von ihrem Sitzpolster und bittet mich, ihr zu folgen.

Den Flur ein Stück zurück öffnet sie eine Tür und zeigt auf das Bett gleich rechts neben der Tür. Aha. Mein bescheidenes privates Refugium für die nächsten Tage. Für den persönlichen Kram steht ein kleines Nachtkästchen zur Verfügung. Immerhin. Dann verschwindet sie.

Der Lichtstrahl durch den Vorhang zeichnet einen scharfen diagonalen Balken auf den roten Teppich und lässt das Zimmer warm leuchten. Groß ist es nicht. Wirkt aber heimelig. Zwei weitere Betten befinden sich jeweils links und rechts des Fensters an der Wand, überhäuft mit Klamotten. Davor verstreut Rucksäcke, Schuhe und anderer Krimskrams. Was tagsüber nicht mitgeschleppt wird, bleibt einfach offen im Zimmer. Da braucht's doch einiges an Vertrauen in die Mitbewohner. Bin gespannt, wie sich's hier anfühlt, wenn die anderen Betten belegt sind.

Ich muss pinkeln und statt lange herumzusuchen, lass ich mir die Räumlichkeiten zeigen.

Die Kompetente übernimmt die Führung. Sie ist es offenbar, die den Laden am Laufen hält. Es gibt zwei Toiletten, jeweils kombiniert mit einer Dusche. Der flüchtige Blick lässt keinen sonderlichen Komfort erkennen. Meinen Harndrang muss ich noch zügeln, denn die Führung ist noch nicht beendet. Die Küchenzeile – sporadisch, aber mit allem, was zu einer Küche gehört – wirkt etwas vernachlässigt. In der Spüle liegt noch ungereinigtes Geschirr, Krümel und Speisereste kleben auf der Anrichte. (Na ja, solange keine Kakerlaken darauf herumwuseln, soll's mir egal sein.) Den restlichen Raum füllt ein beachtlicher Tisch mit acht Stühlen. Marmelade-Döschen, Behälter mit Teebeuteln, Gläser mit Cornflakes und Müsli, Thermoskannen, Toastbrot. Alles mehr als reichlich aufgereiht in der Mitte. Auf das Frühstück scheinen

234

sie hier Wert zu legen, anders als in den Hostels, in denen ich bisher übernachtete. Dort gab's – ausnahmslos – nur heißes Wasser für einen Instant-Kaffee oder Tee. Der Luxus schlechthin war ein Cornetto, eingeschweißt in Zellophan. Das war's.

Das war's!, meint auch die Kompetente (italienisch natürlich) und lässt mich allein. Endlich kann ich Pipi machen.

Ziemlich eng ist das Klo mit Dusche. Mein flüchtiger Blick beim Rundgang hat mich nicht getäuscht: Etwas vergammelt sieht es aus. Da bin ich allerdings Besseres gewöhnt. Aber was soll's. Gibt's halt statt ausgiebiger Dusche ein ausgiebiges Frühstück.

Die angeschimmelten Silikonfugen erinnern mich an die Dusche eines »Fünf-Sterne-Hotels« bei Istanbul. Sie sahen allerdings weitaus schlimmer aus. Evelyn hat sich so geekelt, dass wir ein scharfes Reinigungsmittel kauften und über die Fugen kippten. Das Zeug war so ätzend, wir mussten aus der Dusche flüchten. Die Dämpfe hätten sonst unsere Lungen zerfressen. Ob es die Siliconfugen gereinigt hat, konnten wir nicht feststellen. Sie waren schlichtweg verdampft. Dummerweise haben meine dunkelbraunen Velours-Schuhe dabei einige Spritzer abbekommen. Zwar war das Leder noch vorhanden, aber die Farbe war an diesen Stellen weggeätzt. Zu allem Übel hat dann noch ein Schuhputzer – so schnell konnte ich gar nicht reagieren – die Schuhe mit schwarzer Schuhcreme eingerieben und sie anschließend zu Lackschuhen blank poliert.

Zurück im Zimmer, wird mir ganz wohlig. Hurra! Ich hab ein Dach über dem Kopf. Und ein richtiges Bett. Und das alles, nachdem ich noch vergangene Nacht praktisch vor dem Nichts stand. Ein Wunder. Danke, Tante Maria!

Mit den neuerworbenen Klamotten verdrücke ich mich zur Dusche. Zum letzten Mal stand ich zu Hause in München darunter. Verdammt lang her. Ein Handtuch hat mir die Kompetente nicht überreicht und so fische ich, ganz frech, eines von der Wäscheleine auf dem Balkon.

Der Strahl aus dem verdellten Duschkopf kommt heiß und wenig zentriert. Unglücklich, wie er montiert ist, spritzt das Wasser teilweise bis zum Waschbecken und auf die Klamotten. Da hilft nur, das zusammengeknäulte Bündel vor die Tür zu legen. Dafür liegt noch eine Tube Shampoo und ein Duschgel herum. Morgen werde ich die andere Dusche testen. Vom Chef bekomme ich einen Schlüssel fürs Haustor und die Eingangstür. Der für die Eingangstür hakelt etwas und er zeigt mir, wie er erfolgreich zu benutzen ist. Nach ein paar Versuchen klappt es auch bei mir. Praktisch. Somit bin ich unabhängig und kann jederzeit rein und raus.

So schnell kann's gehen. Hätte nicht gedacht, dass mich die kleine Gasse am Bahnhof so bald wiedersieht. Keine fünf Gehminuten und meine Füße zieren ein Paar bunte Turnschuhe. Ein bisschen eng und nicht die Edelsten, aber keiner wird deshalb abfällig mit dem Finger darauf zeigen. (Im marmornen Sarkophag wäre ich damit an mein finanzielles Limit gelangt.) Meine Heruntergelatschten behalte ich als Souvenir für Evelyn. Bei der Gelegenheit kaufe ich noch einen ausführlicheren Fremdenführer. Sonst dauert die Suche nach den Geheimnissen ewig in der »Ewigen Stadt«. Der darin enthaltene Stadtplan wird hoffentlich lange Irrwege ersparen.

Gleich um die Ecke des Hostels lädt ein Park zum Schlendern ein. Verstreut verwitterte Mauerreste; Palmen und Pinien, in denen grüne Papageien turteln; aus einem Gettoblaster quäkende Gesänge, zu denen sich an die zwanzig Asiaten in roter Einheitskluft zu Thai-Chi-Übungen verbiegen.

In einem überdachten Gemüse-, Fleisch- und Fischmarkt werden marktschreierisch Waren angeboten, die reichlich exotisch anmuten. Vor allem bei den glibbrigen Meeresfrüchten wird mir ganz anders und ich gehe schnell daran vorbei. Um noch eins draufzusetzen, erstarre ich vor einem abgeschlagenen Schweinskopf zwischen blutigen Fleischresten. Der rote Apfel im Maul kann meine Abscheu nicht lindern. Danke, das genügt. Schnell raus aus dem Gruselkabinett und an die frische Luft. Bis zum späten Abend flaniere ich weiter durch die belebten Gassen der näheren Umgebung.

Wieder zu Hause – das Hostel ist nun mein Zuhause –, sitzt im rechten Bett ein junger Typ mit nacktem Oberkörper, Goldkettchen und seitlich kahlgeschorenen Haaren. (Keine Vorurteile, mahnt mich Evelyn immer.) An der Wand gegenüber, direkt über dem linken Bett, flimmert ein großer Flachbildschirm, auf dem in einer bunten TV-Show leichtbekleidete Mädels dümmlich herumhopsen, angefeuert von schmalzigen Typen. Das Ganze läuft ziemlich kreischend ab. Aber das interessiert den Typen nicht. Er hat nicht mal aufgeschaut, als ich eintrat. Ich bin kurz davor, ihn anzumotzen, halte mich aber zurück und verdrücke mich mit dem Fremdenführer in den kleinen Raum mit Balkon zum Hinterhof.

Kurz darauf taucht eine hochgewachsene Schottin auf und setzt sich zu mir. Wir unterhalten uns über alles Mögliche. Mein Englisch ist zwar nicht mehr das frischeste, aber dank ihrer Ergänzungen entwickelt sich ein reges Gespräch. Macht Spaß, sich mit ihr zu unterhalten. Sie ist zwar nicht mein Typ, aber sympathisch und lustig. Dabei begleitet sie ihre Erzählungen so intensiv mit Händen und Mimik, ich war schon fast versucht, sie zu fragen, ob sie die Gebärdensprache beherrscht. Vielleicht ist ihr das gar nicht bewusst und sie hört auf damit, wenn ich es erwähne und das wäre bedauerlich. Wir lachen viel über unsere Erlebnisse. Leider muss sie morgen abreisen.

Stockdunkel ist es, als wir uns verabschieden und ich in mein Zimmer gehe. Die Deckenbeleuchtung ist ausgeschaltet und im linken Bett liegt jetzt, in Bettlaken eingemummelt, obwohl es schwül ist, lesend ein Mädchen. Der Typ im rechten Bett spielt immer noch mit seinem Smartphone und im Fernseher hampeln nach wie vor aufgebrezelte Tussis in einer Promi- oder ähnlich

237

dämlichen Show. Ich krieche ins Bett und hätte gerne noch im Fremdenführer gestöbert. Aber an meinem Bett fehlt eine Leselampe. Selbst wenn, wäre es kein Vergnügen gewesen bei der lauten Berieselung. Also drehe ich mich zur Wand und versuche zu schlafen. Gelingt aber nicht. Ich bitte den Typen, den Fernseher auszuschalten. Italienisch, englisch, deutsch. Der Arsch benimmt sich, als wäre er nicht gemeint. Durch mich ermutigt, spricht ihn nun auch das junge Mädchen an. Keine Reaktion. Was für ein Arschloch. Einige Minuten sehe ich mir das noch an. Dann krieche ich aus dem Bett, gehe zum Fernseher und ziehe den Stecker. Eigentlich hab ich seinen Protest erwartet und war schon auf Streit gebürstet. Aber er stiert im Dunkeln stoisch weiter auf sein Handy, als hätte sich nichts verändert. Von der Leidensgenossin ernte ich einen dankbaren Blick und lege mich schlafen. Der Typ ist mir echt unsympathisch. Hoffentlich bleibt er nicht so lange wie ich. Sonst rumpeln wir mächtig zusammen.

Donnerstag, 24. Juli – elfter Reisetag

Das Sonnenlicht schimmert bereits durch den Spalt im Vorhang. Die Leidensgenossin und das Arschloch schlafen noch und ich mache mich auf den Weg, um die andere Dusche zu testen. Besser. Der Duschkopf ist an die Decke montiert und sprüht dorthin, wo er gebraucht wird. Meine beiden Mitbewohner schlummern noch und ich verdrück mich mit dem Fremdenführer auf die Terrasse. Die Luft ist mild und ein kleiner Piepmatz begrüßt mich trällernd. Als ich nach einer Stunde in die Küche komme, sitzen bereits zwei Pärchen am Tisch. Drei von ihnen auf der Wandseite, einer an der Stirnseite. Wo sind die denn hergekommen? Hätte ich doch sehen müssen. Ist das hier ein Spukschloss mit tausend versteckten Gemächern? Ich grüße kurz und setz mich auf einen Stuhl auf der anderen Seite. Sie unterhalten sich in einer mir fremden Sprache. Ich will wissen, woher sie kommen. Verstanden hab ich's nicht. Der Ortsname klingt russisch oder so. Eine Unterhaltung ist jedenfalls nicht möglich.

Zum eh schon üppigen Angebot stehen jetzt noch Kaffee, heißes Wasser, Milch, Brot, Panini, reichlich Wurst, Käse, verschiedene Marmeladen und köstliche Säfte auf dem Tisch. Nicht schlecht, Herr Specht. Die federnde Thailänderin wacht darüber und füllt nach, was sich dem Ende neigt. Purer Luxus! Macht Spaß, mit so vielen Leuten zusammen an einem Tisch zu frühstücken, auch wenn nur eine nonverbale Verständigung möglich ist. Wir lächeln uns an, reichen das Gewünschte und fühlen uns prächtig. Weitere Gäste trudeln ein. Mit ihnen das

Mädel aus meinem Zimmer. Wir Abgefrühstückten räumen das Feld.

Auf dem Weg zurück bereite ich mich schon mental auf die Konfrontation mit dem Arschloch vor. Dann die angenehme Überraschung: Sein Bett ist leer und mit ihm sind die Klamotten und der Rucksack verschwunden. Aufatmen. Ich mach mich auf den Weg, Rom zu erobern.

Wie's scheint, wird der Bahnhof Rom Termini zum Dreh- und Angelpunkt für meine Exkursionen. Ausgestattet mit einem Wochenticket – ein freundlicher Römer ist mir dabei zur Seite gestanden –, steige ich hinab zum Bahnsteig der Metro-Station. Was ist los mit der »Ewigen Stadt«?. Ist zu wenig Geld im Stadtsäckel? Reicht es deshalb nicht zu einer halbwegs vorzeigbaren Metrostation? Das Untergeschoss am Hauptbahnhof ist so schäbig, dass ich im ersten Moment denke, es ist ein aufgelassener Teil des Bahnhofs. Ist es aber nicht. Die Römer nehmen es stoisch und als gegeben hin. Genauso stoisch stehen sie, wie angewurzelt, brettelbreit auf der Rolltreppe, ohne Platz für die Schnelleren zu lassen. Aber vielleicht haben es die Römer prinzipiell nicht eilig.

Unten bleibt Zeit, den Drahtverhau unter dem ergrauten Gewölbe zu bestaunen, der die Metro mit Strom versorgt. Was dann einrumpelt, passt zum schäbigen Gesamtbild und das Äußere deckt sich mit dem Inneren. Alt, abgenutzt, laut. Sind es die vielen antiken Ruinen und zerfallenen Bauwerke, die Rom auszeichnen, und deshalb fällt den Römern die Fallhöhe zwischen alt und neu nicht auf? Wie auch immer. Einen Vorteil hat die Metro. Man kommt schnell von A nach B. Und nur das ist es, worum es mir geht.

Die Wochenkarte schöpfe ich voll aus. Metro, Bus, Straßenbahn. Ich nehm's, wie's kommt.

Die zahllosen Sehenswürdigkeiten zu beschreiben, überlasse ich den Fremdenführern. Alle eindrucksvoll und überquellend von

240

transpirierenden Touristen. (Ich nehm mich dabei nicht aus.) Aber wie soll es anders sein um die Jahreszeit. Hätte im Winter kommen sollen. Doch dann sind wahrscheinlich all diejenigen unterwegs, die denselben Gedanken hatten. Also bleibt's gehüpft wie gesprungen. Natürlich bin ich auch stundenlang zu Fuß unterwegs. Der Weg ist das Ziel, soll Konfuzius philosophiert haben. Manchmal wäre mir allerdings weniger Weg und mehr Ziel lieber. Doch ich darf nicht meckern. Die Sehenswürdigkeiten liegen meist nah beieinander. Alles sehr beeindruckend, kein Zweifel. Doch auch auf dem Weg dorthin gibt es Reizvolles.

Häufig finde ich das Schlendern durch die Gassen bereichernder als die heroischen Bauwerke. Mangelt es da etwa an Ehrfurcht? Viel fesselnder sind häufig die offenmundig staunenden Touristen. So zum Beispiel am »Fontana di Trevi«, dem Trevi-Brunnen.

Vor mir steht eine vierköpfige Familie. Der Papa drückt jedem seiner Söhne eine Münze in die Hand, um sie dann synchron in den Brunnen zu werfen. Soll ja Glück bringen. Also drehen sich alle mit dem Rücken zum Brunnen – denn nur so wirkt der Zauber. Der Papa beginnt und die anderen stimmen mit ein.

»Uno! Due! Tre!«

Alle schleudern die Münze über ihre Schulter in den Brunnen und brüllen irgendwas mit »Fortuna!« Um ganz sicher zu sein, dass die Münze wirklich im Brunnen landet, dreht sich der Jüngste während des Werfens um. Leider etwas zu früh. Die Münze prallt am marmornen Beckenrand ab und klimpert auf den Boden. Entsetzt starrt er seine Eltern an, wirft sich in die Arme seiner Mama und beginnt fürchterlich zu weinen. Sein Papa und sein größerer Bruder drücken ihn zusätzlich tröstend und es dauert, bis er sich beruhigt. Er bekommt eine zweite Münze und der Papa erklärt ihm, wie er sie werfen muss. Mit angespanntem Gesicht, voll konzentriert, stellt er sich noch mal mit dem Rücken zum Brunnen. Flink wischt er sich mit dem Handrücken noch eine Träne von der Wange und dann zählen alle noch mal im Chor.

»Uno! Due! Tre!«

Mit einem weiteren »Fortuna!« schleudert der Knirps die Münze in hohem Bogen über seine Schulter in den Brunnen. Erst als sein Papa ihm ein Zeichen gibt, dreht er sich um. Dann will er genau wissen, wo seine Münze liegt. Sie zeigen auf die vielen Münzen, die im blassgrün schimmernden Wasser glänzen, und er strahlt glücklich. Zur Bestätigung zeige ich ihm den hochgereckten Daumen und strecke ihm die offene Handfläche entgegen. Er kapiert sofort und wir klatschen uns ab. Als Dank ernte ich ein glückliches Strahlen.

Ich hab auch eine Münze in den Brunnen geworfen, ohne das glücksgarantierende »Fortuna!« und nur mit einem leisen Wunsch auf den Lippen, obwohl ich von der Wirkung nicht überzeugt bin. Aber schaden kann's auch nicht. Verraten wird er nicht. Soll ja in Erfüllung gehen.

Ulkig, was manche so treiben. An der Spanischen Treppe treffe ich auf eine Asiatin. (Natürlich nicht nur dort. Die trifft man überall.) Nicht die Treppe scheint dabei wichtig. Auf einem langen Stab, an dessen Ende eine kleine Kamera sitzt, filmt sie sich, während sie dazu erzählt. Dabei bezirzt sie ihre Kamera wie einen Liebhaber, zeigt auf die Treppe hinter sich … Eine perfekte Selbstdarstellung. Nicht nur ich starre sie verwundert an. Aber das bremst sie nicht im Geringsten. Auf ihrem YouTube-Kanal können später ihre Follower das Gesamtkunstwerk bewundern. Jeder, wie er mag.

Mit am schönsten finde ich die Schlenker auf die umgebenden Hügel, unter denen sich Rom strahlend ausbreitet. Oder die wenig begangenen Uferwege entlang des Tiber. Dabei stoße ich auf die Insel, auf deren Mitte eine Kirche und ein Ospedale beheimatet ist, eingewachsen zwischen Pinien und Palmen. Es geht mir bestens und für einen Besuch im Ospedale besteht keine Notwendigkeit. Doch nachdem ich schon mal davorstehe, will ich wissen, wie's drinnen aussieht.

Dabei bremst kein Empfangstresen, und unbehelligt geht es in den gutbesuchten Wartebereich mit teils traurig zusammengesunkenen Gestalten. Durch Flure mit Gemälden, die den klinischen

242

Alltag darstellen, endet der Weg in einer lichtdurchfluteten Halle ohne Publikumsverkehr. Zwischen rundbögenstützenden Säulen stehen Pflanzenkübel und in der Mitte ein prächtiger, moosbewachsener Brunnen, bewacht von einem aus Marmor geschnitzten Fisch. Im Zentrum hohe Papyrusstengel, aufgefächert wie ein Blumenstrauß und von bunten Veilchen umgeben. Im Teich selbst ziehen leuchtend rote Goldfische ihre Kreise. Der Anblick allein wirkt schon heilend. Die kleine Halle ist ruhig und abgeschieden und mich beschleicht das Gefühl, ich sollte hier nicht sein. Das verstärkt noch eine Gruppe Ärzte, die weißbekittelt und mit umgehängten Stethoskopen in einer Ecke flüsternd debattieren. Es fühlt sich an wie um Jahrhunderte zurückversetzt.

Wieder vor der Klinik, komme ich zum teuersten Kugelschreiber, den ich mir je geleistet habe. Ein junger Typ bittet mich um eine Spende für den Entzug Rauschgiftsüchtiger. Der Staat zahlt dafür keine Unterstützung, sagt er. Bin arm und habe kein Geld, antworte ich. Darüber kann er nur schmunzeln, während er mich von Kopf bis Fuß mustert. Dass er mir nicht glaubt, verstehe ich, bei meinem neuen Angeziehsel. Wir müssen beide lachen und ich trage mich in die Spenderliste ein. Darf ich den Kugelschreiber behalten, will ich wissen? Etwas murrend lässt er sich auf dieses Geschäft ein. Somit hab ich den einfachsten Kugelschreiber, den es gibt, für eine satte 20-Euro-Spende erstanden.

Längere Strecken lege ich mit der Metro zurück und bin am Abend routiniert wie die Römerinnen und Römer. Zielgenau fädle ich den Fahrschein in den Schlitz der Eingangsschleuse; der Sperrbalken schwingt zur Seite und während des Gehens schnappe ich ihn mir, wenn er aus dem Schacht nach oben kommt. Schmunzelnd beobachte ich die Touristen, die zögerlich und unsicher davorstehen. Ganz schön arrogant, oder? Übrigens: Eine Uralt-Metro wie beim ersten Mal ist mir nicht mehr begegnet.

Bei Dunkelheit komme ich erschlafft ins Hostel. Mit dem Schlüssel gelingt es nicht, die Tür zu öffnen. Ich probier's immer wieder.

Auf Gewalt will ich dabei verzichten, sonst bricht womöglich der Bart ab und dann geht gar nichts mehr. Muss ich halt klingeln. Wie nicht anders erwartet, tut sich nichts. Gut. Dann noch mal mit dem Schlüssel fummeln. Kaum angesetzt, wird die Tür von innen geöffnet. Ein ergrauter älterer Herr steht vor mir. Mit einem »Tante Grazie!« bedanke ich mich. Dann noch mal mit »Thank you very much!« und zu guter Letzt schieb ich noch ein »Vielen Dank!« hinterher.

»Bittä, kommen Sie räin«, fordert er mich auf, in einem Dialekt den ich nicht einordnen kann.

»Dankeschön! Sehr nett. Woher kommen Sie?«

»Wir kommen aus Budapescht und Sie?«

»Aus München.«

»Ah. Sähr schön. War ich auch schon. Muss wieder in die Küche, zu meiner Frau. Vielleicht sähen wir uns später noch mal, wenn sie Lust haben.«

»Sehr gerne.«

Ich öffne die Tür zu meinem Zimmer. Drinnen ist es stockfinster. Nach einem Schritt ins Dunkle stolpere ich über jemanden. Dabei verheddern sich einige Kabel um meine Beine und ein leuchtendes Smartphone fällt zu Boden.

»Scusa!«, entschuldige ich mich und versuche zu entdecken worüber ich gestolpert bin. Erst bei eingeschaltetem Licht erkenne ich die neue Mitbewohnerin, die im Schneidersitz am Boden kauert, klein und rund. Sie stöpselt ihr Smartphone wieder an und tippt unbeeindruckt weiter darauf herum. Den Rucksack auf meinem Bett deponiert, das Licht wieder ausgeschaltet, verschwinde ich. Die Kleine hat das überhaupt nicht tangiert.

In der Küche sitzt der nette Ungar und eine Frau, die er mir als seine Gattin vorstellt.

Mit »Jó estét« begrüßt sie mich und schüttelt mir die Hand.

»Sie spricht nicht deutsch«, meint ihr Gatte und dabei hüpft sein Adamsapfel heftig auf und ab. Irritierend, aber lustig.

»Wollen Sie was ässen? Wir haben Spaghetti gemacht und ist noch viel da. Bitte, nähmen Sie.«

244

Ich schiele in den Topf. Sieht appetitlich aus und ich schaufle einen Teller damit voll. Während ich es mir schmecken lasse, beschäftigen sich die beiden mit ihren Smartphones und unterhalten sich über das, was sie darauf sehen.

»Wir gucken, wo wir morgen hingähen sollen.« Das macht mich neugierig. »Darf ich auch mal sehen?«, frage ich und er streckt mir sein Smartphone entgegen. Es ist groß, mit einem Sprung im Glas. Virtuos geht er damit um, zieht den Rom-Stadtplan in alle möglichen Richtungen und checkt, wie man dahinkommt. Ich werd ganz neidisch. Vielleicht sollte ich mir auch ein Smartphone zulegen, um meine Touren suchen und planen zu können. Dann scrollt er durch zig Fotos. Super. Könnte ich dann auch machen. Sind vielleicht nicht die brillantesten, aber als Erinnerung genügen sie und Evelyn bekäme einen Eindruck von Rom. Ich schiele auf meine Taucheruhr. Wie lange haben die Geschäfte offen? Noch ist Zeit. Schnell verabschiede ich mich. Ich brauch auch ein Smartphone, sag ich dem erstaunten Paar. Und schon bin ich raus aus der Tür.

In den Geschäften rund um den nahen Park waren einige Smartphones ausgestellt. Und da zieht es mich jetzt hin.

Die Auswahl in den Schaufenstern überfordert mich. Ist mir bisher noch nicht aufgefallen, welch Unzahl an verschiedenen Modellen es gibt. Und erst die Preise! Von fünfzig bis über tausend Euro. Wer soll sich da zurechtfinden. Es ist sicher schlauer, den Kauf auf morgen zu verschieben, anstatt jetzt zuzuschlagen und es dann zu bereuen. Also wieder zurück ins Hostel. Vielleicht kann mich der Ungar beraten.

Die Küche ist leer. Pech gehabt. Na ja. Sicher treffe ich das Pärchen morgen beim Frühstück. Also ab in mein Zimmer.

Das Licht ist an und wer steht mitten im Raum: das ungarische Ehepaar. Welch freudige Überraschung. Das kann nur bedeuten, die beiden nächtigen hier im Zimmer. Und wo ist die pummelige

245

Kleine, die ich über den Haufen gerannt habe? Hat mich schon verlassen. Kein Rucksack. Keine Klamotten. Kein Abschied. So schnell kann's gehen.

»Haben sie Händy gekauft?«, will der Ungar wissen. Ich erzähl von meinen Bedenken. Er streckt mir wieder seines hin und bittet seine Frau, mir ihres zu zeigen. Es ist viel kleiner. »Ninacska braucht es nur zum telefonieren! Samsung sind die Besten«, meint er.

Auf seinem Smartphone scrollt er durch weitere Fotos und zoomt auch noch hinein. Bin basserstaunt, wie deutlich noch Details zu sehen sind. So genau hab ich mir das vorher nie zeigen lassen. Beschlossen: Morgen kauf ich mir ein Smartphone.

Nachdem die kleine Vorführung beendet ist, beginnen die beiden sich ungeniert umzuziehen. Mir wird mulmig und ich verdrücke mich lieber in die Küche und schnabuliere ein Marmeladenbrot.

Wieder im Zimmer, liegen sie schon in den jeweiligen Betten und unterhalten sich. Irgendwie komisch, zusammen mit einem Ehepaar im selben Zimmer zu nächtigen. Mit dem Arschloch und der pummeligen Kleinen hätte ich das nicht so empfunden. Werd mich schon dran gewöhnen. Erst wenn sie zusammen in ein Bett kriechen und kuscheln würden, könnte sich bei mir gewaltiger Druck aufbauen, der sich nur mit Evelyn abbauen ließe. Aber die heißhungrigen Nächte haben die beiden sicherlich schon hinter sich. Wir wünschen uns eine gute Nacht, ich knipse das Deckenlicht aus und dreh mich zur Wand zum Schlafen.

Freitag, 25. Juli – zwölfter Reisetag

Der dritte Tag ist schon fast Alltag. Die Ungarn sitzen mit am Frühstückstisch, dazu zwei junge Engländer und ein Italiener. Amüsant. Die Engländer entpuppen sich als Amis, die einen Trip durch Europa machen: London, Rom, Paris, Berlin, Amsterdam, Prag. Straffes Pensum für zwei Wochen. Die Ungarn unterhalten sich in ihrer Landessprache und er zwischendurch mit mir deutsch. Hin und wieder flucht der Italiener, während er in seinen Laptop hackt. Nachdem weitere Gäste in den Frühstücksraum drängen, machen sich das ungarische Paar und ich auf den Weg. Wir treffen uns noch kurz im Zimmer, brechen dann gemeinsam auf.

Mein erster Weg führt mich zum Handyshop. Ich bin unschlüssig. Soll es ein neues oder gebrauchtes sein? Mit einem gebrauchten käme ich finanziell besser weg. Aber wo bleibt die Garantie? Es könnte ja schon morgen schlappmachen. Bei einem neuen meint der Verkäufer, hab ich eine weltweite Garantie. Na ja. Wer's glaubt. Dann geht's nur noch um die Kaufsumme. Viel will ich nicht ausgeben – Garantie hin oder her. So ganz trau ich dem übereifrigen Verkäufer nämlich nicht. Schließlich entscheide ich mich für ein kleines neues Samsung. Gerade mal neunundachtzig Euro muss ich dafür hinblättern. Der Verkäufer hat sich sicherlich mehr Profit erhofft, meint aber, es kann alles, was die Großen auch können. Er schießt gleich ein Foto von mir, das er stolz präsentiert. Dann sogar noch ein kleines Filmchen. So klein und doch so tauglich. Ich bin perplex. Also her damit. Aus meinem alten Handy pfriemelt er die SIM-Karte. Sie passt sogar fürs neue. Er fährt das Smartphone wieder hoch und siehe da: Alle gespeicherten Telefonnummern erscheinen auf dem Display. Faszinierend. »Allora, ma ...« setzt der Verkäufer zu einer eindringlichen Warnung an. Es ist nicht gut, wenn ich mit dieser SIM-Karte in Italien telefoniere. Da bin ich sofort hunderte Euro los. Es ist besser, einen Vertrag bei einem italienischen Anbieter abzuschließen. Ich trau ihm nicht. Schließlich telefonier ich nur mit Evelyn. Und das auch nie lange. Telefonate innerhalb Italiens gibt es nicht. Er nimmt noch mal Anlauf, kann aber mit seinem Argument nicht bei mir landen. Im angrenzenden Park packe ich es neugierig aus. Super. Es liegt auch eine deutsche Anleitung dabei, in der steht, es muss vor der ersten Inbetriebnahme voll aufgeladen werden. Blöd. Also gut. Dann halt erst an die Steckdose im Hostel.

Der Ladevorgang dauert und strapaziert arg meine Geduld. Es ist zwar erst zu neunzig Prozent geladen, aber länger warten will ich nicht und starte es. Sogleich reihen sich zig Pictogramme auf dem kleinen Display, die mir wenig bis nichts sagen. Ist schon einige Zeit her, dass ich mich so kindisch über etwas gefreut habe. Da erwacht die Affinität für Technisches. Etwas zögerlich klicke ich auf ein paar Pictogramme und staune, wie sofort andere Fenster aufleuchten. Alles fremd und beängstigend. Nicht aber das Fotosymbol. Ein Klick, und sofort erscheint ein Bild der Beine auf dem Display. Hui! Muss sofort Fotos vom Zimmer machen. Klick, klick, klick. Und schon erscheinen weitere drei Fotos auf dem Display. Wow! Einwandfrei. Sogar das schummrige Licht im Zimmer hat es bewältigt, ohne irgendwas einzustellen. Jetzt die Rezeption. Dabei entdecke ich das Schild für den WLAN-Zugang. Funktioniert der auch mit meinem? Ohne langes Zögern geh ich nach hinten zur Kompetenten und frage nach. Sie nennt mir den Zugangscode, aber ich muss sie so dämlich angesehen haben, dass sie Mitleid mit mir hat und sich das Handy reichen lässt. Sie dreht es in der Hand.

»Bello. È piccolo«, meint sie, wobei mir bei der Betonung von piccolo nicht so ganz klar wird, ob es positiv gemeint ist. Zugegeben, es ist ein bisschen klein. Die, die ich bisher gesehen habe, sind alles große Fladen. Ist vielleicht eher was für Kinderhände. Dafür passt es locker in die Hosentasche. Hat ja auch seine Vorteile. Nachdem das Smartphone eingeloggt ist, will ich noch wissen, wie ich Google Maps aufs Handy laden kann. (Kenn ich vom MacBook und ist mir nicht fremd.) Auch das erledigt sie ratzfatz und als ich aus dem thailändischen Serail komme, hab ich alles, was ich brauche, um loszuziehen. Doch vorher muss ich unbedingt Evelyn berichten. Über einige nebulöse Fenster erscheint der Ziffernblock und dann sogar die gespeicherten Rufnummern. Ein Klick und Evelyn ist am Apparat.

»Hallo, mein Schatz. Kannst du mich hören?«

»Jaaha! Hör dich guut.«

»Super. Ich telefonier nämlich mit meinem neuen Handy. Ich meine Smartphone.«

»Wie jetzt? Du hast ein Smartphone?«

»Ja. Gekauft, weil … Na, ja. Bei mir im Zimmer wohnt jetzt ein ungarisches Ehepaar. Sie haben mir gestern gezeigt, wo sie heute hingehen. Alles auf dem Smartphone. Die Metro-Stationen, wo wir uns im Moment befinden … Und Fotos. Echt gut. Kann ich jetzt auch.«

»Aha! Und was hat der Spaß gekostet?«

»Neunundachtzig Euro. Gut, oder?«

»Neunundachtzig Euro?«

»Ja, stell dir vor.«

»Und es taugt was?«

»Ja. Hab schon Fotos gemacht. Etwas klein vielleicht. Wahrscheinlich auch ein bisschen abgespeckt. Aber jetzt muss ich mich nicht mehr blöd anschauen lassen mit meinem alten Knochen.«

»Wer hat dich blöd angeschaut?«

»Na ja. Nicht gerade blöd. Aber schon irgendwie komisch.«

»Hast du Komplexe?«

»Ach komm. Was soll das. Jetzt kann ich wieder fotografieren. Sind nicht so gut wie mit deiner Kamera, aber so schlecht nun auch wieder nicht.«

»Tja, wenn du damit glücklich bist ...«

»Ach mein Schatz. Es geht nicht ums Glücklicher-Sein. Es geht um die Fotos. Die mach ich ja auch für dich. Außerdem hab ich Google Maps drauf. Kennst du ja. Und Musik könnte ich auch drauf laden. Und wahrscheinlich noch tausend andere Sachen.«

»Du musst dich nicht verteidigen, Schnuffbär. Ich freu mich für dich. Pass nur auf, dass die Telefonkosten nicht zu hoch werden.«

»Hab keinen neuen Vertrag abgeschlossen. Pass da schon auf. Telefonieren kostet dasselbe wie mit dem Alten.«

»Schön. Und jetzt machst du Rom wieder unsicher oder wie?«

»Ja genau. War ja gestern schon unterwegs. Muss im Reiseführer suchen, was interessant ist. Heut Abend erzähl ich dir davon.«

»Mach, wie du willst. Wie ist es im Hostel? Fühlst du dich wohl?«

»Ja. Sogar sauwohl. Irgendwie ist es wie in einem Filmset. Alles ziemlich schräg. Aber das erzähl ich dir genauer, wenn wir uns in Sizilien sehen. Also bis heut Abend.«

»Bis heut Abend. Genieß den Tag und liebe Grüße von Suse und Wolf. Und von Maria und Sepp und Evi. Ciao. Viel Spaß.«

»Ciao mein Schatz. Bussi!«

»Bussi zurück!«

Nun mit einem Smartphone ausgerüstet mach ich mich auf den Weg. Ich nehm wieder den Bus, der mich schon einmal zu den Sehenswürdigkeiten gebracht hat und steige bei der Piazza Venezia aus. Wieder bleibt mir die Luft weg beim Anblick des Monumento Emanuele Secondo. Ich kann mich nicht sattsehen. Für Evelyn knipse ich es aus allen Perspektiven. Mein zweites Ziel ist erneut das Colosseum. Wieder stehen endlos viele an. Das Colosseum muss endgültig ohne meinen Besuch auskommen. Ja, ich weiß: Ich bin ein Kulturbanause.

Mit Bus, Tram und Metro klappere ich noch mal die Highlights von gestern ab, nur um Fotos zu schießen. In die Klinik auf der

Tiber-Insel wage ich mich nicht noch mal. Kann mir auch nicht vorstellen, die Ärzteschaft wieder so vereint debattierend vorzufinden. Und einen zweiten sauteuren Kugelschreiber brauch ich auch nicht.

Am späten Abend treffen wir uns im Zimmer. Als Erstes fragt der Ungar:»Haben sie Händi gekauft?«
Ich pfriemle es aus der Hosentasche und streck es ihm stolz entgegen.
»Ah. Sie haben Samsung gekauft.«
Vor Freude, seinem Rat gefolgt zu sein, hüpft sein Adamsapfel aufgeregt auf und ab. Er wiegt es in der Hand.
»Habe nicht gewusst, dass es Samsung-Händi so klein gibt. Aber säähr schön. Und, wie finden Sie?«
»Ich finds super. Bin ganz glücklich. Hab schon viele Fotos gemacht.«
»Darf ich sähen?«
Natürlich darf er.
Schnell landet er bei den Fotos und blättert von einem zum anderen, zeigt mir einige Tricks, auf die ich so schnell nicht gekommen wäre. Während er noch erklärt, öffnet sich die Tür und ein junger Typ kommt herein.
»Ciao a tutti!«, ruft er und wirft, wie selbstverständlich, seinen Rucksack aufs linke Bett.
Ich will schon zum Protest ansetzen, da erwidern meine zwei Ungarn freundlich den Gruß. Ich drehe mich erstaunt zu den beiden und merke erst jetzt, dass das rechte Bett zum Doppelbett verbreitert ist. Verstehe. Wir haben einen vierten Zimmerbewohner.
»Isch heiße Mauro. Du bist aus Deutschland, abe ich gehört. Ischa komme aus Verona.«
»Ah si. Ich komme aus Monaco… sono da Monaco«, hefte ich an, um zu zeigen, dass ich italienisch kann. (Hoffentlich bleibt er trotzdem beim Deutsch, sonst flieg ich auf.) Der lauschende Ungar schaut mich ganz verdutzt an. Ich kann mir keinen Reim auf seine

Reaktion machen. Hab ich was Falsches gesagt? Ich bohre nicht weiter nach.

»Devo farmi una doggia«, sage ich dem neuen Zimmerbewohner und verschwinde zum Duschen. Als ich wiederkomme, ist die Deckenbeleuchtung aus. Die beiden Ungarn und der Italiener schlummern schon in den Betten. Ich mach's ihnen nach und schlafe bald ein. War ein anstrengender Tag.

Samstag, 26. Juli – dreizehnter Reisetag

Beim Frühstück erfahre ich, warum der nette Ungar gestern so seltsam reagiert hat.

»Sie haben geschwindelt. Haben gesagt, Sie kommen aus München. Zu Mauro haben Sie gesagt, Sie kommen aus Monaco. Warum?«

Ich erklär ihm, München heißt in Italien Monaco. Er glaubt mir nicht und meint, adamsapfel-hüpfend, ich bin ein Charmeur. Als die Kompetente in der Küche vorbeikommt, lasse ich mir von ihr bestätigen, dass die Italiener zu München Monaco sagen. Da der kleine Dialog italienisch abläuft, versteht der Ungar nicht, ob die Kompetente meine Aussage bestätigt hat, und meint, wir stecken unter einer Decke. Er schmunzelt und glaubt an einen Schabernack. Leider ist Mauro schon wieder abgereist. Er könnte helfend einspringen.

Wenn ich nicht unterwegs bin, sitze ich wie die, über die ich mich immer mokiert habe, mit dem Smartphone auf der Couch gegenüber der Rezeption und spiele darauf herum. Spielen ist nicht der passende Ausdruck. Ich versuche hinter die Geheimnisse der verschiedenen Funktionen zu kommen, die so fremd locken. Höre ich, wie versucht wird, die Tür aufzuschließen, oder wenn geklingelt wird, springe ich auf und öffne sie. Ich begrüße die Gäste dreisprachig. Angeber!

Sind es Neuankömmlinge, bitte ich sie zu warten, gehe um die Ecke und rufe: »Nuovi ospiti!« Als Erster kommt immer der Pekinese angeflitzt, dann folgt eine der beiden Thailänderinnen.

253

Macht mir ungeheuren Spaß, den Concierge zu spielen. Manchmal sitze ich auch im Balkonzimmer und plaudere mit einem der Gäste. Schon ulkig, wie heimisch ich mich inzwischen hier fühle. Beim Frühstücken gehöre ich quasi schon zum Personal. Wie ein Multisprachtalent komme ich mir vor, wenn ich mit einigen deutsch spreche, mit anderen englisch, und die federnde Thailänderin dazwischen italienisch um etwas bitte, das auf dem Tisch fehlt. Dabei bin ich ein übler Blender, denn mein Italienisch ist miserabel und in eine tiefergreifende englische Konversation sollte ich mich besser nicht hineinziehen lassen. Weiß nicht, was mich hier reitet. Normalerweise verhalte ich mich eher zurückhaltend und verachte so ein Gebaren. Muss an der Atmosphäre liegen.

Da ich schon mehr oder weniger zum Personal gehöre, schleppe ich mit der federnden Thailänderin eine Klappliege samt Matratze in unser Zimmer vors Fenster. Sieht ganz nach einem vierten Zimmerbewohner aus. Mal schauen, wer ankommt.

Mit der Metro beginnt wieder die Erkundungstour. Als ich zu Fuß weiterwill, lässt man mich nicht. Immer wieder blockiert eine Menschenbarriere das Weiterkommen. Dicht gedrängt feuern Zuschauer vorbeihechelnde Marathonläufer an. Es ist unmöglich, die Straße zu überqueren, da Seile und Barrieren den Parkour schützen. Es muss schon weiter entfernt vom Start sein, denn einige Kandidaten schlürfen mehr, als sie laufen. Hab ich mir ganz anders vorgestellt. Dachte, ein Pulk Läufer kommt an, zieht vorbei, und dann ist die Straße wieder frei. Klar. Je mehr es sich dem Ziel nähert, desto größer werden die Lücken. Aber so extrem! In kleinen Gruppen oder einzeln kommen sie an, endlos, ohne Unterbrechung und meist in Meter-Abständen. Es müssen tausende sein, die da mitlaufen.

Nicht weit entfernt leuchtet der Petersdom ohne Möglichkeit, dorthin zu kommen. Fürchte, den Kulturausflug muss ich für heute abhaken. Aber noch ist nicht alles verloren. Zwischendurch werden kleine Gruppen von Zuschauern auf die andere Straßen-

254

seite gelassen. Bei der nächsten bin ich dabei. Befreit strebe ich meinem Ziel entgegen, nur um ein paar Straßen weiter wieder vor den Rücken der Zuschauer zu landen. Es müssen mehrere Schleifen sein, die für den Marathonlauf abgesteckt sind, und ich weiß nicht mal, ob ich mich innerhalb oder außerhalb des Parkours befinde. Für etwas Ablenkung sorgen Helfer, die mit gefüllten Bechern zu den Läufern rennen, die sie, geleert, auf den Boden pfeffern. Hunderte liegen verstreut herum. An einer anderen Stelle werden wassergetränkte Schwämmchen gereicht. Bunte Schwämmchen, die wie Mosaiksteinchen das Pflaster betupfen. Find ich inzwischen interessanter als die am Zahnfleisch daherjapsenden Läufer. Trotzdem imponieren sie mir. Ich würde schon nach einem Kilometer zusammenklappen.

Und dann fängt es urplötzlich an zu regnen. Ganz fürchterlich sogar. Darauf bin ich nicht vorbereitet. Für die Läufer eine willkommene Abkühlung, für mich weniger erquicklich. In Sekunden ist alles bis auf die Haut durchnässt.

Eine Einkaufspassage, dampfig wie eine Sauna, schützt uns Durchnässten. Wie eine Biene, die nur UV-Licht wahrnimmt, fällt mir unter den Massen ein junges Mädchen auf, das ungeduldig wippend auf ihr Smartphone starrt. Vielleicht weiß sie, wo die nächste Metrostation ist.

»Scusi. Mi puo dire, dov'è una stazione della metropolitana più vicina?«

Überrascht von meiner plötzlichen Frage starrt sie mir ins Gesicht und ich auf die deutlich abstehenden Hubbel ihrer nassen Bluse. Erst nachdem sie mir ihr Smartphone vor die Nase schiebt, finde ich wieder zurück auf den Weg der Tugend. Mit einem Fingernagel, auf dem ein lachender Smiley klebt, zeigt sie mir unseren Standort und die nächste Metrostation. Wow. So einfach kann es sein, wenn man weiß, wie. Ratlos blicke auf die abzweigenden Straßen. Die Lotsin amüsiert sich über mein Unvermögen und dreht mich einfach in die Richtung, in die ich gehen muss.

255

Gibt's Alternativen? Ich hätte mich gerne noch in ein paar andere Richtungen drehen lassen. Nachdem sie in den Klamottenladen geht, bleibt mir nichts anderes, als mich nah an der Hauswand in die gewiesene Richtung zu verdrücken. In meiner Ungeduld überquere ich noch ein paarmal unerlaubt den Parkour der Läufer und werde, wie ein flüchtender Dieb, vom Aufsichtspersonal beschimpft.

Der Regen lässt nach und siehe da: Irgendwann kenne ich mich wieder aus. Entfernt leuchtet in der Sonne das Colosseum und das Transparent für den Zieleinlauf.

Hundert Meter vor und nach dem Ziel sind die Läufer durch einen hohen Zaun vom Publikum getrennt. Jeder, der das Ziel passiert, bekommt ein Getränk und eine Kleinigkeit als Stärkung. Gegen Auskühlung stülpt man ihnen eine silbern schimmernde Aludecke über. So gehen oder humpeln sie bis zum Ende des eingezäunten Bereichs, wie in Silber verpackte Wichtel. Ich beneide sie um den Umhang, der einen blauen Aufdruck des Marathonlaufs trägt. So einen hätte ich auch gerne. Als Andenken. Schließlich hab ich auch darunter gelitten.

Hinter dem Zaun liegen sie gestapelt, aber an die komm ich nicht ran. Ich müsste in den abgesperrten Bereich schleichen. Mit mehr Mumm hätte ich danach fragen können und wahrscheinlich auch einen bekommen. Damit bleiben als Spender nur die Läufer, die sich auf die Metro und Busse verteilen oder mit dem Auto abgeholt werden. Keiner legt seinen Silberschmuck ab. Als wäre es ein überlebensnotwendiger Tropf, schleppen sie diesen blöden Umhang mit sich. Nichts zu machen.

Es ist noch früher Nachmittag, als ich im Hostel ankomme. Die Betten links und rechts sind mit Klamotten belegt, auf der Klappliege liegt schlafend ein Mann. Nur sein graubehaarter Hinterkopf ist zu sehen. Leise verlasse ich das Zimmer und gehe in die Küche. Und da hängt er, wie ein Juwel über der Stuhllehne, der begehrte silberne Umhang. Damit er mir ja nicht entgeht, warte ich in der Küche. Irgendwann wird der Eigentümer ja kommen. Aber es dauert und dauert und es wäre zu dreist, ihn einfach zu kassieren. Schließlich schleiche ich zurück ins Zimmer, um den Romführer zu holen. Der Vorhang ist zurückgezogen und der Schläfer von vorhin stapelt seine Sachen. Was er zusammenkramt, deutet stark auf einen Sportler hin. Ob er den Marathon gelaufen ist, will ich wissen. Ja, ist er. Er kommt aus der Ukraine und spricht ein bisschen deutsch. Auf der ganzen Welt läuft er Marathon. Dabei bewegt sich sein drahtiger Körper so fit, als käme er zurück von einem Spaziergang. Bewundernswert. Nachdem er einen so freundlichen Eindruck macht, frag ich unverfroren, ob der silberne Umhang in der Küche seiner ist und ob ich ihn haben kann. Klar kann ich. Er würde ihn sonst wegwerfen. Hurra! Jetzt komm ich doch noch zu meinem Silberdeckchen. Dankend stürme ich in die Küche.

Mich trifft fast der Schlag. Der Umhang lehnt nicht mehr über dem Stuhl, stattdessen zusammengeknüllt im Mülleimer. Wer macht denn so was? Verärgert fische ich ihn heraus. Kacke! Er ist völlig zerfetzt. Das kann nur der kleine Pekinese gewesen sein. Dieser elende kleine Pisser! Damit hat er bei mir verschissen. Der soll mich noch einmal um Streicheleinheiten anbetteln. Warum hab ich Depp den Umhang nicht gleich weggepackt. Aber da wusste ich ja noch nicht, wem er gehört und ob derjenige damit einverstanden ist.

Morgen ist mein letzter Tag und es wäre schlau, heute noch das Bahnticket zu besorgen. Vor dem Ticketschalter die übliche Schlange. Alles wie gehabt. Eine halbe Stunde später und die Fahrkarte nach Neapel ist mein. Um viertel nach neun fährt der Zug. Nur noch eine Nacht im geliebten Hostel. Der Gedanke an den Abschied stimmt mich traurig – einerseits. Andererseits hab ich von Rom zwar nicht alle Sehenswürdigkeiten, aber davon vorerst genug gesehen und will weiter. Schließlich ist es noch ein ganzes Stück Weg nach Sizilien, auch wenn ich nicht mehr mit dem Fahrrad unterwegs bin.

Mit dem Bus lass ich mich in die Peripherie kutschieren und finde es erfrischend, das »normale« Rom zu erkunden. Es ist schlicht, eher schäbig. Die Zeit verstreicht beim Gespräch mit einer Nana auf einer schattigen Parkbank; radebrechend mit ein paar Jungs vor einem mächtigen Graffiti von Nelson Mandela und Martin Luther King; komm vorbei an Favelas; trinke ein Bier mit ausgeflippten Jungs, die mir mit akrobatischen Breakdance-Figuren imponieren wollen, was ihnen fraglos gelingt.

Zurück im Hostel, ist es zehn Uhr abends. Die Liege des Marathonläufers ist verschwunden, auf dem linken Bett liegen Klamotten, das rechte Bett ist wieder zusammengeschoben und leer. Die Ungarn sind offenbar abgereist. Schade. Hätte sie gern noch mal getroffen. Warum das rechte Bett leer ist, wundert mich. Die würden selbst einen Gast in der Besenkammer einquartieren, wenn sich's ergibt. Vielleicht kommt ja noch ein Gast.

Nach der Dusche – vermutlich die letzte vor der Ankunft in Sizilien – verkrieche ich mich ins Bett. Allein im Zimmer, bleibt die Deckenlampe an, um noch im Romführer zu blättern. Will sehen, was mir durch die Lappen gegangen ist. Mehr als gedacht. Werde ich eines Tages mit Evelyn nachholen. Und dann schwingt die Tür auf. Eine junge Deutsche ist es, die in der geöffneten Tür an der Fußseite meines Bettes stehen bleibt. Statt mit einem Apfel „wie die Eva im Paradies,, lockt sie mit zwei schwingenden Teebeuteln.

»Ingwer oder Feige?«

»Ingwer!«, antworte ich konsterniert.

Sie nickt, macht aber keine Anstalten zu gehen. Wie denkt sie sich das jetzt? Soll ich vor ihr aus dem Bett hüpfen? Ich hab ja nur eine Unterhose an, sauber zwar, aber eben Unterhose. Irgendwie käme ich mir dabei ziemlich blöd vor.

»Ingwer bitte«, wiederhole ich, hoffend, dass sie dann in die

258

Küche abzieht. Macht sie aber nicht. Sie bleibt grinsend stehen. Sie will's scheinbar drauf ankommen lassen. Hofft sie etwa, mich nackt aus dem Bett hüpfen zu sehen? Ich kann's mir nicht so recht vorstellen. Sie könnte locker meine Tochter sein. Aber vielleicht steht sie auf alte Männer. Wegen meiner Figur muss ich mich nicht genieren. Aber in der Unterhose will ich mich nicht gerade präsentieren. Geht entschieden zu weit.

»Ach, lieber doch keinen Tee. Ist schon zu spät.«

»Schade«, meint sie, zieht eine künstliche Schnute und verschwindet. Ich könnte mich ja schnell anziehen und zu ihr in die Küche gehen. Aber der eigene Schatten ist zu groß, um darüber zu springen. Irgendwie käme ich mir dabei blöd vor. Also lass ich es, knipse das Licht aus, verkriech mich unter die Bettdecke und lasse in meiner Fantasie geschehen, was ich vielleicht versäumt habe.

Sonntag, 27. Juli – vierzehnter Reisetag

Draußen ist es noch dämmrig. Durch die geschlossenen Vorhänge schimmert fahles Licht. Ich dreh mich langsam um und sehe die Eva von gestern am Boden kniend eine Decke aufrollen. Sie trägt ein fliederfarbenes Negligé und ich denke, sie hat es vielleicht nicht so gerne, beobachtet zu werden, obwohl sie gestern Abend keine Hemmungen zeigte, mich aus dem Bett huschen zu sehen. Lauschend warte ich, mit dem Gesicht zur Wand, bis sie fertig ist und das Zimmer verlässt. Flugs springe ich aus dem Bett, ziehe mich an und eile in die Küche. Vielleicht kann ich ja das gestern Versäumte nachholen. Aber da ist sie nicht. Duscht sie? Länger kann ich mein Frühstück nicht hinziehen. Ich muss zum Bahnhof. Als ich wieder ins Zimmer komme, ist die Eva mit Sack und Pack verschwunden. Schade.

Der Abschied vom Hostel fällt schwer. Ich hab sie alle liebgewonnen; die Kompetente, die Federnde, den Pekinesen – obwohl er mich um den silbernen Umhang gebracht hat –, meine Funktion als Concierge, meine wechselnden Mitbewohner. (Das Arschloch hab ich schon aus meinem Bewusstsein verdrängt.) Mit einer Träne im Auge verabschiede ich mich von den beiden Thailänderinnen. Der Federnden stecke ich noch einen Zwanziger in den Kittel. Verschämt bedankt sie sich. Dann geht's ab zu neuen Ufern oder erst mal zum Bahnhof.

Nagt schon sehr am Gemüt, ein letztes Mal durch die vertrauten Gassen zu streifen. So viele schöne Erinnerungen. Tante Maria und Evelyn sei Dank. Aber noch ist die Reise nicht zu Ende. Ge-

260

schätzte Tausend Kilometer sind es noch bis zum Ziel und der Zug dorthin wartet schon auf dem Bahnsteig. In einem freien Abteil mit Fensterplatz befindet sich eine Steckdose unter dem Abfallgefäß. Schau, schau. Welch Luxus. Und das jetzt, wo mein Smartphone bis zum Anschlag aufgeladen ist. Ich schließe es trotzdem an. Und ... das Ladelämpchen leuchtet. Hätte der Zug von Livorno nach Rom den gleichen Luxus geboten, die aufgebrezelten Barbiepuppen hätten nur meinen verdreckten Stinkefinger gesehen. So die Theorie.

Zunehmend füllt sich der Zug. In meinem Abteil lässt sich ein junges Pärchen nieder. Sie setzt sich neben mich, so knapp, ich spüre dabei sogar die Wärme ihres Oberschenkels. Ihren Freund, der sich mir gegenüber niederlässt, scheint es nicht zu stören. Wir begrüßen uns nickend, während er sein Smartphone hervorholt, die Kabel entwirrt, die Ohrstöpsel fixiert und sich von seiner Musik berieseln lässt. Seine Freundin neben mir hat schon vorher diesen Weg beschritten. Dann ruckeln wir los.

Ich betrachte die vorbeiziehende Landschaft und als ich mich davon losreiße und zu meinem Gegenüber zurückdrehe, treffen sich unsere Blicke. Er lässt die Ohrstöpsel in seinen Schoß purzeln und sagt mir – einfach so –, er findet mich sehr sympathisch. Wie das? Erst bin ich perplex. Dann freut es mich und ich antworte, dass ich sie beide, ihn und seine Freundin, auch sehr sympathisch finde. Er interessiert sich für das komische Stoffrad in der Ablage. Ich erklär's ihm pantomimisch. Ob er's kapiert hat, kann ich nicht abschätzen. Dann erzähle ich ihm, wie es dazu kam. Das wäre mir in Neapel nicht passiert, sagt er im überzeugten Brustton. So kriminell sind nur die Norditaliener. (Die Norditaliener würden sicher dasselbe von den Süditalienern behaupten.) Seine Freundin hat inzwischen auch ihre Sprache wiedergefunden und es entwickelt sich eine holprige aber lustige Konversation.

Ein paar Stationen vor Neapel müssen mich die beiden verlassen. Wir verabschieden uns herzlich und wünschen uns alles Gute fürs weitere Leben.

Auf dem Platz mir gegenüber nimmt ein älterer dynamischer Herr Platz, betresst wie die meisten Rennradfahrer in Italien. Nachdem er seinen modernen Fahrradhelm ins Gepäcknetz gelegt hat, begrüßt er mich mit einem freundlichen Lächeln. Sportlich wirkt er in seinem bunten Fahrraddress, den millimeterkurzen schwarzen Stoppeln. Er macht mich neugierig. Ob er mit dem Fahrrad auf Urlaubsreise ist und wie ich schon in Pension will ich wissen. Er lächelt milde und meint, für ihn gibt es keine Pension. Ist immer im Dienst. Irritiert blicke ich ihn an. Ohne weitere Erklärung hebt er sein Trikot an. Darunter baumelt ein mittelgroßes hölzernes Kreuz, das er zu einem angedeuteten Kuss zum Mund führt. Verstehe. Er ist Pater und deshalb quasi immer im Dienst. Dabei lachen wir uns an und stellen uns gegenseitig vor. Er heißt Francesco, hat einen Freund besucht und macht sich jetzt auf den Weg zu seiner Heimatgemeinde. Von mir erfährt er, wie es mir auf meiner Fahrradtour ergangen ist und wie es weitergeht. Bedauernd bietet er mir an, mich auf die Polizei zu begleiten, mir beistehen, wenn ich das will. Ich verzichte. Hab viel zu viel Respekt vor seiner Berufung. Ich weiß ja nicht mal, wie ich ihn ansprechen soll: Euer Hochwürden? Eure Eminenz? Oder einfach nur Pater Francesco? Irgendwie schaff ich das nicht. Ich soll's mir überlegen, meint er noch mal. Er hat Zeit. Er will in Neapel einen Freund besuchen und fährt erst am Nachmittag weiter.

In Neapel endet die Bahnfahrt. Wir haben uns so angenähert, wurden so vertraut, dass es mir ein Bedürfnis ist, ihn zu umarmen. Beinahe hätte ich es auch getan. Bis zu seinen Oberarmen sind meine Hände schon vorgeschnellt, bevor mich der Respekt vor seiner Berufung gebremst hat. Wir wünschen uns viel Glück für die Weiterreise und belassen es beim Händeschütteln.

Es folgt der leidige Gang zur Polizei. Hab's Evelyn versprochen.
Die Tür ist nur leicht angelehnt und im Inneren ist es fast so laut wie im Bahnhofsgebäude. Hinter einem Tresen feixen vier junge

Bahnpolizisten lautstark. Ihr Opfer ist ein breiter Rücken, der sich in einer Ecke über einen zerfledderten Stapel Papiere krümmt. Es dauert, bis sich einer von ihnen zu mir dreht. Er grinst mich an in seiner schicken Uniform und fletscht die blitzweißen Zähne, die im schwarzen Dreitagebart noch mehr leuchten, und ich weiß nicht, ob es an den Frotzeleien seiner Kollegen liegt oder ob er sich über mich lustig macht. Na, ob mir da jemand hilft? So wie die drauf sind. Doch seine Aufmerksamkeit ist ganz auf mich gerichtet und ich binde alle Hoffnungen an ihn. Ich beginne, mein Anliegen zu formulieren. Immer noch breit grinsend gibt er sich erst gar nicht mit meinem schlechten Italienisch ab und antwortet gleich auf englisch. Großartig. Vielleicht kann ich jetzt die Anzeige problemlos aufgeben.

»My colleague here does that«, sagt er und deutet auf den gebeugten Rücken, den er sogleich anspricht. Damit scheint seine Fürsorge für mich abgehakt und er verschwindet mit den anderen Polizisten aus dem Revier. Am liebsten hätte ich ihm nachgerufen, *er* soll doch bitte die Anzeige aufnehmen. Aber bei der Vehemenz, mit der er und seine Kollegen das Weite suchen, wird mir klar: Diese Bitte ist vergeblich.

Der Rücken dreht sich träge zu mir und ein knittriges Gesicht schaut mich mürrisch und misstrauisch an, gleich einem Kind, das nun dem bösen Onkel ausgeliefert ist. Er will wissen, was mich hierherführt. Wieso? Hab ich doch schon erklärt, sage ich ihm und verfalle automatisch ins Englische. Er spricht nur italienisch, meint er in einem Dialekt, den ich kaum verstehe. Hilfe! Wo sind die jungen Polizisten, die so aufgekratzt waren?

Zäh schleppt sich der Dialog hin. Nachdem er begriffen hat, es geht um mehr als nur das Fahrrad, rollt er mit seinem hakelnden Bürostuhl zu einem klobigen Röhren-Monitor, hackt auf dem Keyboard herum und wirkt ziemlich verzweifelt. Dass er mit einem ernsthaften Problem kämpft, zeigt die gerunzelte Stirn und seine nach unten gezogenen Mundwinkel. Dabei meidet er jeden Blickkontakt. Mehrmals stemmt er sich von seinem knarzenden

Drehstuhl hoch und verschwindet im hinteren Raum. Kurz darauf lässt er sich wieder vor den Monitor sinken und startet weitere ins Leere laufende Versuche.

Das Spielchen wiederholt sich etwa eine halbe Stunde. Mehr als ein gelegentliches Grunzen ist von ihm nicht zu hören. Vermutlich wünscht er sich in die Zeit zurück, in der das gröbste Problem das Wechseln des Farbbands einer mechanischen Schreibmaschine war. Zunehmend beschleicht mich das Gefühl, er will die Anzeige gar nicht aufnehmen und zieht seine vermeintlichen Schwierigkeiten so lange hin, bis ich resigniert aufgebe und abziehe. Vielleicht mache ich ihn nervös, so vor ihm sitzend und beobachtend. Soll ich in einer Stunde wiederkommen, biete ich ihm an. Sein Blick haftet daraufhin auf mir und ein Schimmer von Erleichterung überzieht sein verkniffenes Gesicht.

»Si. Buona Idea!«, erwidert er überraschend munter.

Ich verabschiede mich, ebenso erleichtert. Somit bleibt mir Zeit, meine Weiterreise zu organisieren.

Unten im Hafen fühle ich mich schon fast heimisch. Es ist nicht das erste Mal, dass wir, Evelyn und ich, das Ticketbüro aufgesucht haben. Trotzdem muss ich mich durchfragen. Die Wege sind lang. Ist mir mit dem Auto nicht aufgefallen. Schließlich finde und erkenne ich das Ticketbüro.

Erst morgen Nachmittag legt die Fähre nach Catania ab. Ich bin etwas verzweifelt und das sieht mir die Dame am Ticketschalter an. Noch eine Nacht. Zur Abwechslung vielleicht im Bahnhof von Neapel? Ich erzähle von meinem Dilemma, meinen Schicksalsschlägen. Sie erbarmt sich, kritzelt ein paar Zeilen auf die Visitenkarte einer Pizzeria und reicht sie mir. Hier auf dem Hafengelände ist sie. Ich soll den Inhaber von ihr grüßen. Sie wird ihn anrufen und er wird mir eine Pizza spendieren und mir sagen, wo ich günstig übernachten kann. Ich bin gerührt. Nicht nur die Römer verdienen meine Zuneigung. Wohlgestimmt geht es zurück zum Bahnhof.

264

Mehr als eine Stunde ist vergangen. Im Polizeibüro ist, neben dem Alten, wieder der junge Polizist, der mit Englisch eingesprungen ist. Der Alte ist nicht mehr so mürrisch, will erneut wissen, wie es zu dem Diebstahl kam. Ich versuch's noch mal – italienisch. Aber so richtig verstehen wir uns auch dieses Mal nicht. Er bittet seinen jungen Kollegen einzuspringen. Der winkt grinsend ab und meint lakonisch: Der spricht doch italienisch. Du musst nur auch italienisch sprechen. Mit diesem gemeinen Seitenhieb auf den Dialekt seines Kollegen verabschiedet er sich und verschwindet nach draußen. Pech für mich. Aber seine Einschätzung über mein Italienisch freut mich tierisch, obwohl sie mehr als hochtrabend ist.

Gemeinsam würgen wir noch mal an Details. Dann reicht er mir ein Formular, zweisprachig, italienisch/deutsch, in das ich die gestohlenen Gegenstände eintrage. Das war offensichtlich das Formular, das er vorher nicht ausdrucken konnte. Da hätte ich mir viel Übersetzungsarbeit ersparen können. Na ja, war eine gute Übung.

Das Werk vollendet, verabschieden wir uns per Handschlag. Ich hab nachträglich bereut, ihn des Unwillens bezichtigt zu haben. Was muss ihm auch, vor seiner vermutlich baldigen Pensionierung, ausgerechnet ein Tedesco mit einer Diebstahlsanzeige über den Weg laufen. Um ihn zu trösten, versichere ich ihm, der Diebstahl hätte mir auch in Deutschland passieren können. Keine Ahnung, ob ich dadurch seine Landsleute rehabilitiert habe. Der Abschied war jedenfalls entspannt.

Wie's der Teufel will, nein, für mich ist es eher der liebe Gott, läuft mir Pater Francesco über den Weg. Er trägt immer noch sein Radler-Dress. Neben ihm tippelt eine zierliche dunkelhäutige Nonne. Er begrüßt mich wie einen alten Bekannten. Dann stellt er mir Schwester Naledi vor. Ihre schwarzen Augen leuchten wie Turmaline. Als sie mir dann noch ein strahlendes Lächeln schenkt und dabei zwei blendend weiße Hasenschaufeln entblößt, reißt es mich fast vom Hocker bei so viel Anmut.

265

Ob ich auf der Polizei alles erledigen konnte, will Pater Francesco wissen. Er bekommt einen kurzen Bericht. Dazu sage ich ihm, dass meine Fähre erst morgen Nachmittag abfährt. Es wäre ihm eine große Ehre, wenn ich ihn in seine Gemeinde begleiten würde. Es ist ein wunderschönes Dorf mit einer alten Basilika und einem Kloster. In der Nähe des Bahnhofs gibt es auch ein Hostel, in dem ich übernachten könnte. Ich würde ihm damit eine große Freude bereiten, meint er fast flehentlich. Viel Zeit zum Überlegen lässt mir sein Dackelblick nicht. Ich sage zu. Ein dankbares Leuchten überzieht sein Gesicht, das auch auf mich überstrahlt, denn damit erspare ich mir die Suche nach einem Übernachtungsplatz in Neapel. Der Pizzabäcker im Hafengelände hätte sicherlich was Passendes gefunden. Aber so ist es mir lieber. Schwester Naledi nickt mir befürwortend zu, verabschiedet sich und wird vom Gewimmel des Bahnhofs verschluckt.

Pater Francesco hilft mir beim Kauf des Fahrscheins, holt sein Rennrad und wir marschieren gemeinsam zum Gepäckwagen. Schick, sein Renner. Muss ich schon sagen. Wenn er so neben mir steht, mein neuer Kumpel, kann ich ihn mir gar nicht als Pater vorstellen. Kurvt er auch im Ornat mit diesem Renner durch seine Gemeinde wie Don Camillo? Wenn ja, wird er dabei sicherlich keine Tische und Stühle auf die Barbesucher schleudern.

Auf dem Bahnsteig eile ich voraus, um die Zugtür für sein Fahrrad zu öffnen. Aber alle Türen sind verriegelt. Sind wir falsch, will ich wissen. Nein. Auf dem Fahrschein ist ein »R« aufgedruckt. Das bedeutet: Der Zug steht zwar auf demselben Gleis, aber etwas weiter hinten. Eben auf dem Bahnsteig »R«. Interessant. Kenne ich nicht von unseren Bahnhöfen.

Wir marschieren zum zweiten Zug und der Tür für die Fahrräder, gleich hinter der Lok. Von oben packe ich das Vorderrad und wir wuchten es in den Abstellraum direkt hinter dem Führerstand, an dessen Decke dicke Haken montiert sind. Er zieht einen kleinen Lappen aus der Radlerhose, hebt sein Vorderrad an und lässt es, die Stelle an der Felge vorher mit dem Lappen schützend,

266

in den Haken gleiten. So routiniert, wie er dabei vorgeht, zeigt, er macht das nicht zum ersten Mal.

Im Abteil gleich hinter dem offenen Fahrradabstellraum lassen wir uns nieder. Er muss noch arbeiten, entschuldigt er sich. Um ihn nicht zu stören, setze ich mich auf die Sitzbank auf der anderen Seite des Mittelgangs. Mir kommt eine Sprechpause ganz gelegen. Apropos Züge: Sie werden immer kürzer und schäbiger seit meiner Abreise. Luxuriös waren sie alle nicht. Dieser ist der erste mit durchgehenden Plastikbänken, giftgrün, von Zigarettenkippen durchlöchert und klebrig auf der verschwitzten Haut.

Schon beim Einfahren einer der ersten Stationen schallt von draußen fürchterliches Gezeter zu uns. Davon aufgescheucht stürzen wir ans Fenster. Ein mittelaltes Ehepaar hetzt keifend mit zwei Fahrrädern den Bahndamm entlang. Dem Lokführer müssen die beiden schon bei der Einfahrt in den Bahnhof aufgefallen sein, denn er eilt sofort aus dem Führerstand zur Tür und empfängt die beiden.

Sie fluchen und beschimpfen ihn, während wir versuchen, ihre schweren E-Bikes in den Waggon zu heben. Wild gestikulierend erklärt das Ehepaar, weshalb sie so erzürnt sind. Dabei wird schnell klar, wer von beiden die Hosen an hat. Keinen Millimeter Platz lässt sie zwischen den Schimpftiraden. Ich versteh kein Wort. Vermutlich hat man ihnen gesagt, der Waggon für die Fahrräder befindet sich am hinteren Teil des Zuges, weshalb sie panisch nach vorne rennen mussten, befürchtend, der Zug fährt ohne sie ab.

Der Zugführer verdrückt sich pikiert wieder in den Führerstand, während die Radlerin ihren Helm vom blonden Haarschopf reist und erschöpft neben mir aufs Polster plumpst. Dabei wird mir aus den Brandlöchern, wie aus einem Luftballon, ein abgestandener Luftschwall ins Gesicht geblasen. Mit besänftigenden Worten versucht Pater Francesco, die Frau zu beruhigen. Mit mäßigem Erfolg. Unsere Blicke kreuzen sich und er nickt mir schulterzuckend zu, will heißen: So sind sie halt, meine Landsleute. Oder: Auch das sind Geschöpfe Gottes, selbst wenn sie sich manchmal wie wilde Tiere gebärden.

Nachdem der Zug wieder Fahrt aufgenommen hat, kommt ein zivilgekleideter Herr aus dem Führerstand. Die E-Bikerin braust erneut auf und schrillt den armen Kerl an, der sie ebenfalls zu beruhigen versucht. Nun versucht auch ihr Gatte sein Bestes und die Phonzahl ihres Gekreisches nimmt allmählich ab. Als der Fahrkartenkontrolleur erscheint, wird auch er angegiftet und bekommt seine Abreibung. Ohne Widerrede verdrückt sich der Controlletti und es kehrt endgültig Ruhe ein.

Der Zivilist aus dem Führerhaus wechselt diplomatisch das Thema, spricht über die wunderschöne Gegend und startet schließlich eine Diskussion über lukullische Genüsse, so affenartig schnell, ich versteh nur Bahnhof. Zum Glück ignorieren sie mich. Später geht es doch ein bisschen um mich, wobei mir Pater Francesco hilfreich zur Seite steht. Aber mein Schicksal interessiert nicht sonderlich und so wechselt das Gespräch wieder zur italienischen Küche, was mir ganz recht ist. Der Zivilist aus dem Führerstand scheint darin ein Experte zu sein.

Nach einigen Stationen steigt das Biker-Paar aus und wir helfen beflissen, allein schon, um sie wieder loszuwerden. Wir Übriggebliebenen atmen erleichtert auf. Der Zivilist geht in den Führerstand, zusammen mit Pater Francesco. Die Tür bleibt offen und macht mich neugierig. Ich gehe ebenfalls nach vorne und frage, ob ich zusehen darf. Der Zivilist, der sich als zivilgekleideter Lokführer entpuppt, bittet mich begeistert herein und räumt sofort seinen Platz. Ich soll mich hierhersetzen, meint er und deutet auf den Sitz neben dem Lokführer. Mir ist es fast peinlich, fühle mich aber geehrt. Eifrig erklärt er mir das Bedienfeld. Sonderlich aufregend ist es nicht. Er stellt sich als Piero vor. Sein Kollege heißt Salvatore. Nachdem es etwas eng wird, geht Pater Francesco zurück auf seinen Sitzplatz.

Fasziniert beobachte ich, wie wir auf den Gleisen dahineiern, durch Tunnels wackeln und Piero preist permanent die vorbei-

268

ziehende Gegend. Von hier vorne ist es ein berauschender Blick aufs nahe Meer und die hügelige Landschaft. Und das bei einem Tempo, bei dem einem nichts entgeht. Nach einigen Stationen verlässt uns Salvatore. Er ist in seinem Dorf angekommen und beendet somit seinen Dienst.

Piero übernimmt jetzt den Platz am Führerstand und erklärt mir noch mal die Funktionen der diversen Hebel und Schalter. Auf einem iPad sind die Stationen aufgelistet, an denen er halten muss. Eigentlich überflüssig. Er lässt eh keine Station aus. Als ich anfange, mit dem Smartphone zu fotografieren, kann er sich gar nicht mehr beruhigen und fordert mich ständig auf, dies und jenes zu fotografieren. Dabei beschleicht mich das Gefühl, er konzentriert sich zu wenig aufs Fahren. Zwei Hebel muss er dazu bedienen. Das Zusammenspiel hab ich bis zum Schluss nicht kapiert. Wir unterhalten uns über alles Mögliche und ich wundere mich, wie gut ich ihn verstehe. Sogar ein vernünftiger Dialog kommt zustande. Es geht um Beziehungen und Unterschiede zwischen Italien und Deutschland. Mittendrin spüre ich wie er sich versteift, nachdem er zur Abwechslung wieder mal nach vorne blickt. Er verfällt in konzentriertes Schweigen und starrt nur noch aufs Gleis. Behutsam schiebt er an den Hebeln bis das Geeiere wieder an den Schienenverlauf angepasst ist. Dann wird er wieder ruhig und gesprächig und spielt den Coolen, der alles im Griff hat.

Am aufregendsten sind die Tunnels und Bahnhöfe. Bei den Bahnhöfen ist meine Aufmerksamkeit gefordert. Ist der Bahnsteig auf der rechten, also meiner Seite, schiebe ich das Fenster nach unten, kontrolliere, ob kein Fahrgast mehr an den Türen steht und gebe Piero das Zeichen für die Abfahrt. Dabei komm ich mir unheimlich wichtig vor und Piero hat seinen Spaß daran. Wir fühlen uns wie ein eingespieltes Team.

Gespenstisch ist das Durchqueren von Tunnels. Ich halte jedes Mal die Luft an, wenn wir in das schwarze Loch rauschen, das wie in den Hügel gestanzt aussieht. Wenn die Grenze zwischen gleißendem Weiß und undurchdringlichem Schwarz passiert

269

ist, fühlt es sich an, als wären die Augen mit einer schwarzen Binde abgedeckt. Nicht der kleinste Reflex zeigt sich, weder auf den Schienen noch auf den Zacken der Felswand. Eine Person, ja sogar ein Zug könnte dort stehen. Wir würden es nicht bemerken. Der Tunneleingang könnte sogar nach zehn Metern zubetoniert sein. Wie eine Mücke unter der Fliegenpatsche wären wir einen Augenblick später zerquetscht. Erst nach einer gefühlten Ewigkeit beleuchten, blassgelb und kaum erkennbar, die Lampen der Lok die Schwellen. Wenn dann ein hellglänzender Lichtreflex auf den Schienen erscheint und sich kurz danach die Wölbung des Ausgangs abhebt, kann ich wieder erleichtert durchatmen.

Das Ziel ist erreicht und wir verabschieden uns von Piero.

Der Bahnhof ist klein, dem Ort entsprechend. Gleich daneben ist eine Bar. Pater Francesco winkt mir zu folgen, und wir treten ein. Lustig geht's zu. Eine Gruppe Männer palavert laut in einer Ecke. Streiten sie? Oder unterhalten sie sich einfach nur temperamentvoll? Als Pater Francesco auf sie zutritt, wird er wie der lang vermisste Sohn begrüßt. Nachdem er die Gruppe verlassen hat, spricht er mit dem Barmann neben mir. Viel zu schnell um halbwegs folgen zu können, merke aber, es geht um mich. Der Barmann schüttelt mir die Hand und bittet mich, ihm zu folgen. Zu dritt gehen wir über einen baumbeschatteten Hinterhof zu einem Schuppen. Ich weiß immer noch nicht, was die beiden mit mir vorhaben, bis wir vor einem Fahrrad stehen bleiben, auf das der Barmann deutet.

»Prendi!«, fordert mich Pater Francesco ermunternd auf.

Da ich ihn nur belämmert anschaue, meint er, wir fahren zusammen in sein Dorf. Ich bin platt. Damit hab ich nicht gerechnet. Eigentlich hatte ich überhaupt keine Vorstellung, wie der Abend und die Nacht verlaufen werden. So jedenfalls nicht. Mit dieser Rennmaschine soll ich fahren? Das Teil ist so edel, allein schon bei der Betrachtung spreizt sich etwas in mir.

»Farsi coraggio. Prendi la bici!«, meint nun auch der Barmann. »Non preocupati.«

270

Wenn er meint, dann nehm ich eben mutig das Fahrrad und mach mir keine Sorgen.

»D'accordo.« Ich überreiche ihm das Wurfzelt und schiebe das Fahrrad auf die Straße. Es ist superleicht, der Lenker ungewohnt. Wenigstens sind normale Pedale montiert. Ich wage kaum, mein Bein über den Sattel zu schwingen und aufzusteigen. Aber Pater Francesco lässt mir keine Zeit für Skrupel und lange Überlegungen.

»Andiamo!« Er schwingt sich auf sein Rad und gibt gleich richtig Gas.

»Buon Viaggio!«, höre ich noch den Barmann rufen, während ich Pater Francesco folge, und es klingt, als würde er sich über mich lustig machen. Schon komisch, was das Schicksal so manchmal mit einem treibt. Da suche ich die ganze Reise einen Radlpartner und ausgerechnet dann, wenn ich ohne Fahrrad unterwegs bin und darauf eingestellt, nur noch mit Bahn und Fähre zu reisen, begegnet mir ein Pfarrer, der mit mir radelt.

Seltsam fühlt es sich an, das Hightech-Ding. Würde gerne wissen, wie leicht es sich damit fährt. Aber wie soll das gehen, beim Bergauffahren. Nur zwanzig Kilometer sind es, hat Pater Francesco vor der Abfahrt gesagt, um mich zu motivieren, weil er gemerkt hat, ich schäume nicht über vor Begeisterung. Und ein schöner Weg. Wenn wir oben sind, essen wir gemütlich und er zeigt mir die Basilika und das Kloster. Abends radeln wir wieder zurück und er bringt mich ins Hostel. So viel Fürsorge lähmt mich eher; zwingt mich in ein Korsett, statt mir das Herz zu öffnen.

Er hat nicht übertrieben. Der Weg ist wirklich schön, da gibt's nichts zu bemäkeln. Einer von denen, die ich immer fahren wollte. Wenn's halt nicht schon wieder fast nur nach oben ginge.

Die Sonne flirrt quer durchs dichte Blätterdach. Hin und wieder gluckst ein Rinnsal von den Trockenmauern über den Weg und der Schweiß beginnt wieder in den Augen zu brennen. Dachte eigentlich, das gehört der Vergangenheit an.

Die muskulösen Wadeln meines Radlpartners entschwinden

immer mehr. Nur wenn es flacher wird, schließe ich wieder auf und zunehmend muss mein Fahrradkumpel auf mich warten. Ich schaff sein straffes Tempo einfach nicht und nach einigen Kilometern muss ich gestehen, es wird zu anstrengend. Ich kann nicht mehr, so leid es mir tut. Er soll bitte nicht böse sein, aber ich fahre wieder zurück. Vielleicht besuche ich ihn irgendwann, wenn ich wieder in die Gegend komme. Heute wird das nix mehr. (In Zukunft wahrscheinlich auch nicht. Das wissen wir beide.) Er versucht noch, mich zu mobilisieren, meint, die Hälfte haben wir schon geschafft. Aber das tröstet mich nicht.

Wir schütteln die Hände, umständlich, weil noch die Räder zwischen unseren Schenkeln klemmen, und ich mach mich auf den Rückweg. Traurig für ihn. Traurig auch für mich. Sicherlich hat er schon den Ablauf durchgespielt und überlegt, wie er meinen Aufenthalt zu einem unvergesslichen Ereignis werden lassen kann. Aber ehrlich: So unbedingt muss ich sein Dorf, die Basilika und das Kloster nicht sehen.

Der Barmann ist erstaunt, mich schon wiederzusehen. Ich bin zu alt und zu schwach für diese Tour, sag ich ihm. Er winkt ab, lacht spitzbübisch und glaubt mir kein Wort.

In einer schattigen Ecke der Terrasse lasse ich mir seine Spezialitäten schmecken. Als Antipasto serviert er mir köstliche Maccheroni alla Napolitana und als Hauptgericht Polpi alla Napolitana. Unter Polpi konnte ich mir nichts vorstellen. Eine napolitanische Spezialität, schwärmt er. Und seine sind die Besten. Klar. Wie sollte es auch anders sein. Obwohl ich nicht unbedingt ein Freund von Meeresfrüchten bin, muss ich zugeben, die Polpi, also Tintenfische, schmecken köstlich. Dazu lass ich es noch richtig krachen und leiste mir einen halben Liter Wein. Bevor ich verdufte, fische ich noch einen Piccolo aus dem Kühlschrank, den ich zur Feier des Tages im Hostel köpfen will. Mit einem verschmitzten Grinsen drückt mir der Barmann das Zelt unter den Arm und weist mir den kürzesten Weg.

Unter den Bahngleisen hindurch befindet sich eine kleine

272

Grünanlage. Dichte Büsche reihen sich um einen plätschernden Brunnen, dazwischen Parkbänke. Schön, wieder auf mich selbst zentriert zu sein. Eigentlich sollte ich Evelyn berichten, aber ich will noch in meinen Erinnerungen schwelgen. Braucht's von Zeit zu Zeit.

So gemütlich vor mich hinträumend überkommt mich die Lust, den Piccolo schon jetzt zu köpfen. Der Tag war so schön, so aufregend, und ich finde, gerade jetzt ist der richtige Augenblick dafür. Nur sitzen auf einer Bank hinter dem Brunnen zwei junge Italienerinnen und es wäre unangebracht, jetzt den Korken knallen zu lassen. Während ich noch grüble, die beiden Quasseltanten einfach zu ignorieren, schießen direkt neben mir zwei große zerrupfte Hunde aus einem Busch. (Hunde scheinen auf der Reise zu wechselnden Begleitern zu werden.) Reflexartig springe ich auf, bereit zur Verteidigung. Doch die Angst ist unbegründet. Ein kleiner Pinscher hat sie aufgeschreckt, der asthmatisch kläffend auf die beiden zuschießt und mit reichlich Sicherheitsabstand erstarrt. Geduckt, die Vorderläufe vor sich auf den Boden gestemmt, giftet er die beiden Zerrupften von unten her an. Der Rüde knurrt kurz, muss nicht mal die Lefzen heben, um dem Pinscher zu zeigen, wer hier die besseren Karten hat. Da wird dem Pinscher dann doch klar, er hat sich zu weit vorgewagt und zieht keifend ab. Besser für ihn. Das Hundepärchen verdrückt sich, ohne mich weiter zu beachten.

Zeit, den Piccolo zu köpfen, nachdem die idyllische Ruhe eh schon gestört ist, selbst wenn die beiden schwätzenden Damen nicht ums Verrecken aufbrechen wollen. Obwohl das Fläschchen lauwarm und jetzt auch noch durchgeschüttelt ist, folgt nicht der erwartete Plopp. Müde pufft es. Nicht ein Tropfen quillt über den Flaschenhals. Fast bin ich ein bisschen traurig darüber. Etwas Aufmerksamkeit hätte nicht geschadet, um den beiden zuzuprosten. Aus dem Fläschchen ist wohl schon seit längerer Zeit der Druck entwichen. Er schmeckt trotzdem und die Hand bleibt dabei auch noch trocken.

Evelyn erfährt eine Kurzfassung des heutigen Tages. Sie freut sich über den Abstecher, schon alleine wegen der umgangenen Übernachtung im Bahnhof. Schade findet sie, nicht Pater Francescos Angebot gefolgt zu sein. Dabei schätzt sie mich wieder richtig ein indem sie meint: »Dir hat die Lust dazu gefehlt. Sonst hättest du die Fahrt schon geschafft.«
Richtig!

Nach der kleinen Pause wandere ich am nahen Strand entlang. Über dem Meer leuchten noch ein paar Wölkchen in kitschigem Rosarot. Unglaublich breit ist er. Mehr als zweihundert Meter dürften es bis zur Wasserlinie sein. Links reiht sich endlos ein Häuschen neben dem anderen. Eigentlich eher einstöckige Holzhütten. Jede in einer anderen Farbe, mit kleinen Balkonen und Treppen an der Außenseite. Auf einigen Balkonen sitzen Leute, entfernt genug, um ihnen nicht aufzufallen. Am Strand selbst ist niemand zu sehen. Zwischen den Hütten und der Wasserlinie liegt einsam ein umgekipptes Boot und ein Katamaran. Hier könnte ich unbelästigt zelten. Aber ohne Luftmatratze? Inzwischen lockt mich doch ein Bett im Hostel mehr.

Bei Dunkelheit komme ich dort an. Die Dame an der Rezeption hat mich schon erwartet. Wie das? Es muss eine Verwechslung sein. Nein, meint sie. Ich bin doch der Tedesco, oder? Sie zeigt mir einen Zettel mit meinem Vornamen. Pater Francesco hat mich angekündigt. Ist er nicht ein Schatz? Kann man einen Pfarrer als Freund haben? Ich kann es mir nicht so recht vorstellen. Aber er zeigt sich eindeutig als solcher.
Ich zahle für die Übernachtung. Sie geht mit mir in den ersten Stock, zeigt auf das Stockbett oben links und verabschiedet sich mit einem »Buona notte«.
Das ging aber hurtig. Den Rucksack auf dem Bett zurücklassend, gehe ich Pipi machen und erfrische mein Gesicht. Obwohl die sanitären Anlagen picobello sind und es angebracht wäre, drängt es mich nicht unter die Dusche.

Auf dem Boden liegen zwei Rucksäcke. Demnach sind mindestens zwei der drei Betten belegt. Ob jemand drinliegt, kann ich nicht feststellen. Die Vorhänge davor sind zugezogen. Sie etwas zur Seite zu ziehen, wage ich nicht. Womöglich blickt mich dann ein böses Gesicht an. Oder eine Faust schnellt vor und landet auf meiner Nase.

Sachte klettere ich in mein Bett. Am Kopfende ist eine kleine Nische, daneben ein Minisafe. Nicht schlecht. Steckt zwar kein Schlüssel im Schloss, aber den kann man sicherlich unten erbitten. Bis auf Unterhose und T-Shirt ausgezogen, schlüpfe ich unter die Bettdecke und aktiviere den Handy-Wecker. Mein Zug geht morgen um halb sechs und da muss ich pünktlich sein, um die Fähre in Catania zu erwischen. Ich schalte das Leselämpchen ein (so was gibt's hier) und schmökere im Rom-Führer.

Leise knarzt die Zimmertür. Tapsende Schritte nähern sich, deponieren etwas am Boden und entfernen sich wieder Richtung Tür. Als ich mich vorbeuge, sehe ich einen jungen grazilen Körper, zu dem ein blonder Haarschopf gehört. In welches Bett wird sie kriechen? Würde mich freuen, wenn es das mir gegenüberliegende wäre. Es dauert einige Minuten, bis sie wieder ins Zimmer schleicht. Sie streift den Vorhang des gegenüberliegenden Bettes zur Seite und klettert hinauf. Taktvoll drehe ich mich zur Wand, obwohl mir das nicht gerade leichtfällt, bis das Geknarze des Bettes endet. Als ich mich zurückdrehe, blickt sie mich ungeniert an und wir nicken uns freundlich zu. Nur bis zu den Hüften ist sie mit dem Laken bedeckt und ihre kleinen Brüste zeigen deutliche Wölbungen unter dem gelben T-Shirt. Die blonden Haare hat sie mit einem rosa Haarband zum Zopf gebündelt. Seltsam blass wirkt ihr Gesicht im Schein ihrer Leselampe. Passt eigentlich gar nicht zu ihren braunen Armen. Sie holt ein Taschenbuch unter ihrem Kopfkissen hervor und wir widmen uns der jeweiligen Lektüre. (Wie gerne würde ich jetzt mit dem Rom-Führer tauschen und Evelyn im Arm halten. Sie und alles, was sich damit verbindet, geht mir schon mächtig ab.)

Als hätten wir uns abgesprochen, schieben wir gleichzeitig unseren Lesestoff unters Kopfkissen, lächeln uns zu und knipsen die Leselämpchen aus.

Montag, 28. Juli – fünfzehnter Reisetag

Die innere Uhr funktioniert bestens. Lange vor fünf Uhr wache ich auf. Die Decke liegt zusammengewurschtelt am Fußende und mein T-Shirt klebt unangenehm auf der Haut. Es muss an die dreißig Grad im Zimmer haben, trotz geöffnetem Fenster. Mein zweiter Blick gilt meinem Gegenüber. Nur ein blonder Schopf lugt unter dem Laken hervor. Vorsichtig klettere ich nach unten. Die Vorhänge der beiden unteren Betten sind zurückgezogen. Waren also gestern alle ausgeflogen und ich hab nicht mitbekommen, wann sie in die Falle gekrochen sind.

Im Bett unter meinem mümmelt selig ein junger Typ. Auf seinem kantigen Kinn schimmert ein Dreitagebart, auf der Brust kräuseln sich blonde Löckchen und ein tätowierter Arm hängt über den Bettrand. Es ist zu dunkel, um Sinnvolles darauf zu erkennen. Spricht er lautlos? Ich wende mich ab von seinen vibrierenden Lippen, die mich an ein Fischmaul erinnern. Gegenüber liegt rücklings, ziemlich lasziv, eine junge Asiatin. (Die verfolgen mich.) Komm mir etwas schamlos und voyeuristisch vor beim hemmungslosen Betrachten. Tiefschwarz umrahmen die glatten Haare den kleinen Kopf. Ihr braunes Gesicht ist entspannt, ihr Atem gleichmäßig und zart pulsiert es an ihrem Hals.

Eilig raffe ich meine Klamotten zusammen und schlüpfe hinein. Wo sind meine Schuhe? So senil kann ich doch nicht sein, um nicht mehr zu wissen, wo ich sie gestern gelassen habe. Sie sind weder unter den Rücksäcken noch unter den verstreuten Klamotten. Auf dem Boden liegend suche ich unterm Stockbett.

Außer einer leeren Chipstüte ist nichts zu sehen. Soll ich den Typ fragen, der im Schlaf immer noch vor sich hin brabbelt? Muss ich wohl, wenn ich meine Schuhe haben will. Ich stupse ihn vorsichtig an. »Hey! Dove sono le mie scarpe?«, flüstere ich. »Where are my shoes?«

Er reißt die Augen auf, schaut mich erschreckt an, als wäre ich ein Gespenst, und dreht sich grantelnd zur Wandseite. Ich stupse ihn noch mal an. Er schüttelt sich wie ein Hund nach dem Regen und sein tätowierter Arm wedelt nach hinten, als wollte er eine lästige Fliege verscheuchen. Zwecklos. Ich muss aufbrechen. Hab keine Zeit für solche Spielchen sonst versäum ich noch den Zug. Kauf ich mir halt neue. Dann welche, die meine Zehen weniger zusammenquetschen, als wollte ich als Ergebnis chinesische Lotos-Füße.

Draußen im Flur hole ich die alten Schuhe aus dem Rucksack. Hab ganz vergessen, wie ramponiert sie aussehen. Ein schnelles Pipi, dann eile ich nach unten zur Küchenzeile. Hab zu lange getrödelt. Für einen Kaffee reicht die Zeit nicht mehr.

Mit einem Cornetto im Schnabel eile ich auf die Straße und zum Bahnhof. Fühlen sich gut an, die Füße in den alten Radlerschuhen. Irgendwie befreit. Viel bequemer als die Schraubstöcke vom Mercato und ich genieße es, wieder den Boden unter den Füßen zu spüren. Selbst der ein oder andere piksende Kiesel ist mir willkommen. Kann Leute verstehen, die nur noch barfuß laufen und sich nicht mehr in Schuhe quälen wollen. Dabei schwebten meine Radlerschuhe in Rom schon zehn Zentimeter über einem Mülleimer – kurz vorm Versenken.

Der Zug steht schon abfahrbereit. Die Stimmung ist eigenartig friedlich im jungfräulich unschuldigen Morgenlicht. Nur munteres Vogelgezwitscher zeugt von Leben. Sicher war es ebenso friedlich, als ich noch mit dem Fahrrad unterwegs war. Aber da kastrierten die Gedanken an den folgenden Tag die Leichtigkeit. Jetzt schwebe ich völlig befreit und unbelastet dahin und nichts kann mich aus der Ruhe bringen. Zumindest nicht, bis eine italienische Großfamilie auf den Bahnsteig drängt.

Der Patriarch muss verreisen, so sieht es aus. Vielleicht in den Norden, weil das Einkommen nicht reicht, um seine Familie zu ernähren. Zwei Koffer und einige Plastiktüten sind schon im Zug verstaut. Er küsst die runzligen Wangen einer krummbeinigen Alten – wahrscheinlich seine Mama; umarmt einen nicht minder alten Grauhaarigen und schüttelt die Hände – wahrscheinlich sein Papa; beugt sich hinab zu seinem kleinen Sohn, wuschelt durch seine Haare. Am Bein klammert seine kleine Tochter. Er hebt sie hoch und sofort schlingt sie ihre wulstigen Ärmchen um seinen Hals. Zärtlich küsst er ihre Wangen und flüstert ihr irgendwas ins Ohr. Sie beugt sich zurück – so stark, dass ich fürchte, ihr Rückgrat bricht im nächsten Moment –, lacht und schlingt wieder die Ärmchen um seinen Hals. Dann lässt er sie sanft zu Boden gleiten. Zum Schluss umarmt er seine Gattin, küsst sie leidenschaftlich und streichelt ihren Nacken.

Der schneidende Pfiff der Lok mahnt zum Aufbruch. Das junge Paar löst sich langsam voneinander. Ihre Hände streichen nach unten über die Armbeugen bis zu den Fingerspitzen. Noch ein sanftes Drücken, dann reißt auch dieser Kontakt ab und er steigt in den Waggon, während seine Gattin mit hängenden Schultern zurückbleibt. Grausam, was das Schicksal manchen abverlangt. Unwillkürlich denke ich an Pater Francesco. Hätte mich nicht gewundert, wenn auch er hier aufgetaucht wäre, um sich von mir zu verabschieden. Doch der kniet wahrscheinlich betend vor einer Madonna. Vielleicht denkt er dabei an mich, wer weiß.

Ich steige ein und lasse mich im Abteil hinter dem Fahrradabstellraum auf die Bank sinken. Die Tür zum Führerstand ist geschlossen und nachsehen will ich nicht, wer drinnen werkelt. Wäre es Piero, er hätte mich bestimmt schon begrüßt und zu sich gerufen. Wir zuckeln los. Draußen winken die zurückgebliebenen Familienmitglieder. Hoffentlich leiden sie nicht zu sehr.

Die Stirn an die kühle Scheibe gedrückt, betrachte ich die Küste, die vor dem Fenster vorbeizieht, teilweise nur einige Meter entfernt. Das Schicksal der Familie am Bahnsteig hat mir die Stimmung ein bisschen verhagelt. Aber auch das gehört zum Leben, würde Pater Francesco sagen.

So schlummere ich dahin, bis näher kommende Schritte mich ablenken. Zum ersten Mal werde ich kontrolliert. Und ausgerechnet dann, wenn meine Fahrkarte nicht mehr gültig ist. Das erfahre ich aber erst vom Fahrkartenkontrolleur. Ich hätte das Bahnticket für die Rückreise nicht schon in Neapel entwerten dürfen. Sofort bin ich hellwach, denn mir fällt ein, was mit Leuten passiert, die quasi ohne gültigen Fahrschein unterwegs sind. Ich stell mich ahnungslos und entschuldige mich mehrfach: Ausländer! Weiß nicht, wie das in Italien funktioniert! Er ist gnädig und fordert weder eine Strafe, noch wirft er mich aus dem Zug. Glück gehabt.

Mit der aufsteigenden Sonne wird es im Zug belebter. Irgendwann steigt eine Gruppe Biker ein. Sportlich allesamt. Es ist nicht genügen Platz für alle und ich verzieh mich in ein Abteil weiter hinten. Schade. Hätte sie gerne belauscht beim Erfahrungsaustausch über ihre Radltour.

Im Bahnhof von Neapel warte ich, mit Rucksack und Wurfzelt, vor einer breiten Metalltür, bis der Zug kreischend zum Stehen kommt. Ich will aussteigen, aber die Tür lässt sich nicht aufschieben. Ich versuch's mit aller Kraft. Warum geht das nicht, verdammt noch mal. Mein Glück, Neapel ist ein Sackbahnhof und die Endstation für diesen Zug. Es bleibt genug Zeit, um zu einer anderen Tür zu wechseln. Wehe dem Biker, der ahnungslos vor so einer Tür steht. War der Bahndamm nämlich beim Einsteigen auf der anderen Seite, bleibt ihm nur, schnell durchs Abteil zu einer funktionierenden Tür zu eilen. Und das mit dem Fahrrad. Kaum zu schaffen, wenn der Zug an kleinen Stationen nur kurz verweilt. Ein dementsprechender Hinweis wäre da hilfreich. Allerdings hilft das auch nur, wenn man weiß, auf welcher Seite der Bahnsteig liegt, an dem man aussteigen muss. Die E-Bikerin von der Hinfahrt hätte wahrscheinlich den Führerstand gestürmt und den Lokführer gekillt.

Der Weg zum Hafen ist mir vertraut. Jetzt könnte ich in die Pizzeria gehen, von der mir die freundliche Dame am Ticketschalter die Visitenkarte gegeben hat. Natürlich würde ich nicht auf die kostenlose Pizza bestehen. Das war gestern und vielleicht längst vergessen. Doch soweit ich mich erinnere, wirken die Pizzerien im Hafengelände alle nicht sehr verlockend. Da mich auf dem Weg dorthin eine Pizzeria mit kleinem Vorgarten anlacht, kehre ich gleich dort ein.

Beim Ordern der Bestellung fällt der Blick des Barmanns auf mein Wurfzelt. Er will wissen, ob ich in diesem gelben Beutel einen Reifen habe. Der Gedanke ist nicht so abwegig. Vielleicht bin ich ein Einradfahrer. Auf die Idee bin ich noch nicht gekommen. Ich erkläre zum x-ten Mal, worum es sich dabei handelt. Er und seine junge Bedienung werden neugierig und schauen mich so ungläubig an, als würde ich vom achten Weltwunder sprechen und sie auf den Arm nehmen.

Nachdem auf der Terrasse mein kleines Mahl verspeist und bezahlt ist, frage ich den Chef, ob er sehen will, wie das Wurfzelt funktioniert. Klar will er und ruft seine Angestellte, die ebenso neugierig war.

Vor dem Areal mit den Tischen ist eine kleine Fläche, ausreichend fürs Wurfzelt. Ich hole es aus der Hülle, werfe es in die Luft und, wie durch Zauberhand, öffnet es sich und steht aufrecht am Boden. Sie staunen nicht schlecht. Auch einige Gäste haben die Köpfe gereckt, um das Schauspiel zu beobachten und applaudieren sogar. Dass sich über uns schwarze Wolken ballen, ist mir dabei nicht aufgefallen. Und noch während ich das Zelt zusammenpacke, fallen dicke Tropfen vom Himmel. Die Gäste springen auf und eilen ins Lokal. Kaum ist das Zelt wieder in seiner Hülle, prasselt auch schon der Regen ungebremst auf mich nieder. Das

Wurfzelt wie einen großen Regenschirm über dem Kopf, sprinte ich über die Straße. Keine hundert Meter und ich bin bis zu den Hüften durchnässt.

Weit ist es bis zum Ticketbüro. Im kleinen Raum vor den Schaltern wimmelt es wie im Bienenstock. Der Vorraum ist voller Schutzsuchender und die Luft dampfig wie in einer Waschküche. Gemeinsam starren wir nach draußen. Binnen Minuten steht der Vorplatz unter Wasser. Ein Italiener bleibt mit seinem Lancia ein paar Meter vor dem Ticketbüro am Straßenrand stehen und winkt seiner Partnerin, die bei uns mit den Tickets wedelt. Aber sie will nicht. Kann ich nachempfinden.

Noch während wir Umherstehenden darauf lauern, wie sich die Dame mit den Tickets entscheidet, zieht ein starkes Rumsen unsere Blicke auf einen der rangierenden LKWs, die die Sattelaufleger auf die Fähre bugsieren. Irgendwas ist dahinter passiert, aber es ist nichts zu erkennen. Wir warten gespannt. Ein paar Minuten später kommt eine junge Mutter, ein Kind auf dem Arm, das zweite an der Hand ziehend, hinter dem Sattelschlepper hervor und patschend auf das Ticketbüro zu. Bis sie bei uns sind, pappen die Haare wie angegelt auf ihren Köpfen und die Kleidung trieft vor Nässe. Noch bevor sie mit den weinenden Kindern über die Schwelle hetzt, kreischt sie nach der Polizei. Irgendwas ist mit dem Sattelschlepper passiert. Harmlos ist es offenbar nicht, ihrem Geschrei zufolge. Alle warten gespannt, was jetzt weiter passiert. Eine Viertelstunde vergeht. Von der Polizei keine Spur und es sieht nicht so aus, als würde das Unwetter eine Pause einlegen. Verstehe, dass sich die Carabinieri da Zeit lassen.

Immer noch drücken Passanten in den Vorraum und es wird zusehends eng. Bevor ich völlig eingequetscht werde, entschließe ich mich, auf die Fähre zu rennen. Hätte zwar gerne noch gewusst, wann die Carabinieri aufkreuzen und ob sich die Frau mit den Tickets zu ihrem Partner im Lancia wagt, aber das offene Maul der Laderampe lockt mich mehr.

282

Mit dem Wurfzelt über dem Kopf müsste ich einigermaßen vom Regenguss verschont bis zur Rampe kommen. Ich zwänge mich zur Tür. Aber es ist zu eng, um das Wurfzelt schon im Warteraum in die richtige Position zu bringen. Und so muss ich erst in den Regenschauer, bevor mich das Wurfzelt schützen kann. Was soll's. Nass bin ich eh schon.

Knöcheltief steht das Wasser und spritzt nach allen Seiten. Als ich am Sattelschlepper vorbeihetze, sehe ich den PKW dahinter, der nur noch auf zwei Rädern steht, weil ihn der Sattelaufleger links gerammt und dadurch angehoben hat. Der Fahrer sitzt noch im Wagen, verkrampft, der Neigung des Wagens entgegenstemmend.

Auf der Fähre eile ich zur Toilette, um die nassen Klamotten loszuwerden. Dann suche ich einen Platz im großen Salon. Er ist schon ziemlich bevölkert. All die Geizkrägen oder Minderbemittelten, die keine Kabine gebucht haben, sichern sich Plätze auf den Bänken, die den Salon umringen. Ich erspähe ein Plätzchen vor einem Fenster. Praktisch, weil dahinter ausreichend Platz fürs Wurfzelt ist. Den Rucksack platziere ich neben mir. Alles, was sich an Kleidung darin befindet, ist mehr oder weniger nass. Aber ich geniere mich, meine Klamotten hier zum Trocknen auszubreiten, obwohl sich die Lehnen der Bistrotische dafür anbieten würden.

Das Smartphone angestöpselt, berichte ich Evelyn, die froh ist, mich endlich auf der Fähre zu wissen.

Draußen hat es aufgehört zu regnen, und ich würde gerne einen Blick auf das Geschehen im Hafen werfen. Aber bei den weiterhin in den Salon drängenden Passagieren fürchte ich um den Platz auf der Sitzbank. Da mir die Gepäckstücke zum Abgrenzen fehlen, werde ich immer mehr eingeengt. Ein älteres Paar, Großmutter, Großvater und ein kleines Enkelchen, richten rechts von mir ihr Nachtlager ein. Links hat sich ein verliebtes junges Pärchen niedergelassen, zueinander geneigt, die Hände ineinander verschlungen. Zwischendurch liebkosen sie immer wieder ihre Wangen, um sich kurz darauf zu küssen. Dabei vergraben sich zärtlich die Hände in ihren dunklen Haaren.

Nachdem ich mich nicht von meinem Platz entfernen kann, vervollständige ich mein Tagebuch. Aus allen vier Ecken plärren Fernseher, auch noch mit unterschiedlichen Programmen. Eine ätzende Kakophonie. Keinen scheint es wirklich zu stören. Die Passagiere essen, spielen Karten, beschäftigen sich mit ihren Laptops und Smartphones; Kinder jagen um Tische. Es geht munter zu. Das junge Pärchen von meiner Linken taucht vor mir auf und bittet mich, auf ihr Gepäck aufzupassen. Mach ich natürlich gerne. Fühle mich sogar geehrt für das Vertrauen, das sie mir entgegenbringen. Als sie eng umschlungen zurückkommen, stellt der junge Mann die üblichen Fragen. Matteo heißt er und dieses Mal nenne ich meinen korrekten Vornamen. Er will wissen, was ich da stundenlang schreibe. Wieder werde ich meine tragische Geschichte los und ernte ihr Bedauern. Seine Freundin stellt sich als Alessia vor und bläst dabei immer wieder eine dunkle Haarsträhne aus dem Gesicht. Er wohnt in Catania, sie studiert in Bologna. Schwierig, denke ich. Kenne ich doch Pärchen, die solche Fernbeziehungen nicht lange überdauern. Doch ihr liebevoller Umgang macht mir Hoffnung. Sie passen gut zueinander. Vielleicht schaffen sie's ja trotzdem, bis sie, irgendwann, zusammen leben können.

Die Nacht wird unbequem. Das Flimmern der Fernseher ist erloschen und das Licht heruntergedimmt. Und … es ist noch enger geworden. Das Enkelchen von Opa und Oma hat sich neben mir ausgestreckt und die rosa bestrumpften putzigen Füßchen berühren fast meinen Oberschenkel. Ihre Decke rutscht immer wieder ab und ich muss sie mehrmals hochziehen, damit sie nicht auf dem Boden landet und die Beinchen weiter bedeckt bleiben. Am liebsten hätte ich die Kleine in den Armen gewiegt, so wie ich es mit meinen Töchtern gemacht habe. Alessia und Matteo geht es nicht viel besser. Auch sie sind eingepfercht. Rührend, sie zu beobachten. Ihr Kopf liegt auf seinem Schoß und er streichelt liebevoll durch ihre Haare. Ach, wäre doch Evelyn jetzt bei mir und ich könnte dasselbe für sie tun.

Eine Mütze Schlaf ist irgendwann auch mir vergönnt – im nach vorne geneigten Sitzen oder halb liegend. Für mehr Komfort fehlt der Platz. Aber nicht nur das verhindert meinen Schlaf. Die Kälte nagt unangenehm und dagegen fehlen mir die Mittel. Was ich im Rucksack mitführe, taugt für milde Augustnächte, nicht aber für unterkühlte Aufenthaltsräume. Dazu ist alles darin pitschnass. Hoffentlich färben die Sachen nicht ab oder beginnen zu schimmeln. Ich könnte ein bisschen herumwandern. Würde meinem schmerzenden Kreuz ganz guttun, fürchte aber, danach gar keinen Platz mehr auf der Bank vorzufinden.

Dienstag, 29. Juli – sechzehnter Reisetag

Mit Erleichterung registriere ich das fahle Tageslicht, das sich an den Vorhängen vorbeizwängt. Die Fernseher erwachen und verbreiten wieder ihr bläulich flimmerndes Licht und den damit verbundenen Geräuschpegel.

Nach und nach räkeln sich die Passagiere blinzelnd aus ihren Decken und bündeln ihre Habseligkeiten. Das junge Pärchen, jetzt sommerlich in ein buntes Röckchen und kurze Hose gekleidet, bringt mir einen Becher Kaffee und ein Cornetto und wir unterhalten uns wieder ein bisschen. Alessia betupft nebenbei ihre Augen mit einem mit Spucke angefeuchteten Papiertaschentuch. Meine liebe Gattin hat mich mit einer Packung »Feuchte-Frische-Tücher« versorgt, quasi als Duschersatz. (Ja, sie war schon immer äußerst vorausschauend.) Ein Rest davon müsste noch im Wimmerl sein. Um ans Wimmerl auf der Fensterablage zu kommen, muss ich mich auf die Bank knien. Dabei entdecken die beiden die aufgelösten Sohlen meiner arg strapazierten Schuhe und Alessia kann nicht fassen, dass ich damit herumlaufe. Kopfschüttelnd bedeckt sie mit ihren schlanken Händen ihren Mund und beide bedauern mich zutiefst. Ich muss zugeben, ich hab mich in ihrem Mitleid gebadet. Um noch heldenhafter dazustehen, schenke ich ihnen ein wegwerfendes Lächeln, zucke mit den Schultern und sage, alles halb so schlimm. Matteo will wissen, wie weit ich damit noch gehen muss. Nicht mehr weit. Die restliche Strecke bis zu meinem Ziel fahre ich mit dem Zug oder Bus. Das beruhigt die beiden ein bisschen.

Zäh fließt die Zeit dahin. Auch ein Umstand, der mich auf meiner Reise immer wieder gequält hat. Vor vielen Jahren hat mich um diese morgendliche Stunde eine erschreckende Lautsprecherdurchsage geschockt.

Wir fuhren mit der Fähre von Livorno nach Palermo. Die Fahrt dauerte unbequeme achtzehn Stunden. Am Morgen vor der Ankunft in Palermo kam die Durchsage, wir sollen zu unserem Auto kommen. Das Blut sackte aus meinem Kopf. Was war passiert? Im Meer versunken kann es ja nicht sein. Irgendeinen anderen Wagen gerammt, weil die Handbremse nicht angezogen war? An der Rezeption erwartete mich ein älterer Herr von der Schiffscrew, dem ich zum Fahrzeugdeck folgte. Sein leuchtend orangefarbener Overall wirkte wie eine nichts Gutes verheißende Warnlampe. Angekommen auf dem Parkdeck, sah ich sofort, was passiert war. Kein Crash mit einem anderen Fahrzeug. Immerhin.

Ich kannte unseren BMW noch nicht so genau (scheißmoderne Technik!) und vergaß, die Alarmanlage so einzustellen, dass sie zwar bei unerlaubtem Öffnen anspringt, nicht aber bei Erschütterungen. Die Hupe krächzte nur noch heiser und dazu blinkten erschöpft die Scheinwerfer. Die Alarmanlage muss wohl die ganze Nacht gedudelt und geblinkt haben. Vielleicht nicht immer, aber oft und lange genug, um die Batterie leer zu saugen. Sofort sprang ich in den Wagen und versuchte, ihn zu starten. Wie naiv muss man denn sein, um da noch an einen Erfolg zu glauben. Und logo! Der Anlasser gab nicht den kleinsten Pups von sich. Allseitiges Schulterzucken.

Blass kam ich zu Evelyn zurück. Keine Sorge, hab schon eine Idee, meinte sie, verschwand und ließ mich rat- und informationslos zurück. Sie steuerte auf die Fernfahrer zu, mit denen sie in dem kleinen Raum zwischen Salon und Außendeck rauchend einige Stunden verbracht hatte. Strahlend kam sie zurück. Sie hat mit ihnen gesprochen. Kein Problem, meinten sie unisono. Sie schieben uns an. Ach ja? Wer das behauptet, hat noch nie versucht, einen 5er BMW Diesel durch Anschieben zum Laufen zu bringen. Schon gar nicht auf dem welligen Blechuntergrund einer Fähre.

Mit einem Fernfahrer, der deutsch sprach und mit mir jämmerlichen Gestalt Mitleid hatte, ging ich zur Rezeption. Das Mädel dort sah zwar hübsch aus, wollte aber mein Problem nicht verstehen. Da verging mir sogar das Flirten, was ich eigentlich selten unterlasse. Wir finden eine Lösung, meinte der Fernfahrer, klopfte mir beruhigend auf die Schulter und ging mit mir hinunter zum Parkdeck. Er beriet sich mit einem ebenfalls knallorange betressten Crewmitglied, das da unten als Wache fungierte. Wo war er denn vergangene Nacht? Hätte er nicht schon vorher Alarm schlagen können? Humbug! Nachts war hier bestimmt alles zugerammelt.

Der Fährangestellte deutete auf eine Gruppe fabrikneuer japanischer Jeeps und ich kapierte sofort, was er damit bezweckte. Ein schwerer Brocken fiel mir vom Herzen und das Blut stieg wieder in den Kopf. Flink öffnete ich die Motorhaube und er fuhr den nächstbesten brandneuen Jeep zu unserem BMW. Zusammen mit dem Fernfahrer verbanden wir die Batterien. Aber die poplige Batterie des kleinen Japsen war so schwach, es reichte nicht mal zu einer einzigen Umdrehung des Anlassers. Und jetzt? Wir schieben dich an, beruhigte mich der Fernfahrer. Schon klar, dachte ich mir.

Deprimiert und völlig niedergeschlagen kam ich zu Evelyn zurück. (Wieder mit blutleerem Kopf.) Mach dir nicht so viele Gedanken, Schnuffbär. Es wird schon irgendwie gehen. Komm, setz dich. Du hast ja eiskalte Hände. Willst du einen Schluck von meinem Kaffee? Ist noch heiß! Nein! Wollte ich nicht. Und setzen wollte ich mich auch nicht. Komm, wir gehen an Deck. Da vorne ist schon Palermo. Widerwillig folgte ich ihr. Woher nimmt sie diese Gelassenheit? Muss der Altersunterschied von zwölf Jahren sein. Aber im Moment konnte ich eh nichts machen. Wie ein willenloser Lemming folgte ich ihr.

Immer erhebend und aufregend, sich einer Stadt zu nähern. Besonders, wenn sie sich mit der hochsteigenden Sonne aus dem Schatten schält wie eine Fata Morgana. Erst verlieren die Türme, dann nach und nach die sandfarbenen Gebäude ihre Schwärze und golden flammen die Fenster auf. Ganz toll! Nur dieses Mal

288

konnte ich mich nicht dafür begeistern. Da war sie zwar, die glühend rote Sonne, die magisch leuchtenden Gebäude, der strahlend blaue Himmel, aber dafür war ich blind. Meine Sorge hat alles überschattet.

Ich muss runter zum Auto, sagte ich und verschwand im Pulk der Wartenden. Ich wollte sofort nach unten, aber sie ließen mich nicht. Wo waren die hilfsbereiten Fernfahrer? Hier lungerten nur normale Passagiere herum. Entweder durften sie schon vorher nach unten, oder es gab für sie einen eigenen Abgang. Das mit der angebotenen Hilfe waren vielleicht doch nur leere Versprechungen – damit er endlich Ruhe gibt. Nicht mehr ständig herumtigert und uns auf den Wecker geht.

Dann wurde endlich die Treppe freigegeben. Ich drängelte mich vor, ohne zu rücksichtslos zu erscheinen, und eilte zum Auto. Kaum dort angekommen, raste mit lautem Geschepper ein Pickup-Jeep die Metallrampe hoch, direkt auf mich zu. Zwei junge Typen in blauen Overalls sprangen heraus. Der eine eilte zu meiner Kühlerhaube, die ich sogleich entriegelte, der andere zog ein Überbrückungskabel hinter sich her. Kurz noch stockte mir der Atem, nachdem ich die armdicken Kabel gesehen habe. Wissen die, dass ich nur zwölf Volt brauche? Doch da leuchteten schon meine Armaturen auf, ohne durchzuschmelzen. Ein kurzes Vorglühen und der Motor lief. Ich traute mich gar nicht, vom Gas zu gehen. Als ich nach vorne stierte, senkte sich schon die Motorhaube. Die beiden waren so schnell wieder in ihrem Jeep und davon, es blieb nicht mal Zeit, mich zu bedanken.

Unendlich erleichtert und glücklich saß ich hinterm Lenkrad. Als einzige Angst blieb noch, der Motor könnte beim Anfahren absterben. Wäre zu peinlich gewesen. Inzwischen kam auch Evelyn angelaufen und sprang ins Auto. Sie drückte mir einen feuchten Kuss auf die Wange und verwurschtelte aufgekratzt meine Haare. »Na, was hab ich dir gesagt. Tutti senza Problemi! Versteh nicht, warum du dir immer solche Sorgen machst.« Was sollte ich darauf schon erwidern.

Hochtourig wie ein Fahrschulanfänger fuhr ich auf die Rampe zu, die zum Glück nach unten führte. Dort standen schon einige LKWs, die vor uns die Fähre verlassen hatten, und die Fahrer winkten uns zu. An ihre Hilfe hab ich in der Eile nicht mehr gedacht. Sie wollten wohl doch nur meine flatternde Psyche beruhigen. Auch einige Passagiere, die zu Fuß unterwegs waren, winkten uns zu. Scheinbar hab ich mich im Salon so niedergeschlagen gezeigt und sie waren froh, mich jetzt so erleichtert zu sehen.

Hab mir wieder mal unnötig Sorgen gemacht. Hätte ich mein Gehirn in die richtige Richtung gelenkt und rational darüber nachgedacht, wäre mir in den Sinn gekommen, es kann gar nicht sein, dass sie nicht alles versuchen, um einen hängengebliebenen Wagen so schnell wie möglich von Deck zu bringen. Er würde den ganzen Betrieb blockieren und das hätte fatale Folgen.

Es rumpelt und dröhnt im Schiffskorpus. Wir legen an. Im großen Salon haben alle schon ihre Habseligkeiten zusammengerafft und warten, bis der Weg nach nach unten freigegeben wird.

»Julius, vergiss die Tasche nicht!«, klingt es aus einer entfernten Ecke und ich bin aufgerüttelt. Wie gerne würde ich zu Julius gehen und seine Tasche tragen. Nicht um meine tragische Geschichte loszuwerden. Einfach nur, um mal zu hören, was so los ist in old Germany. (Da schlummert halt doch eine Menge Heimat in mir, auch wenn ich mir einbilde, ich sei multinational.) Doch Julius ist im Gewusel nicht auszumachen und aus dem Klangteppich kommen keine weiteren deutschen Brocken. Weiß ja nicht mal, ob Julius ein Kind oder ein Erwachsener ist. Wäre wahrscheinlich eh keine so gute Idee, sich ihnen anzuschließen. Julius und seine Eltern oder Julius und seine Ehefrau oder Partnerin sind bestimmt mit dem Auto unterwegs, haben keinen Platz für mich und sicherlich ein anderes Ziel. Da halte ich mich doch lieber an meine neu gewonnenen Freunde.

Über die Reling geneigt genieße ich die wärmenden Sonnenstrahlen, während es zwanzig Meter weiter unten wuselt: rangierende LKWs; PKWs, die sich in Warteschlangen reihen; Passagiere mit abgewetzten Koffern und Plastiktüten, die alles andere als begütert wirken. Ein Typ in blauer Hose und buntem T-Shirt jongliert drei Keulen, von denen er eine immer besonders hoch schleudert und die ihm meist auf den Boden knallt. Keiner beachtet ihn und ihn scheint's nicht zu stören.

Die Rampe senkt sich und es wird Zeit zum Aufbruch. Ich eile zurück und schnappe mir das Wurfzelt. Zusammen mit dem befreundeten Paar steuere ich auf ein paar Käfige zu. Sofort beginnt es, in einem davon zu rumoren und eine schlanke Schnauze schiebt sich winselnd durch die Gitterstäbe. (Wieder ein Vierbeiner, der mir auf der Reise begegnet.) Matteo öffnet das Türchen und ein größerer schwarz-weiß gefleckter Hund zwängt sich quiekend und bellend heraus und springt an den beiden hoch. Vor Freude weiß er gar nicht, wen er zuerst begrüßen soll.

»Cane è voi?«, will ich wissen und denk mir im selben Moment: Wem soll er sonst gehören?

»Si«, antworten sie gleichzeitig.

Es ist ein Border Collie mit einer lustigen Zeichnung. Zwischen den Augen beginnt ein blendend weißer Streifen, der sich keilförmig nach unten vergrößert und seine schwarze Nase umschließt. Wie heißt er denn, will ich wissen. Vido, so klingt es jedenfalls zwischen dem lauten Gebell und Gequieke. Jetzt wird mir auch klar, warum sie nachts immer wieder abwechselnd nach draußen verschwunden sind. Vido bekommt eine Schale mit Wasser und schlabbert gierig. Anschließend leckt er den beiden übers Gesicht. Sie lassen es freudig zu und umarmen ihn schmusig.

Das hätte ich jetzt auch gerne. Jemanden im Arm halten und fest knuddeln. Aber Evelyn ist nicht hier mit ihrem wunderbar weichen, anschmiegsam-warmen Körper, der sich so gut anfühlt und mir immer so viel Leben und Zuversicht einhaucht. Wenn sie mich drückt, wirkt es wie ein Stempel, der garantiert, alles wird gut gehen und ich muss mir keine Sorgen machen.

In meiner momentanen Verfassung würde mich sogar der

schlaksige Körper von Vido trösten, das Streicheln über seine waschbrettähnlich hervorstehenden Rippen. Ich wage einen Versuch und gehe sacht in die Knie, um seine Zuneigung buhlend. Aber schon diese verhaltene Bewegung lässt das Funkeln in seinen Augen erlöschen. Noch gebe ich nicht auf. »Vido vieni! Komm zu mir!« Behutsam strecke ich ihm die Hand zum Schnuppern entgegen. Vido dreht verschüchtert den Kopf zur Seite, tippelt mit den Vorderbeinen rückwärts, bis sie zwischen seinen Hinterläufen angekommen sind, und neigt den Kopf nach hinten, so weit er kann, um möglichst weit von meiner Hand wegzukommen. Unstet flitzen seine Augen hin und her. Ich will ihn nicht weiter quälen und weiche einen Schritt zurück. Sofort quetscht er sich an mir vorbei und schmiegt sich an Alessias braungebrannte und Matteos haarige Beine. Hm. Hat kein Vertrauen zu mir. Passiert mir selten. Während wir zur Rolltreppe marschieren, tänzelt Vido zwischen den beiden und reibt abwechselnd seine Schnauze an ihren Beinen.

Dort angekommen, hat sich schon ein Pulk Wartender gebildet. Es wird eng und immer enger und wir werden mehr und mehr bedrängt. Vido weiß nicht, wie er sich gegen die Andrängenden wehren soll, und drückt sich ängstlich an die Wand. Er bleibt nicht unentdeckt. Einige Passagiere biedern sich an, aber das verschreckt ihn nur noch mehr. Ich stelle das breite Wurfzelt wie einen Wall vor ihn und er nimmt es dankbar an.

Die Rolltreppe wird freigegeben und wir fahren nach unten. Auf der Fußgängerebene sprinten die drei zum nächsten Poller, damit Vido sein Bein heben kann. Unschlüssig folge ich den dreien, während hinter uns die Fahrzeuge über die Rampe scheppern. Ein flaues Gefühl steigt in mir hoch, während ich die drei so glücklich vor mir dahinschlendern sehe. Erneut werde ich liebenswerte Menschen verlieren.

»Viiidooo!!!«, ruft ein Typ vor einem roten Cinquecento und winkt.

Vido spitzt die Ohren, zieht an der Leine, bis Matteo ihn davon befreit, und jagt auf den Typen zu. Voll überschäumender Freude springt er an ihm hoch, bellt und winselt.

Nicht lange, und auch wir haben die beiden erreicht. Sie begrüßen den Freund mit herzlichen Umarmungen und ich warte mit ein paar Schritten Abstand. Dann besinnen sie sich meiner, winken mich heran und stellen mich als den Tedesco vor, der mit dem Fahrrad nach Sizilien radeln wollte, aber leider … Scheinbar haben die durchgelaufenen Schuhe einen bleibenden Eindruck hinterlassen, denn ich soll ihrem Freund meine Sohlen zeigen. Wie ein Pferd beim Beschlagen hebe ich den Fuß und ernte einen weiteren Mitleidsbonus. Jetzt bin ich sogar stolz auf meine Schuhe, denn sie zeigen einen Abriss der Strapazen, die ich durchlitten habe, obwohl mich die Schuhe nicht wirklich gequält haben. Es folgt noch eine kurze Erklärung über das seltsame gelbe Ding, das ich mitschleppe.

»Ti portiamo con noi?«, fragt mich Matteo.

Dabei wandern unsere Blicke ins Innere des Cinquecento, indem sich Vido schon einen Platz auf der Rückbank gesichert hat. Wie soll das gehen? Der Wagen reicht gerade für die drei mit Hund und taugt schon gar nicht für das sperrige Wurfzelt. Wir grinsen uns verstehend an, verabschieden uns mit herzlichen Umarmungen und guten Wünschen für die Zukunft. Matteo weist mir noch den Weg zum Bahnhof.

Traurig und wieder mal allein trolle ich davon. Komme mir vor wie eine tragische Figur am Ende eines Films, in dem der Protagonist einsam und verlassen in die Ungewissheit verschwindet, während der Ende-Titel darüber abrollt.

Knappe zwanzig Minuten Marsch bis zum Bahnhof und ohne langes Warten halte ich die Fahrkarte nach Siracusa in der Hand.

Die normalen Züge enden dort, meint der freundliche Schalterbeamte und rät, ab Siracusa den Bus zu nehmen. Noch einfacher wäre es, schon ab hier damit weiterzufahren. Aber er kann die Fahrkarte nicht zurücknehmen. Gut. Dann eben nicht. Bleibt's halt bei der Bahnfahrt. Damit kenne ich mich inzwischen aus.

Zwanzig Minuten ist Zeit bis zur Abfahrt. Auf einer Bank, am Ende des fast leeren Bahnsteigs, inspiziere ich das Innere des Rucksacks. Zwar ist der Wäscheklumpen reichlich feucht und zerknittert, aber verfärbt hat sich nichts. In einer versteckten Ecke wechsle ich in die sommerlichen Klamotten. Angenehm erfrischend fühlt es sich an auf der erhitzten Haut. Und die vielen Falten? Werden schon während des Trocknens verschwinden.

Dann zuckelt der Zug ein, kaum länger als eine Straßenbahn bei uns zu Hause. Eilig alles zusammengepackt, steige ich ein.

Der Zug ist leer bis auf eine ältere Dame. Seltsam. Wäre der Bus vielleicht doch die bessere Option gewesen? Um mich nicht ganz so einsam zu fühlen, setze ich mich auf den Platz auf der anderen Seite des Ganges, diagonal ihr gegenüber.

Ihr Habitus macht mich neugierig und zieht immer wieder meinen Blick an. Kaum einige Minuten verstreichen, in denen sie nicht telefoniert. Zu einer Hochzeit ist sie unterwegs, so viel hab ich kapiert. Dazu passt auch die schlichte, trotzdem irgendwie festliche Kleidung. Wenn sie nicht telefoniert, nuschelt sie vor sich hin und zieht dabei immer wieder nervös ihren schwarzen Rock über die graubestrumpften Knie. Übt sie eine Ansprache ein oder führt sie einen imaginären Dialog? Werd nicht schlau daraus. Sehr ernst, eher mahnend, bekräftigt sie ihr Gemurmel; meist mit einem gockelhaften Nicken. Vielleicht ist ihr dabei klar geworden, dass die drei Halsketten für den bevorstehenden Anlass zu pompös wirken. Weshalb sollte sie sonst die beiden längeren abnehmen und sorgsam in ein Döschen gleiten lassen. Wenn sie sich in meine Richtung dreht, neige ich schnell den Kopf und gebe vor, in meinem Tagebuch zu lesen. Aber ihr Blick gilt nicht mir. Sie sieht sich in der Rolle des bevorstehenden Ereignisses.

Für die lächerliche Strecke bis Siracusa brauchen wir fast zwei Stunden. Allerhand!, würde mein Freund Mel wieder sagen. Wie mir der Bahnbeamte in Catania geraten hat, werde ich ab hier mit dem Bus weiterreisen.

Auf dem Weg zum Busterminal komme ich an einer Pizzeria vorbei. Passt. Ein kleiner Imbiss kann nicht schaden. Vielleicht muss ich ja noch einige Zeit warten bis zur Abfahrt. Als die Bedienung mit tanzenden Stoppellocken zum Kassieren kommt, wirft sie immer wieder einen Blick auf das Wurfzelt zwischen den Stühlen. Kurz überlege ich, es ihr vorzuführen, lasse es aber lieber. Womöglich provoziere ich damit einen weiteren Regenschauer. Vielleicht sollte ich es in der Sahelzone anbieten.

Am Busbahnhof streitet sich ein schlaksig-hochgeschossener Engländer mit dem Busfahrer. Soweit ich es kapiere, will er sein Fahrrad mitnehmen, was der Busfahrer vehement verweigert. Dabei zeigt er immer wieder auf die Gepäckablage im unteren Teil. Mit etwas gutem Willen ließen sich die Koffer zusammenschieben, um Platz fürs Fahrrad zu schaffen. Ich versuche, zwischen den beiden zu vermitteln, indem ich – so gut es geht – als Dolmetscher einspringe.

Es hilft nichts. Der Busfahrer bleibt bockig, zeigt immer vehementer auf die beengte Gepäckablage und der Engländer schäumt immer mehr über und zupft nervös an seinem Stirnband. Bevor sich die beiden an die Gurgel gehen, frage ich den Engländer, warum er unbedingt mit dem Bus fahren will. Er ist mit Freunden in Agrigento verabredet. Und warum fährt er nicht mit dem Fahrrad, will ich wissen. Ist doch nicht so weit. Geht nicht, meint er. Seine Freunde wollen heute Abend mit dem Bus weiterreisen und können nicht so lange warten. Nette Freunde, denke ich, kenne aber die Umstände nicht, um mir ein solches Urteil zu erlauben. In Agrigento wird er vor demselben Problem stehen, sag ich ihm. Er zuckt nur unschlüssig mit den Schultern.

»Do you want it?«

»Come?«, frage ich, italienisch, weil ich so überrascht bin.

»Do you want my bike?«, wiederholt er und schaut mich dringlich an.

Das überrumpelt mich. Wegen meines anerzogenen Helfersyndroms höre ich mich antworten:»How much do you want?

»Two hundred and fifty!«

Spinnt der? Es kommt mir vor, als würden wir auf einem Basar feilschen.

Der Busfahrer knallt die Klappe zum Gepäckfach herunter, schaut uns fragend an, geht nach vorne und steigt ein. Der Engländer zupft immer nervöser am Stirnband und mir beginnt das Ganze Spaß zu machen. Mal sehen, wie weit er sich drücken lässt.

Ich ziehe einen Hunderter aus meiner Geldbörse und denke mir gleichzeitig: Bin ich jetzt völlig plemplem? Was mach ich hier? Ich sollte sofort damit aufhören.

Zischend schließt sich die Fahrertür.

»Okay. It's yours!«, meint er, pflückt flink den Hunderter aus meiner Hand, lässt das Fahrrad zu mir kippen und sprintet nach vorne.

»Hey! Stop!!! Wait a moment!« Er hört nicht auf meine Bitte.

Mit offenem Mund bleib ich zurück, unfähig zu reagieren. Die Bustür öffnet sich noch mal zischend und der Engländer verschwindet darin ohne einen Blick zurück. Irgendwie fühl ich mich überrumpelt, renne mit dem Fahrrad nach vorne und suche ihn hinter den Fenstern. So wirklich hab ich noch nicht realisiert, was da eben passiert ist. Ich gebe dem Busfahrer ein Zeichen, nicht abzufahren. Der dreht zwar kurz den Kopf zu mir, schaut dann aber stur nach vorne und startet den Motor. In einer letzten, aufbäumenden Verzweiflung suche ich noch mal hinter den Fenstern. Was ich damit bezwecke, weiß ich in dem Moment selbst nicht. Noch bevor ich ihn entdecke, fährt der Bus los und verschwindet brummend in der Ferne.

Auf was hab ich mich da bloß eingelassen. So ernst war das doch nicht gemeint. Und überhaupt. Soll ich jetzt mit dem Fahrrad weiterreisen? Dann bin ich *wieder* auf der Straße unterwegs. Wollt ich doch nicht mehr. Aber hundert Euro so einfach in den Wind schießen? Mann, bin ich doof.

296

Zum ersten Mal betrachte ich das Fahrrad genauer. Schlecht sieht es nicht aus. Die Bremsen funktionieren, so weit lässt sich das beim Schieben schon mal feststellen. Und was mach ich mit dem Wurfzelt? Auf dem Fahrrad kann ich es schwerlich mitnehmen, ohne Spanngurte zum Befestigen. Ob ich hier welche bekomme, ist mehr als fraglich. Bin in München schon fast verzweifelt, bis ich endlich das Passende fand. Das Gleiche gilt für den Rucksack. Auch für den bleibt nur der Rücken ohne Befestigung auf dem Gepäckständer. Aber der wird mich nicht sonderlich quälen. Doch bevor ich mich endgültig damit auseinandersetze, muss ich erst mal testen, ob ich mit dem Fahrrad klarkomme. Wenn nicht, lass ich es gleich hier, pfeif auf den Hunderter und fahr mit dem Bus.

Scheiße! Fühlt sich verdammt vertraulich an, wieder auf dem Sattel zu sitzen. Es weckt Gefühle, die ich eigentlich nicht mehr zulassen wollte. Und jetzt bin ich darin gefangen. Da hilft auch nicht, dass es um einiges plumper ist als mein altes. Auch nicht das massive Fahrradschloss, mit dessen Schlüssel jetzt der Engländer unterwegs ist. Nachdem das Schicksal mir den Weg zu Nino sonnenklar und unmissverständlich aufgezeigt hat, werd ich die Reise wohl radelnd zu Ende bringen. Der Kreis schließt sich. Wer hätte das gedacht.

Und nun? Muss Evelyn beichten. Selbst wenn es nur eine Tagestour wird, kann ich ihr nicht verschweigen, wieder auf der Landstraße unterwegs zu sein. Mir graust davor, aber es muss sein.

»Hallo, mein Schatz.« Am besten, ich fackel nicht lange rum.

»Ich hab ein Fahrrad gekauft.«

»Guter Witz.«

»Nein. Kein Witz.«

»Du willst mich wohl verarschen, oder?«

»Äh. Nein. Es ist wahr.«

»Spinnst du? Du wolltest doch nicht mehr … und kaufst ein Fahrrad?«

»Ja, ich weiß. Hat sich einfach so ergeben. Hab damit einem

Engländer aus der Patsche geholfen.« Dass es ein Engländer war, bringt mir sicherlich einen Bonus ein. Sie liebt England und deren Bewohner.

»Versteh ich nicht. Wie … du hast damit einem Engländer aus der Patsche geholfen?«

»Na ja. Er musste dringend nach Agrigento und konnte das Fahrrad nicht mitnehmen. Alles ein bisschen kompliziert, so am Telefon.«

»Ach ja? Hast doch sonst keine Schwierigkeiten damit.«

»Schon, aber …«

»Na ja. Musst selber wissen, was du willst. Scheiße. Jetzt muss ich mir wieder Sorgen machen. Wär so schön gewesen, wenn du den Bus genommen hättest.«

»Muckelchen. Von Siracusa ist es doch nur ein Katzensprung bis zu Nino.«

»Ja, mit dem Bus.«

»Ich versprech dir, ich fahr auf keinen Schnellstraßen mehr.«

»Da bin ich ja gespannt, wie du das schaffen willst.«

»Hab doch noch deine Straßenkarte. Find schon einen Weg an der Küste entlang.«

»Wer's glaubt. Dann gute Reise. Pass auf dich auf und melde dich bitte zwischendurch. Würd mich sehr beruhigen.«

»Mach ich, mein Schatz. Versprochen.«

»Versprochen?«

»Ja. Versprochen. Ciao, Amore mia.«

»Ciao Schnuffbär. Ich hoffe, du bist bald bei Nino.«

Ich klicke Evelyn weg. Versteh ja ihre Sorgen. Aber ich werd mein Versprechen halten und wirklich nur abgelegene Wege fahren. Nehm ich mir jedenfalls fest vor.

Erst muss ich irgendjemandem das Wurfzelt andrehen. Viele Möglichkeiten gibt es nicht. Eigentlich gar keine. Der Aufbau ist zwar mehr als kinderleicht, funktioniert praktisch von selbst. Aber bis ich einem Italiener verklickert hab, wie es wieder zusam-

298

mengefaltet wird, bin ich schon halb bei Nino. Noch ein letzter Blick auf die knallgelbe Behausung, dann wende ich mich ab und lasse es allein auf der Wiese liegen, trauernd, als würde ich mich von einem treuen Gefährten trennen.

Von dem, was ich bei meiner Abfahrt in München mitgenommen habe, ist so gut wie nichts mehr übrig.

Wo sich die Küste befindet, ist leicht zu erraten. Ab jetzt heißt es: »Rechts die Berge, links das Meer.« Wenn mich die Sonne nicht trügt und mein Orientierungssinn nicht völlig vertrocknet ist, gibt es kein Verfranzen mehr. Aber es ist Nachmittag. Heute ist die ganze Strecke nicht mehr zu schaffen. Tja, muss ich wohl irgendwo zwischendurch übernachten. Wird ja lustig, so ohne Zelt, falls ich keine billige Klitsche finde.

Nach einigen kurzatmigen Kilometern – vorbei an gottserbärmlich stinkenden Raffinerien – leuchtet zwischen den Häusern eines kleinen Ortes unten türkisblau das Meer. Schön anzusehen. Aber wie kommt man da runter? Die Gassen sind schachbrettartig angelegt. Ein paarmal biege ich in Stichstraßen Richtung Meer. Am Ende blockiert immer eine Barriere aus Felsen das Weiterkommen. Auf schmalen Pfaden käme man zwar nach unten und der Rucksack auf dem Buckel würde dabei kaum stören. Aber das Fahrrad über den Kopf stemmen, um nicht an den hochragenden Felsen links und rechts hängen zu bleiben, ist doch des Guten zu viel. Dazu ist nicht erkennbar, ob es einen Weg am Strand entlang gibt.

Als mich bei der weiteren Suche noch zwei streunende Hunde jagen, die ich nur anbrüllend und mit Fußtritten loswerde, bin ich restlos bedient. Dann halt nicht.

Flüssig und ohne große Anstrengungen geht es auf schmalen Landstraßen weiter. Nur das Meer bleibt weiterhin verborgen.

An einer Tankstelle steuere ich auf zwei Blaumänner zu, beide schwer mit ihren Smartphones beschäftigt. Die werden wissen, wie's am schnellsten zum Strand geht.

»Come arrivare velocemente alla spiaggia?« Mehr als diese Auskunft will ich eigentlich nicht. Aber ihre Neugierde ist geweckt und sie fragen nach meinem Reiseziel.

»Con *questa* bici?«

Ich versteh die Anspielung nicht. Mit *dem* Fahrrad? So schlecht ist es nun auch wieder nicht. Dabei prüft einer der beiden den Reifendruck, während der andere das Fahrrad inspiziert und die Bremshebel zieht, als ging's hier um eine technische Abnahme. Sein Kollege beginnt mit Pressluft das hintere Rad aufzupumpen. Mir wird himmelangst. Hab ja nichts dagegen, wenn die Reifen praller aufgepumpt sind. Fährt sich's leichter. Aber mit Pressluft? Wenn der Typ nicht bald aufhört, fürchte ich, der Reifen platzt und dann ist die Reise für heute gelaufen. Er hört rechtzeitig auf, kümmert sich in gleicher Weise noch um den Vorderreifen und zeigt mit dem hochgereckten Daumen: »Tutto bene!«

Auch die technische Prüfung seines Kollegen ist abgeschlossen. Ich bin froh, dass ihre Fürsorge endet und will endlich wissen, wie ich am schnellsten zum Strand komme. Die beiden beraten sich und abwechselnd beschreiben sie den Weg, umständlich und nicht immer übereinstimmend. Hört sich nach stundenlanger Fahrt an. Allein schon der Gedanke wirkt erschlaffend und ich überlege, ob ich mir das heute noch antuen soll. Ich könnte mir eine Übernachtung in einer kleinen Pension leisten, nachdem meine Tante Maria so spendabel war. Die beiden meinen – und dieses Mal sind sie sich einig –, es gibt ein paar Kilometer weiter ein Agritorismo. Na also. Da kommt sofort wieder Stimmung auf und ich strample freudig los.

Und wirklich. Ein paar Minuten, und ich stehe tatsächlich davor. Die Nacht ist gerettet. Voller Vorfreude lehne ich das Fahrrad an das schmiedeeiserne Gittertor. Etwa zwanzig Meter entfernt, im

300

Inneren eines bewaldeten Grundstücks, steht ein gelbes einstöckiges Gebäude. Die roten Fensterläden sind geschlossen. Aber das soll mich nicht wundern. Ist ja so üblich in Italien. Ich drücke den Klingelknopf. So 'ne Kacke! Er springt nicht mehr zurück. Mit den Fingernägeln versuche ich, ihn herauszuziehen. Geht nicht. Er sitzt fest und lässt sich nicht packen. Die da drinnen werden denken: Was is'n das für 'n Idiot. Kann der nicht klingeln wie jeder normale Mensch? Ich bin kurz davor, mich wieder zu verkrümeln und einfach eine Viertelstunde später noch mal zu erscheinen. Nach dem Motto: Ich war's nicht. Aber vielleicht haben sie mich schon gesehen. Also wart ich, bis der Türöffner schnarrt oder jemand aus dem Haus kommt. Nichts rührt sich. Keine Tür, kein Fensterladen öffnet sich. Sieht nicht gut aus. Ich rüttle am Tor. Auch das Geschepper entlockt kein Lebenszeichen. Erst jetzt bemerke ich den völlig überwucherten Weg zum Haus. Keinerlei frische Spuren führen dorthin. Sind wohl pleite gegangen. Manno! Da entschließ ich mich zu etwas mehr Komfort und dann will es partout nicht klappen. Also weiter.

Ein paar flotte Kilometer und beidseitig der Straße kündigen Hinweisschilder eine Straßensperre wegen Bauarbeiten an. Nachdem die Straßenarbeiter ihre Pappenheimer kennen und wissen, Verbotsschilder alleine schrecken sie nicht ab, haben sie einen Sandhügel quer über die Straße gekippt. Aber sie haben ihre Pappenheimer unterschätzt. Der einst hoch aufgeschüttete Sandhügel war nur noch ein weit über die Straße verteilter Minisandstrand, etwa einen halben Meter hoch und auf mehrere Meter verteilt. Die Autofahrer mit ihren SUVs haben ihn einfach plattgefahren. Für mich ein Glücksfall und somit kein Hindernis.

Weil nicht alle so dreist sind und deshalb die Strecke meiden, gehört die Straße fast mir alleine. Grillen, Vogelgezwitscher, taumelnde Schmetterlinge, hin und wieder eine Eidechse, die über den Weg huscht ... mehr ist nicht um mich herum. Von Baustelle keine Spur. Sind das hier vielleicht wieder längst abgeschlossene

Straßenarbeiten? Weit gefehlt. Nach ein paar Kilometern biegt die Straße auf den rechts ansteigenden Hügel. Was dann folgt, schießt den Vogel ab: Mit einer scharfen Abrisskante endet der Asphaltbelag und es folgt ein weiches Kiesbett. Die Straße wird neu gebaut. Lobenswert. Nur bin ich hier ein paar Jahre zu früh dran. Trotz der mäßigen Steigung geht es kaum vorwärts. Die Reifen sinken teilweise bis zu den Felgen ein. Wäre da weniger Luft in den Reifen von Vorteil? Wahrscheinlich trifft das nur auf breite Autoreifen zu und ich werde mich hüten, Luft abzulassen, die ich nicht mehr nachfüllen kann. Am Fahrrad klemmt nämlich keine Luftpumpe.

Schieben ist streckenweise die einzige Art, an Höhe zu gewinnen. Meine armen Hände. Meine armen Schultern. Mein gequälter Rücken, auf dem der Rucksack klebt und sich inzwischen wie ein zentnerschwerer Kohlensack anfühlt. Dazu die sizilianische Gluthitze. Womit hab ich das verdient? Ist mein Leben so sündig verlaufen? Muss ich jetzt dafür büßen?

Eine halbe Stunde pure Qual. Dann bin ich am Ende. Nicht am Ende der Steigung. Am Ende meiner Kräfte. Ich kann nicht mehr. Hätte ich den klimatisierten Bus genommen, würde ich jetzt schon gemütlich bei Nino auf der Terrasse sitzen. Selber schuld.

Unter einem zerzausten Olivenbaum sinke ich auf einen Steinquader und zuzle an der Wasserflasche wie ein Wasserbüffel. Knackend schrumpft sie zu einem flachen Gebilde, bis sich der Mund löst und sie wieder in ihre Ursprungsform zurückklackt. (Das Wasser einfach in den offenen Mund sprudeln zu lassen, wie schon häufig beobachtet, schaff ich nicht.) Die Klamotten sind durchnässt wie nach einem Regenguss und kleben auf der Haut. Das Trikot lässt sich kaum über den Kopf ziehen. Was hab ich Depp mir nur mit dem Fahrrad angetan. Wenn ich zur Fortsetzung der Straße nach oben schaue, wird mir speiübel. Vielleicht wäre es schlauer, bei Dämmerung oder Nacht weiterzufahren.

Während ich noch an diesem Gedanken kaue, kommt ein Radler heruntergefahren, ziemlich flott auf dem sandigen Untergrund.

302

»Per quanto tempo salira?«, rufe ich ihm entgegen und hoffe, er versteht, ich will wissen, wie lange es noch nach oben geht. »Cinque minuti!«, brüllt er zurück und ist schon wieder vorbei. Super Auskunft. Fünf Minuten! Fürs Rauf- oder Runterfahren? Doch selbst wenn die Strecke von oben bis hierher gemeint war, kann es nicht mehr so wild sein. Also weiter.

Und siehe da, nach ein paar ächzenden Minuten endet tatsächlich die Steigung. Es geht sogar leicht bergab. Und es wird noch besser: Die Bauarbeiten sind schon ein gutes Stück fortgeschritten und ich kann auf einem betonierten Streifen fahren, der später wahrscheinlich den Rand des Straßenbelags bildet. Und dann – Juhuuu! – geht's auf frischem Asphalt weiter. Ich rase nach unten und die Plackerei von vorher ist vergessen.

Rückenwind ist was Feines und eigentlich immer willkommen. Man muss sich nicht so plagen, mit dem Schub von hinten. Jetzt, auf ebener Strecke allerdings, wirkt er tödlich. Der Fahrtwind war kühlend. Mit dem Rückenwind allerdings fällt die Kühlung weg und das Gehirn beginnt wieder zu kochen, obwohl es schon später Nachmittag ist. Ich radle ganz langsam, damit mich der Rückenwind kühlt. Mal was anderes.

Wie erhofft komme ich zum Strand.

Die Straße endet an einem Parkplatz, an dem sich zwei Italiener anbrüllen, als ging's um ihr Leben. Ich versteh kein Wort. Aber harmlos wirkt es nicht. Schließlich springt noch die Frau eines Kontrahenten aus dem Wagen und mischt sich lauthals ein. Was müssen die genau dort streiten, wo der Weg nach unten zum Strand führt? Und nun? Soll ich warten, bis sich die Kampfhähne beruhigt haben oder einer von ihnen blutend am Boden wimmert? Das könnte dauern. »Scusi! Posso passare?«, brülle ich so laut ich kann. Als wäre der Donnergott Thor strafend dazwischengefahren, starren sie mich stumm und mit offenen Mündern an. Ich muss mich konzentrieren, um nicht vor stolzer Verklemmtheit über meine eigenen Füße zu stolpern. Das hat ja mächtig gezündet und das bei meiner ersten derartigen Aktion. Schau einer an! Auf der steilen Sanddüne gleite ich hinunter zum Strand, froh, dem Blickfeld der Paralysierten entschwunden zu sein.

Die Badegäste schwimmen oder liegen in kleinen Grüppchen im Sand. Einige beobachten mich verwundert, aber das ist mir egal. Ich bin am Strand, näher als erhofft.

Wieder muss ich im weichen Sand radeln. Schwierig, wenig vergnüglich und schweißtreibend. Ganz nah an der Wasserlinie ist der Sand noch einigermaßen tragfähig. Zäh geht es trotzdem. Dazu komm ich mir ziemlich rücksichtslos vor, beim knappen Vorbeiradeln an den Armen und Beinen der Aalenden. Als ich versehentlich auch noch den Turm einer Sandburg zersäble, werde ich übel von den Eltern beschimpft und den Kindern mit Sand beworfen. Erleichtert lande ich bald wieder auf der normalen Straße und weiß: Ein derartiges Intermezzo brauch ich nicht noch mal. Allmählich frage ich mich allerdings, wie man's mir recht machen kann.

Bei der Gelegenheit fällt mir eine seltsame Episode ein. Vor einigen Jahren gingen wir, ein Bekannter und ich, einige Male barfuß am Strand entlang. Er immer knapp an der Wasserlinie, dort wo der Sand zum Wasser hin abfällt, ich neben ihm auf dem Strand. Einige Tage wiederholten wir den Spaziergang, der immer dort endete, wo wir mit dem Bus zurückfahren konnten. Irgendwann fragte ich ihn, warum er nicht am Strand zurückgehen will. Wenn ihm der Weg zu lang ist, könnten wir ja bei der Hälfte wieder umkehren. Lange druckste er herum, bis ich eine unerwartete Antwort bekam. Sie war so überraschend wie plausibel. Seit seiner Kindheit hat er ein verkürztes Bein und somit fühlt es sich für ihn am abfallenden Rand an, als wären beide Beine gleich lang. Wir wiederholten unsere Spaziergänge noch einige Male und es kam mir vor, als wäre er froh, sein Geheimnis gelüftet zu haben.

304

Die breite Strandpromenade am Lido di Noto ist gut besucht. Zuhauf Restaurants und Cafés mit bunt leuchtenden Lämpchen und reichlich Gästen. Günstige Absteigen werde ich hier vergeblich suchen. Nach der Straßenkarte streift der Weg bald einen ausgedehnten Naturschutzpark mit einem großen See. Dort müsste es zu dieser Abendstunde ziemlich ruhig sein.

Und richtig. Bald zweigt ein rot-sandiger Weg von der Hauptstraße ab. Zwischen Stechpalmen und Agaven führt er nah an der felsigen Küste entlang, unterbrochen von kleinen Sandbuchten, in denen sich noch vereinzelt Badegäste im Sand räkeln. Mit jedem Kilometer wird es einsamer, bis rechts, schwarz und unbeweglich, der See schimmert.

Bevor die Nacht alles verschluckt, zweige ich ab in eine malerische Bucht mit beidseitig mächtig aufgeschichteten Felsbrocken, dazwischen feiner Sand. Hier bleib ich.

Das Fahrrad an einen Felsen gelehnt, bin ich erleichtert, den Rucksack endlich abstreifen zu können. Schwer ist er nicht. Aber über den Tag hinweg drückt er doch ganz ordentlich aufs Kreuz und verhindert das bisschen Kühlung des Rückens.

Romantisch und friedlich ist es hier. Und an diesem Wohlgefühl soll Evelyn teilhaben. Wo genau ich bin, kann ich nicht feststellen. Der See müsste für sie Orientierung genug sein.

»Hallo Schnuffbär! Schön, dass du dich meldest. Wie geht's dir?«

»Benissimo. Grazie, Amore mio.«

»Ah, man spricht jetzt italienisch.«

»Klar. Muss mich ja auf den Urlaub einstellen.«

»Du klingst ja ganz munter.«

»Certamente. Mir geht's auch gut. Sitz hier auf einem Felsen am Strand. Grad ist die Sonne abgetaucht und am Himmel leuchten rosa Wölkchen. Ganz schön kitschig. Schade, dass du nicht hier bist. Könnten wir jetzt mit einem Limoncello anstoßen.«

»Hast du einen Limoncello?«

»Nein. Aber wenn du hier wärst, hätten wir bestimmt einen.«

»Und wo bist du?«

»In einem Naturschutzpark. In der Nähe von Noto. Direkt bei einem See.«

»Aha. Schau gleich nach. Wie ist das Wasser?«

»Glasklar.«

»Und …?«

» Und was?«

»Was wohl. Warm. Kalt?«

»Warm sicherlich. War zwar noch nicht drin, aber bei den Außentemperaturen … Werd's dann gleich testen.«

»Und, wie ging's mit dem Fahrrad?«

»Tutto paletti. Kann nicht meckern. Weit bin ich trotzdem nicht gekommen. Aber morgen schlaf ich in einem richtigen Bett.«

»Da ist er. Hab ihn gefunden. Du bist am Pantano Piccolo. Gar nicht weit weg von Cava d'Aliga. Schaffst du in ein paar Stunden.«

»Nein danke. War zäh bis hierher und ich bin ziemlich geschlaucht. Außerdem hat das Fahrrad kein Licht.«

»Na, da bin ich ja gespannt, was dir der Engländer da angedreht hat.«

»Ach, so schlecht ist es nicht. Und wir haben ein Fahrrad zum Einkaufen. Ist doch auch was. Oder?«

»Schon gut, Schnuffbär. Und heut Nacht? Wird ein bisschen ungemütlich im Zelt ohne Luma?«

»Ach ja, ganz vergessen. Das hab ich entsorgt«.

»Entsorgt?«

»Na ja. Hab's einfach in Siracusa gelassen. Wär nicht gegangen auf dem Fahrrad.«

»Schade.«

»Na ja. Viel hat's eh nicht getaugt. Jedenfalls nicht bei Regen. Geht auch ohne. Hier ist keine Sau weit und breit.«

»Bist ja richtig mutig geworden. Wenn ich da an deine ersten Übernachtungen denke … Respekt. Na dann, schlaf gut. Kannst mich ja morgen früh wecken, bevor du losfährst.«

»Si, Amore mio! Sarà fatto! Schlaf gut, mein Schatz.«

306

»Du auch. Buona notte!«

»Buona notte.«

Schnell ist es dunkel geworden. Das Meer hat seine Farbe verloren und nur auf den oberen Wellenbergen spiegelt sich noch ein verbleibender dunkelblauer Lichtschimmer. Im Adamskostüm wate ich zögerlich ins Wasser. Ganz wohl ist mir nicht dabei, schwarz, wie es inzwischen ist. Weiß ja nicht, was da drin auf mich wartet. Aber was soll jetzt anders sein als tagsüber. Angenehm lau schwappt es um die Beine. Im seichten Wasser gleite ich behutsam auf die Knie und lasse die Wellen auf den Bauch klatschen. Dann sinke ich nach vorne, bis das Wasser meinen ganzen Körper umspült. Ulkig, den Pimmel im Rhythmus der Wellen hin und her schwappen zu spüren. Werden die Fische ihn für einen willkommenen Happen halten? Nein. So dreist sind sie bestimmt nicht und sicher schon vorher geflüchtet. Auf den Rücken gedreht, schubsen mich die Wellen hin und her, bis der Himmel nur noch schwarzblau leuchtet und die Sterne zu funkeln beginnen. Schön, hier zu sein.

Die Luft ist mild und das fehlende Handtuch lässt sich locker verschmerzen. Auf einem Felsen, der noch die gespeicherte Wärme abstrahlt, warte ich, bis ich trocken bin, schlüpfe in die lange Hose und ein T-Shirt und breite die Jacke auf dem Sand zwischen zwei Felsen aus. Der Kopf ruht auf dem Rucksack und mit etwas Herumgeruckel formt sich eine ergonomische Mulde, in der sich's angenehm liegt. Was passiert eigentlich, wenn der Kopf im Schlaf vom Rucksack rutscht? Knabbern mich dann die Krabben an? Evelyn würde sagen: »Was hast du immer für absurde Gedanken. Bleib geschmeidig«. Ich weiß, sie hat recht, und so ringt mich bald die Erschöpfung in einen tiefen Schlaf.

Tatsächlich weckt mich zwischendurch ein deutliches Geräusch und sofort denke ich an eine knabbernde Krabbe. Dabei war es nur Sand zwischen den mahlenden Zähnen. Der Kopf lag nämlich im Sand.

307

Mittwoch, 30. Juli – siebzehnter Reisetag

Kurz vor Sechs erwache ich, mit dem Kopf im Sand. Der Rucksack liegt ein ganzes Stück entfernt und die Jacke zusammengeknüllt in Hüfthöhe. Keine Ahnung, was ich im Schlaf getrieben habe. Vielleicht freigerudert und genossen, endlich keine behindernde Zeltbahn um mich zu haben. Hab ich doch glatt eine Nacht überstanden – ohne Zelt, ohne Komfort, ohne Angstgefühle. Den Sand aus Gesicht und Haaren gewuschelt, die Klamotten ausgezogen und abgeklopft, wate ich nackt ins Wasser. Das Nacktbad gestern war so angenehm, ich wollte es nochmal genießen.

Zwanzig oder dreißig Meter vom Ufer entfernt reicht das Wasser immer noch nicht weiter als bis zu den Hüften. Dazu fühlt es sich wärmer an als die morgendliche Luft. Im gewellten Sand spiegelt sich, deutlich flirrend, die reflektierende Wasseroberfläche. Das klare Wasser begeistert mich so, ich kann mich gar nicht sattsehen. Eigentlich wäre jetzt ein bisschen schwimmen angesagt, aber das spar ich mir lieber. Zum einen ist bei Nino das Wasser ebenso klar. Zum anderen könnten hier doch Frühaufsteher auftauchen und ich hab kein Feigenblatt, um meine Blöße zu bedecken.

Die paar Klamotten sind schnell zusammengepackt. Noch ein kleiner Imbiss, ein kurzer Weckruf bei Evelyn, die mir ihre Bewunderung ausspricht, und auf geht's zum Endspurt. Flamingos soll's am See geben, hat sie mir schlaftrunken gesagt. Entweder ist es zu früh, die falsche Jahreszeit, oder sie sind kurz ausgeflogen.

Immer wieder öffnen sich Buchten zwischen vielfarbigem Gestein. Gelb, rosa, dunkelrot, dunkelbraun, schwarz. Dazwischen blaugrünes in fernes Tiefblau übergehendes Wasser. So hätt ich's gerne auf meiner ganzen Reise gehabt.

Nur ungern trenne ich mich von diesem Anblick. Aber die Fahrt an der Küste entlang wäre ein arger Umweg. Auf schmalen Teerstraßen komme ich schnell vorwärts. Wege durch bewirtschaftete Felder meide ich. Eine Seilabsperrung reicht. Vorbei führt der Weg an uralten Olivenbäumen mit rissigen, teils aufgespalteten Stämmen, meterdick verknotet wie Gedärme. Dann wieder Plantagen mit niedrigen Büschen und Bäumen, deren Zitronen und Orangen in der aufsteigenden Sonne leuchten.

Gegen Mittag überquere ich einen Damm mit beidseitig ausgedehnten Seen. Angenehm, der kühle Wind, der über die Straße streicht. Ob es Süßwasser ist? Für eine Geschmacksprobe reicht die Neugierde dann doch nicht. Und dann ist die Stadtgrenze von Pozzallo ist erreicht.

Bei der ersten Fahrt mit dem Auto landeten wir, nachts um drei, immer wieder in der Pampa, obwohl wir genau der Beschilderung folgten. (Für die folgenden Reisen kauften wir uns ein Navi, um dem zu entgehen. Wir tauften es Pozzallino.)

Jetzt, mit dem Fahrrad, ist es kein Problem. Sogar einen beschatteten Fahrradweg gibt es, der die ätzende Schnellstraße und die heftigen Schweißbäche erspart. Leider endet er in Sampieri.

Jetzt muss ich doch noch auf die Schnellstraße wechseln. Aber von hier war es immer nur ein Katzensprung bis zu Nino. Doch ich bin keine Katze, und die Metapher gaukelt eine Leichtigkeit vor, die meine Beine längst verlassen hat. Dazu drückt der Rucksack mächtig auf den Rücken.

Und es geht wieder rauf und runter. Zwar mäßig, aber unter der mörderisch brennenden sizilianischen Sonne fühlt es sich an, als müsste ich doch noch kurz vor dem Ziel krepieren. Schultern, Arme, Hals, alles beginnt plötzlich höllisch zu schmerzen. Man sollte meinen, mit dem nahen Ziel vor Augen pumpt der Körper alles, was an Reserven übrig ist, in Arme und Beine. Aber dem ist nicht so. Jedenfalls nicht bei mir. Den rechten Arm muss ich immer wieder vom Lenker nehmen und hängend ausschütteln. Zwischendurch geht's nur noch mit dem Druck der Hände auf die Oberschenkel, damit auf den Pedalen noch etwas Power ankommt. Wie häufig die Straße noch langgezogen ansteigt, ist mir mit dem Auto nie aufgefallen. Ich versuch's kurz stehend in den Pedalen. Aber die Oberschenkel spielen nicht mehr mit und ich sinke erschlafft auf den Sattel und bleibe stehen. Es geht einfach nicht mehr. Da fällt mir ein, Evelyn wollte ich anrufen, kurz bevor ich ankomme. Jetzt scheint der richtige Moment dafür zu sein.

»Hallo, mein Schatz. Bin bald da.«

»Toll. Was heißt bald?«

»Na ja. Kurz davor.«

»Super! Dann hast du's ja geschafft. Du bist mein Held.«

»Noch nicht so ganz. Ich hab die letzte lange Steigung noch vor mir. Aber ich kann einfach nicht mehr.«

»Ach komm. Jetzt tu dir nicht selber leid. Die paar Meter wirst du doch noch schaffen.«

»Du redest dich leicht.«

»Los, Schnuffbär. Ein letzter Anlauf. Denk an die Terrasse bei Nino. Trink mit ihm gemütlich ein Glas Wein. So wie ich Nino kenne, kocht er dir bestimmt was Feines zu essen.«

»Brauch nichts zu essen. Vielleicht leg ich mich einfach an den Strand oder spring ins Wasser.«

»Na also. Klingt schon besser. Ruf mich an, wenn du dort bist.«

»Abgemacht. Dann bis nachher.«

»Ciao Bello. Kopf hoch. Du schaffst es.«

Mit neuen Reserven quäl ich mich über den letzten Hügel, passiere selig das Ortsschild von Cava d'Alia, hol den Schlüssel aus dem Versteck und bin kurz darauf in Ninos Gästewohnung. Es ist vollbracht.

310

»Juhuuu! Ich bin bei Nino!«, kann ich Evelyn berichten.

»War doch klar. Und? War nicht mehr schlimm, oder?«

»Ging so. Wollt mich ja nicht vor dir blamieren.«

»Quatschkopf. Mein Held wärst du trotzdem gewesen, auch wenn du die letzten Meter geschoben hättest. Aber so bist du's halt wirklich. Ruh dich aus und grüß Nino von mir.«

»Der ist nicht da.«

»Och, schade.«

»Nein. Ist mir lieber so. Der wär mir nur auf den Wecker gegangen. Muss mich erst mal entspannen.«

»Versteh. Na, dann ruh dich aus. Wir telefonieren am Abend noch mal.«

»Dann bis heut Abend. Und danke für deine moralische Unterstützung. Ohne hätte ich es nicht geschafft. Bist ein echter Schatz.«

»Na, jetzt übertreib mal nicht. Hast du doch alleine geschafft.«

»Ja. Aber nur, weil du mich immer wieder aufgebaut hast. Glaub mir, es ist so.«

»Freut mich, wenn ich dir damit ein bisschen helfen konnte. Jetzt kann ich Maria sagen, dass du angekommen bist. Und Evi. Und Suse und Wolf. Und natürlich deinen Töchtern, Tanja und Babsi. Du hast ihnen gar nicht gesagt, dass du nach Sizilien radelst, du Banause.«

»Hab ich bewusst vermieden. Die hätten gesagt: Mach das bitte nicht. Sonst bekommst Du einen Herzkasperl und wir wollen dich noch länger haben.«

»Na, da hast du ja einiges zu erzählen, wenn wir wieder zurück sind. Also dann. Ciao Schnuffbär. Hab dich liiieb!«

»Ich dich auch. Bis heut Abend. Ciao, mein Schatz! Bist die Beste.«

Ich schlüpfe aus den Schuhen, soweit sie noch als solche bezeichnet werden können. (Wahnsinn, wie die inzwischen gelitten haben.) Dann quäle ich mich aus den schweißverklebten Klamotten, kippe die hochgestellte Matratze auf den Lattenrost und lasse

311

mich – ganz schlaffer Sack – nackt darauf fallen. Nur ein paar Minuten ausruhen!

Aus den paar Minuten werden Stunden. Dunkel ist es inzwischen hinter den Lammellen der Terrassentür. Zu spät um Evelyn anzurufen. Also schicke ich eine SMS, schreibe, wie lieb ich sie hab und mich darauf freue, sie endlich wieder knuddeln zu können. Dann schlüpfe ich unter die Decke aus dem Schrank und erwache erholt um acht Uhr morgens.

Die Espressomaschine schlürft. Mit dem Tässchen verziehe ich mich auf die sonnenüberflutete Terrasse, fläze mich in den Deckchair, telefoniere mit Evelyn und lasse dabei meine Augen übers Meer und den stahlblauen Himmel gleiten.

EPILOG

Zwei Wochen später kommt Evelyn an und ich kann sie kräftig drücken. Inzwischen bin ich erholt und braun gebrannt. Trotz der ramponierten Schuhe glaubt Evelyn, die richtige Wahl getroffen zu haben. Dabei hat sie allerdings die Reise mit dem Zug und der Fähre unter den Tisch fallen lassen.

Wieder in Solln, wollen mich Suse und Wolf zu einer zweiten Radltour überreden. Mit den erworbenen Erfahrungen und auf ausgesuchten Wegen, abseits der Hauptstraßen, kann es nur besser werden. Natürlich haben sie damit recht und Evelyn ist sofort auf den Zug aufgesprungen. Bis jetzt haben sie's allerdings nicht geschafft, mich noch mal dafür zu begeistern. Wolf hat es noch mit einer gemeinsamen Tour versucht. Vergeblich.

Den Verlust der Packtaschen samt Inhalt und das geklaute Fahrrad haben wir inzwischen verschmerzt. Das durchtrennte Schloss, die Schuhe und den ungeliebten Fahrradhelm gibt es immer noch.

Und die Versicherung? Hat natürlich nichts bezahlt. War irgendwie schon klar.